后浪出版公司

野猪渡河

张贵兴 著

四川人民出版社

目　录

序论
失掉的好地狱

王德威

经过十七年酝酿，张贵兴终于推出最新长篇小说《野猪渡河》。张贵兴是当代华语世界最重要的小说家之一，此前作品《群象》（一九九八）、《猴杯》（二〇〇〇）早已奠定了文学经典地位。这些小说刻画了他的故乡——婆罗洲砂拉越——华人垦殖历史，及与自然环境的错综关系。雨林沼泽莽莽苍苍，犀鸟、鳄鱼、蜥蜴盘踞，丝棉树、猪笼草蔓延，达雅克、普南等数十族原住民部落神出鬼没，在在引人入胜。所谓文明与野蛮的分野由此展开，但从来没有如此暧昧游移。

张贵兴的雨林深处包藏无限诱惑与危险：丑陋猥亵的家族秘密，激进惨烈的政治行动，浪漫无端的情色冒险……都以此为渊薮。丛林潮湿深邃，盘根错节，一切的一切难以捉摸。但"黑暗之心"的尽头可能一无所有，但见张贵兴漫漶的文字。他的风格缛丽诡谲，夹缠如藤蔓、如巨蟒，每每让陷入其中的读者透不过气来——

或产生窒息性快感。张贵兴的雨林与书写其实是一体的两面。

这些特色在《野猪渡河》里一样不少，作家深厚的书写功力自不在话下。但《猴杯》创造高峰多年以后，张贵兴新作的变与不变究竟何在？本文着眼于三个面向："天地不仁"的叙事伦理；野猪、罂粟、面具交织的（反）寓言结构；华夷想象的忧郁征候。

●

读者不难发现，相较于《群象》《猴杯》对砂拉越华人聚落的描写，《野猪渡河》更上层楼，将故事背景置于宽广的历史脉络里。时序来到一九四一到一九四五年，日本侵略东南亚、占领大部分婆罗洲，砂拉越东北小渔港猪芭村无从幸免。在这史称"三年八个月"时期，日本人大肆屠杀异己，压迫土著从事军备生产，猪芭村人组织抗敌，却招致最血腥的报复。与此同时，猪芭村周围野猪肆虐，年年进犯，村人如临大敌。

在"南向"的时代里，我们对砂拉越认识多少？砂拉越位于世界第三大岛婆罗洲西北部，自古即与中国往来，十六世纪受文莱帝国（渤泥国）控制；一八四一年，英国冒险家占姆士·布洛克以平定文莱内乱为由，半强迫文莱国王割让土地，自居统领，建立砂拉越王国。太平洋战争爆发，砂拉越为日本占领，战后归属英国，成为直辖殖民地，直到一九六三年七月才脱离统治。同年九月，砂拉越与沙巴、新加坡和马来亚联合邦（马来亚半岛或西马）组成今之马来西亚（一九六五年新加坡退出）。这一体制受到邻国印尼反对，鼓动砂共和之前的殖民者进行武装对抗。动荡始自一九五〇年代，直到九〇年才停息。

张贵兴生于砂拉越，十九岁来台定居，却不曾遗忘家乡，重要作品几乎都联结着砂拉越。《群象》处理砂共遗事、《猴杯》追溯华人垦殖者的罪与罚，时间跨度都延伸到当代。以时序而言，《野猪渡河》描写的"三年八个月"更像是一部前史，为日后的风风雨雨做铺陈。日军侵入砂拉越，不仅占领布洛克王朝属地，也牵动南洋英国与荷兰两大传统殖民势力的消长。这段历史的惨烈与复杂令我们瞠目结舌。华人早自十七世纪以来移民婆罗洲，与土著及各种外来势力角力不断，而华人移民间的斗争一样未曾稍息。华人既是被压迫者，也经常是压迫者。海外谋生充满艰险，生存的本能，掠夺的欲望，种族的压力，还有无所不在的资本政治纠葛形成生活常态。

是在这里，《野猪渡河》显现了张贵兴不同以往的叙述立场。《群象》描写最后的猎象杀伐，"中国"之为（意）象的消亡，仍然透露感时忧国的痕迹。《猴杯》则从国族认同移转到人种与人／性的辩证，借着进出雨林演绎杂种和乱伦的威胁。《野猪渡河》既以日军蹂躏、屠杀猪芭村华人居民为叙述主轴，似乎大可就海外侨胞爱国牺牲做文章。小说情节也确实始于日军追杀"筹赈祖国难民委员会"成员。但读者不难发现，"筹赈祖国难民委员会"非但面貌模糊，那个等着被赈的"祖国"更是渺不可及。不仅如此，张贵兴擅于描写的性与家族伦理关系虽然仍占一席之地，但大量的暴力和杀戮显然更是焦点。非正常死亡成为等闲之事，甚且及于童稚。

《庞蒂雅娜》一章所述的场景何其残忍和诡秘，堪称近年华语小说的极致，哈日族和小清新们必须有心理准备。

张贵兴的叙事铤而走险，以最华丽而冷静的修辞写出生命最血腥的即景，写作的伦理界线在此被逾越了。我们甚至可以说，大开杀戒的不仅是小说中的日本人，也是叙述者张贵兴本人。然而，即便张贵兴以如此不忍卒读的文字揭开猪芭村创伤，那无数"凄惨无言的嘴"的冤屈和沉默又哪里说得尽，写得清？另一方面，叙述者对肢解、强暴、斩首细密的描写，几乎是以暴易暴似的对受害者施予又一次袭击，也强迫读者思考他的过与不及的动机。

《野猪渡河》对历史、对叙述伦理的思考最终落实到小说真正的"角色"，那千千百百的野猪上。如张贵兴所述，野猪是南洋特有的长须猪，分布于婆罗洲、苏门答腊、马来半岛和苏禄群岛，贪婪纵欲，斗性坚强。因为移民大量垦殖，野猪栖居地急速缩小，以致每每成千上万出动，侵入农地民居，带来极大灾害。野猪桀骜不驯，生殖和觅食为其本能。它们既不"离散"也不"反离散"；交配繁衍，生生死死，形成另一种生态和生命逻辑。

这几年华语文学世界吹起动物风，从莫言（《生死疲劳》《蛙》）到贾平凹（《怀念狼》），从夏曼·蓝波安（《天空的眼睛》）到吴明益（《单车失窃记》），作家各显本事，而姜戎的《狼图腾》更直逼国家神话。张贵兴自己也是象群、猴党的创造者。但野猪出场，颠覆了这些动物叙事。千万华人移民卖身为猪仔、渡海谋求温饱的处境，一样等而下之。小说中的华人为了防御野猪，年年疲于奔命，猪芭村的猎猪行动从战前持续到战后，难舍难分，形成命运

共同体。尤有甚者，乱世里中日英荷各色人等，不论胜者败者，兀
自你争我夺，相互残杀猎食，交媾生殖，他们的躁动饥渴也不过就
像是过了河的野猪吧。

　　如果说张贵兴借猪喻人，那也只是叙述的表象。他其实无意经
营一个简单的寓言故事。天地不仁，以万物为"猪狗"。《野猪渡
河》读来恐怖，因为张贵兴写出了一种流窜你我之间的动物性，一
种蛮荒的、众牲平等的虚无感。蠢蠢欲动，死而不后已。

●

　　德勒兹（Gilles Deleuze）、瓜达利（Pierre-Felix Guattari）论动
物，曾区分三种层次，伊底帕斯动物（Oedipus animal），以动物为
家畜甚至家宠，爱之养之；原型动物（Archetype/state animal），以
动物为某种神话、政教的象征，拜之敬之。而第三种则为异类动物
（daemon animal，由古希腊"daimōn"[δαίμων] 延伸而来），以动
物为人、神、魔之间一种过渡生物[1]，繁衍多变化，难以定位，因此
不断搅扰其间的界线。对德勒兹、瓜达利而言，更重要的是，动物
之为"动"物（becoming animal）意义在于其变动衍生的过程。任
何人为的驯养、模拟或想当然耳的感情、道德附会，都是自作多
情而已[2]。

1　Gilles Deleuze and Pierre-Felix Guattari, A Thousand Plateaus: Capitalism and Schizophrenia, trans. Brian Massumi(Minneapolis: University of Minnesota Press, 1987), p. 237.

2　Gilles Deleuze and Pierre-Felix Guattari, Kafka: Toward a Minor Literature, trans. Dana

张的动物叙事可以作如是观。他对野猪、对人物尽管善恶评价有别，但描写过程中却一视同仁，给予相等分量。小说开始，主人公关亚凤的父亲就告诉他"野猪在猪窝里吸啜地气，在山岭采撷日月精华……早已经和荒山大林、绿丘汪泽合为一体……单靠猎枪和帕朗刀是无法和野猪对抗的。人类必须心灵感应草木虫兽，对着野地释放每一根筋脉，让自己的血肉流浚天地，让自己和野猪合为一体，野猪就无所遁形了。"亚凤父亲的说法正是把野猪视为"原型"动物，赋予象征定位。但小说的发展恰恰反其道而行。千百野猪飘忽不定，防不胜防，或者过河越界，或者被驱逐歼灭。如果与人"合为一体"，那是梦魇的开始。

于是小说有了如下残酷剧场。猪芭村里日军搜寻奸细，砍下二十二个男人头颅，刀劈三个孕妇的肚子后，一片鬼哭神号。就在此时，一只龇着獠牙的公猪循着母猪的足迹翩然而至，

> 它……伸出舌头舔着地板上老头的血液，一路舔到老头的尸体上。它抬起头，毫不犹豫地开始了凶猛囫囵的刨食。已经饱餐一顿的母猪看见雄猪后，嗅着雄猪，摩擦雄猪，发出春情泛滥的低鸣……雄猪刨食干净后，肚子鼓得像皮球。它抽出半颗血淋淋的头颅，嗅了嗅母猪，用力地拱撞着母猪屁股，口吐白沫……发出嗯嗯哼哼的讨好声，突然高举两只前蹄，上半身跨骑母猪身上……

Polan (Minneapolis: University of Minnesota Press, 1986), p. 13.

　　张贵兴的描写几乎要让人掩面而逃。但他更要暗示的应是猪就是猪，我们未必能，也不必，对它们的残暴或盲动做出更多人道解释。但与其说张意在进行自然主义式的冷血描述，更不如说他的笔触让文本内外的人与物与文字撞击出新的关联，搅乱了看似泾渭分明的知识、感官、伦理界限。

　　比方说面具。野猪血淋淋的冲撞如此原始直接，恰恰激发出小说另一意象——面具——的潜在意义。面具是猪芭村早年日本杂货商人小林二郎店中流出，从九尾狐到河童的造型精致无比，极受老少欢迎。随着小林身份的曝光，所谓的本尊证明从来也只是张面具。知人知面不知心，比起野猪的龇嘴獠牙，或在地传说中女吸血鬼庞蒂雅娜飘荡幻化的头颅，日本人不动声色的面/具岂不更为恐怖。然而小说最终的面具不到最后不会揭开。当生命的真相大白，是人面，还是兽心，残酷性难分轩轾。

　　除了野猪和面具，猪芭村最特殊的还有鸦片。张贵兴告诉我们，鸦片一八二三年经印度倾销到南洋，成为华人不可或缺的消费品和感官寄托。即使太平洋战争期间，鸦片的供应仍然不绝如缕，平民百姓甚至抗日志士都同好此道。在罂粟的幽香里，在氤氲的烟雾中，痛彻心扉的国仇家恨也暂时休止，何况鸦片所暗示的欲望弥散，如醉如痴，一发即不可收拾。

　　野猪、面具、鸦片原是风马牛不相及的意象，在张贵兴笔下有了诡异的交接，或媾和。经过"三年八个月"，《野猪渡河》里人类、动物、自然界关系其实已经以始料未及的方式改变。兽性与瘾癖，仇恨与迷恋，暴烈与颓靡……共同烘托出一个"大时代"里最混沌的切面。在野猪与鸦片，野猪与面具，或鸦片与面具间没有必然的模拟逻辑，却有一股力量传染流淌，汩汩生出转折关系。

暴虐的魅惑、假面的痴迷、欲念的狂热。这里没有什么"国族寓言"，有的是反寓言。在人与兽的杂沓中，在丛林巨虫怪鸟的齐声鸣叫中，在血肉与淫秽物的泛滥中，野猪渡河了：异类动物的能量一旦启动，摧枯拉朽，天地变色，文字或文明岂能完全承载？张贵兴的雨林想象以此为最。

●

当代华语世界有两位作家以书写婆罗洲知名，一位是李永平（一九四七—二〇一七），一位就是张贵兴。他们都对故乡风物一往情深，同时极尽文字修辞之能事。李后期的"月河三部曲"——《雨雪霏霏》《大河尽头》《朱鸰书》——写尽一位砂拉越少年成长、流浪的心路历程。他对岛上华人，尤其是女性，所遭受的侮辱和损害，有不能已于言者的伤痛。《大河尽头》挞伐日本和欧裔男性的淫行不遗余力；然而《朱鸰书》里，李永平却采取了童话形式，幻想不同族裔的小女生深入婆罗洲雨林深处，大战曾经蹂躏她们的元凶，报仇雪恨。李永平举重若轻，写出南洋版的《爱丽丝梦游仙境》，作为与历史暴力抗衡的方式。但他笔下那些女孩匪夷所思的冒险和胜利里，藏不住忧伤的底线：多半女孩其实早已经是鬼不是人了。

面对历史创伤，《野猪渡河》的态度截然不同。故事结束时，猪芭村民驱逐了日本人，只迎来了英国人。太阳底下无新事，死人尸骨未寒，活人继续吃喝拉撒生殖死亡。尤其令人不安的是，《野猪渡河》全书以主人公关亚凤一九五二年自杀作为开场，再回溯进入正题。亚凤英武挺拔，是猪芭村的英雄人物。在"三年八个月"占领期间度过无数考验和苦难，终于等到日军战败，猪芭村恢复平静。何以六年后，我们的英雄反而一心求死？此时的他已经失去双臂，成为一个杂货店的主人。在平淡的生活里，他还有什么难言之隐？

相对于此，小说最后一章以倒叙亚凤的挚爱爱蜜莉早年的经历作为结束。爱蜜莉是小说的关键人物，背景神秘，暂且按下不表。可以一提的是，她所象征的青春情愫，原初的女性诱惑其实是张贵兴不断处理的主题。早在《赛莲之歌》（一九九二）里，他已借用了希腊神话赛莲（Siren）的典故，描摹青春女性那不可言状的召唤与牵引，让男人色授魂与，做鬼也要风流。而在《野猪渡河》里，他将赛莲调换成了色喜（Circe）——希腊神话中另一位要命的女性。相传色喜有魔法，能将任何色欲熏心的男人变成猪。

关亚凤曾与三位女性有过情愫，他失去双臂和死亡与此有关。但历史的后见之明不禁让我们深思，就算关亚凤活下去，他日后的遭遇可能更好么？诚如张贵兴所言，华人在婆罗洲近三百年的移民史就是一部痛史。太平洋战争结束，布洛克王朝将砂拉越的管辖权交给英国殖民者。宣扬"反英反帝反殖"的砂共活动一九五三年开始。一九六二年，由印尼政府撑腰、马来人领导的共产党组织在文莱发起政变，殖民者大肆逮捕左派人士，大量砂华青年被逼上梁山，展开近四十年的对抗。一九六三年砂拉越加入马来西亚，但马来半岛（西马）与婆罗洲（东马）地理和心理上的对峙始终存在。"马来西亚"独立了，但砂拉越始终没有独立。与此同时，经过一九六九年"五一三"事件后，不论东马、西马，华人地位日益受到打压。西马马共一九八九年走出丛林，东马砂共一九九〇年弃械投降。砂拉越华人的历史节节败退，日后种种学说，不论是"灵根自植"还是"定居殖民""反离散"，都显得隔靴搔痒了。

李永平《朱鸰书》以天马行空的方式超越现实，向历史讨交代，也为毕生的马华书写带来诗学正义（poetic justice）。《野猪渡河》则走向对立面，发展出残酷版华夷诗学。历史的途径无他，就是且进且退，永劫回归——就是一次又一次的"野猪渡河"。小说的叙事开始于故事结束之后，结束于故事开始之前。我们仿佛看见关亚凤、爱蜜莉还有猪芭村人的命运：太平洋战争结束，再给他们二十年、三十年时间，恐怕也是介入一次又一次反殖民，反东马政权，反马来化……的斗争里，绝难全身而退。

我们想到鲁迅的名篇《失掉的好地狱》（一九二五）。人到了万恶的地狱，整饬一切，得到群鬼的欢呼。然而人立刻坐上中央，用尽威严，叱咤众鬼，当鬼魂们又发一声反狱的绝叫时，即已成为人类的叛徒，得到永劫沉沦的罚，迁入剑树林的中央。

> 人类于是完全掌握了主宰地狱的大威权，那威棱且在魔鬼以上。
>
> ……
>
> 曼陀罗花立即焦枯了。油一样沸；刀一样铦；火一样热；

鬼众一样呻吟，一样宛转，至于都不暇记起失掉的好地狱。

……

朋友，你在猜疑我了。是的，你是人！我且去寻野兽和恶鬼……[1]

《野猪渡河》诉说一段不堪回首的砂华史，但比起日后华人每下愈况的遭遇，那段混混沌沌的历史，竟可能是"失掉的好地狱"。张贵兴蓦然回首之际，是否会做如是异想？面向砂拉越华族的过去与现在，张贵兴是忧郁的。野猪渡河？野猪不再渡河。

*王德威，现任美国哈佛大学东亚系暨比较文学系 Edward C. Henderson 讲座教授。

1　鲁迅：《失掉的好地狱》，《鲁迅全集》卷二，《野草》，人民文学出版社，1981，第 200 页。

被展演的三年八个月
——婆罗洲的大历史与小叙事

高嘉谦

　　一九四一年十二月十六日，距离张贵兴的故乡砂拉越罗东（Lutong）小镇不远的美里（Miri）在文莱与砂拉越的英国驻军无力支援下，正式沦陷入日军手里，从此进入惨无人道的三年八个月。一九四六年，日军战败投降的隔年，美里设立了一座"一九四五被难侨民公墓"纪念碑，刻有十九名殉难华人的中文名字，另有九名拼音名字，大抵是洋人、原住民、印度裔的殉难者。这可能是张贵兴当年最早接触的三年八个月的历史见证物。只有碑铭，没有事迹记叙。作为战争的见证者，这群美里的受难牺牲者已不能发言，仅有无声的碑文，刻上背景来历不甚明朗的名字。这是马来亚/马来西亚华人社会普遍的历史经验，记录华人史迹的重要物证，往往是各类公冢、家冢、宗祠、寺庙、会馆、书院的碑铭、匾额等纪念物。甚至包括记载三年八个月的种种惨剧的常见方式，就是马来西亚各地相继发掘的战时乱葬岗、无名的遗骸。这些被集体屠杀的证据，在战后的数十年，仍时有所闻。而婆罗洲面对这场战争，凄惨的被侵略被殖民岁月，仅有的纪念碑，仿佛是见证悲剧的唯一手段。我们对张贵兴过往描写砂共、原住民与华人的纠葛情仇并不陌生，当《野猪渡河》试图处理三年八个月的历史经验，已有《群象》《猴杯》等代表作的珠玉在前，这则砂拉越的战争经验该如何叙说，张的写作动机和抱负值得我们仔细探究。

《野猪渡河》表面处理二战日本南侵期间，砂拉越沦陷的历史惨剧。但小说搬演的故事却有其历史纵深。早在十九世纪末就聚集洋人、汉人、马来人、日本人，以及当地各原住民社群的北婆罗洲，其实拥有各方人种族裔进行贸易，交换政治与社会利益的复杂语境。日本的南洋姐，尤其蛊惑着这片土地交集的性与欲望。尔后日本"大东亚共荣圈"概念下的"南进"，承继了之前日人南迁寻求机会的脉络。但战争与暴力，替砂拉越烙下无以磨灭的伤痕。在此前提下，暴力的扎根与蔓延，张扬了砂拉越历史的新序幕。因此《野猪渡河》描写砂拉越猪芭村华人筹组"筹赈祖国难民委员会"的二十七名关键人物，缘于支持中国抗战的爱国情操，在日寇入侵后遭到报复式的追剿、迫害与屠杀故事。这几乎是马来亚华人在三年八个月里的"原罪"，招致死亡的宿命。众多登场的小人物，其实已接近"一九四五被难侨民公墓"的人数和形式，他们皆是逃不过历史灾难的受害者。这份战争暴力经验的刻画与重写，恰似碑铭意义的展演，替大时代下渺小单薄的个人受难悲剧，以小说虚拟经历，写入婆罗洲的大历史。这构成《野猪渡河》的基本视域，以及小说叙事的伦理意义。

回顾二〇一三年张贵兴重新整理和集结短篇旧作成书的《沙龙祖母》，那是他重返文坛的暖身之作。尔后二〇一五年发表的中篇小说《千爱》，尽管公开发表仅有一部分，但小说已有处理婆罗洲二战经验的端倪。小说的男主角是北婆罗洲在一九四五年三月山打根（Sandakan）的拉瑙（Ranau）的死亡行军里的幸存者。这是二战记忆里，惊心动魄的一页。但《野猪渡河》的逼视伤痕，直探暴力反而更上层楼。小说除了演绎战云密布，风雨欲来之际，猪芭村女子急着匆匆嫁人，免得战时落入日寇魔掌，贞节不保。这是父辈传递的记忆，张贵兴父母在战时仓促成婚的过程，属于他的家族经历战争的小历史。但更多时候，小说对待暴力却是采取吊诡的展演。如果将三年八个月视为小说设定的时空体（chronotope），频繁搬演的人事，目不暇给，交织出战争经验下的各种回声。但历史伤痕往往盘根错节，所有小人物都是大历史下的蜉蝣。需要拼凑的人事、史料、事件，是这部小说的叙事断片，以及故事风格。但小说处处可见的断腿、断臂、断头，残肢散落，乳胎早夭，预示着三年八个月是一场前所未见的摧残，形式之互通。

无论切腹夺胎，抛婴穿刺，孩童削肢，野猪刨尸，几个血腥但不动声色的情境，张贵兴写来从容自在，冷静异常，仿佛那是说故事者置身事外的余裕和权力。杀戮场景之残暴，落实于文字，尽管华丽血腥，似乎要告诉读者这仍不及真实历史伤痕一分。然而，不能忽视的是，张贵兴生动的笔触底下，藏有人与自然交融的诗意。张贵兴文字的魔幻风格，素来擅长以特有的热带自然物产、气味与生态，大凡水果、野兽、草木、风土，皆可发挥嗅觉、视觉、听觉的热带感官借喻和转喻，修饰种种潜在的张狂欲望，甚至因此形塑独特的雨林水土和时序。试读以下一段：

> 父亲带着九岁的亚凤走向茅草丛时，指着一片散乱着水洼、小溪、灌木丛和果树的野地，嚅了嚅嘴唇，好像说，听见鸟的啁啾，就知道哪里有鸟的飞旋，知道了还不够呢，还要揣摩动态，是在捕食、筑巢或求偶。闻到熟果的暴香或强腐，就知道哪一棵果树的果子熟了，树上有几只撒野的猴子。感觉到大地战栗，就要细数出有几只野猪豨突，还要估计野猪的数量、大小和体重。舔到了空气中的尿骚味或血腥味，就要知道哪一巢鳄蛋、哪一窝大番鹊孵化了。父亲笑得很神秘，说，磨炼久了，经验多了，这种本事只能算是雕虫小技。

或许我们应该如此理解，被感官化的大自然，赋予他笔下历史的自然化。杀戮与暴虐，是天地万物为刍狗的内在展演。人类历史从未逃离这样的轮回。暴力当前，斫丧之祸，恰恰在小说世界繁衍了一则悖论。如同阿多诺所言，"在奥斯维辛之后，写诗是野蛮的"。换言之，诗与绝对的暴力之间，拉出的鸿沟，不再是及物的写实，而是不及物的文字诗意，迂回试探着暴力阴暗的背后，华美又鄙琐的欲望。三年八个月，是一场魔幻与杀戮的演义，逼近历史的自然法则。

诗意与不安并存交织，成为阅读《野猪渡河》，见证暴力展演的另类历史与情感参与，试图验证本雅明对历史记忆的思辨："民众不想被教育，他们需要的是被冲击。"张贵兴对伤痕与暴力展示策略，出神入化，实属马华小说之极致，也是近年华文小说的巅峰之作。小说里的"面具"带有隐喻的意义。在童稚游戏里当"鬼"，要猜出身后同伴的面具。日本鬼子降临，被蹂躏的土地上人鬼杂处，人鬼不分，人鬼莫测。小说里回荡着清醒的声音："不要以为戴了面具我就认不得你"，人世的暴力总以不同面目反复降临，那是警世之言，还是末世之感?《野猪渡河》铸造了砂拉越的新"伤痕文学"，但又像幽暗大地的现代启示录。

＊高嘉谦，现任台湾大学中文系副教授。

简体版自序

　　一九四一年十二月，日本人扩张大东亚共荣圈南下掠夺天然资源。父亲和母亲的老家在婆罗洲西北部一个产油小镇，是日本人攻占这个世界第三大岛的滩头堡。学校关闭后，二十岁念初中三年级的父亲和十六岁念小学六年级的母亲辍学，包括母亲在内的单身女郎不想被日本人强征去当慰安妇，掀起一股结婚乱潮。七月，旱季，父亲在茶馆相亲，对象年轻又颇有姿色，一头乌发遮住半张脸。媒人煽风点火下，父亲已被对方俘虏。窗外刮来强烈的西南风，吹散女孩长发，露出左脸颊被长发遮掩的墨绿色大胎记。父亲失望之余，马不停蹄继续相亲旅程。急着出嫁的女孩太多了，让父亲之类的青壮男子东挑西拣，终于"情定"母亲。那个脸上有胎记的女子和我父亲相亲前，想必也被不少男人"嫌弃"，她后来有没有结婚，有没有被日本人抓去当慰安妇，成了一桩悬案。父亲内敛沉稳，像石头一样沉默，却屡次开金口提起这段往事。《野猪渡河》有一个胎疤女慰安妇，就是来自和父亲相亲被一阵诡异西南风破坏好事的神秘女子。据说胎记是投胎时阎王老爷的戳印，送子观音拍孩子屁股的掌印，临终前爱人凭此信物再续前缘滴下的眼泪和鲜血。命相学上，屁股下和肚脐中间的胎记是富贵命，大腿内侧的劳碌命，尾龙骨上的才学和艺术天分高人一等，脖子后的情场鲁蛇，近心脏的狼心狗肺，脚后跟的一生带衰，锁骨和胳膊上的视钱财如粪土，后手肘的孤独终老，乳房上的好人缘，背部中间的有贵人撑腰。脸上胎记也各有吉凶祸福，像痣。胎记引发的联想和迷信，够人写一辈子小说了。那个女子脸上的胎记，凝聚了小说素材的核爆，在我的小说天地升起一朵蘑菇云。没有那个女子，没有那个胎记，就没有《野猪渡河》这本小书。这个故事太传奇，印证许多尔虞我诈但可能添油加酱的相亲故事，难怪有人质疑真假。我只能说，我相信父亲。

《野猪渡河》缺点很多，像脸上长了巨大胎疤的女人。小说出版后，在人情压力和种种情况下，赤身裸体暴露在访谈、演讲和座谈之中，说了不少不愿意说的话。小说写完后，有缺陷的胎疤女也罢，大美女也罢，作者就应该闭上嘴巴，让小说赤裸裸地任人宰割、检验、曝晒。

考量大陆读者阅读习惯，在不影响整体结构和意境下，简体版做了微幅调整。

2020.10.30 台北

野猪渡河

父亲的脚

关亚凤自缢波罗蜜树下的那个黄昏，茅草丛盘旋着一股燎原野火，痰状的雾霾散乱野地，淹没了半个猪芭村。夕阳被热气和烟霾切割，红粼粼地浮游着，好似一群金黄色的鲤鱼。被耸天的火焰照耀得羽毛宛若红烬的苍鹰低空掠旋，追击从火海里窜逃的猎物。灌木丛响起数十种野鸟的哭啼，其中大番鹊的哭啼最洪亮和沉痛，它们伫立枝梢或盘绕野地上，看着已经孵化或正欲学飞的孩子灼毁。

猪芭人穿梭菜田、果园和鸡棚鸭寮，不屑一顾鬼哭狼嚎的野火，但袭向猪芭村的西南风使烟霭不时网住了庄稼和数百栋高脚屋，让他们仓皇逃窜，猪牛鸡鸭变色，连晚膳也染上熏气燎味。猪芭村的小孩最高兴了，他们一手捏着装着石弹的弹丸兜，一手抄着抹上鸟血的弹弓架，拉开橡皮条，对着烟焰里逃窜的野鸟、傲慢地低空掠过的果蝠和苍鹰射击。被孩子射穿翼膜的果蝠在孩子脚下簇着毛发遍披的猩红狐狸脸和一对大耳朵，对着孩子穷凶极恶地咆哮。

孩子的一部分石弹落在高脚屋锌铁皮屋顶上，发出清脆又刺耳的刮削声。猪芭人深信这种从天而降的砸屋之弹不啻天谴，将会招来厄运，但他们的叱责撼动不了孩子的玩兴和杀气。

笼罩关亚凤家园的一团烟霭逐渐散去时，孩子透过篱笆眼看见了波罗蜜树下的亚凤尸体。

"柏洋，"一个脖子挂着翠鸟和喜鹊尸体的孩子说，"你爸爸上吊了！"

柏洋跨坐一棵红毛丹杈枝上，遥望茅草丛像野马奔腾的火焰，烟霭屡屡朝他袭来，他闭上眼睛捏住鼻子，即使呛得眼泪直流也不肯下树。从大番鹊衔草筑巢到叼虫哺雏，他已经在树上观望了十多天。大番鹊巢穴隐藏在草坡地上一簇矮木丛中，草坡地上长了一棵鹤立鸡群的山榄，大番鹊叼住猎物返巢前，必然栖泊山榄故作悠闲地彳亍。父亲说，大番鹊生性多疑，一旦发觉有人觊觎巢穴，即使已经生蛋布雏，也一定设法迁巢。野火已经蔓延到草坡地上，柏洋看见大番鹊迁回奔波山榄和矮木丛之间，发出凄厉的啼声。

这时他看见脖子挂着翠鸟和喜鹊尸体的孩子对他挥手。翠鸟羽毛斑斓，喜鹊黑白分明。没有咽气的翠鸟奋力地鼓动翅膀，发出和大番鹊一样凄厉的啼声。

柏洋和一群孩子来到波罗蜜树下时，父亲已被村人从树上卸下，平躺地上，髶松的头发盘纡着烟霾，脖子有一道火燎似的缢沟。悬挂波罗蜜树干上的麻绳被灼热的西南风吹拂着，尾端系着一个帆索结。麻绳是一年多前柏洋悬挂树上的，拴着一个轮胎秋千。轮胎钢圈已卸除，胎面花纹模糊，柏洋的小屁股垫在胎唇上，两手揪着胎肩摆荡时，父亲偶会伸出一只脚，用力地将轮胎踹到半空，因为父亲没有手。少了柏洋亲手挂上的轮胎秋千，父亲也许不会自缢波罗蜜树下。父亲脖子上的缢沟像绞杀榕在寄生树留下的不再回复原状的勒痕，从脖子延伸到耳后，像一道壕沟护卫着脸庞上嶙峋崎岖的五官城垛。

没有人怀疑父亲的死因，即使他没有手。关亚凤攀上波罗蜜树，跨骑杈枝上，用脚趾拆除轮胎、打了一个帆索结，再把脖子伸入帆索结内，这一切，靠的全是一双脚。

父亲关亚凤二十一岁失去手臂时，柏洋尚在襁褓。柏洋蹒跚习走时，父亲脚技已游刃恢恢。柏洋的第一支弹弓，就是父亲的杰作。父亲蹲踞野地上，右脚大拇趾和二趾搦住一支小帕朗刀，剁下矮木丛一根V型杈枝，削出一支短柄的双叉戟。父亲从废弃的脚踏车内胎剪下两片橡皮条，从一只破皮鞋割下一块弹丸兜，从柏洋手里接过四根橡皮筋，迅疾完成一支有绝佳杀伤力的弹弓。父亲将一颗石弹放在弹丸兜中，用右脚大拇趾和二趾攥住弹弓架，用左脚大拇趾和二趾攥住弹丸兜，拉开橡皮条，咻地射出一弹，打得野地飞砂揭石。柏洋的第一只风筝也是父亲的杰作。父亲点燃一根洋烟，从扫帚柄削下两根细竹条、用细线缚扎出菱形骨架、将骨架糊在弯形玻璃纸上、系上提线、指挥柏洋操作风筝时，才伸脚磕掉第一截烟灰。柏洋七岁时，父亲坐在阳台阶梯上，左脚大拇趾和二趾架住双管霰弹枪护板，枪托抵着胯下，右脚中趾扣下扳机，两颗霰弹将两只光天化日下在树薯园里刨食、侵门踏户的野猪打得肚破肠流。柏洋倚在窗口上，看见猪血像日落前的流霞，洇红了半座树薯园。

　　柏洋喜欢坐在脚踏车货架上，体验父亲行云流水的驾驭技巧。天刚破晓，父亲跨骑鞍座上，脚掌踩着脚蹬，脊椎竖得像旗杆，两眼直视前方，迂回窜过各种障碍，间或用脚调整一下车把，直奔猪芭村耕云杂货铺。柏洋两手抓着鞍座的弹簧，看着父亲如碑的背影和风中猎猎作响的袖子，一种快乐又哀伤的情绪灌溉着幼小的心灵。从猪芭河畔到猪芭村木板店铺的黄泥路上，脚踏车疾驰如风，辐丝盘旋着像银须的苍老光芒，轮圈沾满沉重的草露，链条杂沓地转动着好像酽痰横流的老人喉管。父亲只有在靠近耕云杂货铺时，才凌空伸出一只大脚板，踹一下刹车把手。

　　父亲的英国兰苓牌脚踏车磨电机废了，车灯瞎了，车架佝偻了，脚架瘫了，辐丝断了一根，链盖和挡泥板千疮百孔，龟裂的鞍座露出弹簧，但父亲一有空就用这辆老迈的脚踏车载着柏洋穿梭猪芭街坊、杂草丛生的野地、猪芭河畔、茅草丛的夹脊小径。

　　关亚风第一次和柏洋登上草岭时，柏洋五岁。草岭长满黄色和白色的小花，四周散乱着矮木丛、湖潭、水洼、弹坑、常青乔木和一望无垠的茅草丛，掩埋着人骸兽骨，白天苍茫寥落，夜晚磷火疾飘。父亲和柏洋驻足岭巅，噘着嘴唇，用下巴指着草岭背面被羊齿植物、藤蔓和一批防御性杈桠覆盖的猪窟，说，十一年前，他在这里和柏洋的母亲屠杀过一头母猪和六只小猪；六年前，他也曾经在这里击杀横行猪芭村恶名昭彰的日寇魔头。父亲要柏洋闭上眼睛，聆听草木虫兽、万物天地的呼唤。柏洋顺从而嬉皮笑脸地闭上眼睛，迎着夏季的西南风或雨季的东北风，在草岭上伫立了五分钟。睁开眼睛后，父亲说："你看到了什么？"柏洋摇摇头。父亲要他再度闭上眼睛。五分钟后，父亲说："你听见了什么?"柏洋听见远方猪芭村的狗吠鸡鸣、钻油技工的吆喝、苍鹰和野鸟的啼叫、茅草丛像海涛一样规律的呼啸、莽林爆响的枪声、父亲放屁的声音。父亲噘着嘴唇，用下巴指着一座簇拥着芦苇和野胡姬的水塘，说，有一个小孩蹲在芦苇丛中，以蚱蜢为饵，用树枝削下的钓竿钓刺壳鱼[1]，他屁股后面的藤篓盛着一尾犹在挣扎的刺壳鱼。父亲凝视一株非洲楝，说，树梢栖泊着一只泽鹭，监视着远方水蜥蜴出没的沼泽。父亲用右脚指着一小片矮木丛，说，矮木丛后方有一个二次大战联军留下的弹坑，蛰眠着一只公豪猪。父亲环视一遍野地，说，草岭四周有三只大番鹃衔草筑巢，两只长须猪[2]在即将干涸的溪滩刨食蚯蚓虫蛹。柏洋蹙着眉头，昂起下巴，看着父亲高大坚挺像堡垒的雄伟五官，扯了扯父亲腰上的帕朗刀刀鞘，好像那是父亲的手，说："你怎么知道呢?"

父亲用膝盖拍了拍柏洋肩膀，好像那是他的手，说，柏洋，你还小，有一天你也会知道的。

一九五二年六月，榴梿熟了，猪芭村飘散着榴梿香味，引来野猪刨食。柏洋和一群小孩爬上树梢或各种制高点用弹弓袭击野猪，流弹和野猪咆哮惊动了在关亚凤高脚屋隔热层筑巢下蛋的斑鸠和野鸽，数百只斑鸠和野鸽飞出了隔热层，消失在灌木丛和常青乔木中。柏洋和孩子们吃了几颗榴梿后，掀开隔热层入口，看见一个

1　刺壳鱼（Tenualosa），砂拉越国宝鱼。第一年为雄性（Empirit），次年雌雄不分，尔后终生雌性（Terubok）。腌制后的鱼卵，价格昂贵。因经济价值高，滥捕后已趋绝种。
2　长须猪，婆罗洲野猪，或称婆罗洲须野猪（Bornean bearded pig），嘴部有大量胡须，分布于苏门答腊、婆罗洲、马来半岛和苏禄群岛。

用麻绳捆绑的牛肚大木箱子，打开箱盖后，箱子内散乱着妖怪面具和玩具。孩子在波罗蜜树下烤食乳鸽，每个人脸上戴着一个妖怪面具，鸟嘴猪鼻，单眼长舌，獠牙赤发，红脸翘鼻，狐眼樱唇，妖媚谗笑，凶残丑怪；戏耍着空气炮、掌中怪、泥叫叫、孔明锁、接吻猪；地上叽叽呱呱地蹦跳着或趔趄着上了发条的呱呱蝉、跳跳鸡、兔子打鼓、西班牙扫雪人、老猴出差、大象玩球……

孩子从中午玩到黄昏，不知时间之骤逝。燎原野火蔽空，热气奔腾，烟雾笼罩着整个夏日天穹，让天地万物都变了样。夕阳烧酥了，像一截将尽的红蜡烛瘫在地平线上。云彩抹上了各种颜色，独缺白色。数十只苍鹰像长了羽毛和翅膀的蟒蛇盘旋天穹，吐信如火焰。耸天的常青乔木倒悬空中，根茎龟裂了干燥焦黑的天穹。数百栋高脚屋像趋光的螃蟹向逐渐熄灭的夕阳汇集，好像要给她添柴酿火呢。成亿上兆的萤火虫点亮了黑色的猪芭河，形成一条博大壮阔的萤囊。

孩子收集干柴、喂大波罗蜜树下的篝火时，关亚凤踹开篱笆门，无声无息地走到波罗蜜树下。孩子一向畏惧这个失去双手的杂货店老板，他们被恐惧的流沙吞没，不敢妄动。在篝火照耀下，关亚凤的脸庞间或紧绷如鼓皮，间或幽森如一座烽燹飘摇的城堡，间或骷白得像灰烬。关亚凤的视线一一驻留孩子身上时，一个手上拿着发条跳鹿的小女孩哇的一声哭了出来。关亚凤突然走向一个戴着妖怪面具的小孩，用尽全身力气咆哮：

"拿下你的面具！滚！滚！给我滚！"

孩子扯下面具，仓皇逃窜。在关亚凤往后半年多的余生中，柏洋的童年伙伴再也没有踏入关家。在关亚凤半年多的余生中，父亲在柏洋眼里好像成了一个陌生人。父亲早上骑着脚踏车直驱耕云杂货铺，像一个鲜少移动的卫戍坐在柜台前直到打烊。猪芭人说他两眼镶着两刃寒光，像一股辍战之后收敛不住的杀气。天黑后，他坐在高脚屋阳台上，抽了一百多根洋烟，凝睇着阒静的莽丛直至子夜，甚至破晓。十天后，他在波罗蜜树下蕴了一股烈火，吩咐柏洋将箱子里的面具和玩具付之一炬。关亚凤过世后，柏洋和孩子回到波罗蜜树下，在残薪灰烬中寻找西班牙铁皮玩具余骸，令他们喜出望外的是，半数以上的铁皮玩具上了发条后，依旧叽叽呱呱地蹦跳爬蹿，好像一群小鬼的幽灵。

焚毁来历不明的玩具和面具后，父亲深夜多次唤醒柏洋，打开高脚屋每个窗户，用手电筒巡弋四面八方。爸爸，你看见什么呢？柏洋说。关亚凤顿了许久，说，他看见一个无头男子绕着波罗蜜树用一管焦黑的口琴吹奏一首日本童谣。一个白发老太婆挥舞着一支大镰刀，追杀一个没有身躯的飞天人头。一群日本军人骑着自行车碾过一批小孩尸首，辐丝和轮辋盘缠着肠子和四肢。柏洋用手电筒一次又一次照亮黝黯的高脚屋四周，惹得夜游的犬群狂吠。

父亲自缢波罗蜜树下三天前，最后一次和柏洋登上了草岭。他环视四野，突然用脚趾踹了一下柏洋，说，一个手握武士刀、蓬头垢面的东洋浪人，穿过芦苇丛，一步一步地逼近了草岭。非洲楝枝丫上蹲踞着一个苍白无垢的男子，腰挂帕朗刀和毒箭筒，揣着一支如戟的吹箭枪，吹箭枪上的刺刀寒气逼人，的的哒哒，的的哒哒，捏着一个模拟蟋蟀叫声的铁制发声器。一个手臂挂着藤环的女人，手持帕朗刀跳入弹坑刺杀一头怀孕的母猪，她的身后盘桓着一只四肢如烟霾的黑狗、一只无头公鸡和一只长尾猴。

柏洋安静地凝视四周，只看见遍地烟霾野火，大番鹃和苍鹰翱翔，常青乔木露出被野火焚蚀的纵横枝丫，葱茏的茅草丛柔顺而哀怨地等待野火舔食。

柏洋看了一眼父亲阴郁如城垒的五官，低头看着他的大脚。

父亲脚掌盘亘着短而粗糙的黑毛，筋脉暴突，脚跟肥厚，脚心深凹容龟，左脚拇趾长了一颗像死鱼眼的鸡眼，半截十趾突出夹脚拖外，比正常人的脚趾诡谲修长。

柏洋难忘父亲晚上以趾代指，透过煤油灯光芒，在龟裂黯黄的木板墙上表演脚影戏。

父亲抬起两脚，十趾像十尾灵蛇出洞，曼舞飞旋，在木板墙上模拟出数十种飞禽走兽。柏洋睡意渐浓、朦胧进入梦乡时，看见父亲被鲜血洇红的身躯长出两只骷髅手，在墙上描绘着一个硝烟弥漫、刀光剑影、白骨露野的丛林战役。

面具

一九四一年、民国三十年十二月十六日，岁次辛巳十月二十八日，昭和十六年，鸦片战争一百年后，白人独裁者占姆士·布洛克王朝[1]统治砂拉越一百年后，日本突击珍珠港九天后，一万日军搭乘战舰，在三艘驱逐舰、四艘巡洋舰、一艘驱潜舰艇、两艘扫雷舰和两架侦察机护送下，从南海登陆婆罗洲西北部日产原油一万五千桶的小渔港猪芭村。凌晨四点，东北季候风挟带豪雨和闪电，照亮了苍穹古老的缝罅。

闪电烤焦了绳梯上的两名二等兵，巨浪吞吃了三艘平底登陆艇，暴风将一艘满载鬼子的橡皮艇吹刮到海盗横行的苏禄海，岩石绞碎

1　布洛克王朝（Brooke Dynasty, 1841—1946）。英国人占姆士·布洛克（James Brooke）因协助文莱苏丹敉平原住民抗争，获赠婆罗洲西北部三千平方英里土地，于一九四一年建立砂拉越王国（Kingdom of Sarawak）。占姆士不断以武力胁迫苏丹，使砂国土地急速扩张，达四万八千平方英里。除二战期间被日本人短暂占领外，布洛克家族统治砂国逾百年。

两箱九二式机枪和十多门迫击炮。指挥官川口清健将军一双鼠眼瞪了带路的二等兵伊藤雄两秒钟，一巴掌将伊藤雄打倒在湿冷的沙滩上，右手打眼罩遥望被晨曦染红猪芭村的贫天瘠地。一支铃木十六孔布鲁斯复音口琴从伊藤雄九九式背囊摔下，炭黑色盖板咬了一口伊藤雄的分趾靴，布满烟垢的琴孔哇哇哭号。伊藤雄站直时手掌顺势捂住口琴，将口琴塞到俗称章鱼包的九九背囊中，背囊的章鱼触手飞扬，透过防水帆布摩挲口琴，让口琴含笑入眠。强劲的东北季候风像钢丝钻入章鱼包，触动口琴的金属簧片，发出牛犊的哼叫。

天晴后鬼子曝晒岩石上的尸体被近千只栗鹰、黑鸢、泽鹭、游隼、乌鸦和海鸥覆盖，鹰群衔着鬼子内脏和尸块飞回丛林时，一块巴掌大尸肉落在锤老怪阳台上，吸完一块鸦片膏的锤老怪看见挂在室内墙上的强生猎枪枪口漫出了黑色烟硝，枪管闪烁着一个狭长的星光灿烂的银河系，飞窜着十颗毛瑟尖头流星子弹。锤老怪走到阳台上对着尸肉嗅舔一阵，测不出尸肉来源，一拳打在尸肉上，揉出一个囫囵小人，喊了两句鬼子话，窜入茅草丛。三年八个月后锤老怪入林追剿鬼子，挂在肩膀上的强生猎枪猛烈地抖索着，枪口再度漫出黑色烟硝，释出只有锤老怪可以感受到的亡灵频率，锤老怪知道前面有鬼子流窜。鬼子放屁打嗝有烟硝味，沿途撒的尿屙的屎放的屁有鬼子爱啃的奶糖羊羹味和爱抽的三炮台卷烟味，逃不过锤老怪强生猎枪的嗅觉味蕾。十多具鬼子尸体漂散到猪芭河口，湾鳄的死亡翻滚让猪芭人惊悚不安，一只吃撑的湾鳄暴死在鳖王秦高脚屋下，鳖王秦从湾鳄肚子取出一顶蟹青色九〇式钢盔，用河水洗净，想用它向朱大帝换几包鸦片膏，他已经两天没有吸食鸦片了。九岁的儿子拿了一只老虎钳去撬鳄鱼的槽生齿，抬头看了鳖王秦一眼，拿起父亲手中的钢盔戴在头上。鳖王秦看见钢盔在儿子头上钙化成头盖骨，听见儿子说着自己听不懂的鬼子话。

恶劣的登陆地点，让指引鬼子登陆路线、流浪婆罗洲十八年的伊藤雄差点被指挥官枪毙。十二天后，伊藤雄和三十多个鬼子骑自行车搜缉"筹赈祖国难民委员会"成员，亚凤和孩子王曹大圣正在榴梿王黄万福的果园里刈草，鬼子啃着黄万福奉献的红毛丹，伊藤雄坐在一棵椰子树下吹奏口琴，奏了一首《军舰进行曲》，又奏了一首《拔刀进行曲》，又奏了《月夜的沙漠》《满天晚霞》《赤蜻蜓》，奏完，亚凤惊觉吹奏口琴者就是鬼子登陆前在村子里叫卖杂货的摊贩小林二郎。二等兵伊藤雄戴着草黄色战斗帽，穿着土黄色战斗服，肩担有坂九九式步枪，腰挎南部十四式手枪枪套和马皮弹药盒；摊贩小林二郎穿着油渍斑驳的背心短裤，趿木屐，平头布满铡痕，胡茬长短不一，肩扛一管腕粗竹竿，长十八英尺，竹竿上凿十八个凹槽，缚十八根麻索，吊挂一百多种杂货：衣服、手链耳环发夹项链、藤帽藤篮毛巾手帕布料、锅铲、糖果、玩具、妖怪面具，右手掐一支十六孔复音口琴，吹奏欢乐或哀怨的日本童谣和歌谣，最受小孩和南洋姐欢迎。小林二郎脑灵手巧，用藤蔓编织昆虫走兽，分送小孩；小林二郎童心烂熳，戴上千变万化的塑胶面具，鸟嘴凹脑的河童，单眼长舌的伞鬼，红脸翘鼻的天狗，鼬头鼯脸的狸妖，妩媚谗笑的九尾狐，追吓小孩；小林二郎佛面善心，知道自己卖的是便宜货，欢迎村民以物易物，来时一竹竿杂货，去时一竹竿苦瓜、山竹、活鱼和野猪肉。十几个小孩，你攀着我的肩，我搂着你的腰，二十几只小脚贴地狗窜，越窜越快，窜出一条马陆和一条蜈蚣，长短快慢，蜷曲拉直，尾随小林二郎走遍街头巷尾，好似印度人耍蛇、吹笛手诱鼠。傍晚时分，小林二郎进入猪芭河畔木板店铺红灯区，步伐变缓像子弹入水，心情浪漫像蜜蜂飞入花圃，一首召告南洋姐的必奏曲《雨夜花》吹得花俏凄惨。数十个坐在板凳上的南洋姐撩起和服衣摆，像拉网向小林二郎和竹竿围上去前，鞠躬向客人道歉：对不起，小林君来了，请稍等。小林二郎一一呼叫南洋姐花名，桃子香子贵子菜穗子加奈子，口红香皂坠子，发夹耳环梳子，壶杯碗盘筷子勺子，大小凹凸，阴晴圆缺，应有尽有。交易完，吹奏日本歌谣，结束小林二郎最终站。

亚凤年少时用野榴槤向小林交易过三颗弹珠和两个塑胶妖怪面具，他数次和椰子树下的小林二郎对视。二等兵伊藤雄，或摊贩小林二郎，和亚凤四目交接，反手从九九背囊抽出一张红脸翘鼻天狗面具，往脸上扇，面具灰飞烟灭，往伊藤雄脸上聚合，伊藤雄血脉偾张，双眼暴睁，瞪着亚凤，咬住口琴，吹奏《笼中鸟》。亚凤暗笑：小林，别装了，烧成灰也认得你那支盖板焦黑的口琴，你那双鹰爪手，你吹奏口琴的龟样。伊藤雄，或小林二郎，继续吹奏口琴，眼神闪烁，反手往九九背囊探，往脸上抹，出现一个单眼长舌伞怪，吹奏《请通过》。亚凤暗骂：小林，别躲了，烧成灰也认得你那一口骰子牙，你那一双红鹤腿，你吹奏口琴的蠢样。一首《请通过》奏到一半，鬼子整队离去，伊藤雄混在队伍中，从背囊抽出河童面具，罩住后脑勺，他可能发觉，认出他的不只亚凤，孩子王曹大志、果农黄万福也对他讪笑指点了。亚凤对曹大志和黄万福说：小林，别来无恙，烧成灰也认得你那只被猴子啃去了半壳的耳朵，你像老椰子树一样佝偻的脊梁，你走路的熊样。小林二郎不告而别前两个月，一个年轻华人矿工用一只长尾猴交易锅子和背心，小林用一根麻绳系住猴脖子，放在不挑担的肩膀上，猴子施展不开，竹竿尾竹竿头游走，孩子乐，竹竿一下抬头一下翘屁股，衣服玩具锅铲掉满地，小林扇了猴子一巴掌，猴子生气了，咬住小林左耳，费了半天工夫，叼走了半只耳。小林无奈，放生猴子，送它一颗软糖。猴子重获新生后企图加入猪芭村的长尾猴群，但不被接纳，偷走了竹竿上一个女妖面具。

"筹赈祖国难民委员会"发起人之一，在英美澳纽[1]组成的高原抗日游击队中建立过丰功伟绩的沈瘦子，两天后探听出小林二郎改名伊藤雄，是鬼子登陆婆罗洲前，一批在婆罗洲营生突然失踪的日本人之一。小林消失后那几天，猪王朱大帝、宝生金铺老板打金牛、木匠高梨、榴梿王黄万福、鳄王小金、枪王锺老怪、蛇王鳖王秦和亚凤在公家开设的鸦片馆或者在家里烧食扁鼻周走私充满尿骚味的鸦片膏时，从窗外看见那根十八英尺竹竿腾空飞跃，牵拖一群狸妖、伞怪、天狗、河童、九尾狐，一批南洋姐在后方裸身追逐。小林二郎后来命丧毒箭，头颅不知去向，无头尸具出没猪芭村，那支复音口琴在他脖子上飞旋，间或发出悠悠的琴声呢。曹大志肩扛十英尺花梨木木棍，领一群孩子到龟田久野开设的药草店找小林，药草店门窗紧闭，杳无一人。曹大志搔耳抓腮，在地上蹾了蹾三磅重花梨木金箍棒，率孩子到加拿大山[2]山脚下找萧先生。鬼子十二

---

1 英国、美国、澳大利亚、新西兰。

2 日军入侵后，六名加拿大籍工程师避难山上，故名加拿大山（Canada Hill）。

月七日突击珍珠港后，猪芭村已接获风声，早则七天，晚则十五天，鬼子大军随时南下婆罗洲攫油，当时，萧先生讲解到《封神榜》第八十七回《土行孙夫妻阵亡》、《西游记》第五十九回《唐三藏路阻火焰山　孙行者一调芭蕉扇》，孩子听得耳朵渗油，萧先生却突然不授课了，说鬼子到，读书人遭殃，叮咛孩子不可叫他萧先生，叫萧爷爷、萧伯伯、萧叔叔、萧老头。萧爷爷大字识几个，书没读过，墓碑也看不懂。萧爷爷命苦，种几垄菜、抓几尾鱼过活，鬼子摸萧爷爷手掌，萧爷爷手掌又软又标致像花瓣，轻则枪毙剁头，重则酷刑，萧爷爷现在要刈草劈柴，让手掌长茧结痂。鬼子淫邪，必有姜太公替天行道，必有齐天大圣显威扫荡，灭了鬼子，再细说西游封神。

曹大志带领三十多个孩子迈向加拿大山，半途看见萧先生站在一块无主野地上，手拿一柄小帕朗刀薅草，胡子随风飘曳，孩子担心小帕朗刀薅了胡子。草丛湮没了萧先生腿肚子，萧先生仙风道骨，好似仙人驾云彩。孩子没看过萧先生做粗活，觉得他额头淌的不是汗，是珍贵渊博的脑汁。萧先生知道孙大圣大闹天宫，知道姜太公讨伐纣王，也一定知道卖杂货的小林、卖木柴的大信田、开药草店的龟田、牙医渡边、摄影师铃木去向。萧先生看了看起水泡的手掌和被荆棘割伤的血指，挥挥小帕朗刀，要孩子回家。萧先生不说，孩子不敢多问，自命哪吒再世年纪最小的红毛辉不忍，要帮萧先生割草。和曹大志抢当孩子王的高脚强，额头用蜡笔画了一只狗屎一样的仙眼，自命杨二郎，建议萧先生拿锄头钉耙，因为锄头钉耙重，容易长锄头茧结钉耙痂。

一九〇九年，一小撮东洋人移民砂州拓垦橡胶园。一九一一年，清朝覆亡，企业家嶋本石井向砂州布洛克王朝租贷一千七百英亩土地种植橡胶，嶋本企业在砂州三马拉汉[1]扎根，自设行政区、商店、小学、药局、医疗所。一九二九年，日本储植国力军备，秘设海外部，摄取海外天然资源，吃苦耐劳的冲绳人移民婆罗洲，开铺摆摊。亚凤小时候腰挎小帕朗刀，和腰挎大帕朗刀背藤篓的父亲闲逛村子时，爱看父亲和村民驻足东洋人店铺，比手画脚谈论鞋子、布料、自行车和缝纫机价钱，学了几句拗口的鬼子话。父亲红脸关第一次逛日人杂货铺，爱上一辆富士牌自行车，摸着把手、车头灯、铃盖和坐垫说悄悄话。热恋富士牌自行车的不只父亲，原住民、矿工、爪哇苦力也对那辆自行车一往情深，伸出油腻的和长满厚茧的双手拍一下鞍座或捏一下把手，不让父亲一个人独享，一身腥味的猪肉贩李大肚玩弄前轮的磨电机时，好像亵渎了私处，父亲气得咬牙，向长青板厂老板林万青贷款，用一种赎身的神圣心情，买下了自行车。刚买下自行车时，父亲不舍得骑，让亚凤坐在货架上，推着自行车，吹着口哨回家，像迎娶媳妇。针灸家和草药家小泽龟田看见父亲骑自行车载亚凤上门治感冒，鞠躬道谢，分文不收。自营摄影馆的铃木半路拦下父子，支开像手风琴的机器盒子，噗哧噗哧留影，让亚凤和父亲受宠若惊，据说，鬼子登陆猪芭村的自行车银轮部队，领头羊就是自行车准尉铃木。牙医渡边借骑，绕行猪芭村一圈。牵拉四轮平板车贩卖木柴的大信田，臂如巨蟒，一跺脚可以压沉舢板，不爱说话，却会说客家话，指着富士牌自行车

1　三马拉汉（Samarahan），砂拉越一个省份，面积约两千平方英里。

说，有钱，也买一辆卖柴。小林二郎看到自行车，好像看到蒸汽火车，吭哧吭哧吭哧哧叫两遍，吹奏《火车阿兵哥》。

红脸关载着亚凤骑遍猪芭村，经过猪芭河畔红灯区东洋娼妓馆，南洋姐挨肩并臀坐在矮凳上、瘫在藤椅上，眯眼噘嘴，好像晒太阳的鳄鱼，男人靠近，集体骚动，每个南洋姐都想把男人叼进去。亚凤感觉父亲骑经红灯区鳄鱼河时，自行车比平常颠簸。曹大志告诉他，晚上看见富士牌自行车停靠在娼妓馆非洲楝下。曹大志满脸艳羡，没有轻蔑嘲笑，即使高大英挺的英国白人也会把吉普车或越野车停在娼馆外，醉醺醺地唱着《天佑吾王》，让南洋姐把他们叼走，在鳄鱼河里快乐翻滚。孩子把娼馆比喻成鳄鱼河，把南洋姐比喻成鳄鱼，是鳄王小金教化。鳄王小金嗜吃鳄肉，杀过三十七头湾鳄，家里有三十七张鳄鱼皮和三十七片鳄鱼头盖骨，两年前早上，小金漫步猪芭河畔，一只湾鳄咬住一位东洋洗衣妇左手，小金正要抽出帕朗刀，一位正在洗头发的南洋姐比他早一步跳入河里，手握金属发钗戳瞎了鳄眼，救了洗衣妇一命。一个半月后，小金巧遇那头湾鳄，发钗依旧镶在它的眼眶里，小金对着鳄鱼头轰了两枪，剥皮烹煮分享猪芭人，用一块破布包好发钗，睡了那位身材高大奋勇杀鳄的南洋姐，事后亲自把发钗插回她油腻腻的乌发上。小金和朱大帝、鳖王秦、高梨、黄万福、锺老怪、扁鼻周等人记性不如小林二郎，和服浓妆梳高髻的南洋姐只有高矮胖瘦，分不出川野小泉香田菊池，小金模仿洋人分类鳄鱼，用体积大小分类南洋姐。小鳄，鳄龄一年，体长六十到一百二十公分，南洋姐三位，身高不满一百五十。少鳄，体长一百二十公分到一百八十公分，南洋姐十三位，身高一百五十几公分。大鳄，体长一百八十公分以上，南洋姐八位，身高一百六十几公分。巨鳄，体长难以估计，南洋姐一位，身高一百七十几公分。刚孵化不满六十公分的乳鳄[1]，二十年前有一位，一百三十几公分。小鳄、少鳄和大鳄增增减减，最多时三十几只，体型接近，蹙眉、微笑和脾气铸自一个模子，穿上和服、浓妆艳抹后难以分辨，脱了一个精光后就像高梨刨制的矮凳，不少一个瘿，不多一个蒂。巨鳄和乳鳄自始至终只有一位，分别和小金、小林二郎谱过一段恋曲。

小金亲自把发钗插到巨鳄的乌发上，看见巨鳄脸上堕下两行热泪后，他像婴儿吮乳，舔干了那两行热泪。巨鳄突然扑向小金胸口，充沛的泪水沿着小金胸毛落下，洇湿了小金胯下。从此小金光顾娼馆时，总是捎两块腌猪肉、几个水果罐头、几个生鸡蛋、几串水果、一碗四神汤或一碗蛇肉汤，默默放在巨鳄床头上，温存完后默默离开，直到鬼子占领猪芭村。巨鳄和客人温存时一声不吭，但对小金例外。语言不通，彼此不知道对方名字，小金的呻吟和巨鳄的浪声淫叫，像一个畸形胎孕育着他们的精神和肉体。

二十年前乳鳄初抵猪芭村后，小林二郎的《雨夜花》吹奏得更花俏忧伤。乳鳄芳名花畑奈美，瘦小标致，像个十岁小学生，来自南洋姐大本营山打根，倔强傲慢，只招待洋人和华人，不做马来人、爪哇人和原住民生意。小林二郎把最好的布料、首饰和化妆品留给花畑，将那根十八英尺竹竿挂在娼馆走廊，坐在矮凳上，两手捧着口琴，吹奏一首又一首令南洋姐魂牵梦萦的日本歌谣，《东京

---

1 小鳄（yearling）；少鳄（subadult）；大鳄（adult）；巨鳄（eyes only）；乳鳄（hatchling）。

夜曲》《夜雾的马车》《支那之夜》，听得南洋姐肝肠寸断。破晓时
分，南洋姐聚集猪芭河畔散心聊天洗衣净身，小林二郎坐在猪芭河
畔两棵椰子树下，面对叽叽喳喳的南洋姐，看着悠悠流向西北方的
猪芭河，两手捧着口琴，像召唤故乡的白云山峦和草原流域，吹奏
一首又一首令南洋姐沉思低吟的日本歌谣，《春风雷雨》《太湖船之
梦》《荒城之月》……花畑奈美坐在小林身边，间或看着小林，间
或凝视猪芭河，抚额叹息，随着口琴哼唱，吸引划舢板和长舟经过
的猪芭人揭桨聆听，都说小林吹得好，花畑唱得更好。那天中午，
花畑和两个南洋姐路过沈瘦子的吉祥杂货店，被两个手臂有蔷薇刺
青的爪哇青年捏了两下屁股，小林二郎回到龟田久野的药草店后，
卸下竹竿杂货，拿起一根青绿色也是十八英尺长的竹竿，走到沈瘦
子杂货店，像一只蛤蟆蹲在门口，挂着竹竿，搔着布满铡痕的平头
像西南风刮着野草凋零的坟茔，一双惊惶不安的小黑眼瞪住过往行
人，半小时后，小林掮着竹竿走到几家人声鼎沸的咖啡馆，在牛油
妈露天咖啡座看见两个手臂有蔷薇刺青的爪哇人，拿起竹竿朝爪哇
人头上擂去。爪哇青年被打得晕头转向，抄起木制的矮凳和铁椅还
击，小林扔了竹竿，拔腿飞奔，穿过几条人潮稀落的小衙，消遁猪
芭街头。第二天天未破晓，小林带着花畑离开猪芭村，从此不见踪
影，一说两人私奔，一说小林帮花畑赎了身。一年半后，猪芭村霍
乱大流行，死了两百多人，小林用一根竹竿挑回花畑尸体，葬在加
拿大山腰上。小林在那根挑回花畑的竹竿上凿了十八个凹槽，吊挂
一百多种杂货，再度吹着口琴走遍猪芭村。

一八八〇年，南洋姐散布东南亚，皮肉钱对日俄战争有伟大贡

献；一九一一年，猪芭村产油，南洋姐姗姗来到。小金和朱大帝等嫖客耗费在小鳄大鳄身上的殖民地纸币，亚凤父亲的富士牌自行车贷款，曹大志等孩子买妖怪面具和玩具的零碎钱，让日军入侵东南亚的炮火强大。针灸专家龟田和牙医渡边爱到码头垂钓，和猪芭钓客渔夫讨论渔获，测量港口水深，供日军舰艇泊靠；摄影家铃木上山下海，捕捉鸟兽英姿和女人倩影，将精心拍摄的黑白照片张贴在照相馆玻璃橱窗内供猪芭人观赏，也把猪芭村地形外貌寄回东京总部；摊贩大信田和小林二郎走遍陋巷乡野，比邮差熟记户口门号，比蟒蛇了解每家每户猪羊鸡鸭大小。一九四一年十二月十六日日军登陆前，日本人和南洋姐急撤海外，萧先生三年八个月后最后一次在箭毒树[1]下授课，讲到纣王敲骨剖孕妇，讲到八戒变鲇鱼戏耍蜘蛛精，想起鬼子淫秽残暴，想起龟田渡边假慈悲、大信田小林二郎假谦卑，想起学生惨死一半，噗哧吐一口血，让孩子惊愕万分，两小时后溘然长逝。

鬼子登陆三个月后小林二郎和一群鬼子到锺老怪家里追讨六块钱人头税，锺老怪闻风窜逃，鬼子坐在阳台上吸食搜括到的英国三炮台卷烟，小林蹲在一穗穗大红花和茑萝花下吹奏口琴，吹完两首，噗咚倒下，两脚朝天，四肢僵硬，脖子插着一支毒箭，维持吹口琴的姿势。鬼子用九二式机枪胡乱扫射，匆匆离去，回来时小林头颅已被削去，口琴不知去向。

1 箭毒树（upas tree），俗称见血封喉树。桑科属，常绿乔木植物，分布于热带非洲、婆罗洲、印度、马来半岛。婆罗洲原住民萃取箭毒树树汁经烘烤成膏状后涂抹箭矢，将箭矢从吹箭枪喷出射向猎物。烘烤后的树汁含有多种有毒物质，引发肌肉松弛、血液凝固、心脏停止跳动。

玩具

珍珠港瘫痪九天后，鬼子只消耗两颗子弹，打死海岸导航灯管理员，攻陷猪芭村，占领砂州。砂州统治者，第三任白人拉者梵纳·布洛克[1]，乍见鬼子君临，丢弃子民带领英欧官员和妻小窜逃澳洲。砂州招募义勇军，凑合野战部队、海岸防卫队、警察部队、消防队、喊口令像小女生的童军队，征收了来福枪毛瑟枪土枪、长矛木盾帕朗刀，准备抵御外侮，日军登陆后，扔制服丢军械，逃向莽林，军火落入黑帮、军火收藏家、砂拉越共产党、朱大帝等人的抗日游击队。一九四五年澳洲、纽西兰[2]、英国、美国联军和游击队击退鬼子大军后，梵纳放弃砂州统辖权，像漫游海外的尤里西斯返

---

1 拉者（rajah），统治者、王子、酋长或军阀。梵纳.布洛克（Vyner Brooke），英国人，砂国第三任统治者。
2 即新西兰。

乡，每晚坐在伦敦公寓炉火旁，脸颊眨闪猿臀胖胝的健康红潮，追
忆荷属东印度群岛和马来群岛流氓事迹，看见自己变成榴梿树，树
上猴群杂交，树下猪群刨土，猪猴喧哗，好梦连连。梵纳的冒险家
血统遗传自第二代拉者，父亲查尔斯·布洛克[1]；查尔斯的冒险家血
统遗传自第一代拉者，舅舅占姆士·布洛克。

占姆士一八〇三年出生印度，父亲是东印度公司高等法院法
官，童年浪迹印度，十二岁随父返回英国，杀狐猎鲸，骑马喝酒写
诗，热爱东方，厌恶上学，向往航海，十六岁从军，十八岁晋升
海军中尉，一八二四年缅甸入侵阿萨姆，占姆士带领孟加拉军队
御敌，弹入左肺，返英疗伤。忧郁的战争英雄卧榻养伤一年多，想
起自己中弹后躺在独木舟上，漂浮雅鲁藏布江三天，抵达加尔各
答前，士兵让他吸了八块鸦片膏止痛，两岸林木像泥浆淌过，一群
小虫子犟劲大发绕着独木舟嗡嗡嘤嘤飞翔，巨大得像一群绕着他
跳窜的野牛；遗落的军帽在水上漂流，滑向他，化成两只草龟，匍
匐两只手掌上，手指湿润像龟脚，手掌硬得像龟壳，中指伸缩像龟
头；他十指交叉胯下，两只草龟交配。鱼狗栖息胸膛，叼走肺部子
弹，咻咻飞来另一颗子弹，嵌入肺部，鱼狗低头啄食胸膛；鱼狗走
了，飞来一只孔雀，叼走肺部子弹，又咻咻飞来一颗子弹，孔雀低
头啄食胸膛；孔雀走了，涉水渡来一只大象，长鼻子刨走肺部子
弹，又飞来一颗子弹，肺部被长鼻子刨掘；大象走了，树上跃下一
只孟加拉虎，嚼碎肋骨，舔去子弹，又咻咻飞来一颗子弹，老虎啃

1　查尔斯. 布洛克（Charles Brooke），英国人，砂国第二任统治者。

食胸肌，嚼烂子弹；伤口流淌出血色雾霭，染红两岸丛林，被鱼狗孔雀大象老虎叼走的子弹，在氤氲迷蒙的急流漩涡中咻咻飞窜。他的母亲，苏格兰女人，塌鼻蓝眼，骨骼纤细，将子弹放在鸡蛋大玻璃龛中，串上金链，挂在占姆士胸毛丰足的脖子下。他的姐姐，四位珍·奥斯汀小说里的女子，听说弟弟在独木舟上谵妄失智，梦呓不断，吸了八块鸦片膏，自慰两次，稍解激痛，敬畏不已。占姆士每天清晨醒来，肺如刀割，吸食鸦片成瘾。他的大姐不让弟弟再到热带冒险，指着玻璃龛里的子弹开玩笑说，此弹取自你射杀的狐狸脑袋，你肺部里的子弹，医生不敢取出，恐怕大量出血。占姆士胸部绞痛时，吸完一块鸦片膏后，看见一只嵌着子弹头的蚂蟥，饱食血液膨胀十倍，熟睡在一小片焦黑的肺叶上，一只满脸怨恨的狐狸趴在胸前，额头有一个鲜血淋漓的弹孔。大姐的话困扰他一辈子，子弹折磨他一辈子，让他在热带高烧不断，染上天花、疟疾，死而复活。疗伤时，占姆士嗜读托马斯·斯坦福·莱佛士爵士和德·昆西著作，视两人为偶像。莱佛士一八二三年占领新加坡，从印度进口鸦片，加工储存，倾销东南亚和中国，引发鸦片战争；德·昆西在《一个英国鸦片瘾君子告白》中，将中国鸦片鬼描写得猥亵颓坏，让占姆士对同好者的爱恨情结，根深蒂固，终生难以磨灭。那颗子弹让他再度点燃征服东方的野心，也点燃他和华人矿工的一场小型鸦片战争。

　　一八三五年，父亲过世，占姆士以巨额遗产，购买一艘双桅帆船，一百四十二吨，六门六磅炮弹大炮，四门回旋炮，各式军械，船员十九，一八三八年航向马来群岛，以英国海峡殖民地海军优势，协助文莱苏丹敉平内乱，一八四一年，御封砂拉越第一代拉者，统治婆罗洲西北部一块蕞尔小国。占姆士称王后，高举反海盗大纛，剿杀各部落自由斗士，仿效偶像莱佛士，将娼妓、赌博、鸦片合法，土地急速扩张，开启统治砂州百年的布洛克王朝，直到一九四一年鬼子登陆。

一八三〇年，一批华裔矿工从加里曼丹越境砂州，在一个荒野小镇石隆门¹探勘到金脉，向占姆士政府缴纳租金开采。华裔矿工八方拥来，公推青年才俊刘善邦为领袖，成立"十二公司"，统筹采矿。刘善邦，广东陆丰客家人，胆识过人，精通螳螂拳和迷踪罗汉拳，二十岁渡海南下加里曼丹坤甸采矿，遭荷兰东印度公司驱逐，率领华工北上石隆门。"十二公司"每年向占姆士政府缴纳人头税和租金，自定法制货币，操练军队，全民皆兵，华人人口四千，形成一个自给自足、不受占姆士政府治理的小国。占姆士征伐叛乱部落和海盗时，刘善邦派遣一支三十人华人部队参战，纪律严明，人强马壮，屡次立下奇功，占姆士又羡又忌，对这个逍遥法外的小国戒慎恐惧。一八五七年一月，占姆士在宫邸召见刘善邦和他的手下。刘善邦笑脸迎人，带来一堆见面礼：印度苏拉特出产的华丽丝绸、拷花天鹅绒、猩红色的布料、中国珠茶、糕饼糖果、枣子、果浆、糖浆、腌姜、三十六瓶苏格兰威士忌酒、两大箱中国和西洋玩具。占姆士披着皇家舰艇中队制服：白衬衫、英国海军少尉短夹克，长裤紧绷，领结流畅，站得挺直，左膝微弯，典型傲慢的

1　石隆门（Bau），位于婆罗洲西北部，十九世纪以盛产金矿、锑矿闻名。

征服者姿态。

"刘先生，一八四八年，贵公司人口多少？"他透过翻译，问了刘善邦第一个问题。

"约六百人，"刘善邦透过翻译回答，"精确数字，待我回去查证。"

"当年你缴多少鸦片税？"

"六十两黄金，"刘善邦说，"我向您买了六十球生鸦片，每一球一点六公斤，共九十六公斤。"

"现在贵公司人口多少？"

"四千一百零一十三人。"

"人口增多了，但你去年才买三十球生鸦片，只缴三十两黄金鸦片税，不增反减，怎么回事？"

"哎呀，钱都拿去买洋烟洋酒、赌博和玩女人去了，"刘善邦两手一摊，"他们不抽，我有什么办法？"

"我怀疑你从新加坡走私鸦片。"占姆士看着宫邸外的棕榈树和木麻黄，天穹上一只掠食的栗鹰吸引了他的注意，它优雅从容地趴在热气流上好像睡着了。他记得不久前，法兰丝·葛兰特爵士在伦敦帮他画像时，他这种嘴角含着淡淡的微笑、两眼凝视缥缈未知远方的神态，让他浑身弥漫迷人和浪漫的英雄气质。他十分满意那张画像。占姆士过世后，那张画像悬挂在伦敦国家肖像美术馆内，永世供人瞻仰。"我还怀疑你从新加坡走私军火和烟酒。"

"陛下，您别听信流言——"

"我会增加你的租金、人头税和鸦片税，"占姆士说完，挺直弯曲的膝盖，背对着刘善邦，"准确的额度，过几天通知你。你回去吧。"

"陛下，公司的人一直反映，我们交的税不少了——"

"你回去吧。"

第二天占姆士派人通知刘善邦：租金和人头税不变，鸦片税每年维持黄金六十两，严禁十二公司出口黄金；走私鸦片部分，罚款一百五十英镑。二月十七日，刘善邦率领六百华工武装部队，乘战船，以毛瑟枪、猎枪、长矛、大刀，夜击占姆士官邸，杀死数名英国官员，短暂占领砂州首府古晋三天，占姆士率领以马来人和猎头族组成的万人军队反扑，刘善邦阵亡，华工溃逃，血洗十二公司，屠杀两千六百华裔老弱妇孺。敉平叛乱一个月后，占姆士才有空清点刘善邦的见面礼。洋酒自用，其余分送下属，两大箱玩具，大小像两具棺木，用铜片和麻索密实箍扎，费了一番手脚撬开，其中一箱尽是中国和西洋玩具，另外一箱只有黄金和鸦片膏：黄金一百两、鸦片膏一百公斤。

"德·昆西说得没错，中国人，鬼鬼祟祟，拐弯抹角，走后门，讲大话，奸诈自私，下流淫秽，"占姆士大骂，"刘善邦，你这个长着小猪眼、拖着大猪尾的流氓，你这个一日三餐吃老鼠、猫狗、蜗牛和蚰蜒的野蛮人，你这个口吐致癌浊气的妖怪，把话说清楚，不就没事了！"

帕朗刀

帕朗刀（parang），马来群岛原住民惯用的弯月型大刀，或称番刀，类似印第安人的大砍刀（machete）、菲律宾人的砍刀（golok）、印尼人的大刀（bolo）、苏禄海盗的长刀（kamilan）、台湾原住民的高山刀。长度不一，短则一英尺，长则三英尺或以上。刀身分三部分：尖端刃薄，适于剥皮；中端刃厚，呈斧状，适于砍柴剁骨；底端精细，适于雕刻。刀身似弓，刀背凹陷，尖端比底端阔厚，挥砍时力量集中尖端，使刀刃有效锲入肢体或木头，也易于抽回。刀柄、刀茎、刀身一体，木制刀鞘，角质或硬木握把。

帕朗刀是婆罗洲原住民生活基本工具，也是对付白人殖民者和日寇的战斗神器。

他十六岁，握着大帕朗刀，腰挎两支茄紫色小帕朗刀，准备报名参加朱大帝猎猪大队。一只黑鸦像断线纸鸢坠向天陲，他闻到黑鸦喙爪里的尸气。

亚凤刚刚杀戮了生平第一头长须猪。那是一个湿热的下午，猪群顿蹄声响遍荒地，践踏出瓜瓜瓢瓢的水声。父亲说，满十八岁，送他一把大帕朗刀和一支单管霰弹枪，伏击野猪渡河。父亲是猪芭村一流钓手，带着村民用古老的牵罟法拉网捕鱼，护网的父亲被闯网的大鱼捶肚皮、被飞越鱼网的大鱼扇耳光，嘴唇瘀青，两颊像抹了腮红，绰号红脸关，有人叫父亲关公、关云长。父亲擅长捕鱼，却不擅猎猪，亚凤对他的话半信半疑。他等不及了。朱大帝招募猎猪大队队员，已召足九人，年龄二十上下，说话短小精悍，打鼾像炮弹呼啸，身上有一个以上野兽或刀枪留下的明疤暗伤。去年此时，打金牛铸了一条六两重金链子，要大帝带他十五岁儿子入林猎猪，大帝和队员抬回一具被野猪刨空胸腔的尸体，不再招募十八岁以下队员。亚凤知道，要大帝青睐，真本事比金链子重要。

他腰挎一支大帕朗刀和两支小帕朗刀，在黄万福果园外埋伏了三天。七月，悍夏似豺狼，正在凶猛叫嚣。黄万福果园菜畦幅地广大，切成八块，匝篱圈地，每一块种植不同蔬果，由黄万福和八只阴险懒散的土狗监控。亚凤蹲在下风矮木丛里，守在一个篱笆豁口外，豁口内外烂泥地上残留着野猪蹄印。父亲说野猪多疑狡猾，嗅觉胜过土狗，可以嗅出一星期前接触过人类肌肤的草梢枝叶，从不同体味分辨甲乙丙丁、男女老少、生人熟人。

父亲说，野猪在猪窝里吸啜地气，在山岭采撷日月精华，在烂泥潭打滚，啃食猪菇、野蕨、野蕈、野橄榄、野榴梿和甲壳虫蛹等，早已经和荒山大林、绿丘汪泽合为一体，野地的广大荒芜提供了最好的掩护和堡垒。单靠猎枪和帕朗刀是无法和野猪对抗的。人类必须心灵感应草木虫兽，对着野地释放每一根筋脉，让自己的血肉流浚天地，让自己和野猪合为一体，野猪就无所遁形了。父亲说得很玄，也很神秘，亚凤想，再怎么神秘，怎么玄，也不过把自己想象成一只猪吧。

父亲带着九岁的亚凤走向茅草丛时，指着一片散乱着水洼、小溪、灌木丛和果树的野地，嚅了嚅嘴唇，好像说，听见鸟的啁啾，就知道那里有鸟的飞旋，知道了还不够呢，还要揣摩动态，是在捕食、筑巢或求偶。闻到熟果的暴香或强腐，就知道那一棵果树的果子熟了，树上有几只撒野的猴子。感觉到大地战栗，就要细数出有几只野猪稀突，还要估计野猪的数量、大小和体重。舔到了空气中的尿骚味或血腥味，就要知道那一巢鳄蛋、那一窝大番鹊孵化了。父亲笑得很神秘，说，磨炼久了，经验多了，这种本事只能算是雕虫小技。父亲再一次指着那片野地，大声说，猜猜看，小溪和灌木丛里发生了什么事？亚凤均衡呼吸，闭上眼睛，听见大番鹊和苍鹰的叫啸，西南风走过茅草丛的登音，远方猪芭村的狗吠鸡啼，荷兰石油公司满载钻油技工的卡车咆哮声，除此之外，野地悄无声息。他又努力听了一阵，睁开眼睛，对父亲摇摇头。父亲和亚凤走向那片野地，边走边说，灌木丛中有一对豪猪正在交媾，已经半干涸的小溪上，两个小孩挖坑捉蛇头鱼[1]。爸，你怎么知道呢？亚凤说。公

1　蛇头鱼（Baram snakehead），活跃于婆罗洲巴南河（Baram River）的鱼种，或称生

豪猪上母豪猪前，会在她身上撒一泡尿，我闻到了那股奇特的尿骚味。两个小孩高亢的尖叫，你怎么没听到？亚凤趋近灌木丛，果然看见一对腹背密合的豪猪在灌木丛振动着黑白环纹的棘刺，发出忽忽喇喇的巨大声响。两个穿着背心短裤的小孩伸手到淤泥中盲捞，掐住一尾又一尾蛇头鱼扔到屁股后面猪肚大的竹篓。灌木丛突然跃出一个中年人，对着豪猪撒出一张鱼网。豪猪在亚凤父子出现时已交配完毕，中年人刚撒下鱼网，两只豪猪已消遁。中年人狠狠瞪了父子一眼，抽出腰上的帕朗刀，剖开草丛追逐豪猪。

"爸，"亚凤说，"你没有看到这个人？"

野猪从一棵非洲楝树荫下窜过，秀美的枝桠突然狰狞起来。

亚凤掂了一下重得像一瓮水的大帕朗刀，又拍了拍两支小帕朗刀。他握住刀柄，刀一出鞘就不高兴地用刀刃眨着凶光。刀身像一尾鱼，处在一种急流的游弋中。茅草丛窜伏着五头野猪，獠牙闪烁着釉彩的饱满色泽，形状非常模糊。它们的奔跑像一股流淌的液体，搅拌着烂泥的臭水八方激射，锉惷了亚凤视觉。五只野猪消遁矮木丛后，茅草丛突然蹿出第六头野猪，乍见亚凤，煞住了蹄，但惯性未消，猪鼻子戳入一洼烂泥坑中，但马上展开防御姿态，想把亚凤拱到天涯海角。它的眼球像鹌鹑蛋，獠牙像拉满的弓，猪头扁得像自行车坐垫，邪得磷火斑斓。

"一头刚褪下棕粟条纹保护色的小猪，"亚凤拍了拍帕朗刀刀背，好像征求它的同意，"活捉吗？"

鱼、黑鱼、乌鱼。

　　小猪尝试奔跑，但很笨拙。它的后腿有一道伤口，披着一片血幔。亚凤大帕朗刀入鞘，跪倒，十指富足，扑向小猪，小猪四肢穷困，猪蹄子蹬开亚凤十指，亚凤指骨痛得像要炸裂。亚凤拔出大帕朗刀，跨两步就追上小猪，小猪转头攻击亚凤，亚凤刀背砸猪背，小猪哀嚎，死得一身傲骨。帕朗刀露出荒唐神色。亚凤发觉第一次杀戮，就和帕朗刀互动崎岖。他惋惜地拎着那只垂死的小猪后蹄，把小猪整个身子挪近脸前，往上颠一颠，又往下蹾一蹾，好像要把活蹦乱跳的元气挤回来。

　　小猪确凿地死了。

　　蚱蜢向天空撒出金黄色的抛物线。亚凤看见刚才那五只野猪在一块泥渚上聚首，对着一汪脏水铲蹄锄鼻，它们一甩开泥渚，泥渚就化成一个水洼，茅草丛星布这种水洼，像小猪鼻子星布的肉瘤子。

　　爱蜜莉拎着滴血的帕朗刀从茅草丛走出来。

　　"亚凤，小猪死了？"

　　"死了。"亚凤把小猪举到胸前。

　　爱蜜莉的帕朗刀舐了舐水洼，洗去刃口上的血迹。她穿一件下摆抽须的宽管牛仔裤和骆驼色短袖衬衫，戴一顶四面八方翻檐的草帽，圈边的竹篾已脱落，经纬纷乱，帽檐上立着一只黄褐色的小蚱蜢。琉璃珠颈炼，串着两颗野猪獠牙。檀木刀鞘，桨那么阔大，袢扣在藤条腰带上；桧木刀柄，攥在她手上，一片榴槤花花瓣从黄万福果园飘向她手中的帕朗刀，在刃口上顿了一下，裂成两片。手臂和手腕圈着十多个墨色的藤镯，当她挥舞双手行走茅草丛时，像极了在枯黄色的草丛中拟态的老虎尾巴上的黑环。这是亚凤第三次看见这两尾黑环了。

第一次看见这两尾黑环时，一九三九年，一月，亚凤蹲在矮木丛下一个多小时，那条经常勾裆的短裤在压迫下门户洞开，因热气膨胀的阴囊丑陋地兜着两粒睾丸，吊垂裤裆外，被东北风扇动，被火舌舔过野地上的芒草棱刺刮得又痒又舒服。他数次把阴囊塞回，弄得五指充满尿骚味，弄得裤裆内阴阳颠倒，生殖器探出头来，干脆置之不理。据说大番鹊聪明，知道人类觊觎雏鸟，筑巢时故弄玄虚不让人类寻获巢穴。亚凤搔了搔逍遥礼仪外的阴囊，两眼不眨，紧盯大番鹊。他怀疑大番鹊也在监视自己。

在烟霾缭绕、窣窣轰响的茅草丛中，游走着两条黑环虎尾。他看见爱蜜莉站在矮木丛前举目四望，突然蹲下，扒下白色帆布短裤，对一汪潴水撒尿，尿液落到水洼里滋滋响。亚凤看见水洼上的水光像鸭蹼浮游爱蜜莉脸上，自己未成年的生殖器伸长了脖子，龟头触到了脚踝下一簇虮母草。东北风凶猛地吹刮着，茅草丛安恬柔顺。尿液声一阵稀一阵稠，一下近一下远，激起的小水花几乎溅湿了龟头。尿滴声停止了，他听见爱蜜莉扣上帆布短裤，站直，又举目四望，迈向原来的方向。

亚凤站直了，朝黑环消失的方位觑了半天，绕过矮木丛，走到鸡窝大的小水洼前，尿水溅起的泡沫正在爆破，水光溢彩，明朗暧昧，花容月貌，似水年华。他蹲在水洼前，食指蘸水，放到鼻子前嗅，伸舌去舔，尿迫感像小刀剃着生殖器，松开裤头，对着小水洼撒了一泡热尿。

更早之前，他在茅草丛一个水塘前垂钓。茅草丛星散着这种不大不小的水塘，有天然的，有人工开凿的，也有后来被日寇和联军炮火炸裂的。猪芭村饲猪，家家挖一口水塘，放养浮萍、睡莲、野生鱼种，借助水运带来强运。旱季时，野草易燃，水塘可以减缓火势也可以灭火。亚凤的鱼饵是一只青蚱蜢，钓竿是一根树枝，蚱蜢不曾沾水，一尾三保公鱼[1]已跃出水面吃饵。亚凤忘了鳍刺极毒，空手抓鱼，听见身后有人大喊："小心！"一只大蜥蜴窜过他胯下，咬了一口亚凤左脚拇趾后潜入潭中。亚凤一阵激痛，松开了三保公鱼。

爱蜜莉从茅草丛牵着一只黑狗走出来，戴一顶没有圈边的藤帽，藤丝翻卷，像螃蟹的脚。穿客家人的黑色宽筒长裤和被剪成短袖的对襟长衫，手臂缠着藤镯，琉璃珠环颈，腰挎大帕朗刀，刀鞘盘了一只丹红色的大蚱蜢。黑狗四肢轻盈，走路无声，像一只大黑蜂盘旋爱蜜莉屁股后。

"亚凤，你让它跑了？那只蜥蜴叼走了我一只小公鸡！"

亚凤丢下钓竿，蹲下身体检查手掌心和脚趾头。三保公鱼已跃回潭中。

"你受伤了？"爱蜜莉也蹲下。

"我让三保公鱼刺了一下，又让蜥蜴咬了一口。"

爱蜜莉握住亚凤手掌，掰开亚凤脚趾头："有毒！没事，死不了的。"

亚凤赌气坐下："如果不是蜥蜴，那只三保公鱼再凶，我也不会松手。"

爱蜜莉拍了拍狗头："亚凤，蜥蜴唾液消肌生毒，狗的唾液消毒生肌，让它舔一舔。"

1　三保公鱼，婆罗洲水域常见鱼种。背部有五条黑纹，据说是三保太监捉放后的手指印。"三保公鱼"是当地华人俗称，学名不详。

狗绕过爱蜜莉，嗅了嗅亚凤脚趾头。

"爸爸说，撒一泡尿淋一淋就好了。"亚凤脚趾酸麻，手掌痛得难受，走入茅草丛，背对爱蜜莉剥开裤管，在手掌上泄一泡尿，用另一只手掬一泡尿浇脚趾头。

爱蜜莉用亚凤的钓竿钓上一尾更肥大的三保公鱼，用帕朗刀削去鳍刺，草秆穿腮，递给亚凤。亚凤想起浮游她脸上的鸭蹼。

"一泡尿，撒得天长地久！"

亚凤不答话。走路不沾地的黑狗像烟霾，趴在爱蜜莉脚下时像废铁。强大的西南风把岸边的绿水吹刮得一瓢瓢泼向茅草丛，水塘中心的水却沉稳如石壁，远近有许多凹下去的旋涡，忽大忽小，忽有忽无，发出长吁短叹的怪声。

"赔你一尾鱼。"

亚凤用沾上尿液的手接住。

爱蜜莉用帕朗刀刀尖摁了摁小猪："死了。可惜。刚脱奶。"

"猪是你砍伤的，我剁死的，"亚凤搁猪的手垂下。身上抹着大小帕朗刀，完全感受不到小猪重量。又用力踹了踹小猪。"归谁呢？"

"你要，给你，"爱蜜莉叉腰看着亚凤，"你挥得动大帕朗刀。几岁了？"

"十六。"亚凤身上抹了稀释人类味道的猪粪，爱蜜莉刚现身，他就闻到黄万福果园随西南风飘来的各种水果芬芳和鸡粪味。一年后他才知道，鸡粪味来自爱蜜莉。"我拿这只猪去见朱大帝，参加猎猪大队。"

"就凭这只小猪？"爱蜜莉伸出中指掸了掸猪背，"朱老头算什么？叫红脸关带你去。"

"爸爸说要等我满十八岁。"

"这只小猪，朱老头不会看在眼里。猎一头大猪。要我帮你吗?"

"来不及了，"亚凤拎着小猪往村子里走，"大帝过两天就出发了。"

茅草丛横亘着猪舍，像方舟航行茫茫大海。亚凤将小猪掷入背后的藤篓，走过蛇径、龟径、猪径、鳄径、雉径、蜥蜴径，越过一条即将枯竭的小溪，绕过几簇矮木丛，站在一棵野橄榄树下眺望茅草丛。

炎阳强大，野橄榄树压低了树篷，护佑着树下弱小的凉爽。树下散布十多颗黑幽幽的橄榄果，好似一群精灵眼。亚凤想起十多天前经过砍屐南的木屐店，听见朱大帝向砍屐南抱怨自从穿上砍屐南的木屐，脚趾头就长鸡眼。砍屐南是猪芭村唯一制作木屐的工匠，战后日本拖鞋流行，改行修鞋匠。亚凤听见脾气暴躁的砍屐南用小斧捶打一块长方形的日罗冬[1]，破口大骂："全猪芭村只有你穿了我的木屐长鸡眼! 又不是卵交，你担心什么?"两人嬉笑怒骂，卵交长卵交短。亚凤十岁时，父亲的脚趾头也长鸡眼，吃了一个多月橄榄果后，鸡眼神奇地消失了。这个治疗鸡眼的妙方，全猪芭人都知道。亚凤捡起橄榄果塞满裤兜，继续走向猪芭村，经过猪芭河，看见鳄王小金背猎枪帕朗刀，划长舟经过猪肉贩李大肚老家，李大肚老婆正在栈桥上洗衣。傍河的猪芭村住户在河岸上搭栈桥，直通后门，桥头拴舢板和长舟。栈桥上的铺板凹凸不平，素常拟态着做日光浴的小鳄鱼和大蜥蜴。栈桥上用木板和锌铁皮搭一座简陋的茅

1　日罗冬（jelutong），夹竹桃亚科树种，生长于马来半岛、婆罗洲、苏门答腊和泰国的雨林低洼地。纹理细致，适于雕刻。

房，面河的墙面用红漆涂一个阿拉伯数字，权充门牌号码。

李太太聒噪得像一只刚下蛋的母鸡："小金，祝你今天走桃花运，给老母鳄招赘去！"

小金狞笑："李大嫂，爱在河边洗衣，公鳄看了，先奸后吃！"

李太太边骂边从栈桥扯下一块朽木扔向小金。

孩子王曹大志领着高脚强杨二郎、红毛辉哪吒、红孩儿钱宝财等小孩在一座废弃的猪舍上演孙悟空大闹天宫戏码。孩子见佛祖降伏孙大圣，出怪招让孙大圣脱困，继续棒打哪吒智斗杨二郎扫荡天兵神将，西天取经遥遥无期。红毛辉哥哥白孩，十四岁，擎一支吹箭枪，向河面投石，在水上划出诡异炫目的线条，像和河里神秘的水怪搏斗。亚凤走进猪芭村最热闹的十排木板店铺，看见萧先生坐在宝生中药店前摆摊代书，正在给一个三轮车夫代写唐山家信，朱大帝的牛油记咖啡店就在中药店对面，朱太太牛油妈在柜台前叼一根黑猫牌香烟，看见亚凤，两眼火花飞迸像通电的钨丝。

牛油记是猪芭村唯一非海南人经营的咖啡店，弥漫汗酸味和山芭气息的猪芭男人从早到晚坐在四十多张雕花波兰椅上，围住八张海南岛进口的大理石圆桌，喝着浇炼乳的咖啡或不浇炼乳的黑咖啡，一杯五分钱，中国陶瓷咖啡杯保温，即便半小时后，咖啡仍保持温度。牛油记除了咖啡，兼卖红茶、阿华田和啤酒，叉烧包、蛋糕、面包和甜点全由朱太太巧手制作。朱太太煎炒咖啡豆到八分熟时，搅拌新加坡进口金桶牌牛油，咖啡香浓，让人舌头酥麻，牛油面包风味独特，绰号牛油妈。朱大帝年过六十，七年前娶了十三岁的牛油妈，生下两个大耳塌鼻鼠眼牛唇的猪儿子，大儿子和一群小孩在沟渠里捉孔雀鱼和斗鱼，小儿子站在一张板凳上傍着母亲吸奶，从他嘴里溢出的奶水在牛油妈客家对襟短衫形成两湾拳头大的奶渍。牛油妈喂完奶后，让猪儿子坐在柜台上吃蛋糕，翘着像两个倒扣大碗公的屁股，支颐觑着亚凤，手握一块贴肉蘸汗的小手绢。咖啡馆里的猪芭男人好像《封神榜》里眼睛长出手掌的杨任，目光都粘着牛油妈。

朱大帝和锺老怪、鳌王秦、扁鼻周等猎友围坐在一张圆桌前，议论着一个多月前在猪芭河上游剿杀的一只大野猪，只有大帝注意到亚凤走进了咖啡馆，择了一张靠墙的波兰椅坐下，把藤篓放到脚下，叫了一杯加炼乳的咖啡和两个叉烧包。

牛油妈把手绢塞入衣襟，运动巨大的髋骨，看两眼亚凤，秋水蒙眬，模糊卖弄，眼角溢着一朵小小的泪花，走出柜台，进入厨房。

猪芭河畔两英里上游一个多月前出现一只大野猪，捣毁十多座鸡棚鸭寮，咬伤两个老菜农，朱大帝等人围剿时，它已戳死两只土狗，咬断其中一只狗脖子，将狗头衔在嘴上。它的猪头覆满巢状鬃毛，露出两颗齐耳的獠牙和猩红色的鼻吻，对着堵击它的十多只土狗咆哮。土狗已啃遍它全身，它却毫发未伤，间或用嘴里的狗头攻击土狗，把土狗捶打得哀呼不叠。锺老怪的强生猎枪和扁鼻周的双管霰弹枪已上膛，朱大帝却兴起了活捉的念头。他们错开土狗，想把野猪驱入水塘。它的前蹄刚入水，突然转了一个身，把鳌王秦撞得四仰八叉，放开狗头，咬住一只活狗的头，在一群土狗围剿和众目睽睽下，撕裂了狗脖子，衔着新的狗头，仰天长啸。鳌王秦夺走扁鼻周的霰弹枪，对着猪头轰了两颗霰弹。野猪撞倒鳌王秦时，獠牙插入裤裆，戳烂了他的荷兰人和中国人的杂种卵交，疗愈后状若苦瓜。鳖王秦太太已过世，只有南洋姐了解个中滋味了。

朱大帝等人正在对他的男器开玩笑。

牛油妈捧了一杯热气袅娜的黑咖啡放在亚凤桌子上，浇上炼乳，亲自用汤匙搅了搅，回到柜台前。

"亚凤，"朱大帝吸着黑猫牌香烟，吐出一环狞笑的烟圈，偏过头来看着亚凤，"你的藤篓装的是死猪吧？你一走进来，我就闻到了猪血和猪骚味。"

咖啡馆的男人把视线从牛油妈身上挪开，看着亚凤。不知为何，亚凤突然瞄了一眼牛油妈。牛油妈脸上掠过一道兴奋光斑，捏了一下儿子油光灿亮的肥脸。

鳖王秦用一根牙签刮着牙齿上的鸦片烟垢，将一只长满老茧的大手伸入亚凤的藤篓。亚凤抓住鳖王秦的手腕，瞄了一眼他的胯下。"小猪也许还没断气呢，小心你的裤裆！"

鳖王秦缩回了手，故作惶恐地拍了一下藤篓。两粒橄榄果从亚凤裤兜掉到地上，其中一粒停留在朱大帝的猪儿子脚下。猪儿子捡起橄榄果就啃，啃了半天啃不动，被大帝扇了一下脑袋，哭啼着找牛油妈。

"亚凤，你爸爸的鸡眼还没治好？"朱大帝吐出像竹竿那么直挺的烟柱。大帝指着左脚大拇趾外侧的痰状鸡眼。"你看，我也长了鸡眼！"

亚凤的满腔热血被那只衔着狗头的大猪浇熄了。他草草地喝了咖啡，趁着牛油妈在厨房里烧煮咖啡，背着藤篓，一手各拿着一粒叉烧包走出牛油记咖啡馆，边走边啃。牛油妈走入厨房时，眼角下的泪花晕散了。亚凤经过打金牛宝生金铺，停在沈瘦子吉祥号和扁鼻周和兴号杂货店前，两家杂货店并肩，贩卖出口的树胶、胡椒、硕莪、日罗冬等土产，也贩卖进口的白米、烟酒、食油、罐头和面粉等，不同的是，吉祥号合法非法贩卖猎枪子弹，和兴号合法非法兜售鸦片膏。和兴号柜台前挂了一个大铁笼，养了一只盔犀鸟，叫声像非洲土狼。亚凤帮懒鬼焦向和兴号赊了两包走私鸦片膏，离开木板店铺。

亚凤走向猪芭河畔，看见高梨咬一根烟斗，汗如雨下，用磨砂纸和刨子削滑十多张小板凳。小林二郎肩扛竹竿，吹奏口琴，身后跟着一群小孩。果农林桂良女儿惠晴在猪芭河畔印茄木[1]下和几个女孩玩跳房子，笑声神秘遥远，好似小蛇从瓜垄窜过，亚凤的心像地瓜叶滋滋颤抖。大信田的四辆平板车绷紧肌腱，越过一个小山坡。一群长尾猴在废弃的瓜棚上捉虱，棚上几瓢红屁股，棚下一串尾巴蔓。稻草人迎风竞跑，袖子猎猎轰响。荷兰石油公司放养的霍尔斯坦乳牛挨肩并臀吃草，黑白斑纹交错，数不清几头。

亚凤推开一道篱笆门，看见懒鬼焦的无头鸡站在长满鸟巢蕨和过沟菜蕨的木桩上，撅起屁股上的大小镰羽"看"了亚凤一眼，木桩下的老黄狗继续打着友好的瞌睡。懒鬼焦不在家，亚凤将鸦片膏放在木板屋窗台上，绕过一座水塘，跨过一道矮围篱，回到老家。

天色渐晚，一轮月斧剖开无边无际的莽苍，在加拿大山上露脸，天穹冷峻。

亚凤卸下大小帕朗刀和藤篓，在井畔冲澡后穿上短裤背心，坐在一垒干柴上。老井黑土，慵水懒草，鸡窝颓塌，记忆荒老，一个白衣黑裤女子，肩扛五把大小帕朗刀，步伐芜漫，向亚凤和红脸关走来。

1　印茄木（Intsia bijuga），或称太平洋铁木，热带雨林的优质树种。

江雷

　　婆罗洲河窄岸峭，石多水急，河畔林木葱郁，河面枝桠交错，不见天光，日久，巨树殒崩，被狭岸或岩石压抑，长困水域，刷深河床，影响河域生态；或随波放逐，被瀑布留滞，枯藤、破竹、断梁和漂流木无处溢流，淤壅不去，拱成天然堤坝，大雨后，囤积惊人水量和强大水压，终于溃堤，洪水直奔下游，挟带巨木顽藤，或嗡隆轰响，像雷鸣炮击、万猪奔腾；或无声无息淹没河畔，水位暴涨，肆虐数十英里。

　　江雷（river thunder）是婆罗洲河流生态系统和大自然杀手，每年夺走数十条人命和难以估计的畜命。

关亚凤母亲叶小娥初遇红脸关，身上带着大小五支帕朗刀，最大的两支，一支给丈夫红脸关，一支挂在关家墙上，十多年未出鞘。

红脸关三十岁生日时以山蛭为饵，乘舢板在猪芭河上游垂钓，钓上一尾二十斤黄羌鱼[1]。波上烟缕袅袅，笼罩江面挣扎的鱼首鱼尾，诉说着水世界的缥缈凶险。红脸关吃了十多天野味，加上一对昨天射杀的鸥合雉鸡[2]，身体燥热，晚上和着温水吞下一膏鸦片，一早醒来，一只泽鹭掳了一尾活鱼上岸，化作一个白发红颜仙翁，扛着钓竿活鱼消失竹林里。红脸关继续垂钓，钓上一尾黄羌鱼，又钓上第二尾黄羌鱼，抬头看见野榴桩树下两只长须猪戏耍，一对水蜥蜴在岸上交配，一双白鹭鸶在茅草丛里摩颈，心想：怪了。

脊峦被淌血丝的日头啃了一个缺口，蝌蚪云游向日头，好像游向未受精的卵。野鸟从上游飞过他头上，长须猪和水蜥蜴傻窜，白鹭鸶不知去向，两尾黄羌鱼死而复活扑向船舷，跃回河中。红脸关看见一道阶梯状波浪，好似发狂的象群从上游扑向自己。红脸关心想：江雷！拿起船桨划向岸边，撂紧一根杈向岸边的望天树树干。一堵又一堵水墙前仆后继坍向他，水流在裤裆内顺时针逆时针回旋。洪水来得快去得快，红脸关在水里撑了数分钟后，水位逐渐下降，栖身的树干露出水面时，一只马来熊尸体和他并肩曲卧树干上，熊爪像小钉耙在他眼前挥摆，在他额头留下了三条鸡爪疤。红脸关继续盘在树干上，看着各种曲卷的死兽和难以名状的物体从

1 黄羌鱼，婆罗洲水域掠食型巨无霸，成双成对，学名不详。
2 鸥合，婆罗洲雉鸡，体积比山鸡稍大，羽毛斑斓，叫声如"鸥——合——鸥——合——"，成双成对，性情忠烈，一只遇难，另一只仰颈待宰。求偶时像孔雀开屏，有森林孔雀之雅号。

胯下流逝，半小时后，河岸现身，他跃下地表，绕过望天树，看见树下搁着一艘竹筏，竹筏上躺着一个白衣黑裤两眼合拢的女子，手里搂着一个长形包袱。女子胸膛起伏，红脸关知道女子活着。

红脸关活到三十岁，不曾和女人独处。他蹲在女子身前，好似猎人观察鲜蹄新粪，找寻未来过去。这个被河水冲泡过的女子，高高耸着的胸脯几乎埋没了锁骨，一条齐臀的辫子垂到胸前，看得红脸关两眼布满旋涡急流。他伸出手，在肩膀上游移一下，又缩回去，不知是要叫醒女子，还是等她醒来。她的脸上星布着粉刺，嘴唇出奇红润膨松，左脸颊有一颗头大腹圆的蚂蚁痣，一年多后女子过世，红脸关依旧记不住那颗痣的正确位置。红脸关后来对亚凤说，那一刻，他已经爱上这个没有开眼的女子。

红脸关站起来，蹲下去，蹲下去，站起来；看看起伏的胸部，听听规律的呼吸，环顾四野，仰视天穹，女子突然睁眼，哕出一串绿色筋络，看着红脸关，小声说："大哥，有吃的吗？"红脸关说："山果可以吗？"女子点点头。红脸关脱下衬衫，不到十分钟就兜了一袋臭豆[1]、树头酸[2]、山番薯[3]、板督[4]树芯和几种不知名藤果，女子背靠板根坐着，抓了就啃，嚼声清脆，食量惊人，红脸关对她的爱

<hr>

1 臭豆，或称柏带果（petai），味道辛辣，猴猪爱吃。

2 树头酸，乔木植物，果子结在树头，很酸，煮鱼和蒸鱼最佳佐料。

3 山番薯，野生植物果子，状似马铃薯，正式名称不详。

4 板督（pantu），棕榈科植物，开花吐蕊在树顶上，像一串串吊灯。幼嫩的板督树芯（upak）可以生吃或炒煮。板督树干或根茎可以制造大量淀粉，提供人畜热量。伊班英雄林达（Rentap）、阿顺（Asun）和砂拉越共产党从事长期的反殖民战争时，此树助益甚巨，有"森林中的粮仓""林中之宝""战斗之树""自由之树"雅号。

意和怜惜又升华了一级。女子看着剩下的七八颗藤果，说："大哥，你吃。"红脸关说："我不饿。你吃完吧。我到下游，看看能不能找到舢板，一小时后回来。"红脸关回到原地后，看见女子下半身泡在河水里，长形包袱放在河滩上。女子洗完上岸，长形包袱挟在腋下，走向竹筏。女子已放下辫子，一头乌丝遮住了半边脸。"我要去河口的村子。大哥，你呢?""真巧。我就住在河口的村子。"红脸关指的是猪芭村。猪芭村当时野猪横行，处于半开垦状态。"大哥，你舢板没了，用我的竹筏回村子吧，顺便一路找舢板。"

红脸关压抑着喜悦，和女子上了竹筏，航向下游。老天开始下起小雨，啐了一个早上的唾沫，中午过后，雨停了，苍鹰出没，好似在天穹的洞罅里筑巢。日头黯淡，像一个不愈的铜伤。流水忽急忽慢，竹筏停停走走，天色渐晚，离猪芭村还有一半路程，红脸关将竹筏拢岸，和女子采藤果充饥，掏出裤兜一块黏糊的鸦片膏，囫囵吞下，用树枝在岸边搭一个简单棚架，铺上枯叶干草，女子一躺下就入睡，鬼的话语和兽的嘶吼喧哗了一个夜晚，红脸关早已习惯，却不习惯一个年轻女子的鼾声体温，四肢疲惫，意识奔腾，天色微明，两人醒来后又吃了一批藤果，乘筏顺流而下，入夜前抵达村子。

猪芭村当时是个无名村庄。开芭时，烟瘴弥漫，虫蛇巨大，盗寇流窜，但地肥柴广，猎物和渔获唾手可得，吸引一批华人矿工和加里曼丹淘金客耕垦落户。

奋斗数月后，村人发现猪窝遍野，猪屎满地，猪蹄印浩瀚，猪啼声不绝于耳，有鬃毛奋张的老猪，有獠牙突兀的青壮猪，有大肚子的母猪，有棕色条纹未褪的小猪，有安居乐业的在地猪，也有放荡不羁的流寓之猪。村人鹊巢鸠占后，猪群开始反击，有时候成群巡弋，有时候三五只打游击战，蹂躏农地，摧毁畜舍菜棚，攻击村人。一九一一年猪芭村发现石油后，大批华人技工和移民拥入，木板店铺林立，野猪栖息地被大量侵蚀，猪群骚动不安，由一头体形如牛的猪王带领，开始频繁和有计划地驱逐人类，半年内敉平农地无数，夺走三个小孩、两个女人和一个老妪性命，死者不是被践踏成肉酱，就是被囫囵啃食，村民组织了狩猎队伍，但成效不彰，直到朱大帝、锺老怪、小金、鳖王秦等猎手定居猪芭村。

朱大帝烟不离嘴，留一绺仁丹胡子，有二十多年猎猪经验，伏击过二十多次野猪渡河，靠着贩卖犀鸟头盔、豪猪枣和云豹皮，在猪芭村开设牛油记咖啡馆，二十多岁猎猪时被一只母猪叼走半块头皮，戴一顶压低帽檐的草帽掩饰头顶上的疙瘩肉瘤，右手臂有一个野猪刺青，左手臂有一个双刃波浪形马来短剑刺青。锺老怪瞎了一眼，满脸须鬈，略驼，嗜猎成瘾，视枪如命。小金黝黑矮壮，猎鳄高手。鳖王秦六尺五寸，长发披肩，有荷兰人血统，贩卖蛇肉蛇汤蛇胆蛇血。朱大帝年约五十，其余三人三十多岁。招募青壮三十人，全村集资购买子弹猎枪，自备帕朗刀，分成四队，锺老怪和小金率领队伍埋伏猪芭河两岸，朱大帝和鳖王秦带队搜索茅草丛和矮木丛。人猪战役进行十多天，每天剪灭或活捉大小长须猪近一百只，猪血染红了池塘和水井，连茅草丛的晨露也淌着猪血。村人用牛车或人力车分送猎物，活猪圈养，死猪烹宰，烤干熏熟或敷盐腌渍，南洋姐也每人每天收到一碟熟肉，消瘦的脸颊有了福态，这一段啃啖猪肉的腥膻记忆，猪芭人永生难忘。

野猪被猪芭人无情扑杀后，挥泪弃巢，迁徙内陆和上游，青壮的浪游结社，老迈的遁迹山林，但它们念念不忘猪芭村的果园菜畦，耐不住诱惑时就会小规模进村觅食。朱大帝解散猎猪大队，将队伍编成十多个三人小组，每天按时分区巡视，猪王没有现身，战斗还未结束。每一股野猪群必有一只肩负重担的领袖，晓畅兵机，能攻擅守，带领手下拓疆护土，是莽林难以抵挡的无敌军团。他和村人杀戮十多天，猪王按兵不动，不知道怀了什么鬼胎。

红脸关入林二十多天，错过人猪第一回战役。他带着女子回猪芭村时，朱大帝正等待猪王揭竿起义。竹筏抵达关家栈桥时，女子背着长形包袱上桥，站在栈桥上问红脸关："大哥，我姓叶，叶小娥。你呢？"

红脸关将竹筏拴在缆桩上："我叫关耕云，大家叫我红脸关。"

"关大哥，方便的话，暂住你家几天。"

红脸关再一次压抑喜悦。抵达关家的高脚屋后，懒鬼焦捧了一盘腌猪肉上门："老关，你再不回来，这些猪肉要喂狗了！"红脸关和叶小娥这两天以藤果充饥，肠胃不踏实，抓了腌猪肉就啃，边吃边释放藤果发酵后酿成的臭屁，懒鬼焦又扛来一桶白饭配肉。吃饱盥洗后，小娥穿上懒鬼焦借来的一套客家对襟短衫和黑裤，摊开长形包袱，取出两支大帕朗刀、三支小帕朗刀和一个长满铁锈像蜂窝的铁盒子。小娥掀开铁盒子，露出一肚子殖民政府发行的一元、五元、十元纸钞和一分、五分、十分钱硬币："大哥，请您代我保管这笔小钱。昨天我们睡在河边，你抱了我，又摸了我。我是你的人了。"

油鬼子

油鬼子（orang minyak），马来黑巫术，盛行南洋，修习后半人半灵，白天如常人，入夜后全身漆黑，覆盖油垢泥浆，便于藏遁。飞檐走壁，穿墙凿壁，如鬼魅。

油鬼子分成两类。一种乃窃贼，天黑后潜入民宅盗取财物；一种乃采花贼，性喜奸污处女，被奸污之处女达到一定数目后，金刚不坏，刀枪不入。

朱大帝傍晚巡视莽丛，看到一大坨猪屎，气象万千，遗臭万年，非一般野猪所能酝酿，恐怕就是猪王下战帖追讨地盘。第二天破晓前，大帝扛猎枪帕朗刀走向茅草丛，经过榴梿王黄万福老家。围绕果园的篱笆门敞开着，红冠大公鸡门神似的堵在门口，树上的红毛丹核大囊红，玉米园里的玉米籽发出民丰物阜的舒声。大帝走向野地时，回头看见起了一个大早的叶小娥从一座老井掏了两桶冷水，沿着一道木梯消遁浴室中。她弯腰打水时，月色洒在她翘得很高的屁股和颀长的双腿上。天地昏朦，大帝脱下草帽，搔着毛发稀疏被野猪啃去半块头皮的头颅，坐在一截枯木上等待破晓，天边溢出了虚弱的晨曦。朱大帝起床后吸了一块鸦片，咳个嗽也充满性灵，放个屁也仙气四溢。二十多年前，他因为少抽了一块鸦片，血液像灌了铅，脑浆像渗了水，被一只母猪咬去了半块头皮，如果不是猎友救驾，老命也保不住。大帝就着微薄的晨曦穿梭夹脊小径，研究新旧蹄屎。他估计约三十头青壮猪这两天在村子外围徘徊逡巡，既不是觅食，也不是寻偶，大便清楚显示它们这几天吃的是森林里的藤果野豆、蕈菇虫蛹，不是村子里的蔬果，而且蹄印井然有序，已经没有十多天前猪群被村人追杀时的乱象。大帝越深入莽林，新鲜蹄印更密更严整，林木幽旷处更是树塌泥陷，践踏出七八头猪并肩齐进的大道。

　　午后下起细雨，大帝嘴叼一根洋烟，头戴一顶全新宽边藤帽，穿一件袖子肥大的长衫和一条束线带像鱿鱼触腕的黑裤，和小金、鳖王秦、锤老怪等人站在黄万福的牛车上，面对菜市场前数百个猪芭人。"猪群已在树林里集结多日，数量惊人，少则七八百，多则两三千，甚至近万，随时会向我们村子发动攻击。各位，近万只野猪同心合力围剿一个目标时，军队也可能抵挡不住，更何况三十多支猎枪！小金、鳖王秦、锤老头和我已经有对策。沈瘦子刚进口一批猎枪子弹，已经无私贡献出来，壮大狩猎队伍，家里有年轻男人，即使没摸过枪，只要拿得动枪，欢迎加入，有神枪手锤老头指导，一天之内，把你调教成百发百中！估计狩猎队伍可以增加到六十人。各位，野猪发难，如洪水暴发，没有防御，六百支枪也没用，我们要在村子和树林之间，筑起一道栅栏，减缓冲击，分散猪群，破坏队形，猪群一旦自乱阵脚，群龙无首，自相践踏孤立无援，我们这六十支枪就可以发挥最大的杀伤力了。长青板厂林万青大老板，捐出两百多根原木，这些原木，外销日本欧美，直径大如牛肚象腹，小如猪头，用来筑栅栏挡野猪，万无一失，大材小用，林大老板有材出材，有人出人，同时拨出板厂一百多位伐木工，带领我们尽早完成防御工事。大家拿起锄头铲子，时间紧迫，就从现在开始吧。"

　　三天内，野地竖起一道高八码长两千五百英尺的栅栏，横亘猪芭河，分离村子丛林，栏距五指，方便射击，隔一百英尺留一个豁口，只容一猪进出，引猪入村个别猎杀，照朱大帝的说法，"宜疏不宜堵"。木匠高梨造了四座高台，置于两岸，远眺莽林，兼作指挥总部，日夜派人戍守。时近年关，扁鼻周的杂货店刚开张，捐献了十箱新加坡进口的鞭炮和冲天炮。"鞭炮和冲天炮虽然对野猪毫发无伤，但可以声东击西、扰乱军心，也可以放屁添风，壮胆兼激励士气。"据说百年前石隆门华人矿工和白人政府对抗时，鞭炮和冲天炮就发挥了奇袭效果。孩子换上全新的弹弓橡皮带，每人捡一大桶石头弹丸，准备痛击猪群。

　　接连十多天市井安闲、农作丰收，野地依旧布满猪蹄猪屎，不见猪影，居民稳睡，大帝等人也松懈下来。红脸关用叶小娥积蓄买下一爿木板店铺贩售土产，旧历年后营业。小娥在宝生中药店打杂，闲时看店铺外摆字摊的萧先生润笔，认识几个小字。西元一九二〇年二月十九日，岁次己未十二月三十日，除夕前夜，碧天无翳星斗阑干，红脸关喝了小酒，食了鸦片，和叶小娥席地坐在后阳台上，看着猪芭河悠悠流向西北，一去不回，带走两岸骁雄幽魂，人心波澜世路屈曲，看着小娥说："过完年后，我们选一个日子结婚，管他塌下九重天，来一百万头野猪！"拿着钓竿，拉着小娥走向栈桥，跳上舢板，短棹分波航向河心，钓上两尾鲫鱼，正要甩竿，听见塔台发出野猪入侵警报：两声枪响。枪响过后，万籁寂静，没有猪蹄奔腾，也没有猪嚎，红脸关以为听错了，接着又是两下枪响，村子开始骚动，小娥指着上游："大哥，你看！"

月色黯淡，使得成亿上兆的萤火虫在两岸莽丛形成的两条漫长的萤囊十分显眼。在两条火红色的萤囊照耀下，红脸关看见河面漂浮着似瓢非瓢、似鳖非鳖的大物，像首尾相连的竹筏，像支离破碎的漂流木，像扬起梭鳞和尾鬣的鳄群，搅动两岸山岚瘴气，惊醒水域里所有湿生卵化的妖魔鬼怪。猪群从猪芭河上游泅水顺流而下，越过栅栏后，兵分两路上岸，抖擞猪毛掷掉泥水，发出恐怖咆哮，拥向猪芭村。红脸关上了岸，来不及拴舢板，牵着小娥回屋，拿起猎枪和帕朗刀，吩咐小娥闭上门户，闯向塔台和朱大帝等人会合。

红脸关的高脚屋分上下两层，下层无墙，八根盐木木桩坚如磐石，不怕野猪冲撞，屋内唯一一盏手电筒被红脸关拿走了，叶小娥点燃煤油灯，扭转旋钮，调高棉绳灯芯，无限增加亮度，她有点怕。灯芯烧得有气无力但很坚持，细细的黑烟丝直冲天花板，好像准备冲上云霄，烧出天穹一个洞。玻璃罩子的上缘已被熏出满头黑发，装满煤油的灯肚子像葫芦，灯头像仰颈张口的蛤蟆，蛤蟆嘴里含着灯芯，吐出一缕红彤彤的火舌，像炼丹。高脚屋被枪声、猪嚎声、猪蹄声、大人小孩呐喊、家畜声的尖叫围困，难以辨别形势，其中有一种炮声，扁鼻周的冲天炮，爆破前发出咻咻咻的前奏，这几天已陆续出现猪芭村天空，有如天降陨石。

她忍不住好奇，打开一扇窗户往外张望，唯一看见的是忽长忽短的手电筒光柱，在黑暗中捅出一道巨大剑铓。剑铓伸伸缩缩，有头有脚，有脖子有肚子，好似一个寻食的活物。一道剑铓在远方眯了她一下，摇摇头，瞄向别处。她关上窗户，回头看见桌上煤油灯的烟丝盘旋天花板，蜿蜒落下，吐出一个形体不全的男子，闭眼坐在桌前，让烟丝继续贯串身体，形象逐渐充实。叶小娥惊呼一声，男子魂飞魄散，不知去向。一只壁虎在屋檐上发出一串守护地盘的叫声，空洞得吓人。小娥走向煤油灯，将灯芯调得更高，将自己的黑影更庞大地耸上墙上，又将挂在墙上父亲遗留的其中一支大帕朗刀取下，置于桌上。刀柄已被父亲攥瘦，残留父亲的体温汗渍，像一潭秋水；刀鞘已被寒露风霜摩挲得斑斓嶙峋，像一片凌空飞霞；未出鞘的刀身更是被父亲血洗过千百次，像一轮皓月。

她坐在桌前，手抚刀鞘，将刀柄放在一个可以快速出鞘的角度。父亲过世后，她一人撑筏北上，航行二十英里，拢岸休息，一只马来熊剖开莽丛上了竹筏，用爪子在竹竿上捋出许多须毛，咬断一根拴绑竹竿的老藤，久久不肯离去。她握着帕朗刀刀柄，并不害怕。熊玩得尽兴后，跃到河滩，走向下游，她上了竹筏，继续北上，洪水来袭，遇上红脸关。天赐马来熊，耽搁了一下旅程；天降洪水，让她认识了红脸关。父亲一辈子在上游贩卖五金，赚取微薄利润，死前留给她五支大小帕朗刀和一笔钱。两支大帕朗刀，一支给未来夫婿，一支给未来儿子，那天晚上，红脸关两手像螃蟹在她身上横行，她没有闪拒，幸福熨热了她全身，她知道，那支帕朗刀是他的。

一股燥热从高脚屋下层冲到她胯下，屋内弥漫猪骚味，锌铁皮屋顶吱吱叫像掀了一层皮，隔热层回荡着越来越近的枪响，一只壁虎从天花板掉下，自断尾巴。她感觉下层叠成小山的炊柴哀号，锄耙呼啸，铁桶畚箕哭泣，一群野猪对着盐木木桩蹭痒、喷尿、宣示地盘，窗框的铆榫吱吱咿咿如鸡吟，通往前后阳台的阶梯传来沓杂的跫音。她忍不住好奇心，握着刀鞘走向门口，抽出插销，在阳台上张望，远方的手电筒剑铓依旧锐利，但并无一盏照明近处，四野黑漫漫，一阵寒风袭来，她全身抽搐了一下，回到屋内，扣上插销，看见桌上煤油灯葫芦肚子晶亮，蛤蟆嘴大开，火苗闪烁，烟丝如髯，摇曳飞升，凝聚成一个男子身影，背对她站在桌前。

小娥紧攥刀柄，男子噗的一声吹熄煤油灯，庞大的身躯如弩箭离弦贴近小娥，拽住刀鞘，将小娥扑倒，同时将帕朗刀扔向墙角，剥下她的长裤。小娥的恐惧大过后脑撞击地板时的疼痛，她的呼叫被猪嚎枪声淹没，她闻到男子身上的汗臭血腥味，她听见一批又一批猪群朝木桩蹭痒喷尿，她看见马来熊的尸体叉在枝丫上，冲天炮发出漫长犀利的咻咻声，直达云霄，终于发出一声惊爆，炸裂她的肝肠。

猪群直捣猪芭村，撒起莽性，凶顽如鹰来鸡栅，被狩猎队伍六十多支猎枪一阵扫荡，又让扁鼻周的鞭炮和冲天炮迷惑，数千头长须猪溃散成数十个小团体，小团体分裂成个体，失去云从风助的气势，反而虎落平阳，被土狗欺凌，被从睡梦中惊醒的孩子拽弹弓伏击，被怒火攻心的村人持锄耙和帕朗刀围剿。听见两声枪响时，朱大帝等人正在扁鼻周的杂货店玩四色牌，旋即持枪冲向塔台或制高点，此时午夜时分，除了塔台戍守人员，无人逗留户外，猪群牧平农田畜舍和咬死家畜外，只有蔡家木板屋被刨倒，蔡氏夫妇成猪蹄亡魂，留下一个三岁小女儿。猪群凌晨三点渡河撤军，村人杀得眼红，划舢板和长舟追击，也不管子弹是否误伤他人，一直追击到上游六百码，猪群上岸逃匿后才折返。

大帝只在塔台上待了半小时，见猪群陷入困境，即下台寻找猪王。他知道这次夜袭必是猪王杰作，也只有一猪之魁可以号令庞大猪群，统一进攻路线和时间。他逡巡了半个村子，凌晨两点返回塔台，继续潜向村子另一个方向。两只土狗咬住一头青壮猪的耳朵和鼻子，三兽拧拧扭扭，互不相让，大帝抽出帕朗刀刺向猪脖子，猪倒地挣扎，两狗涂了一层猪血。两名狩猎队员被一小群野猪围堵在一个坂坡上，大帝举起双管霰弹枪爆了两颗猪头，打开膛室退壳装弹，又爆了两颗猪头，猪群哀呼连连，一哄而散。鸭子浮游池塘中央，两头猪正在啃食池畔的鹅鸭尸体，大帝扣下扳机，打得猪屁股开花绽蕊。几个手持斧头和帕朗刀的伐木工把一只猪拢在不比井大的水洼里，用铁丝窝了个圈，套在猪脖子上。懒鬼焦的无头鸡在锌铁皮屋顶上来回走动，伸长了脖子"聆听"四野，等待日出。大帝穿过两栋高脚屋下层，看见蔡家木板屋已成废墟，猪群正在刨食蔡氏夫妇尸体，另有几只野猪围绕井畔，发出大河呜咽的咆哮，两批猪群中间，竖立着一个黑魆魆的活物，像一座野草滋蔓的巨冢，打开手电筒，看见猪王貌如石碑，额头高挑着一撮白色鬃毛，仿佛鹦鹉头上的翎羽，下颌一排垂地须髯，颇有几分大师气质。大帝喜悦多于惊讶，扔了手电筒，举枪正要扣扳机，猪王知道厉害，扬蹄逃窜，漫天磷火，遍地骷髅，大帝开了两枪，来不及开膛装弹，猪群尾随猪王狂奔，大帝追了十几步，被一只死猪绊倒，寻了半天，不见猪王踪影，回到蔡家，听见小孩哭声，捡起手电筒，看见一座枯井，泉底无津，一个小女孩蹲在井底抽啜。

　　猪群撤退时，大帝没有随村人乘船追击，他和鳖王秦蹲在河畔吸了两支洋烟，洗去身上的猪血后登上塔台，锺老怪扛着强生猎枪站在塔台上，小腿上有一支入肉两英寸的野猪獠牙。小金在塔台上瞌盹。两人身上滴落的猪血，让塔台猪血斑斑。大帝遥望村子莽林，直至破晓。旧历年后村人就让村子恢复原貌，野猪从此绝迹，村人开始大量饲养活掳的野猪，成了远近驰名的养猪山芭，久而久之，村子有了一个统一的名字：猪芭村。大帝频繁出入莽林，寻找猪王踪影。猪群击袭猪芭村时，村人目睹猪王来去自如，铲倒无数农舍畜寮，狩猎队伍洒于枪林弹雨，竟无可奈何，据说猪王奔走时撩起一股使人皮肤长燎泡的热火旋风，蔓延身躯的磷火点燃衰草枯木，蹚开一条生人无法逾越的骷髅末路。

　　朱大帝将蔡氏夫妻的惨死揽在自己身上，收养了藏匿井底的三岁小女儿蔡银花。蔡银花十三岁时，朱大帝上了她的床，村人都叫她牛油妈，忘了她的本名。一九四一年，日军占领猪芭村，分隔村子和莽林的两百多根栅栏原木被鬼子掘取，和其他夙夜匪懈砍伐的原木运往日本，四座塔台移往猪芭村南方派遣军总司令部和宪兵队，挂上膏药旗，日夜派兵驻守，监视抗日游击队和联军。一九四五年联军光复猪芭村，三座塔台被轰炸得尸骨无存，仅存的一座战后被居民肢解，丢入灶膛，烧得吱吱响，仿佛猪嚎。

猪群最后一次入侵村子那晚，红脸关打完六十发子弹，估计击毙二十多头野猪，伤了十多头，下了塔台，抽出帕朗刀，和五个用罄子弹的队员夹击落单的野猪。队员年轻且缺乏狩猎经验，野猪身中数十刀，伤口琳琅满目，依旧蹦跑顽抗，死状凄惨。红脸关回到高脚屋时已是凌晨四点多，见小娥酣睡，也倒下入睡，中午睡来，小娥已去了中药店。旧历年后，他和小娥结婚第二天，山产店开张。年底小娥在产床上看见一群野猪围绕着屋下的盐木木桩蹭痒喷尿，一只额头高挑着一撮白色鬃毛、下颌累着一排垂地须髯的雄猪登上阳台，和徘徊阳台上的马来熊激斗。小娥激痛一天一夜生下亚凤后，血崩过世。

妖刀

冈崎五郎入道正宗，日本镰仓后期名刀匠，五十二岁退隐时，从众多弟子中，选出村正、正近、贞宗为可能继承人，并吩咐三位弟子，二十一日内各自锻造一把战刀。三把刀完成后，正宗仔细查看，指定贞宗继位。村正不服，请求师傅试刀。正宗带着三位弟子到河边，将三把刀刀刃面向上游，平行插在水中，自上游放入稻草。稻草流至贞宗和正近的刀，松软卷住刀刃，但村正的刀却散发一股魔力，吸引稻草趋近，稻草刚触及刀刃即断成两截。正宗运气大喝一声，卷在正近刀刃上的稻草随波而去，贞宗的刀却斩断了稻草。

"理想中的名刀，并非只讲求锋利。短刃护身，长刀护国，这才是刀剑真正的使命。"正宗说，"充满杀气且失去美感的刀，只能称之为恶剑妖刀，不是名刀。"

正近的刀，慑于正宗的喝声，让"敌方"趁势逃逸，修行显然不足。村正的刀，在"敌方"还未出手，便已斩断对方，是谓妖刀。只有贞宗刀，没必要时不露锋芒，必要时则铁石也能斩断，才是真正的名刀。

——《讲谈全集》第六卷：《受难村正》

伊藤雄的无头尸体被抬放到黄万福的牛车上，由鬼子吆喝着往南方派遣军总司令部前进。司令部设在猪芭中华中学。牛车是黄万福贩卖蔬果、运送六个孩子上学的工具。驾辕的黄牛高大强壮，鬐甲几乎和鬼子肩膀齐平，牛蹄把飘散着竹叶鸡爪痕和枫叶鸭蹼印的黄泥地踩得噗叽噗叽响。它牵拉惯蔬果小孩，喜欢闻榴梿波罗蜜香味，也喜欢黄万福最小的孩子坐在辕杆上拔它的尾梢毛。那具无头尸体流淌出墨黑的血水，淅淅沥沥滴到黄泥地上。无头尸体让黄牛想起了懒鬼焦的无头公鸡。

鬼子登陆前，懒鬼焦一早起来，攥着一支帕朗刀走下高脚木屋。一只枣红色大公鸡飞到一垛干柴上，啼得懒鬼焦气冲肝腑，覆尾羽像火焰燃烧着。懒鬼焦打了个呵欠，将两根干柴摊在柴砧上，抡紧刀柄，手起刀落，将其中一根干柴一分为二。柴屑四面爆飞，跃出一只小蜥蜴，懒鬼焦举起帕朗刀砍向第二根干柴时，公鸡打开翅膀扑向蜥蜴，金黄色的尖喙绞住了墨绿色的蜥蜴，懒鬼焦手里的帕朗刀冷笑一声，削断了公鸡头颅。

三十分钟后懒鬼焦坐在柴垛上喝椰子汁时，看见那只断头公鸡站在爬满藤蔓的树桩上，脖子豁口环抱着一层血痂。蜥蜴早已负伤逃窜，将鸡头拽入了茅草丛。无头公鸡跳下树桩，温存了两只小母鸡，发出泥泞低沉的"啼叫"，轰动猪芭村。无头鸡上树下埘，耙蟛蜞蚯蚓，驱鹰逐蛇，坚强威武，感动懒鬼焦，早晚两次将水和玉蜀黍注入脖子豁口。村民聚集焦家看鸡，无头鸡在村民引颈企盼下恩爱完母鸡后，呼地飞上一根七英尺高的木桩，"环视"四野的茅草丛。木桩的窟窦星布着鸟巢蕨和过沟菜蕨，桩头长了几簇根须茂盛的野胡姬，像一个不修边幅的野人。除了温存母鸡和让懒鬼焦喂食，无头鸡大部分时间站在野人头上"遥望"茅草丛，守护着懒鬼焦的芭园，像一个断了头的鸡形木制风标，间或发出泥泞低沉的"啼叫"。

饲养斗鸡的陈烟平，笼了两只斗鸡，从内陆划了一天桨到猪芭村，蹲在木桩前看了半天无头鸡，问了懒鬼焦一个问题："它的头被削断时，什么反应？"

懒鬼焦想了想，说："老子抽完鸦片后，帕朗刀轻得像一根火柴棒，一刀可以削断高脚屋的盐木柱脚，根本不知道什么时候砍了它的头，你问我的帕朗刀吧。"

陈烟平也才抽完一包鸦片，看见无头鸡头上耸着一颗隐形的完美的斗鸡棱形小头：长坡脸，瘤状冠，深眼窝，豆绿彩虹眼，长喙小耳，肉髯如少女舌乳头，身躯挺拔，枣红镰羽，颈羽柔滑如黑缎，距爪强大，生存意志旺盛，斗志高昂！陈烟平说："焦大哥，我用我的一只斗鸡，和你的无头鸡打一架。"

懒鬼焦说："我的鸡无喙，只能蹬不能叼，不好。"

陈烟平说:"不论输赢,给你五元,你可以买七八只有头有脸的公鸡。"消息传出,村民外围下注,围堵焦家。陈烟平的斗鸡花冠绣颈、爪硬距长,懒鬼焦的公鸡无头,二鸡爪框柳叶金属小弯刀,被主人拽在手上,上下蹾了五下,纵入人肉圈子围成的斗鸡场,展开搏杀。无头鸡没有头颅,斗鸡迷惑,但受过主人严格调教,谨记"叨十下不如蹾一下",抬腿飞扑,使出斗鸡惯用的四路拳打:门腿、脑后腿、斜腿、颔下腿,柳叶小弯刀招招对准对方头颅,气势惊人。无头鸡感受到杀气,有点怯战,也抬腿挡架,柳叶刀竟像切葱一样,割断了对方喉管。

懒鬼焦净赚了五元,像神明奉养着无头鸡。萧先生说天降异象必有妖孽,鬼子占领猪芭村后,一个月内宰光懒鬼焦的鸡鸭鹅,只有一头怀孕的母猪和无头鸡幸免。

牛车停在中华中学校门前,站岗的鬼子叽哩咕噜两句,牛车走向另一条泥泞路。下午三点,猪芭河被太阳烤得像银箔,黄泥地两旁的荒地遗留着茅草棱刺,茅草梢头上簇拥稀薄或浓密的粉红色烟霾,烧萎了的云朵像风干的狗屎。遥远的茅草丛肆虐着一股野火,哔哔剥剥的爆响,火舌小而零星,烟霾厚实。草坡地上镶嵌着枯竭的水塘和废弃的田垄,像长了黑斑的香蕉皮。麻雀群翱翔茅草丛上,像黑色的毛球。黄牛停在一株望天树前,牛尾巴周围突然出现一群蝇虻子,黄牛奋力地踩碎几个野猪偶蹄印,犄角愤怒地撕裂黏稠的空气,哼嗤哼嗤从鼻孔里吐出钢丝一样坚韧的抗议。

望天树下,婆罗洲第一任守备军司令官前田利为中将、参谋长吉野真木少将，手里各拿一柄木杆，将一颗又一颗小白球挥击到茅草丛中。曹大圣、高脚强、红毛辉等十多个小孩围绕一个黑帽红衣白裤稻草人兜圈子，追逐小白球。稻草人离望天树约百英尺，鬼子技巧拙劣，小白球忽高忽低，忽远忽近，东飞西窜，孩子疲于奔命。望天树是开球区，稻草人是旗杆，茅草丛有天然的深草区、沙坑、水塘，但无有球道、果岭和球洞。司令官前田利为兴致高昂，每击一球即吆喝一声，小白球像从他八字须下丰唇里吐出，滚向狗屎青葱的蓝天。树荫深广，天气炎热，他依旧一身戎装，头戴田皂角木髓遮阳帽，穿军靴，腰配军刀手枪。中将世袭侯爵，颇有武将遗风，祖先是日本战国名将丰臣秀吉五大老之一，因出身公卿华族，十分蔑视陆军士官同期同学东条英机，日本占领南洋后，被东条分配到婆罗洲出任守备军司令官，表面升迁，实际贬谪。中将年轻时自费留学德法，担任过英国大使馆附武官，热爱舞会、苏格兰威士忌和高尔夫，有一次指着腰带上的武士刀，半开玩笑对参谋长吉野真木说："你如果给我弄来高尔夫球具和喝不完的苏格兰威士忌，这把正宗刀就送给你！"

吉野真木深陷肉坑的小眼球光芒璀璨，激动地凝视着中将腰带上包扎着蟒皮的花梨木刀鞘：鲛鱼皮刀柄、鎏金锦纹鞘口、镂空夔纹护环、福禄寿型鞘镖。中将不止一次告诉他，此刀是镰仓时代大刀匠五郎入道正宗亲自铸造的战刀。正宗名气大，所铸之刀皆无刀铭，但此刀经过名家本阿弥家族鉴定，鉴定结果以朱墨写在刀茎上，刀茎因为包扎着厚实的鲛鱼皮，吉野虽然没有亲眼目睹，但他相信中将不会说谎。吉野真木出身农家，陆军士官学校毕业，一九四一年担任"马来亚之虎"山下奉文第二十五军参谋长，发动自行车奇袭战，以寡击众，攻下马来半岛和新加坡，高升婆罗洲守备军参谋长。日军占领婆罗洲三年八个月，撤换过三任司令官，只有吉野真木坚守岗位到战败，是婆罗洲的实际统治者。吉野透过山下奉文向东条英机上书，三个月后，两套高尔夫球具和五十箱苏格兰威士忌送到了猪芭村南方派遣军总司令部。前田利为紧握正宗刀刀柄，君子无戏言，虽然懊恼不舍，也只有双手对吉野真木奉上传家宝。

"提醒你一件怪事，"前田利为看着吉野真木毕恭毕敬接过正宗刀，用一种低沉恺快的口吻说，"自从到了南洋，此刀即无法出鞘。你如果和此刀有缘，也许能够拔出刀来。"

吉野两眼润湿，左手握刀鞘，右手握刀柄，吸了一口气。他每次观望中将腰带上的正宗刀时，觉得刀身在刀鞘内如鹤栖松柏、凤集梧桐，优雅从容；实际握住刀柄和刀鞘时，却觉得刀身如龙归大海、虎入深山，一去无回，深不可测。他还未使力拔刀，心里暗叹，犹豫了一下，右手慢慢放开刀柄。

"为何不拔刀？"中将厉声叱呵斥。

"此刀在我手里，有如一截枯木，让我无处使力。"吉野小声说。

"你握住刀柄时，"中将放缓语气，"有何感觉？"

"好像已经上钩的大鳖，突然脱钩而去。"

中将点点头："这刀是你的了。"

吉野鞠躬离去时，中将又提醒他："这是正宗刀，不是普通刀，拔刀时，心无挂碍，如挥毫写字，不可用蛮力。切记！"

吉野卸下军刀，佩上正宗刀，每晚梦见刀身化成一尾白蛇，吐舌如菊，尾如樱花嫩蕊，蜕皮如残英堕落，满屋游走。第五日晚上，看见屋内长满野花闲蔓、荆棘丫叉，一尾黑蛇从屋檐蜿蜒而出，盘住鲛皮刀柄，钻入鞘内，和白蛇合卺。第二天一早醒来，属下来报，请参谋长到猪芭河口一趟。吉野抖擞精神，佩上正宗刀，步行到猪芭港口，见栈桥上站着一群一等兵机枪手，手拿九九式轻机枪，一字排开如临大敌。栈桥拴着一艘渔船，船头站着一个长发披肩、满脸胡须的男子，腰上佩着一支太刀、一支短刀和一支胁差。吉野眼睑跃动，看见河岸窜出一尾黑蛇，潜入河里，消失在波光潋滟中。渔船上的男子，魁梧消瘦、衣衫褴褛，有如海盗匪寇，却佩着一支镂空龙纹鞘口、马皮包扎檀木刀鞘、牡丹纹护环、鱼鳞鞘镖的太刀，吉野心头一栗，大声问："你是山崎显吉？"

男子点点头。

"你身上配的是村正刀？"

男子点点头。

"请拔刀让我看看。"

男子右手握刀柄，轻轻抽出刀身。吉野聚精会神看了两眼，右手不自觉握着正宗刀刀柄，竟像撅断一根秀枝，拔出刀身。

"认得这刀吗？"

"这是正宗刀！"男子两眼暴睁，放射出奇异的光彩。

"山崎，"吉野脸带微笑，"我等你很久了！"

山崎显吉，四十二岁，日本共产党员，热爱武艺兵法，娴熟弓马。二战前日本共产党主张废除天皇制和反对军国主义，被大日本帝国解散，山崎显吉等重要成员被捕入狱，出狱后山崎宣誓效忠天皇，自愿加入南方派遣军，胸怀一纸介绍信，独自驾渔船，餐风宿露，历经两个多月，抵达婆罗洲猪芭村南方派遣军总司令部。吉野真木两个多月前即接获电报，电报中对山崎介绍简陋，"身怀村正国刀，颇有武士国风"，见山崎虽然邋遢，但气宇轩昂，挺拔沉稳，一见如故，不顾前田利为中将反对，立即委任为宪兵队曹长。猪芭村宪兵队设在华人机械研究所，和司令部只有一街之隔，宪兵队除了维持军纪、巩固统治，主要任务就是剿捕抗日分子和"筹赈祖国难民委员会"成员，擅用酷刑，在猪芭村如狼虎横行。山崎穿上左手手臂绣着红字"宪兵"白袖箍的草黄色戎装，腰配南部十三式手枪和村正刀后，第二天晚上就捕获两个违抗皇令的华人青年。

鬼子占领猪芭村后，征召全猪芭村青壮筑路造船、建机场铺轨道，农事荒废，米粮匮乏，市场上竟无蔬菜，吉野真木大为不满，喝问菜农黄万福等人："你们猪芭村是婆罗洲最富裕的地方之一，生产石油木材，鱼肉蔬果丰盛，为什么市场上没有贩卖蔬菜？"

黄万福想起几天前拿着手电筒巡视菜园，见垄田和棚架上大小蜗牛星散，哧哧啃吃叶鞘花芽，忍不住破口大骂，狠狠踩死数十只蜗牛。"大人，我们很努力的，但种的菜都被蜗牛吃掉了！"

吉野下令，不论大人小孩，每人每天捕捉蜗牛十只，交由司令部验收，未达规定者严惩。山崎抵达猪芭村时，村民已捕捉蜗牛十二天，蜗牛依旧生生不息，颇有越捉越昌荣的趋势。那天晚上，月明星稀，淡云缭乱，吴家兄弟启民、醒民提着煤气灯，盘桓菜圃二十多分钟，捡了五十多只蜗牛，收拢在一个铁桶里。兄弟就着煤气灯研究蜗牛，大蜗牛大如拳头，壳塔有的钝有的尖，丰厚的腹足运动出波纹，触角伸伸缩缩；小蜗牛的壳晶莹剔透，像莲叶上的露珠。吴家兄弟近三十岁，鬼子登陆前，为防范被鬼子抓去当军妓，猪芭村女孩出嫁了，猪芭村男子都娶媳妇了，只有吴家兄弟是单身汉。哥哥启民肥矮，黑得像被浇了一层沥青，十岁时蹲在河边洗蚊帐，蚊帐上的蚊子血吸引了鳄鱼，咬断启民一只手；弟弟智能不足，说不出一句完整的话，只会粘在哥哥屁股后面傻笑，好像哥哥身上一块有生命的赘肉。二十年前，父亲在咖啡摊和几个爪哇苦力械斗，被帕朗刀砍死，母亲和一个贩卖土产的华人商贩私奔，兄弟像猪狗被村人饲大，在猪芭村寻了一块荒地，火耨刀耕，贩卖蔬果为生，猪芭村沦陷后，兄弟白天为鬼子修路造船，利用清晨一线曙光护田。那天晚上，哥哥启民看着铁桶里屈蠕的大小蜗牛，用一支小帕朗刀剁碎几只大蜗牛，将死蜗牛盛在小铁桶里，拎着大小铁桶，拿了两支钓竿，以蜗牛肉为饵，划船到猪芭河垂钓，旋即钓上几尾不知名的大鱼，忽然听见一阵噗隆声，启民绷紧了神经。根据经验，若出现噗隆噗隆的入水声，是鳄鱼；若是急速窜爬上岸的声音，是大蜥蜴。

"弟弟小心！"哥哥话刚说完，河面泛起一股浪潮，舢板急晃如波光上的烛影，醒民噗咚坠入河里，启民丢下钓竿，抓紧船舷，将弟弟拽回船上，岸上传来叱喝："什么人？"兄弟看见栈桥上站着两个人，一高一矮，当中一人手上的手电筒光束像一个沸腾的热护罩着他们。启民急速划向栈桥，认出高大者是宪兵队的山崎大人，矮小者是戴着蓝帽子的翻译员。

"大人问你们为什么没有去捡蜗牛？"

启民说："捡了！捡了！"

往船艉看去时，一大一小铁桶已随醒民坠河，沉入河底。

第二天清早，启民醒民兄弟被宪兵队押到菜市场。启民眉头深蹙，脸色青白；醒民不敢嬉笑，努力模仿哥哥，露出古怪的愁苦相。参谋长吉野真木和宪兵队曹长山崎显吉并肩站立，山崎比吉野高出半颗头，髭髯更茂盛，颧骨更峻嶒，面貌更凶恶，两人下颚高耸像嚼食枝头嫩叶的山羊。启民醒民跪在菜市场前一块人兽蹄印凑集的泥地上，泥地旁边长了一棵不会结果的波罗蜜老树，一只白鹭鸶毫不畏惧地在一丛不比山崎头颅高多少的槎桠上生蛋布雏，阴暗的枝叶下倒吊着一群熟睡的蝙蝠。

启民醒民兄弟被村人围堵在一个大小像被手榴弹气浪炸开的人肉圈子，圈子内围站着荷枪实弹的宪兵，外围站着更多荷枪实弹的二等兵。兄弟俩身前放了十多个铁桶，铁桶里装满村民一早缴送的蜗牛，触角伸伸缩缩，腹足运动出活泼的波纹，一批蜗牛已爬出桶外，向村民的脚前进。吉野叽哩咕噜训了一段话，三位翻译员用客家话、广东话、华语和马来语复述一遍，最后翻译员说："违背皇军命令，死罪一条，这两个支那男人如果把这些蜗牛吃下去，就给他们一个改过自新的机会。"

启民醒民兄弟一阵犹豫，宪兵队的机枪枪柄已狂风暴雨落在他们头上。兄弟开始啃第一只蜗牛时，上半身已披上一层血幔。哥哥啃一只，弟弟也啃一只。哥哥啃得叽哩嘎啦响，弟弟也啃得叽哩嘎啦响。哥哥呕吐，弟弟也跟着呕吐。透过呕吐物，村民看见了蜗牛类似肝脏肠胃、雌雄同体不分男女的器官。兄弟一停下来，机枪枪柄就砸在头上，好像榔头凿石、猪啃烂果。兄弟各吞下十多只蜗牛后，蜗壳开始变得硬如铁丸，蜗肉碜牙如铜渣，再也没有力气咀嚼，开始活吞蜗牛。吞了两只，趴在地上，面如死色，一只蜗牛从弟弟咽喉里爬了出来。吉野看了山崎一眼。

"村正耗费一生心力，希望自己铸造的刀能超越师傅，"吉野说，"你觉得正宗的刀好，还是村正的刀强？"

"何妨拿这两人试刀？"山崎说，"这两人身高一般，把他们扶正，我们同时出刀，人头先落地者获胜。"

兄弟各被两位宪兵队员扶正时，意识模糊，头壳虚垂如炊烟，颈椎裸露如弱柳。鬼子拔刀，刀刃朝上，刀背舔了一下颈椎骨，有如刺凤描鸾，瞄准落刀处；刀身高举过头，刀刃朝下，刀光轻坠如一行腮泪，两颗脑袋不约而同落在蜗牛屈蠕的铁桶上，血浆从脖子喷出时丝丝之声不绝，比一只肺活量惊人的公鸡司晨漫长，像秋风轻拂的松涛绵延不断。吉野和山崎的笑声惊醒了几只蝙蝠，它们扇动薄翅，冲入了弥漫树下的血雾，盲窜到炽烈的阳光中。

鬼子效力惊人，占领猪芭村后三十天内就架起一座横亘猪芭河的拱桥，护栏上竖起六根竹竿，像粽子悬挂数十颗头颅，有偷窃石油的头颅、怠工的头颅、私藏枪械的头颅、抗日分子的头颅、欠缴人头税的头颅、捐款支助祖国抗日的头颅、忘了对皇军大人鞠躬行礼的头颅、吴氏兄弟的头颅，白天乌鸦、隼鹰、喜鹊和不知名的野鸟缭绕叫喧，晚上大批猫头鹰麇集，黑暗中头颅和猫头鹰一般大小，不知是夜枭盘旋，还是人头追逐，有如鬼域。

黄牛将伊藤雄的无头尸具送到望天树下时，中将和少将刚打完一百多颗高尔夫球，孩子先后从茅草丛走出来，把铁罐和竹篮里的小白球放在望天树下，中将从球袋中掏出五包糖果盒，交给孩子均分。糖果盒比香烟盒稍大，盒子前后有一面太阳旗和一个拿着刺刀机枪的鬼子飘浮在一片蓝天白云中，一只大鹰展翅飞翔，冲向"皇军大胜"四个红色小楷。每个糖果盒装着十颗狗眼大小的糖果，有红有白，有酸有甜，鬼子零嘴，孩子最爱。曹大圣等人拿了糖果盒正要离去，看见黄牛车上的无头尸体后，啃着糖果，站在一棵瘦小的镰叶拎树藤下远望。少了头颅，让他们没有认出尸体主人就是昔日熟识的小林二郎。吉野对高尔夫兴致不大，看见黄牛车上的尸具后，扔下球杆，和护送尸具的鬼子交谈。

黄牛车和伊藤雄尸体出现菜市场时，已近傍晚，天穹像洒满了朱槿花。蝙蝠飞出波罗蜜树觅食，收工哨声幽幽响起，做苦役的猪芭人拎着晒得皲裂的四肢向菜市场集合，波罗蜜树下的落叶和树皮渣好像他们脱落的皮囊。树下，荷枪实弹的鬼子一字排开，前面站着参谋长吉野少将、宪兵队山崎曹长和两位翻译员，更前面是黄牛、黄牛车和无头尸具。黄牛牵拉尸具走了一个下午，不情愿地蹬了一下牛轭，转头瞪着自己发达的菱形肌和突出的肩峰。菜市场旁有一条肮脏狭小的沟渠，从早到晚滞伏着腐臭朦胧的秽物，随着猪芭河汐涨，秽物蔓延两岸，吸引野狗觅食。沟渠两旁有十多个鬼子或联军留下的弹坑，形成水洼，水草稀疏，蚊蚋孳生。菜市场的锌铁皮屋顶上，蹲着咬掉小林二郎半只耳朵、背着女妖面具的长尾猴。

小林二郎或伊藤雄的死讯惊动了猪芭村，菜市场前比肩叠踵，争看无头尸体。曹大志和高脚强一伙孩子站在最靠近黄牛车的地方，仔细检视小林二郎的草黄色战斗服、腰带上的马皮弹药袋、枪袋水壶、绑腿军靴、脖子蒙上血痂的豁口、手里的十六孔复音口琴。孩子看见脖子模糊溢出一个人头形状的血迹，平头须茬，佛面善心，穿着油渍斑驳的背心短裤，趿木屐，肩扛一管腕粗竹竿，吊挂十八种杂货，右手捎一支十六孔复音口琴，吹奏欢乐或哀怨的日本童谣和歌谣。那根凿了十八个凹槽的竹竿竖立在猪芭河拱桥上，最上端的十个凹槽挂了十颗残存着肉屑毛发的骷髅头。亚凤看见伊藤雄坐在椰子树下露出骰子牙，伸出鹰爪手，缩着红鹤腿吹奏那首诡异飘逸的《笼中鸟》。朱大帝和小金看见小林二郎的无头尸体扛着竹竿走过红灯区，口琴腾空飞舞，一根红色的大舌头舔着琴格，响起《雨夜花》旋律，竹竿上睡过南洋姐的骷髅发出呜呜咽咽的笑声，像一群秃鹰盘旋南洋姐赤裸苍白的肢体上。

翻译员说，皇军大人知道猪芭村无人使用毒箭，二等兵伊藤雄的暴死，必然是内陆番族的杰作，番族不受教化，猎人头，活吃生人肝脏，愚蠢怠懒，淫乱迷信，猪芭人如果提供线索，皇军有重赏。寻获头颅者，免交人头税半年；协助皇军逮捕凶手者，免交人头税一年。知情不报或窝藏凶犯，死罪一条。

波罗蜜树上的白鹭鸶屙下一坨黏稠的热屎，不偏不倚地滴在伊藤雄臂章部队番号上。山崎大怒，拔出村正刀，跳上牛车，往树上挥斩，白鹭鸶飞出树丛，消遁在一片卵白的云彩中。

四个鬼子和四个村人继续护送牛车，前往南方军婆罗洲燃料工厂日本坟场。

坟场在加拿大山腰上，牛车抵达时，星斗满天，月亮面容洁白，飘着一缕云翳，山腰上三十多个鬼子墓碑隐约可见。村人开始用铲子锄头挖坑时，在各种虫鸣和夜枭叫嚣中听见了一阵微弱的口琴声，回头看牛车时，空无一物。鬼子和村人看见无头的伊藤雄一手掐住口琴，跳下牛车，消遁黑夜中。

第二天中午山崎回到菜市场，绕着波罗蜜树走了十多圈。昨天在围观伊藤雄尸体的人群中，他盯住了几个喜食鸦片的可疑人物，这一伙人，隔一阵子眼神就像巫师扎小人的针扎在他和参谋长身上。背面具的猴子又出现了，三十分钟后，它从菜市场屋顶跃上一棵椰子树，又跃上另一棵椰子树，越过两辆三轮车和一辆卡车，上了木板商铺的锌铁皮屋顶，纵入商铺后那一片矮木丛。猴子如履平地，但灌木丛减缓了山崎速度。几个脖子上挂着弹弓的孩子，趿木屐或夹脚拖，背竹篓摘野菜，竹篓里的过沟菜蕨和空心菜已经冒尖，孩子浑然不觉，也没有看见山崎，边捡边掉。其中一个孩子脖子上挂着一个妖怪面具。一个打赤膊的孩子捡拾的是枯枝，歪七扭八的枝桠被绾成捆，拎在手上，看见山崎鞠了一个躬。孩子的动作不纯净，山崎忍不住扇了他一巴掌。矮木丛里窜跳着一只火焰似的小松鼠，所到之处，噗地引爆另一个小火球。

一架美国解放者长程轰炸机掠过天穹，进行例行轰炸任务。一颗炸弹坠入茅草丛，气爆让矮木丛冒起大火，小松鼠不见了，一只小火焰畏怯地靠拢他的军靴，山崎感觉到小火焰就是那只小松鼠。小火焰被西南风呼扇，像一条火蛇朝茅草丛蜿蜒烧去，烧到一个小水洼前，停住了。他又看到小松鼠越过小水洼，窜入一片草丛，小水洼倒映着小松鼠火炬般的火尾巴，久久不熄。哔哔剥剥的燃烧声静止了，响起一股更干燥和爆裂的声音，让他想起伊藤雄的口琴。他听过伊藤雄演奏口琴，哀怨悠扬，弥漫士兵的汗臭口臭。猪芭人谣传，伊藤雄已变成无头僵尸。一只黑色的小蛇跳入水洼，吐信衔住水面的松鼠火尾巴，上岸后噗地喷出火尾巴，烧焦了几秆草鞘，一只彤红色的大蚱蜢飞越了茅草丛，水洼倒映出一个长发飘逸的女子模糊身影。

惠晴

　　放映机吐出一道巨大明亮的光柱，剪破黑夜的幕帘，投射在一块白布上，将放大数十倍的灯蛾、蝙蝠和夜枭的黑影涂在银幕上，宛若飞天遁地的魑魅魍魉。放映机架在一辆吉普车屁股上，放映师傅小心地伺候一个发亮冒烟的机器盒子，一卷硝酸底片在两个轮子上滴滴——答答——滴滴——答答——运转。播放英美烟草公司广告片时，惠晴把一张阔腰围的木板凳蹾在草地上，总是在同一个地方，草地被四根凳子腿蹾久了，出现四个密实的凹洞，让那张木板凳像打下基桩，任她怎么扭臀摆腰也纹风不动。烟草公司的广告是一部拟人化卡通片，一头固执的毛驴扇着耳朵，不想挪蹄，中国主人点燃一支香烟，烟雾飘荡空中，拼凑出香烟牌子，毛驴像看见红萝卜，睁大了蕃茄眼伸长脖子嗅着烟雾前进。从惠晴板凳发出的吱吱嘎嘎的声音，透露着她的喜悦和焦虑。

放映露天电影的地点在猪芭菜市场外，虽然是猪芭村腹地，但路灯昏朦，吉普车引擎盖上放着一盏煤气灯，玻璃罩中的石棉纱罩照耀得草秆像刀刃、波罗蜜叶子像锹片、惠晴的眼珠子像夜河上的猩红鳄眼。煤气灯用一个石棉网做灯泡，下面按了一个帮浦打气的气筒，气冲到石棉网里，可以把石棉网膨胀得又圆又亮，好像惠晴饱满火烫的胸脯。亚凤和两位放映师傅熟识，隔一阵子走到吉普车前，勤快地抽动帮浦，照亮惠晴丰腴的女体。猪芭女孩的胸部和屁股，有的像波罗蜜果子一天一天一个月一个月增大，有的像面团发酵突然膨胀，有的像一座湖潭刚冒尖就溢了出去，唯独惠晴例外，八年前，她和家人迁徙内陆，那时她又瘦又干，回猪芭村后，胸部和屁股又大又圆，在亚凤印象中，她没有经历过青春期，直接从一个小孩熟成一个女人。亚凤剖开人群回到自己的板凳时，特意做出夸大的动作，银幕上快速掠过他的剪影，凸显他山蟒般想要绞住惠晴的身段。

牛油记咖啡馆老板娘牛油妈坐在一张小草席上，一岁小儿子睡在她怀里，猪儿子和一群小孩在人群里像老鼠暴窜，孩子偶尔伸手掐住光柱，银幕上就出现一串鸟爪。牛油妈的世界只有牛油记咖啡馆；到了菜市场，她的世界进一步缩小，只有亚凤的矮凳和自己的草席。她总是早亚凤一步把草席摊在亚凤后方，紧靠着亚凤板凳。她是向阳的树果，有充分日照，熟得快，已经从朱大帝身上尝尽云雨，没有太多男人挑得动她的胃口。朱大帝强摘了十三岁的她，只是让她心灵更干旱，肉体更快速抽长，她等着一个像亚凤的男人。怀着老三时，她乳旺得厉害，随时等着解开客家对襟短衫喂奶。她的对襟短衫永远缺一个扣、洇着间或左大右小、间或左小右大的奶渍，清楚显示一对乳头互背的"东西奶"，好像一对闹别扭的情侣。

那个夏夜，天穹窟黑，圆月摇曳生姿地挂在天檐上，猪芭河两岸的野火稀少，但仍有一簇又一簇狰獗的烟霾浮游茅草丛上方，西南风吹不散。电影放映到一半，牛油妈把小儿子塞到亚凤怀里，一个人走到猪芭河畔撒完尿后，蹲在河畔，看着一湾充满远古智慧的星光沉入河底。儿子吃奶时间快到了，他会哭闹得亚凤受不了。不久，一个影子背着煤气灯走来。她打开襟衫纽扣，露出一只乳房，从亚凤手里接过孩子，把乳头塞到孩子嘴里。亚凤也对着河水撒了一泡尿。看电影的猪芭人传来一阵哄笑，人语喧嚷。亚凤看着牛油妈比惠晴更丰腴的女体。他看过小时候的牛油妈，弱小而苍白，野猪袭击猪芭村时像小鸡一样被她的父母扔到井底，又像小鸡一样被朱老头拽上来。他是看着牛油妈的胸部和屁股一天天变圆变大的，生了孩子后更圆更大。他记得牛油妈十岁时身体已经发育成大人，在牛油记咖啡馆已经像大人一样被客人调侃摸扣。牛油妈用手指扯一下他的汗衫，要他抱一下孩子。他抱过孩子，看着牛油妈慢慢扣上纽扣。牛油妈从他手里接过孩子时，眼噙泪光，手指重重地压着他的肋骨，好像要掏出他的心肺。

他掉入戒食鸦片的痛苦深渊中，已经三天没有吸食了。那天晚上他的脑壳虽然像装了一袋水泥，但意识清楚，牛油妈把自己和孩子贴在他身上时，他轻轻推开了她，走向菜市场。他本来想折回家里吸一块鸦片膏，但口干舌燥，喉头像衔着一块热炭，两脚沉重像两根盐木柱子，走了两步，回头看了牛油妈一眼。

一艘装了马达的长舟迅疾地划过河面，水中之月碎成金黄色的鹅蹼，萤火虫聚集椰子树下形成一个圆形的飘荡的红色萤囊，天穹散乱着晶亮的星星像牛油妈的泪珠，河岸散乱着腐朽的长凳，河水散乱着猩红的鳄眼，莽丛散乱着将熄未熄的火苗，牛油妈把吸饱了奶水后熟睡的孩子放在长凳上，眼球散乱着金黄色的玉米须的火花，像一捆干柴被亚凤架到椰子树下。茅草丛无垠，野火无限，星空淤积着灰灰稠稠的薄云好像牛油妈兴奋的泪水。猪头粗的椰子树干更耸天了，萤火虫的红色萤囊增多了，像椰果累垂着。

回到菜市场后，亚凤有点心虚地走到吉普车前给煤气灯打气，惠晴偏头看着他，眼神燎灼，像夜晚河面的猩红鳄眼。不行了，不能再等下去了，亚凤想。他不惧怕惠晴的眼神，但他惧怕牛油妈眼眶里泛滥的泪花、她的缺扣的襟衫、胸前的奶渍、一双"东西奶"。第二天他骑着父亲的英国兰苓牌自行车，让惠晴跨骑坐垫后的货架，漫游猪芭河畔。

惠晴拽紧货架后端，两脚有时悬空，有时一只脚架在链盖上，一只脚蹬住花鼓，坐稳后，放开两手，双臂平伸做飞翔状，两根小辫子犹豫地扇着像幼鸟学飞。惠晴从小帮父亲芟草挑粪，骨骼肌腱不输男人。自行车上坡时她跳下车子，十指绞紧货架，把自行车像纸鸢推上青天；自行车下坡时，她两脚盘住货架，双手环着亚凤腰部，胸部像陷入网罟的大鱼撞击着亚凤的脊椎，重力加速度，自行车奔跑得像被老鹰追逐的野兔。

她喜欢用一根细枝去拨辐条，发出清脆的鸣叫，叮，叮叮，叮

叮叮，叮叮叮叮叮，从鸣叫的频率和音量听得出速度。辐条快转像看不见的蜜蜂翅膀，只看见腾空的花鼓、银色的轮辋和黑色的轮胎，胎痕在泥路上碾出双蛇交配的轮辙。第二天亚凤下了车，搀着手把和货架，让她坐上坐垫，不到半小时，自行车就让她驾驭得像顺水操舟、蛇行青竹。她越骑越快，一只野狗从茅草丛岔出来，惠晴闪避不及，连人带车坠入一坑深草。亚凤跳入草坑时，她已挺胸竖腰站着，一对匀称饱满的乳房，形状宛若两颗巨大的水滴，好像就要从衣摆下溢流出来。

三天后他们结婚了。婚礼办得仓促，像一九四一年结婚的其他猪芭男女。

鬼子来了。

何芸

亚凤记得第一次看到何芸猪肝状胎疤的那个太阳高悬的午后，何芸揭一杆好像可以撩动青云的细竿，漫步在两头霍尔斯坦乳牛后。她坐在草地上，摘掉帆布帽，拨开左脸颊的乌丝，抬起下颚仰向太阳，曝晒猪芭村年轻女子少见的美丽五官，丰盛的头发宛若乳牛身上的黑色斑状花纹。她哼着一首印尼情歌，歌词像在歌颂一条小河，小河美丽如画，河上有风帆绿浪，河畔有长堤椰树情侣……

何芸和父亲住在荷兰石油公司管理员宿舍，协助父亲照顾十头霍尔斯坦乳牛和每天早上挤牛乳，间或早上和父亲运送牛奶，左脸颊长了一个大胎疤，色泽形状像猪肝。少了胎疤，她就是猪芭村的甘榜花。亚凤目睹她开车碾过一道木桥，木桥腰身和吉普车车身一般窄，何芸把车子停在桥头前，吹着口哨来回整理桥面，又吹着口哨回到吉普车前，伸手在引擎盖上拍了拍，跳上驾驶座，像驾驭一头铐着脚镣的巨兽，一口气冲到了对岸。车子在桥面滚得像骰子，就是滚不到河里去。

一九四一年一月的雨季清晨，亚凤前往猪芭河畔垂钓途中，看见黄泥路上何芸驾着满载牛奶瓶的吉普车急驰而来，出现在结着一层雾气的挡风玻璃上的何芸五官朦胧，猪肝疤不见了，像一具艳尸，像金童玉女的纸扎祭品。车子经过亚凤身边时，引擎突然熄灭。何芸发动了十多次引擎，车子从排气管喷出一股黑烟。

亚凤停下车子。

何芸戴着宽边的白色帆布帽，松紧带扣着下颚，长发遮去了胎疤。干燥的脸面被一个抗旱小酒窝滋润着。何芸又发动了几次引擎。车子咳得像垂危的病人。她打开车门，走到后座，看着十多个木箱子，箱子装满或半装满盛着鲜奶的玻璃瓶。她捋起衣袖，将一箱装着六瓶两加仑鲜乳的木箱蹾到地上，看了亚凤一眼，像在自言自语。"车子坏了，可是牛奶还是要送……"

"用我的脚踏车吧。"

"我不会骑脚踏车。"

"我帮你送。"

"你不知道送到哪里。"

"我载你，"亚凤把钓竿扔到茅草丛，"我这货架够宽长，箱子摆前面，你坐后面。"

亚凤把木箱放在货架上，用松紧带固定木箱，让何芸搂着箱子跨骑货架。亚凤踩住脚蹬，屁股往鞍座蹾了蹾。一路上牛奶瓶、生锈的链条和缺油的花鼓喧闹，两人却非常沉默。偶尔他斜瞄一眼身后的她，只看见大胆地微笑着的膝盖。送完一箱牛奶，又回到吉普车送第二箱，如此来来回回，最后一趟亚凤抄捷径，骑上独木桥。桥墩是两根腿粗的盐木桩子，坚定地站在溪水中。溪水暴涨，淹没桥面。自行车碾过桥面时，半个轮圈陷在溪水中，长出两双残破的水翼。脚蹬出水入水，溅起无数落寞的水花。辐丝经过溪水冲击，散发疑虑的光芒。潮湿的链条在潮湿的齿盘上转动，发出吞咽困难的声音。何芸的脚指头蘸在溪水中，在水面划出充满刺梗的线条，抒发着小女生的绮思和神秘。一群母蜻蜓点水产卵，临摹出一朵又一朵整齐浑圆的小涟漪。一棵被连根拔起的小树从上游漂向独木桥，根荄砸入自行车前轮辐丝，车头在桥面顿了一下，自行车哗啦一声落入溪水中。

　　……溪底很浅，只淹到亚凤胸部。两个路过的庄稼汉跳到溪里，把亚凤和何芸挽上岸，把漂流的牛奶瓶、木箱、溪底的自行车拽上岸。

　　那天晚上，亚凤梦见自己裸着身体在溪水上踩自行车，轮圈掀起两股水翼像天鹅翅膀。溪水里悠游着蝌蚪、孔雀鱼和两点马甲，水面翱翔着成千上万的蜻蜓。独木桥下没有桥墩，何芸裸着身体站在桥下，好像她就是唯一的桥墩。自行车越过了独木桥，亚凤回头看见何芸跨骑货架上，冰冷的乳房贴住了他的脊椎骨。

　　何芸没有甘榜女人的圆胸和大屁股，薄薄的，像一只风筝，像随时被强风吹倒的玉米秆。

　　亚凤最后一次和她见面，是鬼子占领猪芭村前一个月。何芸稳住两头乳牛后，绕过水塘，走向水塘前垂钓的亚凤。

"关亚凤，"她突然说，"你觉得我丑吗？"

亚凤嚅了嚅嘴唇，一时无语。

何芸抚了抚脸上的胎疤。一阵强烈的西南风吹来，她伸手压住帽子："日本人要来了，爸爸带我相亲，除了吴启民，没有一个男人要我。"

亚凤依旧无语。

"我不想嫁吴启民……"她小声说。

水塘中心的鱼饵开始躁动了，亚凤忘了拉竿。

何芸嘴角露出了抗旱小酒窝："日本人一来，我们全家就要躲到内陆，爸爸可能要我嫁给番人。"

何芸绕过水塘，和两头乳牛消失草丛中。亚凤看着她瘦弱的身躯像断线的风筝、像枯竭的河流岔入了茅草丛。

他背着一篓渔获回程时，看见何芸揭着一杆好像可以撩动青云的细竿，站在一簇矮木丛前凝视两头霍尔斯坦乳牛吃草。九月了，燎原野火未熄，细长的黑色烟柱散乱茅草丛上，灰色的云朵被绑在阴郁的苍穹上，旷野传来阵阵犬吠鸡鸣，青黄色的茅草丛绵亘着星散的菜棚，接近干涸的小溪滞水慢流，尖锐的苍鹰掠食声响遍野地，太阳的强大光芒把云彩照耀得像肥皂沫子。大地干燥，渴望甘霖，像何芸脸上的猪肝胎疤。亚凤经过何芸身边时，何芸伸手拉住亚凤裤管，像攥牛将他攥入矮木丛。

"忘了我的胎疤吧。我不想把第一次给了番人。"

亚凤不及阻挡，何芸已褪下他的裤子。她的小酒窝不见了，嘴角执拗地抿着，泪水打湿了猪肝胎疤。

一头乳牛跨过裹着虫尸和叶渣的牛粪，带着尾巴后的蝇虻子停在他们身前，啃食他们脚下的嫩草。何芸的猪肝胎疤贴在亚凤的脸上时，亚凤看见乳牛一分为二，一只翘着淫邪的独角，一只眨闪着湿漉漉的独眼。

黑环

　　猪芭村华人天主教邹神父五十多岁，一双薄耳像蝙蝠翼膜，弥漫着神采飞扬的红丝绿晕，代步工具是一辆英国三枪牌自行车。自行车在神父保养下，三十多年了，车铃声依旧洪亮，镀镍的灯罩像一朵猴头菇，辐丝和轮辋闪闪发亮像神的灵运漫行水面。爱蜜莉，邹神父在内陆传教时收养的孤儿，十六岁和邹神父迁居猪芭村，十八岁独居加拿大山脚下，饲养鸡鸭，透过邹神父牵线，定期贩售荷兰石油公司肉鸡鸡蛋，熟识猪芭村白人官员和石油公司雇员。爱蜜莉的自行车运送了两年多的母鸡和鸡蛋，有一个沈瘦子用废铁焊接的大货架，坐垫龟裂，轮辋和链盖满布褐锈，链条运转时像痰涎充沛的咳嗽。卢沟桥事变后猪芭人排日，红脸关用帕朗刀削断了富士牌自行车车头灯，象征性地砍了头，沉尸猪芭河，买了一辆英国兰苓牌自行车。沈瘦子瞒着红脸关请擅泅的扁鼻周潜入猪芭河打捞，磨灭了竖杆上的富士商标，换成英国三枪牌，装上英国制中古车头灯、半罩式链盖、发电机、脚架和车铃，寄放杂货店贩卖。

变装后的富士牌自行车被爱蜜莉用又臭又破的自行车和两只母鸡换走了。

一九四一年六月，亚凤肩扛猎枪和帕朗刀，骑自行车沿着加拿大山山脚下疾行。爱蜜莉的高脚木屋在加拿大山脚下，上下两层，下层无墙，四周果树葱郁，铁篱外丛生着枝干低丫的树灌和茅草丛。爱蜜莉养鸡随性，五百多只鸡放养五亩果园中，果园星布十多个鸡棚，鸡群漫游果园，觅食蟛蜞、昆虫、蚯蚓和草籽。果园以高脚屋为核心，栽种数十棵波罗蜜、红毛丹、榴梿树、柑橘、椰色果和龙眼，鸡粪养肥了地力，果实甜美硕大，吸引野猪、猴子和野鸟。

下了一场午后雷阵雨。旱季初头，草黄色的云彩从苍穹罅缝溢出，滴下草渣一样绿色的雨。亚凤站在篱笆门外淋了一阵雨，看见爱蜜莉和黑狗走来。雨丝忽密忽疏，倾斜壁直，逆飘上天。廊檐的滴水断断续续，像摄护腺肥大的老人艰苦地撒着天长地久的尿液。小雨持续落下，凹地清成了水洼。黑狗蹲在一楼的柴垛上盘望，偶尔凝眸木板隙缝中的亚凤和爱蜜莉。爱蜜莉烧了一壶水，泡了一壶黑咖啡，和亚凤坐在阳台上，将两个瓷杯放在地板上。她拿起瓷杯啜咖啡时，露出手腕后一道六英寸的老疤。

两年多前，猪芭村出现开埠史上最严重大旱，猪芭河水位骤降，草苗晒蔫了，草鞘烤糊了，田灾地空，野火不分昼夜施虐，人畜发毛随着植物枯萎，五官肌肉也萎缩了，好像血液也蒸发了。大番鹊扇着火焰飞翔，穿山甲衔着火球暴窜，母鳄寻不到阴凉的挖窝地点。黄万福的黄牛和石油公司的霍尔斯坦乳牛冲垮了牛栏，在扬沙揭石的黄泥路上奔跑。荷兰石油公司从中南半岛进口的两匹温血母马，一白一栗，跃出马栏，打着娇嫩的响鼻，撅着没有被公马跨过的丰满屁股，扬着火燎的鬃毛，在茅草丛踏火寻衅。懒鬼焦的无头鸡下了木桩，飞上蔽荫的波罗蜜树干，数十只后宫佳丽也攀上枝头争宠。南洋姐株守藤椅上，粉唇微启，又开了大腿。

那天，爱蜜莉将鸡蛋和肉鸡送到荷兰员工餐厅后，下午四点多，推着自行车，走过猪芭村最热闹的木板商号，一个中年大胖子艰辛地钻进一辆三轮车，凉篷下露出两只苍白多毛的肥腿。年轻的三轮车夫跨上坐垫，吃力地用两只瘦腿蹬着脚踏，胖子的重量让三轮车跑得缓慢颠簸，好似一只大寄居蟹。车夫戴草帽，叼一根烟，汗衫短裤浸洇着汗水，脸上的胡须像苔藓。爱蜜莉在扁鼻周杂货店买了油米面粉罐头，经过牛油记咖啡店，店内高朋满座，牛油妈在店外搭了一棚露天咖啡摊，摆了十多张圆桌，坐了八成客人。牛油妈胸前掖了三件小手绢，有空就掏出来捻汗呼扇。爱蜜莉找了一张空桌子，将藤篓放在地上，喝了半杯不加炼乳的黑咖啡，叫了一盘干炒粿条。

近六点了，日光依旧毒辣。客人清一色是男人，分三大类：荷兰勘油井技工、林万青板厂伐木工、朱大帝等猎猪队友，夹杂几位三轮车夫。勘油井技工有华人和来自爪哇的印尼单身汉，工作服和皮肤沾满油垢，好像传说中的油鬼子，被他们睡过的南洋姐，好像被油炸过。伐木工体味复杂，伐木时脖子盘一条毛巾，散发着汗酸、发油、木屑、尿屎和鱼虾腥味。伐木工收工后，冒着被鳄鱼猎食的危险，在猪芭河泡澡，猪芭河散布鱼虾腥味和尿屎味，鬼子占领猪芭村后，被砍头的猪芭人，无头尸体沉尸猪芭河，他们不敢到猪芭河泡澡了，但他们依旧爱吃猪芭河被猪芭人粪便喂大的螃蟹和河鳖，口气有一股屎臭和腥味。伐木工爱漂亮，发油抹得像一坨牛屎，打赤膊芟草、辟路、砍树、运木，白天对着划舢板和长舟经过猪芭河的妇女斩草除根，晚上躺在南洋姐身上春风吹又生。三轮车车夫脖子上也盘毛巾，但多了一顶插着栀子花或七里香的藤帽，毛巾洒了明星花露水，身上喷了进口香水，最怕睡刚被油炸过的南洋姐。这几种人凑在一起，就像农场里的鸡鸭鹅，除了下的蛋需要分辨，外表一目了然。

爱蜜莉吃完干炒粿条，桌旁突然多了三个年轻爪哇技工，嘴叼香烟，叫了四瓶黑狗牌和老虎牌啤酒，斟满四个大耳玻璃杯，将其中一杯琥珀色冒着气泡的玻璃杯放在爱蜜莉桌前，指着玻璃杯吐出一串印尼土话。爱蜜莉听不懂印尼土话，啜完剩下的半杯咖啡，背起藤篓准备离去。爪哇技工突然伸手勾住爱蜜莉手腕上的藤环。

"放开蜜丝胡的手！"坐在爱蜜莉后方，一位认识爱蜜莉的华人伐木工说，"你想干什么？"

技工嘴里咕叽咕叽吐出一串印尼土话。

"蜜丝胡，他要你喝完啤酒再走。"华人伐木工说。

爪哇技工指甲缝贮了铁一样坚硬的污泥，手掌涂了蜡一般的油垢，掌心弥漫沼气，五指依旧勾住爱蜜莉手腕上的藤环，勾得爱蜜莉腕骨一阵刺痛。

"大哥，请你叫他放手。"爱蜜莉对华人伐木工说。伐木工叽哩咕叽两句，爪哇技工不松手，也叽哩咕叽两句，另一只手伸向爱蜜莉手掌。

爱蜜莉盯了技工一眼，抽出小帕朗刀，用刀背敲了两下技工勾住藤环的五指，技工缩回两手，哼了一声，用拳头捶桌面，发出一声巨响。一群爪哇技工围在他们身后，一群华人技工、伐木工和三轮车夫围在爱蜜莉身后，语言复杂，有客家话、广东话、闽南话、海南话、潮州话、华语、英语、马来语、印尼语、淡米尔语。爱蜜莉用小帕朗刀轻轻一拨，将那杯冒着气泡的啤酒推倒，琥珀色的啤酒溢满桌面。

朱大帝剖开人群，站在爱蜜莉身前。一个魁梧的三角脸爪哇技工站在朱大帝对面，和朱大帝怒目而视。

"蜜丝胡，把刀收起来吧。"大帝对爱蜜莉说。

爱蜜莉下颚高耸，冷漠地环视围成半个人肉圈子的爪哇技工，手里依旧攥着小帕朗刀。

"这位蜜丝胡，从小是孤儿，一个人开了一家养鸡场，性情刚烈，我们猪芭村闹瘟疫时，她和猪芭人一样，捐了钱盖福德正神大伯公庙，谁欺负她，我们猪芭人不会袖手旁观。"朱大帝刚从莽林归来，戴一顶草绿色鸭舌军帽，穿一件缀着蛤蟆肚大小口袋的毛色猎装，嘴上的洋烟已经烧到滤嘴，露出一个木头笑。"你们这些爪哇苦力，不止一次对我太太毛手毛脚，我忍你们很久了，看你们离乡背井到我们这里谋生不容易，别在我的咖啡摊闹事，走吧，走吧！"

朱大帝说客家话，华人技工口译成印尼话。被爱蜜莉用刀背硌了两下的技工没有完全清醒，指着桌上一杯啤酒，咕叽咕叽了两句。

"他要蜜丝胡喝完这杯啤酒。"华人伐木工说。

"冚家铲[1]——"

朱大帝话刚出口,爱蜜莉抽出小帕朗刀,用力一挥,断了两瓶老虎牌啤酒瓶,碎了一杯大耳玻璃杯。

雨水让母鸡像一群被惊动的蟑螂,但没有入棚躲雨,雨中继续觅食。云散雨收后,亚凤的黑咖啡依旧冒着烟。果园散乱一批小水洼,吸收着树上滴落的水珠。一只青蛙后腿被母鸡叼住,母鸡为逃躲分享而快速奔跑,好像青蛙施展神力牵引母鸡。铁额铜头似的榴梿果高挂树干。爱蜜莉喝完两杯咖啡,滚了一壶水,又泡了一壶咖啡。她告诉亚凤,茅草丛里有两窝野猪,一窝是一头母猪和八头刚褪下条纹的小猪,另一窝是三头青壮猪,夜晚闻榴梿果落地,即刨开篱笆入园抢食,并刨掘一小块栽种胡萝卜的田畦。胡萝卜是爱蜜莉孝敬邹神父的贡品。邹神父和英国大官一样深信胡萝卜可以强化人类夜视力,爱吃爱蜜莉纯粹用鸡屎催生的胡萝卜,便于晚上外出布道。野猪食不饱足,踏破鸡棚啃食母鸡,每晚必来,叼走了三十多只鸡。爱蜜莉观察多日,锁住了巢穴,请亚凤协助围剿。又说,三只青壮猪是她多年前屠杀一头母猪时,一时不忍,野放了三只小猪,没想到长成食肉成性的大猪。

下午三点,爱蜜莉肩扛单管猎枪、腰排大小帕朗刀各一把、挎一个藤篓,亚凤肩扛双管霰弹猎枪、腰排大帕朗刀、挎一个藤篓,推开篱笆门,两人一狗走向茅草丛。黑狗走在前头,爱蜜莉居中,

---

1　冚家铲,广东话或客家话,咒人全家死。

亚凤压后，故作轻松状吹口哨。爱蜜莉回头做了一个噤声的手势。远方飘散几朵零星野火，火舌娇小，吐出的白色烟霾蔽野笼地，让野地缺了一角。黑狗像披着一团墨囊，狗脚踩在野地上像蟹脚行走在沼泽地上没有声息，间或停下狗脚观望四野。

爱蜜莉越走越快，突然举起手掌挡在亚凤胸前。两个肩扛猎枪的猪芭人越过一块齐头的圆形草岭，消失草丛中。爱蜜莉收回摆在亚凤胸前的手，看了亚凤一眼，抽出腰上的小帕朗刀。

嚯嚯。喳喳。齁齁。吭吭。亚凤听见草岭传来野猪低沉的嗥叫。

断裂的啤酒瓶长满透明的玻璃钉耙，完好的大耳玻璃杯倒卧在破碎的大耳玻璃杯尸块上。小金、锤老怪、鳖王秦、扁鼻周和沈瘦子等猎猪队友闻风赶来，围在朱大帝身边，把爱蜜莉挤到伐木工圈子中。小金带了一把大帕朗刀，被沈瘦子夺走，交给牛油妈，牛油妈扔到柜台下。沈瘦子是猪芭村开埠元老，敉平不少祸乱，知道拳头伤人，大事化小；利器杀人，小事酿大。

被爱蜜莉用刀背敲痛了五指的爪哇技工突然捏住一截玻璃钉耙，在爱蜜莉手腕划出一道六英寸的伤口。朱大帝一脚踹在技工肚子上，技工哀呼一声，四仰八叉跌倒。三角脸爪哇技工踢翻一张椅子，举起另一张椅子，砸向朱大帝。朱大帝头一歪，椅子砸在圆桌上，断了两条腿。椅子脚削掉了朱大帝的草绿色军帽，露出被母猪啃去头皮的丑陋疙瘩。朱大帝的头皮布满青脆的褶皱，泚出十多簇像毛毯的发芽，两眼怯光，好似枯木逢春，散发出忸怩的青春色彩。大帝一手搐住一张椅子，砸向三角脸爪哇技工，一手捞了圆桌上的军帽往头上罩去。五十多个爪哇苦力和一百多

个华人技工、伐木工、三轮车夫在牛油记的露天咖啡摊斗殴时，
爱蜜莉将小帕朗刀入鞘，接过牛油妈递给她的白毛巾包扎伤口，
背着藤篓，将咖啡钱放在柜台上，捏了一下牛油妈大儿子的肥脸，
跨上自行车离去。

警署出动警员解围时，五十多位爪哇技工已被朱大帝等人追打
得四处逃窜，大部分逃回员工宿舍。走了一小撮华人，来了更多不
相干的华人，簇拥着朱大帝等人在宿舍外叫嚣。朱大帝和三角脸扭
打时，军帽再度被扯下，他发出像婴儿的激啼，打断三角脸两颗门
牙。荷兰石油公司高级主管向猪芭警政署长抗议，逮捕了朱大帝等
十多人和十多个爪哇技工，引爆双方第二波冲突，爪哇人和华人集
聚警署前，二十个穿着迷彩服的边防部队队员，头戴倾斜右方的贝
雷军帽，手拿卡宾枪，一字排开站在警署大门前。

红日西沉，南海肥硕的波浪像吸饱了血的蚂蟥，英国官员的游
艇也卸帆返港，一群海鸥轧轧叫着，绕着旗杆上的米字国旗飞翔。
遥远的穹窿红了，像一个哭泣的小姑娘脸庞。猪芭华人侨长、猪芭
首富长青板厂老板林万青，伙同荷兰石油公司华工工会总工头，备
了一个大红包，亲自压礼，驾着一辆载满烟酒土产的吉普车，像一
头被驯服的野犀牛，停在荷兰石油公司总经理官邸前。石油公司派
遣主管安抚爪哇技工，总经理面会警政署长，建议释放朱大帝等
人。警政署长是个马来人，矮胖秃头，手拿扩音器站在边防部队身
后训话，殖民警察帽檐上的英国国徽像一口黏稠的热痰，从扩音器
飘送出来的声音也夹杂一股热痰。天气太热了，他极力缓和形势的
笑声像涕泣。人群飞出一块石头，砸中署长额头，署长怪叫一声，

抚住额头，血丝从手指缝溢出。人群开始暴动，冲向边防部队或挥拳互殴。边防部队起初对空鸣枪，随后枪口对准人群。枪声和哀嚎短暂，但浓浓的烟硝味被海风吹袭，扑向猪芭村，弥漫茅草丛，久久不散。边防部队击毙了五个华人和六个爪哇技工，打伤了二十多人。

爱蜜莉指了指圆形草岭后方。她做了个手势，示意亚凤前进草岭。黑狗跐着四肢，爪不沾地狗耳密合尾巴垂直，卸去所有抗风的毛爪，爬上草岭。二人一狗上了岭巅，往下观望，看见了草岭背面野猪的窝穴。窝口椭圆形，窝外布满防御性的开叉枯枝，四周的土壤也布满猪蹄印。蹄印明朗，有大有小，从洞口通向一条草径。爱蜜莉小声说："保罗进洞诱敌，先出来的一定是母猪，瞄准了就扣扳机，小心别打到狗。小猪出洞时，能活捉就活捉，捉不到就打死，一只也不能少。"

亚凤和爱蜜莉蹲在草丛中，举起猎枪瞄准洞口。黄色小花散乱草岭上，草岭上方飘过巨大的云彩，露出几片小蓝天。向洞外箕张的权枝容易戳伤掠食者眼睛，黑狗保罗嗅着蹄印走向洞口时，权枝好像活的，箕张得更厉害。黑狗龇开狗牙，蹿入洞内，但很快又退到洞口，草拟了一下战略，再度蹿入洞内。洞内响起犬猪哭号和狗牙猪牙咯咯喳喳摩擦的声音。黑狗又退到洞外，摇了摇头，沉潜一年半载，蹿入洞内。狗的杀气和猪的怒气震散了几根权枝，狗爪猪蹄交错，厚实的沙尘封住了洞口。渐渐地，狗吠充满锐气，猪啼多了晦气。

黑狗和母猪出洞时，全身蔽着灰色的埃尘，好似两只一大一小黑白斑驳的刺猬。母猪鼻吻上的须毛遮去了半张脸，没有獠牙，但牙齿发达，腹下挂着八双纵向排列的乳头。黑狗兴奋地嗯哼一声，拔腿奔向草丛，停在一片荆棘丛生的矮木丛前。爱蜜莉在母猪窜向黑狗时扣下扳机，中枪后的母猪凭着惯性和愤懑之元气像一颗滚石滚了一段路，倒卧矮木丛前。黑狗舔了一遍被猪牙戳伤的狗爪，安静而冷漠地看着母猪。它不像一般猎犬，见到被制伏的猎物后就咬一下耳朵，啃一下鼻吻，狂吠不迭。洞口先后出现八只小猪，嗅着妈妈的蹄印，列成纵队走向矮木丛。爱蜜莉和亚凤将两只藤篓垂直堵住洞口，篓嘴朝外。黑狗咬住了一只小猪后腿，小猪叫声凄厉。两只小猪蹿向洞口，落入篓嘴，爱蜜莉顺手拔起洞外几根杈枝堵住篓嘴。剩下的五只小猪兜了几个小圈，窜向母亲惯走的草径。爱蜜莉背着猎枪，拔出小帕朗刀，对亚凤说：

"要捉要杀，你看着办。小心开枪，这里有猎人出没。"

爱蜜莉用刀背打懵两只小猪，削了一条藤蔓将两只小猪捆成一个疙瘩，挽了一个结，拎着小猪奔跑。三只小猪迅速分裂成一个爪字逃窜，爱蜜莉追上居中的小猪，削断它的喉管，将藤蔓缩结挂在一棵小树上，追剿左边的小猪。两只小猪高挂树枝，藤蔓陷入柔软的肚皮和脖子，让它们呼吸困难，突然安静下来。透过篓眼，它们看见被爱蜜莉割破喉管的小猪倒卧血泊中，两只小眼犹在眨闪，扇动生存的意志，像用几根鬃毛护卫狂风中的烛火，像凌晨即将熄灭的星光。亚凤踩断了一截枯枝，断裂的枯枝打在他脸上，打得他像被掀开了头盖骨，窜了几个盲步才刹住，小猪已不知去向。小猪可能正在奔逃，也可能发挥求生绝活，停歇在某一个潜伏点，就像一线锈铁藏在一把锈迹斑驳的老刀中。

亚凤看了看四野。遥远的茅草丛仍有几股零星野火，更遥远的莽林像漂岛浮游热气中。野草有高有低，有蓊郁的有枯槁的，有被西南风吹得贴地喘气的，有站得笔直等人薅的，有站满麻雀像稻穗低垂的，有迎接蚱蜢弹跳的，有被草食动物嚼烂的，有被锐器削断的，有茂密稀疏的，有刚抽芽的，有被猎人踩出夹脊径的，亚凤扫视到一半，站稳脚步，均衡呼吸，闭上眼睛。他好像把茅草丛观察得更深入了。野草有的肥短有的瘦长，蓊郁的野草吸吮着沃土，枯槁的野草被瘠地吸吮，贴地野草长得稀疏，站得壁直的野草长得茂密，沾满麻雀的野草有强韧的茎秆，迎接蚱蜢弹跳的野草有柔软的筋骨，被草食动物嚼烂的又嫩又多汁，被锐器削断的结了痂疤，刚抽芽的很青翠，被猎人踩出夹脊径的挂着猎人藤帽脱落的藤丝。

左手侧有一块凹陷的草地，长满白色的和紫色的小花，白色的比紫色的多一倍，爱蜜莉像趴窝的母鸡蹲在草地上。左后侧矮木丛里有一窝大番鹊巢穴，曲蜷着两只未开眼的雏鸟，圆滚滚的红紫色身体长着稀落的白色毳毛。黑狗蹲在后侧圆形草岭上，守着藤篓中的两只活猪和草岭下的死猪，舔着被母猪獠牙戳伤的前爪，隔一阵子跃下草岭，嗅一嗅断气的母猪和小猪。右后侧一只白腹秧鸡带着五只雏鸡穿过一簇灌木丛，一条即将干涸的河滩上跳跃着攀木鱼和蛇头鱼。前方一个小水潭升起了一只白鹭鸶。

他深吸一口气，凝视着左手边那块凹陷的草地，白色的和紫色的小花消失了，飞舞着一大群白色的和紫色的蝴蝶，爱蜜莉拎着一只淌血的小猪，嘴角下的肌肉像琴弦抖动着，奏出一道像口琴的快乐音符。大番鹊的巢穴其实有三只雏鸟，黑狗已经叼回被爱蜜莉切断喉管的小猪，白腹秧鸡家族正在逃躲蟒蛇的缉猎，跳跃着的攀木鱼和蛇头鱼被大蜥蜴无情地啃食着，白鹭鸶向他迎面冲来。

他张开眼睛，看见一只鬃毛偾张、獠牙暴突的野猪，嘴里叼着一只白鹭鸶。白鹭鸶发出一声尖啸，瓜蔓一样柔软的脖子慢慢垂下，再也不动。野猪扔下死鹭鸶，磨了两下獠牙，发出嗑嘣咯喳的怪声，长吻上的圆盘状软骨喷出一团雾气，扬起蹄角冲向亚凤。亚凤拔出大帕朗刀，刀尖戳入野猪胸肌时，野猪已咬住他的大腿。一声枪响，野猪肚子爆开一朵血花。又一声枪响，爆开第二朵血花。野猪松开吻嘴，倒在亚凤脚下。

亚凤的刀尖滴着血，爱蜜莉的枪口冒着硝烟。

野猪在亚凤大腿上造成小范围撕裂伤，鲜血漫湿了半截小腿。猎猪行动不算完美，但也成功了一半，草草结束后，两人回到爱蜜莉住处。爱蜜莉打开荷兰石油公司的急救箱，用食盐水清洗伤口，抹上优碘和消炎药膏，捆上纱布。

"野猪牙齿没毒，"她说，"你不必撒尿了。"

爱蜜莉家园充满祥和的母鸡哼叫。

爱蜜莉又滚了一壶水，泡了一壶咖啡。"猪要好几天不露脸了。剩下的这几只，我一个人可以应付。"

休息完后，爱蜜莉和亚凤各把一只藤篓挂在自行车手把上，将自行车推到草岭，用绳索将死猪捆在货架和手把上，伙同黑狗迈向猪芭村。

　　"这两只大猪和几只小猪，请焦叔叔到菜市场义卖，"爱蜜莉说，"两只活的小猪，也卖不了多少钱，你不想养的话，送给焦叔叔，喂大了再卖。"

　　"爱蜜莉，"亚凤说，"鬼子快来了，猪芭村的女孩都出嫁了。你呢?"

怀特·史朵克

怀特·史朵克（white stork），白鹳，候鸟，又名东方白鹳、老鹳，鹳科鹳属，大型涉禽。长嘴黑壮突显，白羽赤腿。眼周朱红，裸露无毛。翅膀宽大，颈部下方有披针形长羽，求偶时竖直起来。休憩时单腿或双腿站立于水畔、沙滩或草地上，颈部缩成形，如幽灵漂没。受惊时弹嘴，哒哒声不绝，如鬼魅舐舌锉牙。起飞时奋力扇动两翅，需要助跑一段距离。飞翔时脖子双腿成一直线，利用热气流在空中滑翔盘旋，如徘徊幽途。地面觅食时，拱颈坠头，大步而缓慢行走，发现食物后速窜啄食，诡谲突然；水中觅食时喙嘴半张，频频插入水中，一分钟达十七次以上，如上了发条。喜食异种或同种鸟类幼雏。分布于欧洲、非洲、中亚、印度、日本和中国，冬季迁徙到非洲和印度热带地区。在台湾地区和东南亚属迷鸟。

二战时期，太平洋联军以怀特·史朵克戏称日本战机或侦察机。

曹大志坐在高梨刨制的太师椅上，穿一件红色长袖衬衫和褐色百褶裙，脸上涂脂抹粉，画成毛脸雷公嘴，手搭凉棚观望猪芭中学礼堂。他的后侧挂了一张长方形布幔，画了青松翠柏、瑶草奇花、岩石葛藤，中间一个瀑布，两旁立了两个石碣，镌着"花果山福地　水帘洞洞天"十个楷字大书。他的前方，十几个猪芭小学学生，脸上也是擦脂抹粉，画成尖嘴猴腮，手揭"齐天大圣"旗旛，擎着竹枪木刀，咆哮搏斗，发出吱吱呱呱的声音。他的上方，挂了一条绣着"猪芭中小学生筹赈会义演义卖募款活动"横幅红幔。曹大志搔了搔耳垂，朝拇食二指吹了个唿哨，从太师椅后方拔出一根闪光纸包扎的九英尺印茄木金箍棒，走下太师椅，支开猴群，装模作样演练金箍棒。一个穿着猪芭小学制服的小女生，甩着两条小辫子和一列刘海，走到舞台前方，打开手上一本小册子，用清朗高亢的声音念道：

"海外有一国土，名曰傲来国，国近大海，海中有一座名山，唤为花果山，山上有一块仙石，产一个石卵，化作一个石猴，五官俱备，四肢健全，在那里弄神通，聚众猴搅乱世界，玉皇大帝降招安旨，封为弼马温，他嫌官小，反了天宫，玉帝于是差李天王和哪吒太子擒拿。那日，李天王和哪吒点起三军，率众头目，出了南天门，来到花果山。"

　　响起掌声和欢呼。饰演托塔李天王的弹弓王钱宝财，身穿纸糊的铠甲，头戴纸糊的金翅乌宝冠，手托纸糊的玲珑宝塔，从舞台左侧出场。饰演哪吒的红毛辉，打赤脚，手拿木制的火尖枪，脖子挂纸扎的乾坤圈，小腿各缚一个纸绘的风火轮，跟在父亲身后。

　　"吾乃托塔李天王三太子，三岁下海，踏倒水晶宫，捉住蛟龙抽筋刮鳞，父王怕吾再闯大祸，想杀吾以绝后患，吾一刀在手，割肉还母，剔骨还父，一缕幽魂，飞上西天，如来取荷藕做吾骨骼，荷叶做吾肌肉，让吾起死回生。吾想杀父王报那剔骨之恨，如来赐父王宝塔一座，让吾以佛为父，才消释吾和父王的冤雠。吾足蹬风火轮，手使一柄金枪，神通广大，可以化作三头六臂，乃父王先锋大将，先后降伏九十六个妖魔，今日奉玉帝旨意，到此收伏猴妖。"红毛辉耗尽丹田挤出的娃娃嗓音，带点哭丧，像午夜猫嚎。"那业畜！快去报与弼马温知道，教他早早出来受降！"

　　众猴胆小的，丢了刀枪，左蹦右蹿；胆大的，奔奔波波，在台上转了几个圈，传报猴王曹大志。

　　"祸事了！祸事了！"一个拿着木刀的小猴跪倒太师椅前。

　　"什么事？"猴王问。

　　"门外有一员天将，奉玉帝圣旨来此收伏我等，还说早早出去受降，免伤我等性命。"

　　好猴王，下了太师椅，翻了一个支离破碎的跟斗，出了洞门，迎进哪吒："你是谁家小哥？闯进吾门，有何事干？"

　　"泼妖猴！你不认得我？我乃托塔天王三太子哪吒是也。今奉玉帝钦差，至此捉你。"

"小太子，你奶牙未退，胎毛未脱，乳臭未干，怎敢说这般大话？"猴王笑道，"你看我这旌旗上是什么字号，拜上玉帝；是这般官衔，我自皈依；若是不遂我心，定要打上灵霄宝殿。"

哪吒抬头，看见旌旗上"齐天大圣"四字。

"这妖猴能有多大神通，就敢称此名号！不要怕！吃我一剑！"

"我只站着不动，任你砍几剑罢。"

哪吒大喝一声："变！"两个猪芭小学学生从舞台窜出来，紧贴红毛辉身后，将红毛辉化作三头六臂，手持六种兵器：木制的斩妖剑、砍妖刀、降妖杵，纸糊的绣球儿、火轮儿，牵牛的缚妖索。曹大志见了，大叫："这小哥倒也会弄些手段！莫无礼，看我神通！"大喝一声："变！"从舞台窜出两个小猴，紧贴猴王身后，将曹大志变作三头六臂，金箍棒一晃，也变作三条，六只手拿着三根金箍棒架住红毛辉的六种兵器。捧着小册子的小女生又出现了。"孙悟空和三太子各逞神通，斗了个三十回合。太子六般兵器，变作千千万万；孙悟空金箍棒，变作万万千千。半空中似雨点流星，不分胜负。好猴王，拔下一根毫毛，叫声变，变作本相，身子一纵，赶到哪吒脑后，朝左臂一棒打去。"舞台窜出英国小孩杜玛斯饰演的美猴王分身，穿得和美猴王一个模样，也抢起一根闪光纸包扎的木制金箍棒，砸向哪吒手臂。"哪吒听得棒头风响，不及躲闪，被悟空着了一下，负伤逃走，收了法，取回六件兵器，败阵而回——谢谢大家捧场，休息十五分钟，猪芭中小学学生筹赈会义卖募款活动现在开始，请大家慷慨解囊，支助水深火热的祖国同胞抗日！第二幕二郎神大战美猴王，义卖完后马上开始——"

曹大志、杜玛斯、众猴子和败逃的红毛辉向观众鞠了个躬，退下舞台。四个穿着猪芭中学校服、臂缠黑纱的小学生走入群众，边走边喊："金钱饼一粒五十元，认购一粒，捐赈祖国一枚炸弹杀敌！认购两粒，捐赈祖国两枚炸弹杀敌！"六个捧着纸花和塑胶花的小女生也走入群众，将假花别在群众胸前，红着脸、娇声细气地说："节省些烟茶费，买枝花儿救国家——"六个捧着孙中山总理玉照的中学生齐声呐喊："义卖孙总理玉照！一元不少，百元不多！"六个手挥青天白日满地红小国旗的小学生大叫："义卖国旗！义卖国旗！一元不少，十元不多，百元更好！"猪芭中学教师高举手中的木雕艺品，用比学生字正腔圆的华语说："义卖学生木雕艺品！鼠、牛、虎、兔、龙、蛇、马、羊、猴、鸡、狗、猪，十二生肖造型，琳琅满目，栩栩如生，一件十元，学生的爱心，温暖祖国的心……"更多学生臂缠黑纱、胸前挂一个募捐箱，穿梭走道和礼堂内外，像吟诗呼喊着各种口号："支援前线战士，完成持久消耗战略，使倭寇日陷泥淖而不能自拔……祖国已届严冬，彤云密布，旭日无光，似剑北风，裂肤刺骨……月黑星高，雪重霜浓，大气袭人，身僵如铁……捐一钱，救一命……一毛不嫌少……"绑两根小辫子的小女生再次出现舞台，手捧一个红色小册子："筹赈会报告！筹赈会报告！永发中药店老板余振新，捐赠一千粒金鸡纳霜，协助祖国战士抵抗疟疾——南国酿酒厂老板王朝阳先生，认购三十粒金钱饼，捐赈三十枚炸弹杀敌——本校陈家篪校长，两百大元认购学生一件木雕老虎——"

一九三七年，猪芭村首富长青板厂老板林万青、祥和号杂货店老板沈瘦子、南国酿酒厂负责人王朝阳、吉利当铺老板钱庆凡、洋货批发商张金火、猪芭中学和小学董事长陈家篾、猪芭日报创办人刘仲英、牛油记咖啡馆老板朱大帝，筹组"筹赈祖国难民委员会"，募款救灾，每天每人捐献一分，支援祖国抗日。鬼子入侵猪芭村前三天，萧先生撰写儿童话剧《齐天大圣》，周六下午在猪芭中学礼堂义演。义演当天，全猪芭村的富商名人、贩夫走卒几乎到齐了。礼堂外，由猪芭中小学组成的儿童筹赈游艺会，搭了十几个遮阳帐篷，义卖贺年卡、新年对联、手工艺品、盆栽、鲜花、文具、字画，猪芭中学的舞狮团和西乐队也卖力助阵。礼堂内，猪芭中学和猪芭小学合唱团献唱了十多首抗战歌曲，又演了一出丑化小日本的闹剧，最后登场的是压轴大戏《齐天大圣》。正逢雨季，太阳依旧高挂，校园内无所不在的朱槿花和九重葛盛开得像活力无限的青春少女，使整个校园散发出赭红色的浪漫氛围。创校时即已存在的几棵野波罗蜜也结出水滋滋的青果，像校内的男学生瓤肥蒂壮，像即将自由落体的航空炸弹。几次暴雨使栽满荷花的池塘急速膨胀，淹没了足球场和篮球场，池水漫溢到走廊上，蛙声削弱了老师的布教，伫立窗台上的鱼狗分散了学生的注意力。荷兰石油公司的天然草皮机场在学校后侧，隔着一片茅草丛和灌木丛，珍珠港事件后，鬼子即将入侵猪芭村的噩耗喧嚣尘上，间或荷兰杜尼尔水陆两栖侦察机和格连马丁型飞机在机场上起降，引擎声响彻猪芭村。礼堂矗立在草坡地上，左右种了六棵相思树，像蜥蜴干的相思豆荚和红色的相思豆散乱礼堂两侧，舞狮团步伐杳乱沉重，踩得相思豆荚挤出红色的相思泪。木槌停击大鼓时，西乐队即时演奏抗战歌曲，夹杂着学生的叫卖。热汗润湿了学生的制服和头发，舞龙打鼓的学生脱了上衣，露出精瘦的上半身，随兴演练几套拳脚功夫。礼堂内热得像蒸笼，坐在前排"筹赈祖国难民委员会"的八个创办人扇着学生义卖的纸扇，拭着学生义卖的手帕，喝着学生义卖的义茶，口袋里插着学生义卖的小国旗，胸口别着学生义卖的塑胶花或纸花，嘴里啃着学生义卖的金钱饼，翻着学生义卖的自制贺年卡，嗅着弥漫礼堂的汗酸味和发油味，露出八个如来微笑。舞台后方，萧老师额头淌着蝌蚪大的汗珠，佝偻着脊椎骨，捋着白胡须，好像压得透不过气的瓜棚豆架，提醒孩子要注意的舞台动作和台词。第一幕表演得太完美了，让萧老师有点忐忑，担心第二幕出纰漏。爱蜜莉牵来了黑狗，关亚凤笼来了大番鹊，黄惠晴拉来了黄牛，懒鬼焦抱来了无头鸡。黄牛扇着尾梢毛来回走动想独占一个更大的漫步空间，无头鸡站在太师椅的靠背上，出笼的大番鹊怯生，黑狗只听爱蜜莉差遣。四禽不易驾驭，难度比第一幕高出许多。全猪芭村家丁最旺盛的黄万福和高梨，共十四个孩子参与演出，最小的两岁，最大的十二岁，饰演花果山猴群，在后台追逐奔跑，猴性十足。萧老师咳了一声："同学注意，第二幕开始了！"

　　砍屐南女儿、绑两条小辫子的十二岁小女生严恩庭走到台前，打开手中的小册子，晃动着脑袋，摇曳着身体，声如鸟啭："话说傲来国花果山石卵化生的美猴王，降龙伏虎，自削死籍，玉帝宣他上界，封为御马监弼马温官，猴王嫌官小反去，玉帝遣李天王和哪吒擒拿未获，于是降诏抚安，封他做个齐天大圣，有官无禄。大圣没事管理，东游西荡，玉帝怕他惹是生非，命他代管蟠桃园，他却偷吃桃子，搅乱瑶池大会，窃取老君仙丹。玉帝调遣十万天兵，布下一十八架天罗地网，也不能收伏。观世音于是推荐二郎真君赴花果山助力剿除。这真君唤来梅山六兄弟，点本部神兵，驾鹰牵犬，搭弩张弓，纵狂风，过了东洋大海，来到花果山，请托塔天王在天上使个照妖镜，防妖猴逃窜。真君来到水帘洞外叫阵——"

伐木工高连发的儿子高脚强头戴纸扎的扇云冠，穿一件七拼八凑的黄袍，手拿木制的三尖两刃刀，额头用蜡笔画了一只仙眼，肩上立着关亚凤的大番鹊神鹰，手里牵了爱蜜莉的黑狗哮天犬，大摇大摆走到舞台中央。高脚强比曹大志小三个月，没有当上猪芭村孩子王，让他很不服气，要趁这个时候挫一挫曹大志锐气。他看见水帘洞外黄万福和高梨的孩子正在翻滚跳蹿，大喝一声，这一喝音量大了些，吓得肩上那只关亚凤养得像兔子一样温驯的大番鹊扇着翅膀，飞出舞台，在观众头上绕了两圈，停在一根桁梁上。观众的笑声让高脚强感到尴尬，踱一踱三尖两刃刀，对着猴群叫道："泼猴！叫你们的大王出来！"孩子看见大番鹊飞走了，神情有点不正经，但被后台的萧老师和关亚凤等人使眼神镇住，没有乱了套，黄万福大儿子扛着齐天大圣旗幡，急报猴王。好猴王，出了水帘洞，见了二郎神，将金箍棒掣起，叫道："你是何方小将，胆敢在此挑战？"二郎神喝道："你这妖猴有眼无珠，认不得我！吾乃玉帝外甥，今蒙上命，到此擒拿你这造反天宫的猢狲，你还不知死活！"大圣道："老孙记得当年玉帝妹妹思凡下界，许配了猪芭村的杨君，生了一个男孩，我要打你一棒，看在猪芭村长辈亲友份上，饶你一条小命，还不急急回去，唤你四大天王出来！"二郎神闻言，大怒：

"正要擒拿你，替我们猪芭人扬名立万！泼猴！休得无礼！吃我一刀！"大圣疾举金箍棒，架住三尖两刃刀，两人左挡右攻，两件木制兵器发出呼呼嘣嘣的撞击声。高脚强不使套招，一刀砍在曹大志头上，曹大志忍着痛，金箍棒狠狠砸向三尖两刃刀，砸得三尖去了一尖。严恩庭念道："真君和大圣斗了三百余合，不知胜负——"

"史朵克！史朵克！"

一位男学生手指苍天冲入礼堂。锣鼓声和演奏停止了，舞台上的演员僵在原地，学生来宾直奔礼堂和邻近教室，户外转眼空无一人。史朵克的引擎声从礼堂上空掠过，渐去渐远。大番鹊下了桁梁，沿着墙角疾飞，两爪落在孙中山先生玉照的框架上，扇形的黑色尾巴遮去先生半张脸。沈瘦子和朱大帝走出礼堂，抬头观天，旋即回到礼堂。"大家不要惊慌，"沈瘦子说，"没事，没事，鬼子的侦察机，呸！呸！"朱大帝举双手做了一个安抚的动作，两眼瞟着舞台。"看戏！看戏！"礼堂再度响起严恩庭清亮如鸟啭的嗓子："真君和大圣斗了三百余合，不知胜负，真君抖擞神威，摇身一变，变得身高万丈，大圣也使神通，变得与二郎身躯一样，二人举刀抢棒，杀得日月无——"曹大志和高脚强两手叉腰，扭了两下身体，表示身高万丈。"吓得花果山猴群，摇不动旌旗，使不得刀枪。梅山六兄弟和众天神，冲向水帘洞外，一阵掩杀，众猴抛戈弃甲，撇剑丢枪，跑的跑喊的喊，上山的上山归洞的归洞。"蟋蟀王梁永安、游泳好手赖正中、弹弓王钱宝财和一批孩子，扮作梅山六兄弟和神将，把众猴子赶下台。大圣见猴群惊散无心恋战，收了法象抽身就走。"老孙去也！鬼子侦察机来了，各位保重！"观众大笑。"大圣，快驾筋斗云，一棒打翻鬼子飞机！"有人起哄，观众又大笑。真君大步赶上："哪里走！等我降伏了你这猴妖，再去杀鬼子！趁早投降，饶你性命！"大圣嬉皮笑脸："大敌当前，不宜内讧，你率领天兵神将，我驱唤猴孩儿，咱们联手，一定打得鬼子落花流水！"大圣见梅山六兄弟和众天神堵在洞口，慌了手脚，摇身一变，变作一只麻雀。一个小孩拿了一张画了麻雀的纸片，挡在大圣面前。二郎睁开凤目，见大圣变作麻雀，也摇身一变，变作一只无头鸡。懒鬼焦的无头鸡呼呼扇开翅膀，从舞台左侧飞出，落在舞台中央。没有看过无头鸡的观众，屁股离了座。大圣又摇身一变，变作一头大黄牛。惠晴牵出黄牛，让黄牛站在无头鸡对面。黄牛不高兴地踩着蹄板，叫了一声哞，转身要走。二郎摇身一变，变作一只纸糊老虎，追咬黄牛。

"史朵克！史朵克！"

演完八戒大战流沙河、悟净加入取经行列，师徒四人和一只纸扎的龙马向观众挥手告别，直奔西天后，鬼子侦察机正好第三度飞越猪芭中学，撒下数千张被红色土壤覆盖的大东亚版图宣传单。观众离开礼堂前，校长陈家篾站上舞台，一手揭着小国旗，一手拿着扩音器。"谢谢同学的义演义卖，祖国有难，同学患难与共，同学的爱心热血，让民族抗战的神圣火炬，更进一步地发光发热！今天筹赈会活动成果丰硕，圆满结束！明天是星期日，筹赈会有更盛大的活动，猪芭菜市场、合兴号杂货店、吉祥号杂货店、振康咖啡店、牛油妈咖啡店、好年代冰果店、麒麟洋货店义卖一天，良朋理发店义剪一天，猪芭全体三轮车夫义踩一天，此外，长青板厂举办脚踏车义踏一天，全程参与者，长青板厂义捐每人三十元！祖国战士，忠勇御敌，我们安居海外，不能置身事外，请大家踊跃捐献，慨解义囊，筹济国难，使前线数十百万捍卫祖国的健儿，得到精神上和实质上的最大支援和鼓舞！"

　　猪芭村的闺女忙着寻觅夫婿，莽丛里的大番鹊也忙着寻找隐密的窝穴，鬼子撒下的数千张宣传单，半数被东北风刮向茅草丛，被大番鹊叼回筑巢，在想象中的大东亚共荣圈护卫下生蛋布雏。曹大志和高脚强等孩子积极搜罗大番鹊幼雏。雏鸟出壳后，他们折断雏鸟小脚，让母或公番鹊衔回有治疗药效的神奇野草，敷在断脚上，治愈后，他们再折断小脚，如此重复数次，野草药效进入雏鸟的气血骨髓，这种雏鸟被浸泡在白兰地等洋酒一段时日后，酿成专治百病宿疾的灵药。被大番鹊治疗过的雏鸟，售价翻倍，曹大志等人半年来已拗断两百多只雏鸟小脚。十二月十四日，曹大志扛着金箍棒、高脚强揭着三尖两刃刀，带领孩子在莽丛里搜索巢穴，经过一条烂泥道时，和脚踏车义踏队伍错身而过。由沈瘦子发起的脚踏车义踏队伍早上九点从吉祥号杂货店出发，行经猪芭村百多爿木板商铺，迈向猪芭河畔。沈瘦子和扁鼻周捐出刚从英国进口的二十多辆全新自行车，让没有自行车的猪芭人参加义踏，队伍集结了全猪芭村一百多辆英国制铁马，车把上插着青天白日满地红小国旗，边骑边呼喊口号。

　　"大志，别折断小鸟的脚，太缺德了！"义踏队伍和大志等人碰面时，一个荷兰石油公司的青年技工怪声怪气说，"听朱大帝说，没有断脚的小鸟，不能壮阳，但药效一样好！"

一个伐木工青年用鸭子一样的声音说："南洋姐逃光了，壮什么阳！"

沈瘦子大骂："死仔包，再胡说八道，滚出义踏队伍！"

高脚强对着队伍中的女人喊："鬼子来了，猪芭姑娘出嫁了，猪芭男人小鸟累坏了！"

沈瘦子大骂："死仔包！"

义踏队伍排成一个纵队，沿着猪芭河畔游行。猪芭河河水暴涨，水舌舔咂着高脚屋支柱，漫到队伍经过的泥路，脚踏车铲起四片水翼，发出狗舌舔水的声音。轮胎扇动着水翼，水翼像长在轮辋上。链罩、车蹬、车架、前后花鼓、前后挡泥板弥漫水渍，在阳光下闪烁着鱼鳞光辉。钢丝被河水洗涤得晶亮，淌下无数水珠和水帘，好像脚踏车敞露出来的筋膜。水翼忽大忽小，忽有忽无，像鱼鳍。鱼鳞光辉闪糊了车体。钢丝像呼吸中的鳃巴。一百多辆脚踏车接驳成一条蜿蜒的脊椎骨，像一尾肌肉透明的巨大水禽在水面滑行。亚凤骑着父亲的兰苓牌自行车疾驰在队伍中央，他的前方是骑着全新自行车的惠晴，后方是散发出鸡屎味的爱蜜莉骑着的英国皮东洋魂富士牌自行车。东北风间或从前方刮来，他闻到惠晴身上飘来的水果香味。他已和惠晴结婚十多天，新床始终隐藏着林桂良果园的广袤阴暗，惠晴脸上始终维持着新婚夜僵硬多刺的榴梿壳微笑，胸部漂浮着波罗蜜的饱满青涩，她挪动两脚踏踩车蹬时，让亚凤想起红毛丹的白色肉瓤和青黄色的茸毛。东北风间或从后方刮来，爱蜜莉的汗酸味、脚踏车上的鸡屎味、帕朗刀上的血腥味和保罗的狗骚味，形成另一种难以名状的香味，让他想起被保罗激怒晃荡着乳池现身猪窝口的充满孟母风范的母猪。惠晴间或回头对他微笑，笑出林桂良果园里更多芬芳树种，笑出新床上更深邃的幽暗。爱蜜莉的前轮间或挤压到他的后轮，他回头看她，她侧歪着脸看向别处。义踏队伍行经一个大水洼，大家下了车座，涉水推车。惠晴不想弄脏沈瘦子的脚踏车，将车杆扛在肩上，抬起整辆车子蹚过水洼。大水洼是二十年前野猪从猪芭河上岸集体冲向猪芭村前，刨掘踩踩，整合队形，鼓舞壮胆的辉煌遗迹。队伍经过一块草坡地，亚凤看见朱大帝扛着猎枪和帕朗刀站在一艘废弃的舢板龙骨上，打着眼罩，向他们挥了挥手。

　　大帝绑了一块红色头巾，隐约裸露出头皮上的疙瘩，一手叉腰，叼着烟，喷出一圈和他头皮一样丑陋的疙瘩烟雾。自从和爪哇人械斗后，大帝豁然开窍，不再隐藏头顶上的疮疤，整个人也颇有脱胎换骨、返老还童的迹象。大帝近来忙着壮大筹赈会，已有一年时间没入林狩猎。他半夜醒来，全身灼热，手掌起了燎泡，闻到牛油妈身上一股猪骚味，听到牛油妈嘴里发出嘤嘤呴呴的粗犷鼾声，看见牛油妈额头长出一撮仿佛鹦鹉翎羽的白色鬈毛。"花！花！"大帝摇了摇牛油妈身体，牛油妈翻一个身，压在大帝身上。大帝看见自己躺在一个巨大坟冢里，一群野猪磨牙刨土，用冰冷潮湿的泥土将自己淹没。他看见牛油妈肚子里怀着三月身孕，一个小猪胚胎像他头皮上的暴戾疙瘩漂浮在混沌鲜红的羊水里。他攥着帕朗刀，砍瘪了牛油妈肚子，流出一摊血水，五指探入子宫揪出小猪胚胎，削断了猪脖子。胚胎发出人类婴儿哭啼，一个像自己又像牛油妈的小头颅滚落地上。大帝咕噜一声，吞下一块婴儿胎粪，看见牛油妈躺在床上瞪着自己。"花，你怀了孩子了？"牛油妈装着没听见，翻了一个身呼呼睡去。大帝这几天傍晚抽空漫游莽丛，发觉猪屎和蹄印趋繁，虽然不及二十年前十分之一二，但已零星跃出复燃火种。他太久没有沾到野猪冒着硝烟味的烫手的鲜血，太久没有让猪心在手掌上奔突，舌头几乎忘了生嚼猪肝的滋味，野猪的乱蹄惊嚎，再一次把他揽入莽林怀抱。

"老朱，杀一头年轻的猪公，给我们义踏队伍进补！"沈瘦子放开嗓子大叫。大帝又挥挥手，走下舢板龙骨，追踪一串新鲜的猪蹄印。

义踏队伍在沈瘦子领头下，转眼奔驰了五英里。每经过一户人家，就会蹿出几只护土家犬，对着队伍傻吠。荷兰石油公司外国官员已撤出猪芭村，被野放的霍尔斯坦乳牛和两匹温血母马散乱在茅草丛和矮木丛中，慢条斯理啃嚼野草，牛头马面在绿涛汹涌的草梢中漂浮，好像有几百只，好像只有三两只。英国人撤退前果断的炸毁炼油厂，几度举枪想枪毙乳牛和母马，不想留给鬼子糟蹋，但下不了手。一只乳牛冲出草丛，挡在沈瘦子前面，用一双冷漠的牛眼瞪着义踏队伍。沈瘦子下了车座，捡起几根草秆，嘴里哞哞叫着，挥手驱赶。乳牛尾梢毛扇了扇，扇出巨大的牛虻谜团，跺蹄踬了踬，踬出一串流亡蹄印，蹿入了草丛，它的后面陆续蹿出几只乳牛，晃着饱满沉重的乳房，裂开眼眶，牛瞪一下沈瘦子。乳牛消失后，一层凝重的气氛绷紧了脚踏车链条，齿盘旋转的速度变慢了，踏板不再流畅。义踏队伍依旧喧嚣，但少了欢乐气氛。尾随的大番鹊越聚越多，啄食被他们惊扰的蚱蜢。一个耳尖的少年人第一个发现天空传来嗡嗡隆隆的声音。他单手握着把手，打眼罩打量天空。

"史朵克!"沈瘦子抬头看天,认出是一艘俯冲轰炸机,"大家小心! 不是侦察机!"

飞机快速从他们头上掠过,铁灰色的瓶状物落入义踏队伍中。

曹大志等人离开义踏队伍后,看见一只黑色大鸟停在长满水草的湖塘前,挪动着伞骨似的长脚,张开黯红色的大钢剪巨喙,啄食湖塘里的两点马甲和攀木鱼。大鸟脸上簇着金黄色绒毛和红色肉瘤,顶着鬃髻似的黑毛。孩子没看过这种怪鸟,想起猪芭村华人公墓的守墓人马婆婆。钱宝财掏出刚换上新橡皮条的弹弓,随手捡了一块石头放在弹丸兜上,一手握着涂满鸟血的弹弓架,一手捏着弹丸兜,拉开橡皮条,咻地射出一弹。石弹正中鸟喙,大鸟甩了甩头,撑开翅膀。第二弹打中大鸟的大覆羽,石弹反弹到水中。大鸟扇动翅膀,湖水漾出须须胡胡的波纹。大鸟收拢长脚沿着湖面滑翔一段距离后,飞越茅草丛冲向天穹。

孩子热得难受,脱光衣服跳到湖里打水战,上岸后,高脚强建议兵分两路,中午前在猪芭村菜市场集合,曹大志反对。为杜绝孩子独吞雏鸟,大志坚持集体行动。赞成和反对分成两个阵营,吵得不可开交时,菜贩李明的三个儿子正从湖塘对面经过。"李青,你又偷我们的鸟巢了!"高脚强对着三人喊。李青是李明大儿子,穿短裤打赤膊,他身后两个弟弟骨瘦如柴,穿着露出乳头和肚脐的破烂背心。"放屁! 这块地是你的?"李青腰上拵了帕朗刀,左脸颊有一条被野猪獠牙刨出来的疤痕,"见者有份! 是我偷你的,还是你偷我的?"红毛辉说:"李青,把你找到的鸟巢捐给筹赈会吧! 校长会发奖状表扬!""吃都吃不饱了,义卖个屁!"李青噘嘴长嘘一声,朝湖塘吐了一口唾沫，和两个弟弟走入没顶的茅草丛，湖面漾着他的嘲笑，"校长的奖状，你们当宝贝，我拿来擦屁眼！"高脚强对曹大志说："再不兵分两路，鸟巢要被他们搜括光了。"曹大志不语，高脚强又说："我们分成两队，中午前集合，看谁的鸟巢多。"曹大志依旧不语，高脚强又说："输的那一队，鸟巢全归对方。"曹大志推了一下高脚强肩膀："你这么想当孩子王，我让给你好了！""谁稀罕什么孩子王！敢不敢打赌？""赌就赌！"曹大志笑着说，"孩子们，不用担心，跟着我，我有一双八卦炉里锻炼出来的火眼金睛，这野地里有什么鸟巢猪窝，我一清二楚。"高脚强说："孩子们，不要怕，我有一只仙眼，天上飞的，地上爬的，水里游的，都逃不出我的监控。"曹大志领着红毛辉等七人走向西南方，高脚强领着钱宝财等六人走向东北方，一群麻雀从他们头上掠过，一道乌云在他们分手的草地上投下狮群狂奔的黑影。曹大志戏水上岸后看见西南方一簇矮木丛下，一只大番鹊并不飞翔，而是利用跳跃攀爬，在地上行走十多码，不露痕迹地回到巢穴。大志带领孩子朝矮木丛走去，走了一分多钟，听见红毛辉惊叫："史朵克！"一辆飞机低空掠过茅草丛，朝高脚强消失的方向丢下两粒铁灰色瓶状物。

鲜蹄深邃巨大，引着大帝来到一条小溪前。溪水暴涨，漫向茅草丛和矮木丛，大帝两脚浸泡水中，看着两点马甲和攀木鱼四处盲蹿，蜻蜓点水交媾，色泽鲜艳的鱼狗站在腐木上。小溪对岸荆棘簇拥，几乎密不透风，散乱黄黄白白的小野花，吊挂着几株猪笼草捕虫瓶，参差着麻疯树的青色果子，孤立着几株鸟巢蕨。溪岸疯长着羊齿和爬藤植物，溪面戟立着芋头和空心菜，经过雨季洗礼，葱茏肥大。野猪被荆棘挡下，不可能窜到对岸。大帝仔细观察溪面。下游一脉祥和，上游的空心菜、芋头和羊齿植物纠葛，几株芋头叶柄已被折断。上游是上风处，正合大帝心意。野地漫水，每趟一步，水舌聒噪，大帝不得不放缓步骤。走了五分钟，河水略见混浊，大帝抬头遥望，看见不远处有一簇野树薯。凡有树薯，必有猪迹。趟了十多步，听见野猪嘎嘎抠抠的啃食声。大帝揣着猎枪，屈身前进。一只钢黑色长须猪，屈蹲前脚，屁股朝天，刨拱泥土下的树薯，不见头颅，背脊上的鬃毛水光灿烂，腹下纵向排列八双乳包。大帝举枪，瞄准心脏。母猪突然站直身体，露出一颗湿淋淋的猪头，嘴里咬住一块树薯。大帝看见母猪肚子里有一颗粉红色肉瘤，整齐排列着八只小猪胚胎，像榴梿皮囊里黏糊糊的金黄色果肉。大帝犯了猎人大忌，一时心软，迟迟扣不下扳机。母猪充满暗示地瞟一眼朱大帝，转过身子，朝上游奔跑。它的跖蹄被芋头叶和羊齿植物羁绊，肚皮在水面滑翔，鼻子上的盘状软骨吐出的水气像膏一样黏稠。大帝挪动步伐，轻松地和母猪维持一段距离。他随时可以扣下扳机，终结母猪笨拙的奔跑。阻扰母猪疯窜的不是溪水，而是那八只小猪胚胎。天空传来嗡嗡隆隆的引擎声。一架战机从大帝头上越过，机体印着一粒红色巨丸。战机掷下一颗铁灰色瓶状物。大帝立即扑倒，听见一声爆炸，一股水花淹没了他。大帝爬向一簇矮木丛，屈蹲身体，屁股和脚踝浸泡水中。河水逐渐混浊，从上游漂下木屑草叶，几颗麻疯青果，一株破烂的猪笼草瓶子，一个粉红色的小猪胚胎。大帝看见母猪肚破肠流，四肢朝天，小猪胚胎散乱。母猪上半身和下半身几乎分开，猪头残缺，但没有生命的小猪胚胎却四肢健全，仿佛还稳睡母亲子宫里。飞机又一次从大帝头上掠过，大帝举枪，对着机身盲射。

"母猪如果继续刨食树薯，"大帝看着小猪，心头涌上一股对猎物从未有过的怜悯和疼惜，"就不会遭鬼子毒手了。"

炸弹爆炸后，大志和红毛辉等人掩护茅草丛中。爆炸声熄灭了，战机引擎声彻底沉寂了，一声惨叫像水坝决堤淹没茅草丛。炸弹在高脚强前方爆炸，长出一棵树状水柱，根须草梢射向四方，冲击波压直了四周野草，一个带着权桠的大番鹊巢穴散落在孩子面前，攀木鱼和两点马甲尸体星布。高脚强脚长，钱宝财矮壮，急行军一样走在前头，和四个孩子拉开了一段距离，孩子毫发未伤，高脚强和钱宝财像被撅断的青葱倒下。高脚强断了一条手臂，昏死矮木丛里。钱宝财脸上蒙上一层血幔，头盖骨像被掀开，一颗眼球挂在眼眶外。"宝财！宝财！"大志轻轻地摇摆着宝财的肩膀，将那颗眼球塞回眼眶里。"你是红孩儿，你不能死啊！"鲜血像蚯蚓从宝财眼窝、鼻孔和嘴巴里淌出来。宝财胸腔被气爆撑出一个洞，肋骨下有一个拳头肉瘤砰砰敲打，敲打得胸腔漫出更多血水。大志下意识用手掌挡住那个洞，血水继续从手指缝进出来。拳头越敲越轻，最后无声无息。大志知道宝财完了。矮木丛里传来高脚强呻吟。"高脚强！高脚强！"大志跪在高脚强身前，"你是二郎神，你不能死啊。"高脚强睁开双眼，笑得高傲顽强。四个小孩围在高脚强身旁哭啼。其中一个最大的孩子从茅草丛里拽出高脚强的手臂，毕恭毕敬地放在高脚强身边。

"高脚强，你为什么一定要兵分两路？"大志泣不成声，"跟着我走就没事了。"

　　炸弹落在义踏队伍后方，炸裂队伍尾巴，掀起一股大番鹊和麻雀逃亡浪潮。队员下了车座，人车一体卧倒地上，轮辋和钢丝闪烁着火焰光芒。一个稻草人的脊椎骨笔直冲向天穹又笔直落下，冲击波扇了十几个队员一巴掌，抹了十几个队员一脸泥浆，男队员的头发直竖像猪鬃；掀开了两辆脚踏车的橡皮坐垫，惊起了远方马鸣，迅速闪过野猪的嚘嚘啼叫和豨豨的蹄奔，在池塘一般澄清的蓝天长出一株侵略者的水仙状自恋烟硝。两辆脚踏车被炸成一团疙瘩，伤了三人，亡了两人。惊魂未定中，大志和红毛辉抬着失去意识的高脚强，四个孩子抬着钱宝财的尸体，加入义踏队伍的哭号和呻吟。沈瘦子一声令下，义踏队伍载着伤患和尸体返回猪芭村。

　　遥远的苍穹响起一串像放屁的声音。一架史朵克屁股冒出一条像青筋的黑烟，斜斜地、神经错乱地冲向大地，机翼三百六十度交错，像望天树长了翅膀的种子盘旋坠地，消失丛中。距离太远了，史朵克又瘦又干，像一只小苍蝇。鬼子的威吓式轰炸避开了繁华的猪芭村，落在茅草丛和农田中，引起野草粪便日夜燔烧，好像替两天后的万人先锋部队点燃登陆的烽燧。

　　坠落的战机惊动了猪芭村，朱大帝和扁鼻周组成两个搜索队伍，寻找战机残骸和可能生还的飞行员。

神技

　　扁鼻周二十岁在内陆猪芭河畔开了一爿杂货店，贩卖酱米油盐、洋酒洋烟罐头、猎枪子弹和走私的鸦片膏。杂货店宽长约两辆大卡车，前面一道长形走廊，摆几张长凳矮桌，屋檐下的铁笼子圈养着一只雄性盔犀鸟，叫声如非洲土狼。盔犀鸟，婆罗洲原住民达雅克人的圣鸟和战神，巨盔和巨喙组成的头盖骨红艳雄伟，古代东南亚藩属国进贡中国的高级贡品。中国的大官没有见过盔犀鸟，以为是仙鹤，乃把它的头胄呼为鹤顶红。笼子里的盔犀鸟频频对着笼子外莽林里的母犀鸟眨眼调情，吸引母犀鸟徘徊，但铁笼子里的雄犀鸟飞不出去，只能看着笼子外的母鸟卸下全身羽毛，脱得光溜溜，和野生雄鸟在树窟里育雏。

　　杂货店邻着两栋长屋，四代同堂，住了五百多个达雅克人。达雅克人，世代农耕渔猎，自己酿制烟酒，不抽鸦片，只对猎枪子弹有兴趣，杂货店里的食物和鸦片膏大部分祭了扁鼻周五脏庙。扁鼻周在杂货店外圈养盔犀鸟，目的就是想利用盔犀鸟在达雅克人的崇高地位，保住达雅克人对他的信赖和敬意，但显然不怎么有用。开市不到三个月，一个以饲养斗鸡出名的达雅克人被窃了五只斗鸡，窃贼将一只失窃的斗鸡拴在杂货店走廊上，让扁鼻周百口莫辩。这是此地窃贼惯用的手法。甲偷了乙五只鸭子，必然将其中一只鸭放养到丙的鸭棚，让丙含冤莫白。长老和全体族人同意举行一场传统潜水竞试。达雅克人在猪芭河中央竖立两根竹竿，由扁鼻周和斗鸡主人摸着竹竿潜入水中，最晚出水者即是胜方，胜方获得山神族灵庇护，证明清白无辜，可以马上卸下任何罪行的指控。

扁鼻周在杂货店内抽了两膏鸦片后，念了一声观世音菩萨，吸了一口仙气，让肺叶扩大到整个胸腔，膨胀成一个日月运行的无垠天地，贴着竹竿潜入冰冷的河水中，合上双眼，盘紧竹竿不动，放了一个气势惊人的屁，十多个大小气泡冉冉上升，在他鼻孔下爆破，弥漫芋头和树薯香味。一个十三岁达雅克少女，用藤篓中的芋头树薯和扁鼻周换了六颗子弹，临走时对扁鼻周回眸一笑，像一只母犀鸟飞入一个幽黯的树窟。他的肺部萎缩成两个鸡卵时，少女浮现水中，脸庞像面具罩在他脸上，一股气体从他嘴里注入，重新扩张他的肺部，像一股清流从囟门吹入六腑，过丹田，穿九窍，有如重生。

扁鼻周睁开双眼后，盘在对面竹竿上的对手已上岸。他低调又高标地赢了比赛。

两个月后，扁鼻周被指控睡了一个十四岁达雅克少女。少女的未婚夫带领族人围堵杂货店，手拿祖先猎过人头的帕朗刀，对着扁鼻周咆哮羞辱一番后，和扁鼻周举行潜水竞赛。扁鼻周吸了两块鸦片膏，下水后，再度盘紧竹竿，闭上眼睛。少女多次在莽林奇遇扁鼻周，嘴如犀鸟巨喙，在他胸腔凿出一个巨窟。他受不了了。他握着少女的手，走向莽林的黝黑深邃，走了十多步，少女反握他的手，开始引导他。扁鼻周张开眼睛，河水清澈，少女的未婚夫对他怒目相视，吐出一口充满恚恨长长扁扁的气泡。扁鼻周再度闭上眼睛。望天树板根高耸如城墙，树篷雄伟如宫殿，少女在阴暗的板根旮旯里铺了一层野草树皮，洒了十几朵黄色小野花，嘴里衔一朵手掌大的朱槿花，像一只卸了羽毛的母犀鸟蜷曲野草树皮中。野草像波浪，树皮像滑嫩的泥鳅。扁鼻周张开两眼，对手也恰好睁开双眼，对他挥了挥拳头，嘴里蔓延出一块鱼脬胞样的忿怒水泡。少女身上也隐藏着千窟，封闭得像蚌壳。他把自己和少女埋在野草树皮里，伸展男子汉的放肆和体贴，也施展一套面对春心荡漾的女人时挺而韧的久战之道。当他水涸山颓，肺部萎缩成鸡卵时，少女再度浮现水中，脸庞像面具罩在他脸上，一股像鸦片烟的气体从他嘴里注入，他的肺部受到罂粟碱和吗啡灌溉，像鲜花绽放。他不知道自己撑了多久，只知道入水时夕阳把河水染成一片血色，上岸时已星斗亘天，枝桠上栖息着一群鬼魅般的夜枭。

达雅克人怀疑扁鼻周作弊，以两只放养的长须猪当赌注，和扁鼻周举行第三次潜水竞试，十多个青年轮流潜入水中监视扁鼻周。扁鼻周赢了第三次赌赛后，达雅克人相信，传说中引领死者走过冥界和宣达上天圣谕的使徒犀鸟，正栖息杂货店中，庇护着扁鼻周。

扁鼻周靠着牧放两头长须猪漫游野地河畔，睡了十一个女孩和五个妇人，其中两个女孩大着肚皮找他时，他带着盔犀鸟、猎枪子弹、洋酒和鸦片膏，在一个大雨滂沱的深夜，划船遁逃，流转婆罗洲，依栖过十多个甘榜，在近百个人妻、寡妇、处女胯洞留下无数虫子，最后落户猪芭村。

扁鼻周和朱大帝带着两个队伍在莽丛里胡乱搜索一无所获后，菜贩李明的大儿子李青将他们带到一座湖塘前。

"我看见一只史朵克，掉进湖里！"李青说。

朱大帝和扁鼻周摇摇头，叹一口气。搜索队伍和猪芭人，包括亚凤、爱蜜莉、曹大志、小金和红脸关等人慢慢向湖畔靠拢。

"老周，"湖面烟波浩渺，朱大帝喷了一口直直的烟柱，好像钓竿伸向湖面，"你看呢？"

扁鼻周捡起一块鹅掌大石头，扔向湖水。石头飞了一半，好像失去重量，枯叶似的飘着，沉入水中，没有激起一丝涟漪。扁鼻周跟朱大帝要了一根烟，蹲在湖边，手指像鸭蹼拨着湖水。

"鬼子运气不好，"朱大帝对着大伙说，"掉到这座湖里，神仙也活不了。"

所有活跃野地的植物几乎在湖畔找到立身之处，也把湖畔簇拥得密不透风。半个湖面被烟雾笼罩，看不到对岸。这座湖的原始名字是鹰巢湖。三十多年前，湖畔长了十多棵耸天的乔木，树杈上鹰巢散乱，鹰群齐飞时，天穹暗成一个山窟。乔木被英国人放倒，做成铁轨枕木和钻油台支架，各种破铜烂铁被英国人和猪芭人扔进湖里，三十多年来犹不见湖底，英国人呼之为"铁湖"。在猪芭村，湖的名字很多，铁壳湖、铁塔湖、铁桶湖、铁甲湖，没有统一的惯称。但叫久了，猪芭人又恢复了原始名称：鹰巢湖。长青板厂十多个伐木工，每人交出一日工钱当赌金，看谁有本事潜入湖底捡起英国人或猪芭人丢弃的破铜烂铁，试了几次，终于放弃。湖底好像有一个巨洞，直通地心，像磁铁把所有铁器吸了进去。

"机体那么大，不见得坠入湖底，也许卡在某个地方，"两个当年潜入湖水的伐木青年说，"我们下去看看！"

两人跳入湖中。阳光穿透湖面，照耀着四块像石瓦沉入湖心的脚板。一只白腹秧鸡贴着湖面飞翔，像在水上奔跑，留下米雕的小脚印。湖面倒映着一群苍鹰，各自驾着一个小旋涡，盘旋铁灰色的天穹中掠食。苍鹰发现猎物后，驭风九十度俯冲而下，间或伴着一声尖啸。不远的灌木丛传来嘤嘤喳喳的猪啼，朱大帝打手罩看着猪啼的来源处，头皮有点发痒。

伐木工先后露出水面，吸了几口气，再度潜入湖里。第二次出水时，骂了几句脏话，回到岸上。

扁鼻周在湖边巡了一下，找到一管生锈和沾满泥垢的半截卡车底盘支架。他将抽完的烟蒂弹到草丛，卸下猎枪和帕朗刀，脱了上衣鞋子，伸伸懒腰，吐一口唾液，剖开湖边的藤蔓荆棘，拖着沉重的底盘支架，蹚入水中。湖水有一股可怕又诡异的力量，有时候将他的脚板紧紧镶在泥滩里，有时候又让他脚不着地。

"老周，可以吗？"朱大帝说，"不要逞强。"

扁鼻周定居猪芭村一年多，很少炫耀过憋气绝技。湖水漫过头颅时，扁鼻周两脚突然踩空，和底盘支架一起沉入湖底。扁鼻周抬头看天，布满苍鹰掠食漩涡的天穹逐渐缩小，朱大帝等人被阳光和波纹腐蚀，湖面飘散着众人的四肢和头颅，耳边回响着食猴鹰最后一声尖啸。他两手攥紧支架，头下脚上，用最节省力气的方式让底盘将自己带到湖底。铁制的底盘支架嗅到了湖底破铜烂铁的腐败气味，越往下坠，速度越快，像回到了老巢。根据多次憋气经验，水中生理时钟缓慢，陆上一分钟，水下十分钟。扁鼻周睁大双眼，鱼群聚集四周形成一个圆锥体，回避着他和底盘支架，畚箕一样大的湖鳖从湖底窜出，胸盾狠狠撞击着他的脸。鱼群逐渐稀少，视线半盲，一尾鳍鳞发光、肌肉透明的大鱼从眼前掠过，牵着一朵狭长的光囊消遁黑暗中。支架继续下沉，伴随他沉入湖水的最后一声鹰啸不可思议地回荡着，好像那声尖啸从来没有停止过。

朱大帝抬头看天。天穹原来盘旋着十多只苍鹰，大部分已掳获猎物，飞回巢穴喂雏或自己享用，只剩下两只犹在巡视战场，而扁鼻周还未出水。一只食猴鹰又俯冲而下，抓走矮木丛里一只小蛇，小蛇在鹰爪下吐信反扑。大帝吩咐擅泳者下水救人。两个伐木工、一个技工和一个农夫，噗咚入水，随后陆陆续续有人加入。小金无聊得发狂，举起猎枪对着最后一只苍鹰开了一枪。子弹从翅膀下滑过，苍鹰好像在弹头上垫了一下，弹高了一个鹰身。越来越多人聚集湖边加入搜救，鳖王秦、锤老头和小金潜入湖水，亚凤、爱蜜莉和曹大志等人站在水深齐胸处，用竹竿或枯枝往水里戳戳探探。

朱大帝纹风不动。他知道扁鼻周见多识广，不至于闹出人命。但时间一久，也有点焦虑了。鬼子的随兴轰炸已经带走三条人命。灌木丛不再传来猪啼声。一群苍鹰再度驭风盘旋。朱大帝看得出来，这是原来那一批鹰群。这已是它们第二趟觅食了。大家开始往湖畔聚拢时，扁鼻周突然从湖心冒出头来，手里拖拉着一个大便颜色衣服的人体。

惊叹声中，大伙协助扁鼻周把人体拉上岸。

战机被湖底的泥浆淹埋了七七八八，但暴露着驾驶舱、舱内的鬼子飞行员和小部分机翼机尾。扁鼻周打开驾驶舱，将飞行员揪出湖面。他出水时吐出一口水柱，吸了几口大气，眨了眨眼，挤出一个吃饱睡足的微笑。

"老周，你没死！"锤老怪揉了揉失去眼球的眼窝，眨着一颗像弹头的小眼睛，"我差点叫老高帮你订制一口棺材了。"

大家好奇地围观飞行员尸体。飞行员穿着大便颜色的飞行服，头戴飞行盔和护目镜，脖子系了一条白巾，胸前背后挂着鼓鼓的浮力背心，装饰着一些不知道什么名堂的扣带、兜裆布和口袋。左臂有一个圆形的军衔徽章，绣着一朵樱花和两架交叉翱翔的战机，绑着一个巨大的飞行员腕表。小金拔掉了护目镜和飞行盔。二十多岁小伙子，五官英挺，眉梢尖得像鹰爪。大家猜飞行鞋和手套上的四个汉字"和辉苍空"是他的名字。

"把他的衣服剥掉！"朱大帝说。

大家七手八脚把飞行员剥得一丝不挂，议论着飞行员的男器。

"把他扔进湖里喂鱼！"

尸体缓缓消失湖心时，朱大帝说："能够找到鬼子尸体，全是老周功劳，鬼子身上的东西，全部交给老周。大家记得，鬼子如果来了，今天的事，绝口不提。"

山崎的名单

十五岁生日，锤保佑随父母到丛林狩猎。锤保佑手拿帕朗刀，两脚呼吸着新鲜蹄印，天生的独眼盯紧老妈单管霰弹枪的榉木枪托。四月，榴梿果累累。凡有榴梿树，必有猴群抢食，也必有猪群在树下刨食猴群丢弃的榴梿果。保佑和老爸老妈很快来到一棵二十年老榴梿树前。保佑记得这棵老榴梿树，也记得老爸老妈射杀过树上和树下难以估计的猴子和长须猪。保佑抬头看着树干上残留的模糊弹痕、阴森森的榴梿果、鬼气淋漓的猴群和遮蔽着猪群的荆棘丛。猴子的尖叫和猪啼显得低调邪祟，猪群刨掘榴梿壳的声音像十个猪肉贩李大肚在剃骨分肉。老爸拍了拍保佑肩膀，老妈接过保佑的帕朗刀，将霰弹枪和弹盒递给保佑。保佑看着像幽灵退下的老爸老妈。老爸牙齿缭乱，龇出两根卷曲的小獠牙。老妈头发蓬松，呼呼吐气的鼻子盘踞着半张脸。猎枪的榉木枪托散发着老妈体味，榉木握把漫着老妈手掌上的汗渍，枪管闪烁着老妈的凌厉眼神，准星像土穴里探头探脑的黑蟋蟀。荆棘丛茂盛，野猪不会靠近，保佑也无法穿透，但保佑身处下风，机会大好。他缓慢挪动，避开荆棘丛，看见背对着他的野猪屁股。他左手举起握把，右手食指伸进扳机护圈，枪托陷入腋窝，枪管贴着荆棘丛。不巧的是，树上突然冒出另一股猴群，两股猴群开始乱斗，一截榴梿壳在保佑扣下扳机时砸在枪管上，子弹打得树下烂泥飞溅。

保佑急了，打开枪膛卸弹装弹后，树上树下已无猴子和野猪踪影。他绕过荆棘丛，在榴梿树下转了一圈，追踪着一列乱糟糟的蹄印，停在长满鸟巢蕨和藤蔓葛萝的灌木丛前。万物凝固，无风，叶尖堕下水珠，阳光像蚱蜢跳跃，照亮一簇姑婆芋。姑婆芋叶子像畚箕一样阔大，猪芭摊贩用来包扎豆腐、糕点、炒面和猪肉。绿叶回荡着野猪嚎叫，蹄印消失在姑婆芋荫影下。保佑举起猎枪，看见母亲的头颅好像一坨猪肉包扎在姑婆芋的绿叶中，来不及了，他已经扣下扳机。

狩猎向导锺老怪，十九岁定居猪芭村，紧傍着木匠高梨老家盖了一栋高脚木屋，底层无墙，八根盐木柱脚长着鸟巢蕨和藤蔓，四周杂草齐胸，矮木丛散乱。他独居惯了，脾气古怪。不做向导时，一个人背着猎枪入林狩猎，将多余的猎物分送邻居高梨和黄万福，让高黄的十多个孩子长得肥嘟嘟的，比猪芭村的孩子高出一个头。

木匠高梨和果王黄万福同时落户猪芭村，毗邻而居十八年，同时爱上打金牛两个女儿。宝生金铺老板打金牛，精通冶金术的金银匠，擅于锻造玲珑纤细的小金牛，育有两女一男，长男随朱大帝猎猪时被野猪戳死，两女相差一岁，同时嫁给高梨和黄万福。婚前，高梨爱上姐姐周巧巧，黄万福爱上妹妹周妙妙，但姐姐爱的是黄万福，而妹妹爱的是高梨。木匠高梨心灵手巧，猪芭村一半以上的桌椅橱柜和全部棺材由他包办；榴梿王黄万福勤奋务实，猪芭村的水果一半以上由他供应。周巧巧是萧先生高足，十岁就会背诵五百多首合辙押韵的中国古典诗词；周妙妙深获父亲真传，可以随心所欲将金银捶磨成戒指簪子项链手镯，刻上别致美丽的花纹。高梨和黄万福是老邻居和鸦片友，一膏鸦片入肺，可以掏出心肝给对方加菜；巧巧和妙妙美貌贤淑兼具，在猪芭人眼里，娶巧或妙，都是一箭双雕，不会漏失另一人的内涵外表。蹉跎两年，沈瘦子献策，交给姐妹两包鸦片膏。姐妹瞒着父亲，在一个中秋节晚上造访高梨和黄万福。高梨看见心爱的巧巧、黄万福看见朝思夜想的妙妙送上鸦片膏，二人当场吸食，吸得骨头酥软，灵魂耸天遁地。姐妹趁两人不省人事，互换阵地，上了心上人的床。

锺保佑十五岁误杀老妈后，老爸将老妈的单管霰弹枪掩埋在那棵老榴梿树下，死前将自己的双管霰弹枪交给锺老怪。锺老怪二十一岁带着荷兰人范鲍尔入林狩猎。范鲍尔年轻时随着荷兰军队驻守东印度群岛，杀过海盗、猎头族、苦力、走私客、杀人犯和无辜平民，五十岁退休后扛着军用强生半自动步枪和一支七倍率的双筒望远镜到婆罗洲狩猎寻欢。

锺老怪仔细研究过那支可以连续击发十颗子弹的强生步枪。枪管和枪托几乎成一直线，旋转式弹匣隐藏在机箱下方，可以填上十颗毛瑟七公厘子弹，装上这种巨大弹匣，步枪依旧苗条，让锺老怪想起穿梭婆罗洲天穹、全身黑乎乎的史丹姆黑鹳[1]的优雅姿态。枪管可以卸下，枪身可以拆成两截，很受伞兵和特种兵喜爱。最令锤老怪着迷的是弹匣。一支步枪喂饱后可以连续击发十颗子弹，老爸的双管霰弹枪顿时变成了石器时代产物。范鲍尔消瘦高大，下巴有一绺潮湿的金黄色山羊须，头发稀疏，两眼一大一小，在锤老怪带领下杀了几只野猪猴子吠鹿后，第五天不听锤老怪劝告，贪图爽快赤脚走在河滩上，被一种怪鱼的毒刺砸中脚跟，右脚肿得像象腿。锤老怪削下一根树枝让范鲍尔当拐杖，背着他的步枪和行李折返，晚上用树枝搭建棚架，铺上杂草树叶过夜。锤老怪半夜醒来，在棚架外漫步。猎户座挂在头顶上，猎人腰带上的三颗宝石闪耀，猎人一手攥一只死狮子，一手攥一支强生半自动步枪。锤老怪回到棚架躺下。范鲍尔的步枪枪管闪烁着一个狭长的星光灿烂的银河系，飞窜着十颗毛瑟子弹流星，枪口一次又一次吐出范鲍尔的梦呓和痛苦呻吟。第二天范鲍尔已经站不起来，脚板和小腿开始腐烂，流出像鱼胞的脓水。锤老怪表面挣扎，心里不太焦虑。范鲍尔受伤时，附近有一栋达雅克人的长屋，达雅克人对丛林里的任何毒液都有一帖解毒祖传妙方。锤老怪带着范鲍尔走向下游，远离长屋。他告诉范鲍尔，他准备砍几根竹子，扎一艘竹筏，送范鲍尔到下游治疗。他将强生步枪放在范鲍尔胸前，背着双管霰弹枪，攥着帕朗刀，进入莽丛。他在丛林里浪荡了半天，削了几根竹子，中午过后回到范鲍

---

[1] 史丹姆黑鹳（Storm's stork），中型稀有鹳属。栖息于泰国南部、马来半岛、苏门答腊和婆罗洲雨林低洼地。

尔身边。

"你回来了……你去了一个早上，才砍回来几根竹子……"范鲍尔右腿黑得像一块炭，两眼已经睁不大开，右手软趴趴地握着枪柄，那支射杀过无数人畜的步枪看起来也是软趴趴的，说话更是有气无力。"从我猎杀第一只野猪开始……你的眼睛就没有离开过这支枪……你喜欢这支枪吧……"

锤老怪不语。他看得出来，范鲍尔已经虚弱得举不起步枪，即使举得起，也绝对射不中他，但他还是从肩上卸下霰弹枪，握在手里。

"小杂种，你不要怕，我不想要你的命，"范鲍尔放下强生步枪，"过来……我有话跟你说……"

锤老怪转身离去："没时间了，我去砍竹子。"

"小杂种，别走……"

锤老怪听见身后响起枪声，一颗子弹从他头上削过，泄出染上鱼刺毒液的黑色硝烟。锤老怪回头看着范鲍尔。范鲍尔又扣了两次扳机，两颗子弹从他肩膀上飞去。锤老怪的独眼看得非常清楚，当范鲍尔食指扣动扳机时，击锤咬了一口撞针，撞针狠螫子弹底火，底火燃烧，点燃发射药，弹壳内空气迅速膨胀，产生的高膛压将子弹推离弹壳及枪膛，毛瑟子弹的尖型弹头哭嚷着飞出枪口，当弹头飞越他头上时，涸在弹头上的范鲍尔的黑色血液淅沥洒下，血液滴在他的头发和袖口上，升起几朵恶臭的黑色烟硝。弹头飞行的轨迹完美呈现在视觉中，锤老怪感觉即使子弹击向心脏，也可以优雅地闪过子弹，甚至伸手安抚弹头，像安抚一只弥留的野兽。范鲍尔奋力举起步枪，朝天空开了两枪，那两枪原本瞄准锤老怪，但他已完全控制不住准头。范鲍尔好像疯了，又朝天空击发两枪。锤老怪担心频繁的枪声招来变数，举起霰弹枪扣下扳机，枪口吐出十颗弹珠像蜂群扑向范鲍尔胸口。

锤老怪毙了范鲍尔后，草草埋葬，带着强生步枪和望远镜在婆罗洲内陆流浪一年多回到猪芭村，猪芭人已不记得他何时离开，更没有人记得范鲍尔，范鲍尔的强生步枪和望远镜。猪群夜袭猪芭村时，锤老怪站在塔台上，一支强生步枪在手，击发八匣子弹。猪芭人事后开肠剖腹，在七十八只野猪的猪头和猪心找到七十八颗毛瑟尖头子弹，证明锤老怪弹无虚发。消失的两颗子弹，流传着两种说法：一是锤老怪冲向塔台时对空鸣枪示警，虚耗了两颗子弹；一是锤老怪对着狂奔中的猪王放了两枪，弹头扑向猪王掀起的热火旋风像陨石坠毁大气层。

锤老怪坚称自己击杀了八十头野猪。他每开一枪，必瞄准猪头或猪心，确保弹头留在野猪身上。那天晚上，锤老怪在塔台不止一次听见猪芭人喝叫猪王的名字。猪群渡河逃窜前，天穹流窜着血色银河，坠下几颗红色陨石，锤老怪下了塔台，凭着云彩铺张的朦胧赤焰，穿梭阴暗吵杂的猪芭村。猎猪大队队友一个个和他擦身而过，每个人脸上都渲染着兴奋色彩。扁鼻周腰挎帕朗刀，手攥猎枪，脸上洒了一层猪血，像一个忙碌的刽子手。红脸关的枪口冒着一圈又一圈结实的牛蹄硝烟，猎枪的准星粘着两条增加准度的耻毛。沈瘦子吹着口哨，一脚踩着一只小猪，两手迅速开膛卸弹装弹，对着小猪脑袋轰了一弹。鳖王秦每击毙一猪，就往胯下狠狠抓挠一下。懒鬼焦像无头鸡蹲在两根木桩上，守护着被猪群刨开的篱笆豁口。高梨、黄万福和一群庄稼汉扑倒一只大猪公，四肢拴上麻绳，用猎枪枪托捶打巨大的睾丸。打金牛跟在一群伐木工身后，脖子挂着儿子的冥照，看见垂死挣扎的猪就补一刀。砍屉南叼一支烟，用沾着猪血的手递给锤老怪一支烟，擦亮火柴，点燃香烟。尸横遍村的猪群，痛苦地翻腾着身躯，摇晃着暴露肚子外的肝脏肠子，拐着断裂的或完整的四肢，奔向一条生人无法逾越的骷髅末路。它们的嚎叫逐渐沙哑，肉身被火焰燃烧殆尽，骨骼沿途溃散。朱大帝两眼直视前方，喃喃自语，像念动驱尸咒的茅山道人，驱喝一群猪的幽灵进入骷髅末路。

那是锤老怪感觉最接近猪王的一刻。鬼子剿杀第一批"筹赈祖国难民委员会"成员时，锤老怪和朱大帝跨坐锤家附近的常青乔木上，朱大帝透过七倍率双筒望远镜搜索莽丛，锤老怪手拿强生步枪，好像当年站在塔台上，打完一匣毛瑟尖头弹。猪芭河像火山溶浆流向西北方，灌木丛响起大番鹊惊恐的鸣叫。莽丛升起染上尸毒症的腐烂月亮，点点滴滴露出十多个棱角，好似插在泥滩里一大群死透的蚌壳。八月，野火肆虐，西南风漫卷，刮起一股又一股燥灼的热火旋风，草丛里散乱着的人类和动物尸骨吐出鬼语啾啾的甲骨文磷火，人兽被集体屠宰产生的恐怖、怨恨和悲痛毒素弥漫茅草丛，汇成一条哭声凄厉的骷髅末路。

高梨和黄万福的十四个孩子，最大的十三岁，最小的两岁，排成两列站在野地一块空旷地上，夕照将他们的身影无限地蔓延到遥远的灌木丛，苍鹰盘旋天穹寻找最后的晚餐，十四朵黄色的榴桟花乘着西南风吻别淌着泪水鼻涕的十四张金黄色小脸蛋，野火焚烧野地的烟霾像浪潮一波又一波漫过草丛，西南风静止时，烟霾掩没了孩子左后方的甘蔗林和玉米园。

高梨和黄万福跪在野地上，背对孩子，面对参谋长吉野真木、宪兵队曹长山崎显吉、两个翻译官、两条狼狗、十个配着南部十三式手枪的宪兵队员和二十个拿着九六式轻机枪的一等兵机枪手，一等兵身后围绕着脸色凝重的猪芭人。孩子右后方田畴莽苍，戳着两个稻草人，从衣着上看，刻意打扮成一雌一雄。雌的胸前用枯草叠成两个大胸脯，麻雀在奶子上筑巢。雄的嘴里衔一根像烟斗的竹筒，裤裆缠着丁字形枯藤，小孩在雄伟的胯下戳一根歪歪扭扭的树枝表示男人的性器。野狗在甘蔗林跳嚷，传来破烂的吠声。猴群在玉米园里肆虐，折断无数玉米秸秆。吉野左手五指握着腰上的正宗刀的鲛鱼皮刀柄，眉毛像烧焦的草秆，眼角下的褶皱好像深透到眼球的巩膜里。山崎手抚马皮包扎的檀木刀鞘，晚霞横亘脸上，在他挺拔的五官棱角上溢出疲老的须光。宪兵队员的军靴散乱着脱毛的荆棘刮痕，机枪手的绑腿散乱着蒺藜草的刺壳，黄色战斗帽压得额头爆裂着一褶一褶老鼠磨牙的线条。猪芭人站在未经烧垦的野地上，草梢叶鞘淹没了腰际，天穹弥漫叼食家畜的苍鹰疑云，地上弥漫野猪的獠牙阴影，肩膀里锄铲喂养的筋肉垮了下来，硬颈精神彻底溃散。

伊藤雄失去头颅的第二天，山崎从一份"筹赈祖国难民委员会"名单中，逮捕了战前参与和发起猪芭中学义演的猪芭人，从小孩到大人，共三十二位，囚禁在华人机械公会宪兵总部，两天后，十六位演员和演员家属被宪兵队押到野地，进行一场公开的审判和惩罚。

　　高梨凝视泥地上的大帕朗刀。木制刀柄长了一层绿色霉菌和尘垢，上面模糊留下他的手掌印。刀身敛伏着几只守宫形状的红色锈迹，从刀茎延伸到刀尖，刀刃和刀背盘着有肉垫的小趾，长着疣鳞和褶襞的皮肤像树皮，因为这个锈迹，高梨刚才从老家墙壁卸下帕朗刀时，以为有一群守宫在刀身上拟态。押解他的鬼子用指头抹了一下刀刃，高梨听见守宫尖锐嘲讽的咯咯声，阴暗的檐篷闪烁着冷漠的垂直型眼眸。高梨记得上次使用这把帕朗刀已是两年前。他刨坏了一张有靠背和扶手的木椅，看见妻子周妙妙正在烧一锅水，攥着帕朗刀和椅子走到灶膛前，砍断椅子一条腿。他把那只断腿扔向灶膛，又一刀砍向椅背。椅子的残躯在灶膛里吱吱嘶嘶叫着，他觉得椅子是活的。

　　高梨瞄了一眼旁边黄万福的帕朗刀。黄万福早晚背着帕朗刀守护果园，帕朗刀仿佛刚刚锻炼出炉，挥砍时总是冒出锤打的火花和淬水的白烟，削枝剁骨如截刍草。刃口的光华皎洁如新月，刀身深蓝如无翳的碧天，刀尖亦动亦静，像潜伏的豹眼和奔跑中的豹尾。万福的刀是一股活水，自己的刀是一座无津的死井。十多年前野猪夜袭猪芭村，万福一刀在手，见猪就砍，自己只会躲在一群庄稼汉身后摇刀呐喊，身上和刀上沾的全是死猪的血。他和黄万福同时落户猪芭村，那年中秋节晚上，吸了一块鸦片膏，睡了彼此心仪的对象，婚后双方各生下七个孩子，两家十六口被宪兵队带走时，周妙妙肚子里正怀着八月胎儿。苍鹰发出一声尖啸，两条狼狗充满火药味地嗯哼一声，露出整齐排列像毛瑟尖头弹的狗牙。高梨和黄万福看了对方一眼，满眼泪花将对方漫漶成陌生人。

他和黄万福当了十八年邻居，只为一只红面番鸭争吵过一次。高梨饲养的红面公番鸭，飞行能力不下大番鹊，每天飞到黄万福老家池塘里和母鸭洗鸳鸯浴，过足三妻四妾风流瘾后，又飞入黄万福果园刨食幼苗种子，被一只入园寻食的长须猪叼走。"我家母猫被你家公猫上过，我家井水有你家馊水味，"高梨说，"你那几只母鸭，天天翘着屁股勾引我的公鸭，它怎么受得了？""你的鸭子吃掉了我不少果苗，但我从来没动过它，"黄万福说，"它不见了，母鸭看不到它长着红色肉瘤的鸭头，难过死了。""它是在果园里被野猪叼走的。你那几只土狗，只会屌骇¹，看到野猪就没了核卵²。""老高，等母鸭下蛋孵出小鸭，我送几只小鸭给你吧，就怕母鸭看不到你家的公鸭，伤心得连蛋也不会下了。""你看好你的果园。野猪把这里当老窝了。猪来穷，狗来富，猫来戴麻布。"高梨突然攮着生锈的帕朗刀，站在黄万福对面。黄万福迟疑了一下，也攮着帕朗刀，站在高梨对面。二十个机枪手握着二十支九六式轻机枪，枪身嵌了容纳三十颗子弹的巨大枪匣和猪鼻子似的望远瞄准镜，枪管上的刺刀反射着斑斑须须的金黄色夕照，好像有几千只扇着金黄色尾羽的小鸟绕着刺刀飞翔，刺刀在小鸟簇拥下，二十化为两百，两百化为两千，两千化为两万，万仞开屏，形成一道坚固无隙的戟峰。机枪枪身比孩子修长，枪柄蹾在地上，刺刀刀尖和鬼子下巴平行。高梨的七个孩子簇拥成一批，黄万福的七个孩子簇拥成另一批，两

1　屌骇：屌屄、性交。客家话或广东话。

2　核卵：睾丸。客家话。

个十三岁的老大抱着两个两岁的老幺，眼光集中在自己父亲身上。在儿童话剧《齐天大圣》中，他们饰演李天王的天兵神将、杨戬的梅山兄弟和花果山猴群，演技自然，没有台词，替祖国筹措到大批杀敌和救难基金。他们虽然在猪芭村见过伊藤雄等鬼子，但邹神父告诉猪芭人，真正的鬼子"没有腰，两条腿长在胸部上"，在丑化倭寇的街头行动剧中，他们也是饰演鬼子的最佳人选，台词是模仿畜生叫声的"叽哩呱啦咕哇呜噜嚖嚖喳喳齁齁"。翻译官的嘴唇慢慢地开开阖阖，一字一句却是连珠炮喷出来，年纪较大的孩子朦胧听懂了，较小的孩子没有概念，好像又在演一场戏。

"支那已经被我忠勇义烈之皇军占领，成为大日本国土……诸君应该秉持刻苦耐劳之东洋精神，协助皇军完成圣战，确保大东亚之兴隆安定……违反皇军者，乃东亚万众之公敌，无论国籍人种，一概以军律处治……"两位翻译官像木偶遥望天穹，轮流以华语和广东话翻译吉野真木的鬼子话，"高梨和黄万福两位先生，筹钱支助支那抵抗皇军，犯了皇军大忌……但看在两人已知错悔悟，皇军大人现在命令，两人以帕朗刀决斗，胜方全家获得释放，败方全家斩首……"

西南风乍起，掀翻机枪手战斗帽后方的遮阳布，烟霾短暂地淹没了鬼子，宪兵队和机枪手伫立不动，吉野和山崎忍不住皱了皱眉头，揉了揉被熏盲的眼睛，猛烈咳了一声。两只狼狗吐出粉红色舌头，耙了一下狗爪。

"两位如果不动手，"翻译官说，"两家一起斩首……"

黄万福每生一个孩子，就在老家门前种一棵榴梿树，左三棵，右四棵，老大到老四的榴梿树已栽满七年，每年三月开花结果，夜晚果熟蒂落，黄万福可以从坠地声分辨那一棵榴梿树"生孩子"。黄万福的视线越过宪兵队员和机枪手，看见老大、老二、老三和老四上半截粗大结实的树影像山峦敛伏，老干结满人头似的榴梿果，再过一个月，他就可以听见熟悉的熟果坠地声。周巧巧婚前在黄万福老家撒下的相思种子，被黄万福灌溉施肥后，长出了七棵雄伟高大的榴梿树。巧巧一年前生了一场怪病，临走前怀着三月身孕，浇熄黄万福想在老家门前栽满十棵榴梿树的心愿。越老的榴梿树越俏，结出的榴梿果也越多，他发誓誓死护卫这七棵榴梿树。黄万福看了一眼自己的七个孩子，紧紧攥着帕朗刀。他用帕朗刀砍杀过野猪蟒蛇蜥蜴猴子，但没有伤过半个人类。初抵猪芭村时，他收养过一条小黄狗，小黄狗三岁大时攻击猪芭村一个农妇和她背上的婴儿，从农妇屁股和婴儿腿上卸下一块肉。猪芭人对付攻击人类的畜不手软，不是乱棒打死就是乱刀砍死。黄万福攥了帕朗刀，将黄狗驱赶到阳台死角，踢了狗头一脚。黄狗看见主人目露凶光，早已预感大难临头。黄万福更用力地踢了一下狗下巴，等待黄狗的反击。他在果园里饲养了八只土狗，只有这只黄狗离不开主人，日夜蹲卧老家阳台上，忠心耿耿地当一只看门狗。那天主人不在家，妇人背着婴儿在篱笆外叫了黄万福半天，自己踹开篱笆门闯入黄家，黄狗龇开满嘴尖牙，尽忠职守地跃下阳台。黄狗带着恐惧的眼神和乞怜的叫声突然窜过黄万福胯下，奔向阳台时被阶梯上的铁皮桶绊了一下，黄万福看准狗脖子砍了三刀。十多年了，黄狗的哀呼依旧清晰，那是他一辈子唯一一怀抱愧疚的杀生。

一股忽熄忽灭的小野火沿着灌木丛烧向玉米园，着火的玉米秸秆被西南风吹出玉米园，飘过甘蔗林和菜畦，落在雌稻草人胸膛，迅速地将稻草人烧得剩下一个焦黑的十字形木架子。着火的枯藤又被吹向茅草丛，引发一股狂妄野火，蚱蜢螳螂四方飞窜，野鸟啄食。

高梨看着黄万福比自己高大强壮的身影，回忆自己摧毁的老迈橱柜。橱柜比自己高出一个头，四根脚柱比自己结实，橱门、搁板、螺帽和铰链也比自己坚固，但是他用帕朗刀削断两根脚柱后，橱柜就躺在地上任他宰杀，好像掉入插满尖桩的坑洞任人宰杀的野猪。万福不说话，眼神却重复着一句话："老高，对不起……"高梨知道自己的眼神也重复着这句话。他打算出其不意冲向万福，蹲下身子，削他的脚。万福一定会举起帕朗刀向他横劈过去，他的屈蹲可以避开这一刀。他的眼神像铆钉铆在万福的膝盖上，把它想象成一块需要凿打含咬的歪曲凹凸的原木。孩子的哭声、苍鹰的呼啸和狗吠让他烦躁，间或飘来的烟霾让他失去了耐心。他把视线移向天穹，不去接触万福的眼神。

被押到宪兵总部后，他就没有看见妙妙。妙妙怀着八月身孕，这一战可以保十条命，比万福多了两条。他从墙上卸下帕朗刀时不知道鬼子用意，如果知道了，他也许会用磨刀石拭去刀身上的守宫锈迹，磨平刀刃上有肉垫和吸盘的小趾。他突然低下头，蹿向黄万福，同时屈蹲身体，举起帕朗刀挥向万福膝盖。他没有想到黄万福也屈蹲身体，同时挥出帕朗刀。高梨砍中万福脖子，泌出一片像芭蕉叶的血幔；万福的刀卡死在高梨天灵盖上，淌下几行纤细的血痕。两人同时放开刀柄，同时倒下。孩子号啕大哭，往前走了两步，但不敢靠近。吉野和山崎低头交谈了几句。

"皇军大人说，这场比赛，没有输家，也没有赢家，"翻译官说，"孩子，皇军大人给你们十秒钟，逃吧！"

孩子的哭声撕裂了猪芭人的心。山崎越过万福和高梨尸体，拔出村正刀，削掉万福一个十岁孩子的头颅。头颅像长了脚，咕咚咕咚滚过一个小水洼，滚过一株含羞草，压垮一朵野生紫罗兰，消失灌木丛中。孩子无头的身体对着山崎跨了两步，被山崎一脚踹到小水洼中。年纪较大的孩子似乎了解情势了，最大的孩子抱着最小的孩子，带头冲向身后的茅草丛。吉野拔出正宗刀，站在山崎身边。山崎用鬼子话快速地数了十下，两人大步走向茅草丛。高梨一个七岁的女儿很快被吉野追上，抱着两岁弟弟的黄万福的大儿子也很快被山崎追上。

野地传来十下尖锐的枪响，随后寂静无声。吉野和山崎劈了三个孩子后，分别在玉米园、甘蔗林、菜畦和茅草丛里找到其余十个孩子尸体，头颅或胸前各嵌着一个新鲜弹孔。

孩子奔向野地时，右前方竖立着锤老怪和朱大帝藏匿的常青乔木，左前方两百英尺外的茅草丛盘旋着一股燎原野火，痰状的雾霾散乱野地，网住了孩子逃窜的方向和身影，也让锤老怪在十个孩子被鬼子发现前，打完一匣十颗尖头弹。朱大帝和锤老怪栖身的龙脑香孤立在一片荒烟蔓草中，树篷高耸入云，烟杪缥缈，雾霾漫过树腰，削去了下半身，让枝叶葱茏的大树像浮动的岛屿。朱大帝看见吉野的正宗刀砍断了女孩双脚，女孩细瘦的身子倒卧茅草丛时，吉野挥出第二、第三和第四刀，染红的草梢像血海浸泡着他挺拔的军服。山崎踹倒万福大儿子，用村正刀刀尖挑起小儿子，抛向空中，劈成两截；大儿子掐住一根枯木向山崎砸去，山崎冷笑，削断大儿子左手，拦腰挥斩。大帝看见大儿子上半身扑倒在山崎脚前，死前张开大嘴咬了一口山崎的军靴，像一只断头的蛇对敌人做出最后的反击。大帝听不见孩子的呼叫，血色的雾气模糊了望远镜的视野，白色的雾霾在空中凝结出黑色的烟黗。"老锤，发挥你的神射吧，"朱大帝看见十个宪兵队员、二十个机枪手和两只狼狗徐徐走向吉野和山崎，知道孩子逃不过这一劫，"让孩子早点超生，别让他们受苦。"锤老怪第一弹击中玉米园一个长得清秀消瘦的男孩，男孩绰号老鼠仔，胸前挂着一个大鼻红脸的天狗面具。第二弹击中甘蔗园一个绑着两条小辫子的女孩。女孩倒下时，锤老怪的心肌抽搐了一下。女孩十一岁，有一个美丽的名字，黄含烟，万福次女，在锤老怪高脚屋前栽了一批朱槿、凤仙花和鸡冠花，种了一棵红毛丹和柑橘，每天早上唱着儿歌，扛着一个装满井水的洒水壶浇水。锤老怪只记得这两个孩子的名字。烟霾遮住了鬼子搜寻猎物的视线，也阻碍了他们搜寻枪声来源，却没有对锤老怪和强生步枪造成太大影响。锤老怪几乎不需要瞄准，强生充血的准星就自动舔住了目标。他每击发一弹就感受到毛瑟子弹点燃发射药，褪下弹壳，哭嚎着飞出枪膛，淅淅沥沥洒下范鲍尔的黑色血浆。打完一匣十颗子弹后，树梢刮起一股热火旋风，他的手臂长出灼热的燎泡。子弹彻底烧毁了孩子，引导孩子走向一条鬼子无法逾越的骷髅末路。野火依旧生生不息，痰状的烟霾亦断不断，掩护他们从树上纵下，逃向莽丛。

庞蒂雅娜

庞蒂雅娜（Pontianak），马来女吸血鬼，孕妇死后变成。

现身时，伴随指甲花香和婴啼，狗儿狂吠。

以美女形象诱惑男人，杀害后食之。进食时，露出丑脸利牙，徒手撕裂男人肚皮，啃食内脏；拧烂性器官，随手丢弃。

间或攻击孕妇，吃掉胚胎。

间或化成一颗头颅，悬空飘浮，内脏垂挂脖子下。

间或化成巨鸦，头部酷似人脸。

惧怕镜子和尖锐的器物。以钉子、小刀、兽牙、竹签或尖桩等刺其后颈，则嘤嘤哭泣，变成美女，香消玉殒。

一

　　傍晚时分，小林二郎卸下一竹竿杂货后，揣着铃木十六孔复音口琴，坐在一根被野火烧毁的树腰上，掏出口琴，拭了拭琴盖，舔了舔琴孔，噘起嘴唇，含住琴孔，吹奏日本童谣《笼中鸟》，曹大志等孩子戴着小林二郎的塑胶面具围拢过来，玩捉鬼游戏。当"鬼"的孩子蒙着眼睛蹲在中间，其他孩子手拉手围成圆圈，一边转着圈子一边听伊藤雄吹奏《笼中鸟》，音乐停止时，当"鬼"的孩子就要说出身后孩子的妖怪面具，被猜中的孩子接替"鬼"。玩久了，孩子熟悉旋律，随着口琴叽哩呱啦哼叫。吹得疲乏了，小林二郎也会用鬼子话哼唱。听久了，孩子甚至不需口琴伴奏和小林二郎带唱，也可以用鬼子话哼唱。被捉出来当"鬼"的十个孩子，必须接受惩罚，执行一项惊险任务，偷盗马婆婆的孔雀鱼。

　　马婆婆，猪芭村华人公墓守墓人和管理员，穿肥大的客家白色对襟短衫和黑色大裤裆，趿木屐，白发齐腰，眉峰挑着几根齐耳的虾须毛，鼻尖长了一颗蛇胆痣，下巴长了一颗蘑菇赘肉，脸皮像老姜，独居一栋傍着公墓的高脚屋，底层无墙，门前有一道阳台，阳台上的隙缝长满了野鸟拉屎时留下的野树种子的幼苗。阳台上用盐木搭了一座栖架，一只体型如火鸡的白鹦鹉像一尊佛像蹲在栖架上，铁链缚脚，叫声像猫在锌铁皮屋顶上磨爪，间或用华语、客家话或英语吐出几句人话："天佑大英帝国""吾王万岁""亚伯特，早""亚伯特，你回来了""亚伯特，你瘦了""亚伯特，再见"……每道窗栏搁着一个盆栽，盆栽是一个拦腰截断的铁皮罐，栽种着露兜树、仙人掌、九重葛，其中一个甚至种了一株凤梨。木窗不是开向左右，而是开口朝下，用一根木杠尾抵住窗槽，窗板用木杠头向上撑开，像撑开昏昏欲睡的眼皮子。高脚屋后方有一栋小木屋，权充厨房和浴室，大小屋之间有一道联络走廊。在那道联络走廊和阳台上，散乱着十一个齐胸、容积五十加仑水量的铁皮桶，铁皮桶里滋蔓着蜈蚣草、浮萍和水芙蓉，养了数千尾孔雀鱼。铁皮桶表皮锈迹斑驳，涂抹着横七竖八的白色、黄色、红色、黑色油漆和刚硬的沥青。这十一个铁皮桶，间或全数出现在阳台或联络走廊，间或分散在阳台和联络走廊，间或其中几个搁置在客厅和厨房。十一个铁皮桶水盈冒尖，要移动其中一个铁皮桶，非得动用三四个大汉。马婆婆只和野鬼打交道，和猪芭人没有交情，但她娴熟马来巫术，可以驱使坟场里的散魂游灵搬运铁皮桶。高脚屋虽然像废墟，四周却百花盛开草木荟萃，弥漫一股浓郁的香味。一道顶端削尖、齐额的竹篱笆环绕着高脚屋。

马婆婆年轻时和一个布洛克王朝的英国军官恋爱，军官休假返英一去无回后，马婆婆肚皮一天一天膨大，临盆时胯下流出血水，胎儿没有出膣，马婆婆肚子却一天一天凹下去，从此变得孤僻暴躁，她过世后没有人愿意继承她的守墓人职位，一九四五年联军在猪芭村狂轰滥炸，尸横遍地，鬼子以一具尸体四块钱的代价，雇用猪芭人殓尸，集体掩埋在华人公墓，那时候马婆婆的高脚屋已被鬼子焚毁。一九四一年六月，十个被小林二郎惩罚的孩子用弹弓攻击马婆婆的锌铁皮屋顶时，马婆婆挥舞着一把长柄大镰刀追逐孩子，埋伏野地的妖怪趁着马婆婆离家后潜入高脚屋联络走廊，捞走二十多尾孔雀鱼。"死孩子，不要以为戴了面具我就认不得你，"马婆婆不是第一次被孩子骚扰，那一天不知怎么回事，一边追着孩子一边发着毒誓。"老娘铲遍猪芭村地皮，也要把你们找出来剥皮！"马婆婆九十多岁了，跑起来依旧不含糊，但她再快也没有孩子快。马婆婆追了半天一无所获，看见关亚凤载着惠晴骑自行车穿越茅草丛，信口咒骂："钻茅草丛的狗男女！"扛着大镰刀折返。小林二郎吹奏《笼中鸟》召唤孩子。拎着兜了二十多尾孔雀鱼的塑胶桶的妖怪回来了，八只妖怪回来了，少了天狗。天快黑了，月亮像一把大镰刀挂在马婆婆曲驼的高脚屋脊梁上。曹大志记得戴天狗面具的是高梨六岁的儿子，绰号老鼠仔，一年多后被锤老怪用毛瑟子弹射爆头颅。孩子用各种怪腔怪调呼叫他的名字。

"马婆婆掳走了！"

"马婆婆砍死了！"

"找马婆婆要人！"

"闭嘴，"曹大志说，"找不到，把你们送给马婆婆！"

天黑了，猪芭人带着手电筒和煤气灯走寻野地一遍后，高梨和黄万福领着孩子拜会马婆婆。马婆婆坐在一张矮凳上，衔着一根三炮台洋烟，狠狠地瞪着一群小妖怪。男孩子胯下一阵阴冷，小鸡鸡像被小刀剃了一下。马婆婆在黄万福和高梨搜寻高脚屋时，抽了三支洋烟，一头白发和眉峰上的虾须毛随烟雾飞腾，像南瓜秧攀上了屋檐。鹦鹉从栖架跳到窗栏，嘴里叼着不知道什么动物的腐肉，高耸着额头上一绺肮肮脏脏的翎毛，冷漠地看着屋内一群小妖怪。墙上昔日英国恋人留下的猫头鹰造型上弦木钟当当——当当——敲了八下，黄万福和高梨在屋内走动的气浪震得窗栏上的插销嘎嘎响，屋外坟丛涌动。

"亚伯特，你回来了。"

离开马婆婆高脚屋后，夜露濡湿了野草，一层挥之不去的薄雾齐着肩膀深了，水塘倒映着个巨大的蟹螯月亮，红毛辉在锤老怪老家附近的望天树下捡到了红脸长鼻的天狗面具。最喜欢戴天狗面具的高脚强上了树，在一根椏桠上找到昏睡的老鼠仔。老鼠仔醒来后，想不起发生什么事。他是黄万福最瘦弱的孩子，连一支中型帕朗刀也扛不动，没有本事蹬上高大的望天树。大家说他戴上天狗面具，有了天狗本领。小林二郎说，天狗像长臂猿，背上长一双翅膀，手拿一把扇子，轻轻一挥，可以把大树连根拔起。在中国，天狗就是杨戬的哮天犬，卯起劲来可以一口吃掉月亮，孙大圣也没这个本事。二郎神高脚强喜欢戴上天狗面具向曹大志示威，好像段数又比孙大圣高了几截。老鼠仔事件后，孩子憋了三个月，小林二郎在孩子要求下，同年十一月黄昏，吹奏《笼中鸟》，选了十只鬼，戴上妖怪面具再度窃取马婆婆孔雀鱼。马婆婆这一次有了准备，她装模作样追了孩子一小段路，折返高脚屋。负责偷鱼的是九尾狐，猪芭中学华语教师林家焕的十岁女儿林晓婷。九尾狐上了高脚屋，听见上弦木钟当当敲了六下，走到联络走廊，用一个小捞网捞了一桶孔雀鱼，正要夺门而出，看见马婆婆拿着长柄大镰刀站在梯阶上。

那天曹大志、高脚强和红毛辉都当上了鬼，听见高脚屋发出一声尖叫后，九只妖怪拔腿奔向高脚屋。他们看见马婆婆坐在阳台一张矮凳上，吸着三炮台香烟，脚下放着那把阴森森的芟除坟头草的大镰刀。九尾狐站在马婆婆身后。白鹦鹉啃着食槽内的水果和蠕动的蛴螬。九尾狐面具半人半狐，头上长两只尖耳朵，左右脸颊划三根须毛，丹凤眼，柳叶眉，眉嘴含笑。一群戴着妖怪面具的小孩在阳台下一列排开，你看着我，我看着你。天狗高脚强和伞怪钱宝财暗恋猪芭小学生林晓婷，在孩子群中已是公开的秘密。

"马婆婆，你让晓婷走吧，"高脚强说，"我们以后不敢了。"

"我们把孔雀鱼还你。"钱宝财说。

"马婆婆，你不让晓婷走，"曹大志叉着腰，甩了甩手里的弹弓，"我们以后天天用石头打你的铁皮屋。"

"亚伯特，你瘦了。"

马婆婆掸掉一截烟灰，回头瞄了一眼九尾狐。她的手指细得像竹节虫的脚，指甲像曲蜷的草秆。她每掸一下烟灰，五指就像脱壳一样落下白色的皮屑。九尾狐胆大活泼，坚持要当那个偷孔雀鱼的鬼。她歪着美艳的头颅，视线在孩子和马婆婆身上逡巡，依旧笑得迷人。

"小姑娘，"马婆婆擦亮一根火柴，点燃一根三炮台香烟，吐出的全新烟雾像空洞的小蜗牛壳，"摘下你的面具。"

九尾狐笑嘻嘻地看着马婆婆，用两只手扶了扶面具。孩子们看见面具下的晓婷吐舌头扮鬼脸。

"小妖精，摘下你的面具！"马婆婆说。吐出更多透明的小蜗牛壳。

九尾狐松开耳朵后的橡皮条，将面具递给马婆婆。马婆婆接过面具，扔到脚下。晓婷眉目清秀，两颊红润，两只大眼睛骨碌骨碌地跃动，看得高脚强和钱宝财心脏蹵了一下、两下、三下。她和砍屐南的女儿严恩庭是猪芭村两位小美女，也是猪芭村未来的甘榜花，在舞台剧《齐天大圣》中，她饰演被天蓬元帅调戏的高家庄小姐，如果鬼子没有来得太快，萧先生准备再编一出《封神榜》，由她和严恩庭两人中，择一人饰演九尾狐妲己。萧先生有了这个构想后，晓婷在家里就爱戴上九尾狐面具，根据萧先生叙述，模仿妲己狐媚天下。

"小王八蛋，你们也摘下面具。"马婆婆卸下木屐，将左脚盘在右腿上。全猪芭村的木屐都是砍屐南的杰作，只有马婆婆的木屐是她亲手砍伐日罗冬、亲手刨制。她的木屐裁得很有骨力，像一块钢板。

曹大志一声令下，孩子摘下了面具，由高脚强捧着蹬上阳台，放到马婆婆脚下。

"还有弹弓！"马婆婆突然伸手圈住晓婷的手腕。

"马婆婆，你小力一点。"晓婷并不害怕，娇声娇气地说。

钱宝财收集了十支弹弓，登上阳台，放到马婆婆脚下。弹弓架和发毛的弹丸兜涂泽着增加命中率的鸟血、猪血、鸡血、鸭血、猴血和狗血。

马婆婆放开晓婷的手腕，睨着地板上的面具和弹弓。晓婷做了一个可爱的鬼脸。

"孩子，别再捣蛋了，"马婆婆的烟雾漫向面具，缓缓钻入十个妖怪的鼻孔眼睛嘴巴，"你们的模样，我全都认得，下一次我就要向大人告状了。"

孩子们看着自己的弹弓和面具，憋着脸不敢笑出来。

　　马婆婆回头看了一眼晓婷。

　　"你这孩子，长得真是——"马婆婆的手指在晓婷手腕上掸了一下，"细皮白肉——那一桶孔雀鱼，拿去，就算送你们吧。"

　　大志和晓婷等依旧笑着，不知怎么回应。

　　"拿着你们的鱼，滚，快滚！"

　　"滚，快滚——"鹦鹉用脚趾和勾喙撕裂蚱蜢，"滚，快滚——"

　　上弦木钟当当敲了六下。高脚强走上阳台，和晓婷一起拎着塑胶桶走下阶梯。一群孩子刚离开高脚屋，从裤袋里掏出第二把弹弓和第二只面具，摇身一变成妖怪，再度用石弹攻击马婆婆的铁皮屋。马婆婆怪叫一声，拽着大镰刀，像一只猿猴跳下阳台，朝孩子追去。高脚强把塑胶桶扔向一个水洼，拉着晓婷的手，向野地狂奔。高脚强和晓婷的第二只面具和第一次的一样，都是红脸大鼻天狗和美艳迷人九尾狐。九尾狐摔掉天狗的手，穿过墓地窜向茅草丛，天狗紧跟在后，马婆婆紧追在后。马婆婆蹭掉了木屐，嘴里依旧叼着烟，大镰刀扛在肩膀上，白发散乱着蒺藜草的刺壳，雨季的土地潮湿，她纤细的脚掌却溅起许多泥壳子，留下一个又一个外翻的孤傲深沉的拇趾洞。夕阳在云海里浮浮沉沉，像一粒随波漂逐的老椰子。小溪里掏螃蟹洞和捕蛇头鱼的孩子看见马婆婆，背着竹篓里的螃蟹和蛇头鱼，追着马婆婆看热闹。十一月的野火稀少了，但仍有冷却的灰烬从莽林飘散到茅草丛上，拌着破碎的花瓣草秆。马婆婆年纪大了，追不上小伙子。她吐掉烟蒂，坐在一个草坡地上喘气，两眼盯紧九尾狐。大镰刀拖累了她的速度。她并没有真的想逮住孩子，也不介意孩子偷孔雀鱼，但她讨厌孩子用弹弓打铁皮屋。

月亮露苗了，虚弱的蜷曲云彩中，灌木丛释放出蓊郁的暮色。一个齐额的蚁丘拦住了马婆婆视线。马婆婆伫立草坡地上，用大镰刀打眼罩，看见一群戴着妖怪面具的孩子聚集一棵望天树下。她下了草坡地，迎着月色走向望天树。

孩子掏出所有面具，散乱茅草丛和灌木丛中，只露出一颗妖怪头颅。他们高唱着《笼中鸟》，四面八方圈住马婆婆，唱完《笼中鸟》，大着胆子问：

"马婆婆啊马婆婆，猜猜看在你后面的是什么妖怪？"

马婆婆不回应。她发觉不管孩子怎么移位，九尾狐身边始终粘着一只天狗。凶狠的天狗看向九尾狐时，孔眼流露着关爱的眼神。马婆婆扛着大镰刀，快步朝天狗身边的九尾狐走去，很快就冲散围困她的人肉圈子。那一天的满月十分丑陋，几根枯枝戳在满月阔大的肉食性下颚上，几缕杀气腾腾的乌云贴在两颊上，加上额头上的陨石坑，看起来像一个虬髯虬鬓的驱邪人，旁边飞舞着一只侦察鬼魅的蝙蝠。南海浇熄了炎阳，但余晖淫荡，许多细小跳跃血色饱满的蚕芒和红彤彤的蝇光仍在茅草丛上肆虐。二十多颗妖怪头颅凑成三四个集团，稀稀落落唱着《笼中鸟》，用野橄榄和石头扔马婆婆，想拖慢马婆婆步伐，但马婆婆头也不回。戴着九尾狐面具的五个小女生对着马婆婆叫嚷：

"马婆婆，马婆婆，我是晓婷，九尾狐在这里……"

马婆婆认不出晓婷，但她认得出天狗，没有孩子比戴天狗面具的孩子长得更高大。没有参加游戏的孩子在老鼠仔神隐的望天树下焚烧枯枝野草，拿着网子捞捕从树上坠下被熏昏的锹形虫和木蜥蝎。晓婷和高脚强通过望天树时，各种奇形怪状的虫豸正从树上坠下，晓婷害怕，脚步迟疑了一下，高脚强情急之下摘下面具帮心上人驱赶虫祸。马婆婆记得高脚强的脸，更沉稳坚定地追上去。一阵微弱的东北风刮来，烟霾改变方向，朝马婆婆扇去，马婆婆下意识挥霍大镰刀，但烟霾太冲，让她摔了一跤，跌倒篝火旁，头发和长裤燎起几股星火。孩子看着马婆婆的狼狈相，笑得像一群奸巧的鸭子。月亮像一朵蕈菇挂在莽丛上，洒下潮腐的飞蚁光芒，马婆婆看见一只猴毛色的大蜘蛛落在裤角上，抄了大镰刀铲起蜘蛛，将蜘蛛扔到火苗上，噗地燎起一股妖火，蜘蛛蜷曲八脚像淘气的婴儿拳头。捕虫的孩子想起马婆婆可以驱使幽灵搬运铁皮桶，不敢笑了，用一种示弱的眼神看着她。马婆婆瞭望前方，一时失去九尾狐和天狗身影，她踮着脚尖，像一只起飞的史丹姆黑鹳跃入茅草丛。

　　天穹阴凉如蛋壳，隼鹰全速归巢，云彩枯槁。马婆婆飞跃到一片平坦草原上，看见关亚凤和爱蜜莉骑着自行车经过一条砂石路，轮胎碾过砂石路上凌乱的猪蹄印，链条卷动齿盘发出嘅嘅驹驹的喘息声。"钻甘蔗林的狗男女！"马婆婆发出缺了一颗门牙的含糊的咒骂。亚凤和爱蜜莉突然停下自行车，九尾狐和天狗钻出草丛，跃上爱蜜莉和亚凤自行车后方的货架，爱蜜莉和亚凤勾腰驱动脚蹬，辐丝撩着草鞘发出叮叮咚咚像马达的声音，两辆自行车一前一后越过砂石路尽头，奔向无垠平坦的草原，九尾狐和天狗不停地回头觑着马婆婆。"钻玉米园的大小狐狸精和大小狗男女！"马婆婆双唇翕动，无声地咒骂着。亚凤和爱蜜莉的自行车多了两只妖怪，车速减缓了，哆嗦得像一头老山羊。马婆婆不疾不徐行走在杂草丛生和砂石星布的平野上，依旧像一只起飞的史丹姆黑鹳，好像随时会腾空飞起来。晚霞在天边留下一条火红尾巴，茅草丛镶着的蚤芒蝇光逐渐虚淡，潮腐的蕈类和飞蚁光芒啃食着黑夜的肌理。"滚！滚！狗男女，滚出我的视线！永远不要回来！"她骂得越凶悍，脚步越舒缓，打算在气势溃散前折返，不再和这批小妖精狗男女纠缠。她虽然跑得慢，但自行车更慢，转眼她的大镰刀刀尖可以抵到高脚强的脊梁上。她回头看一眼后方草原。

荷兰石油公司从中南半岛进口的两匹荷兰温血年轻母马，一白一栗，撅着不曾被公马跨过的横蛮屁股，甩着找碴的蹄子，扬着寻衅的鬃毛，发出咴咴的鸣叫，正朝她迎面冲来。马主人是两个英国高级主管的年轻妻子，每天黄昏戴着骑士帽，穿着马裤和马靴，扬着马鞭和皮革缰绳，在猪芭海滩来回奔驰，天黑前卸了马鞍和护马铠，让两只母马在草坡和茅草丛散心寻欢。两只母马已经在草地上撒了一阵野，撞歪了一个稻草人和捣毁一座瓜棚豆架，漫步玉米林、甘蔗林、胡椒林和树薯林，龇出发达的切齿和白齿，笑得像流氓。看在英国主子份上，猪芭人有点忌惮这两匹马。马不知脸长，长驱直入庄稼地，偷吃青色的玉米或挖掘胡萝卜。三个月前，它们跃入猪贩李大肚猪舍，活活踩死一头正在喂奶的母猪和十多头猪仔，英国主子非常大方，赔给李大肚一辆九成新的英国奥斯汀甲壳虫金龟车。孩子看见母马坦露茅草丛上坚实的脖子、高耸的鬐甲、深广的胸廓和肥大的屁股，忍不住架起弹弓，用石弹攻击母马。红孩儿钱宝财挥舞一根竹竿，像乌鸦嘎嘎叫着。两只母马横行猪芭村，没有受过斥责，女主人的马鞭落在马屁股上也是雨滴芭蕉不痛不痒。它们的屁股挨了几下石弹，又看见一个细长的东西在空中呼呼弹颤，打着哀怨的响鼻，耳朵屈辱地后抿，拔腿狂奔。白马跃过一绺灌木丛时，马蹄踹在一个女孩肩胛骨上，痛得她在草地上翻滚。栗马跃过一个水洼时，缰绳啪地打在一个男孩的面具上。孩子的石弹更是不留情地飞向二马。茅草丛里矮木丛和荆棘丛遍布，间或散乱着小树和水洼，两马奔跑得不顺畅，挨了十多下弹击，当它们冲出茅草丛，一前一后奔向一片平坦的草坡地时，展现了荷兰温血母马的稳健和风采，转眼就和孩子拉开一段距离。

　　马婆婆看见一群红彤彤的蚤光蝇芒和一道潮腐苍白的飞蚁光芒，在草坡地上汇集成一栗一白的两道耀眼光泽，晚霞的余晖和满月的精华都凝聚在这两道光柱上，像波涛一样朝她和自行车扑来。晚霞早已褪散，月光骤然熄灭，野地所有的朦胧思维都紧蹙在两只温血母马愤懑的长脸上。自行车冲向一片斜坡地，车头灯像一颗全速冲刺的豹头，挡泥板和链罩震得吭当吭当响，手把抖得像要脱落的胳膊。斜坡地上攒拢着一堆野猪骷髅，绊了一下走在前头的爱蜜莉自行车前胎，又绊了一下走在后方的关亚凤自行车前胎，两辆自行车和四个人在骷髅冢上跌了个四仰八叉，掀起鬼气森森的白色烟霾。马婆婆背对骷髅冢，握着大镰刀，高举双手，踮起双脚，嘴里发出一声尖叫，在两道一栗一白的光晕漫向骷髅冢之前，像史丹姆黑鹳起飞，迎向两头母驹。跑在前头的栗马及时煞蹄，抖掉身上的蚤光蝇芒，斜刺里窜向一旁的茅草丛。后头的白马咴咴叫着，扬起前蹄，燎起潮腐的飞蚁光芒，抵挡着马婆婆大镰刀沾着坟头草的磷火光泽。关亚凤、爱蜜莉和孩子们看见马婆婆像黑鹳张开双翅，盘旋空中，大镰刀像爪子擂了一下，削断了白马一只前脚。白马像一只被捆翻的野猪，嗯的一声，倒在地上。蚤光蝇芒彻底熄灭了，潮腐的飞蚁光芒重新流淌月晕中，蛙枭鸟虫不再叫嚣，野地突然陷入一片寂静，纯净的回荡着栗马的惊恐嘶鸣和白马的痛苦嗳嚅。一群妖怪、亚凤和爱蜜莉围绕着马婆婆和白马，悚然想起，马婆婆可以驱使幽灵搬运铁皮桶。

二

猪芭中学教师林家焕带着大女儿林晓婷和小儿子林立武、猪贩李大肚带着三个不满十岁的儿女、三轮车夫周春树带着六岁小儿子，大小九人，凭借着灌木林和茅草丛的掩护，在野地里绕了一个大圈，穿过一座玉米园和甘蔗林，行走过无数水塘、溪流、沼泽地和荆棘丛，下午三点出发，走走停停两个多小时，在一棵野波罗蜜树下巧遇爱蜜莉和黑狗保罗。爱蜜莉依旧戴着翻边草帽，腰拎帕朗刀，手臂箍着藤环，两手叉腰，凝视地上一串新蹄。黑狗吐着红舌，扇动着柔软的蝶翅耳，四只脚爪像踩在烟霾上，身体若升若降。波罗蜜树鸟声吵杂，几粒苗实青葱的果子垂挂枝桠上，巨大的树影笼罩在九个大人小孩身上。猪贩李大肚向爱蜜莉打了个招呼，林晓婷亲密地喊了声姐姐，带头的中学教师林家焕向爱蜜莉点了点头，想说什么，终究无言，牵着晓婷的手，走过波罗蜜树。爱蜜莉目送一行九人神秘鬼祟地走向一簇矮木丛。一只长尾猴蹲在榴梿树顶梢站哨岗，一手打眼罩，人模人样地鸟瞰四野，它们最近常被鬼子流弹波及，远远看见了鬼子就放出转移阵地的讯号。猴王翘着尾巴站在一根秃枝上遥望热气奔腾的荒地，显得非常忧郁。猴群散布猴王屁股下。

懒鬼焦的无头鸡骑在井栏上"凝视"自己水中的倒影，一群小蜥蜴在一个被野狗叼走的高梨孩子的头骨里舔筋吸髓，遥远的猪芭村里，鬼子根据第二张名单，逮捕了"筹赈祖国难民委员会"二十七位成员，距离第一回逮捕隔了三天。马婆婆削断白马一条腿后，孩子依旧在野地唱着《笼中鸟》，玩完捉鬼游戏，孩子拿着马婆婆的小镰刀到坟场除草，或到野地捞捕螃蟹和昆虫喂鹦鹉。坟场野草被铲除七七八八后，马婆婆坐在矮凳上对散乱阳台的孩子说了几个鬼故事，打开客厅角落一个被铜片和麻索捆绑大小似成人棺木的枣木箱子，露出里头各种中国和西洋玩具：陀螺、毽子、泥叫叫、拨浪鼓、孔明锁、玻璃弹珠、布老虎、傀儡人、万花筒、空气炮、掌中怪、瓶中船、竹水枪、接吻猪、西班牙发条铁皮玩具等，孩子嘴巴张得鹅蛋大，眼珠子几乎掉到地上。这一批中国和西洋玩具，有的在小林二郎的竹竿上看过，但大部分没看过。马婆婆坐在矮凳上大摇大摆吸食鸦片，看着孩子争玩玩具。吸完鸦片后，马婆婆在客厅地板躺成一个大字，闭上双眼，发出像大镰刀飞舞的咻咻鼾声，晚霞的蚤芒蝇光染红了长发，月亮的飞蚁光泽照亮了苍白但平滑的脸颊，下巴的蘑菇赘肉、鼻尖的蛇胆痣和眉头的虾须毛不见了，孩子看见一个年轻的马婆婆的透明皮囊从地板上爬起来，走下阳台的木梯，消失在坟场中，但不到一分钟地板上的马婆婆就伸了个懒腰，盘腿坐在地板上，两颊红得像面具中的天狗嘴脸。孩子玩累后，马婆婆泡一壶雀巢美禄，倒在十多个铁皮和搪瓷杯中。孩子拿起杯子咕噜咕噜地喝着。

"亚伯特是谁？亚伯特是谁？"吃了掺着鸦片膏的白鹦鹉模仿孩子吹奏玩具猪哨，发出一串尖锐的猪啼。

这问题孩子问了一百遍，但马婆婆从不回答。

"婆婆，鸦片好吃吗？"脖子永远挂着九尾狐面具的晓婷说，"下次让我吸一口！"马婆婆用指甲戳了戳九尾狐面具："你这孩子，细皮白肉——"

第二天马婆婆泡了一壶雀巢美禄后，捏着壶钮，揭开顶盖，将一小块煮熟的鸦片浆汁倒入壶内搅拌，提起壶柄斟满十多个杯子，拿起一个铁杯稀哩呼噜一口喝完。

"喝吧！"马婆婆说，"一人一杯，见见世面。"

"喝吧！喝吧！"白鹦鹉说。

孩子狐疑地看着杯子里热气腾腾又香喷喷的美禄。曹大志、高脚强、红毛辉和红孩儿等几个胆大的孩子拿起杯子，咂嘴咂舌地喝着。林晓婷是第一个喝的女孩子，也喝得咂嘴咂舌。其他孩子不再迟疑，呱唧呱唧喝完。喝完一壶意犹未尽，要马婆婆再泡一壶。马婆婆让孩子喝了一个多月掺着鸦片浆汁的美禄，鸦片浆汁分量越拌越多。一九四一年七月，黄昏，加拿大山的猪尾猴群倾巢而出，骚扰完山脚下的农家后，集体在一棵望天树上攀腾飞跃，对着月亮发出尖酸的嘶吼。扁鼻周杂货铺走廊上的盔犀鸟挣脱枷锁，独伫猪芭村华人公墓木碑上，叫声苦涩像斧钺劈柴，引起白鹦鹉激昂的模拟。农民火耨刀耕或是旱象引起的几十股大小野火，像盗寇漫游丛林，草秆树叶的灰烬随西南风四处飘散，有的甚至携带火苗，落入枯瘠的茅草丛，引燃另一股匪火。皲裂的小溪布满鸟兽蹄印和蟒蛇鳞迹，像惹祸生事的猫脸狗面。月亮像一根金黄色的香蕉，夜色越浓，皮就剥裂得越快，露出猪芭长尾猴和猪尾猴垂涎的白肉。海水升涨，淹过了潮间带，猪芭河水位几乎漫过家家户户栈桥。孩子喝完一杯掺着鸦片浆汁的雀巢美禄离开马婆婆高脚屋时，胸前挂着或是脸上戴着妖怪面具，手里拿着马婆婆的玩具，穿越野地走回猪芭村，看见一颗人头像一只夜枭飞越茅草丛，脖子下垂挂一串内脏，像一团凝固的血浆。孩子发出惊叹，引起飞天人头回顾，在空中盘旋一圈后离去，飞向猪芭村，消失在一丛锌铁皮屋顶和椰子树中，猪芭村立即响起狗吠。那天晚上，朱大帝、锺老怪、扁鼻周和小金等大部分猪芭人都目睹了飞天人头第一次降临猪芭村，准备潜入高脚屋吸食人血。那天晚上，没有村人受害，但李大肚一只青壮公猪被咬破喉咙，惨死猪舍中。

　　第二天中午朱大帝将猪芭人召集菜市场波罗蜜树下，由见识过飞天人头的沈瘦子、扁鼻周、小金、锺老怪和红脸关等人站在黄万福牛车上，传授阻杀和破解飞天人头秘诀。野火焚烧后的灰烬被西南风吹向菜市场和十排店铺，菜市场屋檐栖息着一群白鹭鸶，背着妖怪面具的猴子和一群长尾猴蹲在椰子树上，烈日高悬，天穹簇拥着孜孜不倦觅食的隼鹰，波罗蜜树荫凝集一股浓郁的鱼虾和猪肉腥味，好像死去的鱼虾和野猪游魂也汇集树荫下纳凉。天气太热了，也可能猪芭人不把飞天人头当一回事，集会的猪芭人比二十年前屠杀野猪的战前大会少了三分之二，有人建议延后到傍晚，但沈瘦子等人早已模拟好腹稿。孩子来了九成，挂着妖怪面具和玩弄着马婆婆的玩具，比大人兴致高昂。飞天人头，白天附体人类，夜晚附体熟睡后，头颅和内脏剥离身躯，四处飞翔，吸食睡梦中的人畜血液，饱餐一顿后返回附体，被附体者浑然不觉。"飞天人头畏惧镜子和锐器，为防止飞天人头入侵，各位可以在屋内摆设镜子和仙人掌、露兜树等盆栽，屋外竖立削尖的竹子、木桩和碎玻璃，种植凤梨和九重葛等带刺梗的植物，"朱大帝在牛车上口沫横飞、比手画脚，"天黑后，如果要外出，一定要结伴同行，人数越多越好。"

"晚上注意枕边人，少了头颅，必然是飞天人头附体了，"锤老怪拉高了声调，注视着猪芭人被艳阳煎熬得五官扭曲的脸孔，"这时候不能心软，将身体翻转过来，让人头无法归位，魔法尽失后，飞天人头就会丧命，当然，被附体的人也活不了了。要不然，把附体藏起来，飞天人头找不到附体，天一亮，见光即死。"

一个年轻的三轮车夫哧笑了一声，"死的只是一头猪，紧张什么？"

沈瘦子等人蹙紧了眉头。

"小杨，晚上和你老婆恩爱过后，"鳖王秦摩弄着黄牛脊梁，对三轮车夫露出杀蛇取胆时的淫笑。他没见过飞天人头，但对三轮车夫的嘲笑感到不快。"看好你老婆的人头，小心生出一窝小吸血鬼。"

"是啊，但是你也不必太担心，"锤老怪也摩弄着像毛瑟尖头弹的牛角尖，"据说鬼子要来了，猪芭村有一大群女孩排队出嫁呢。你老婆如果有了三长两短，还怕没有女人播种？"

"锤老大，你不结婚，才是猪芭女人的损失，"三轮车夫也不示弱，"听日本婆娘说，你的卵交和毛瑟尖头弹一样硬。"

"这小子不老实，"小金说，"有了老婆还去玩日本婆娘。"

"老锺，"朱大帝说，"他暗示你的卵交和子弹一样小。"

"小又怎么样?"小金说，"日本婆娘还不是被我从床上戳到床下。"

下午四点，朱大帝和锺老怪带着曹大志等孩子，将数百支削尖的竹子和木桩插在茅草丛中，有高有低，有光秃秃的，有丫叉参差的，有荆棘遍布的，有的刚从树头削下，有的挂着长满刺棱的榴梿壳，弄得野地遍布桩丛。朱大帝说，飞天人头飞行高度不会超过二十英尺，若能用竹子尖桩绊住它的肠胃，就会让它进退不得。

"为什么它要拖着肠子走呢?"孩子问。

"没有内脏，"朱大帝阴森森地说，"吸的血储到哪里去?"

木桩竹子插完已五点多，孩子来到马婆婆家时，马婆婆正在用锅子煎炒榴梿花丝和花瓣，拌上虾酱和椰浆，孩子看得食指大动。马婆婆替猪芭人看守和维护公墓，有亲人埋葬坟场的猪芭人，一个月付五分钱管理费给马婆婆，但马婆婆喜欢采食野果野菜，管理费都拿去换了鸦片膏和洋烟。马婆婆炒完一盘榴梿花丝花瓣，又拌着虾酱炒了两大盘野生空心菜和蕨类野菜，端着三个铁盘子放在餐桌上。孩子伸出脏兮兮的肉爪子，像一群野狗扑向铁盘子。孩子看见马婆婆高脚屋窗口早已摆放着仙人掌和露兜树等盆栽，屋外也栽种着凤梨和九重葛，没有刺梗的九重葛老枝缠绕着有芥刺的藤蔓，削尖的竹篱笆更是围得高脚屋密不透风。

马婆婆又泡了一壶掺着鸦片浆汁的雀巢美禄。猪芭人知道马婆婆让孩子喝掺着鸦片浆汁的美禄后，不再让孩子到马婆婆家去，但大部分猪芭人觉得喝那么一点鸦片浆汁上不了瘾，上了瘾也无所谓，他们自己也吸食鸦片。孩子拿起铁杯子咕嘟咕嘟喝着美禄。被大人禁止和马婆婆来往的孩子还是来了，他们看着热气腾腾的美禄，咽着口水。"喝吧，喝吧，"曹大志等人怂恿着，"我们不说出去，谁会知道？"孩子于是拿起杯子喝了。

"飞天人头不是第一次造访猪芭村了，"马婆婆坐在板凳上，捻燃煤油灯的火焰，取出一膏鸦片丸，"晚了，早点回去吧。"

"婆婆，"林晓婷蹲在马婆婆身前，"你看过飞天人头吗？"

马婆婆笑而不答。

"你这孩子，细皮白肉——"

马婆婆拿起竹管将掺着烟草的鸦片丸塞到孔洞里，翻转着竹管烘鸦片丸："回去吧，明天早点来。"

马婆婆突然瞪着一个孩子胸前的妖怪面具。

"孩子，"马婆婆伸出一根弯曲的食指，像鹦鹉钩状的前趾，"让我看看这妖怪。"

孩子把面具递到马婆婆手上。马婆婆仔细看着那颗脖子淌血的女人头颅，眉头紧蹙成孑孓集团，虾须毛飞蚊纠结，鼻窦偾张着像蚊子吸口器的毛发。

马婆婆将面具交还给孩子。"天黑了，回家，回家吧。见到飞天人头，用弹弓打它的后脑。"

月亮高挂，富裕的月色洒在海洋和莽丛上，村犬有一下没一下吠着，伴随着一种像口琴手震音奏法的低鸣，有人说是懒鬼焦的无头鸡"啼叫"。天亮后，叫卖冷饮和糖果的活动摊贩陈永宏的两只花猫横尸自家栈桥上，没了头颅。朱大帝等人和孩子巡视茅草丛，倒插了更多竹子木桩，弄得茅草丛寸步难行。锤老怪研判花猫死亡地点，推论飞天人头可能渡河入侵，督促猪芭人在河岸和栈桥上竖立竹子木桩。入夜后，没见过飞天人头的鳖王秦不信邪，吸完两块鸦片膏，一个人扛着猎枪和削尖的枣木棍子漫步野地。天穹飞翔着蝙蝠，猫头鹰闻声不见影，猪芭河闪烁着猩红鳄眼，莽丛星空连成一体，西南风吹过茅草丛上密布的竹子木桩发出难以解读的警语，遥远的野火啃食着莽丛，空气中弥漫硝烟味和野兽发情的骚味。鳖王秦在竹子木桩的布阵中徘徊，注视着似人头非人头的飞行夜枭，看着满天吸血但不吸人血的蝙蝠，淋了一泡尿，折返猪芭村。他边走边哼着从收音机听到的广东小调，走过通往十排木板店铺的柏油路，回到自己的蛇铺门口。此时晚上九点多，大部分店铺已歇业，数家仍营业的饮食店和杂货店也准备打烊，鳖王秦打开了折叠门的金属挂锁，看见一个穿客家对襟短衫和黑裤的年轻女子从灯火朦胧的杂货店门口走出来，一路走向他的蛇铺。女子披着长发，皮肤雪白，手里拿着一个小铁盆，盆中盛着十多颗鸡蛋。

"大叔，"女子停在鳖王秦面前，微笑着，"这里是'老秦蛇肉店'吗？"

"是啊——"鳖王秦侧身跨入店内，枣木棍子扠在门外。

"打烊了吗？"女子看一眼门楣上的招牌，"我来晚了。"

"我只营业到七点，"蛇王秦说，"明天早点来吧。"

女子从鳖王秦身边走过，走向店铺外的柏油路。

"小妹是猪芭人？没见过。"

女子回头看了一眼鳖王秦。几颗粉刺像砂砾镶在她脸上，脸上的笑容说不出是甜或苦。鳖王秦似曾相识。

"你一个人走夜路要小心，这里晚上不安全。"

猪芭村大部分高脚屋门窗像猪窟插满尖桩削竹，只有鳖王秦店铺例外。鳖王秦妻子早逝，十二岁的独子独睡楼上。鳖王秦关上门扉，点燃煤油灯，无限调高棉绳灯芯，啃了一块牛油妈烘烤的面包，喝了一瓶黑狗啤酒，抽了两根三五牌洋烟，忍不住又吸了一块鸦片。鳖王秦是鸦片瘾最重的猪芭人，一天不吸足三四块鸦片膏，血液就流窜着烂泥巴，滗着一脑袋狗屎，视物如天地颠倒、左右不分。吸完后，四脚八叉倒在躺椅上翻了翻《猪芭民众日报》，呼呼入睡。狗吠逐渐响亮，夹杂着村猫、壁虎、野蛙的叫嚣，间或天外飞来一声懒鬼焦的无头鸡"啼叫"。西北方传来阵阵南海平稳而规律的涛声，久久响起不知道是海豚的逐浪声或是欢笑，是猪芭人的催眠曲。店铺的木板墙隔音效果不佳，夜晚总是传来隔壁餐饮店的夫妻恩爱声，十二声钟响时达到高潮，伴随大型鲸鱼从喷气孔排出蒸气时的靡靡之音或圣诞福音。鳖王秦被钟声敲醒了。煤油灯释出一股黑烟壁直冲上天花板，玻璃罩子上缘熏出满头黑发，灯芯吐出一缕红彤彤的火舌，照亮得屋内油滑晶亮，像釉彩覆盖的陶瓷。盘旋天花板的煤油灯烟丝蜿蜒落下，吐出一缕巨大的披着云豹纹斑的蛇体，蛇头是一个长发蓬松的女子头颅，嘴里吸食着一尾蝮蛇的血液。店内装着毒蛇的铁笼散乱一地，地板上蠕滚着两尾被吸干血液的金环蛇。鳖王秦拿起枣木棍子大喝一声，女子咻的一声钻入墙缝，只剩下煤油灯黑色的烟丝盘旋空中。店外传来淹没猪芭村的涛声和鲸鱼喷气，狗吠逐流。木板墙传来隔壁夫妻的鼾声，精子的野猪渡河，卵子的熟果落地。鳖王秦揉揉眼珠子。煤油灯的火苗闪烁，烟丝如犀，照耀着店内整齐摆设的蛇笼和桌椅、墙上翻边的价目表和镜框中一根蛇骨。他拭了一把额头上的汗珠，躺在躺椅上抽着洋烟。晚上经过店铺外的女子面貌，嗯，眉目清秀，左脸颊有一颗蚂蚁痣，让他想起二十年前逝世的红脸关妻子叶小娥。鳖王秦浑身打了一个哆嗦。

第二天鳖王秦打着呵欠到牛油记咖啡店吃早餐，朱大帝、小金、沈瘦子和锤老怪等人正在店内。牛油妈坐在柜台上看早报。她识的字不多，间或扳着大儿子肩膀，要他讲解报纸上某个汉字。大儿子长得猪头猪脑，但智商不下一般猪芭小孩，随萧先生和邹神父读书，透过《西游记》和《封神榜》认识汉字，也透过《圣经》和主日学认识英文单字。他和弟弟拿着马婆婆的空气炮，在大理石圆桌和荷兰雕花椅之间穿梭激战。牛油妈噘着嘴，含糊破碎地念报。两个二十多岁的伐木工嚼着叉烧包，盯着她胸前的奶渍和"东西奶"。牛油记咖啡店客人和朱大帝等人都不例外地谈论着昨晚发生的一桩意外，疑似飞天人头攻击人类。石油公司一个白人油井探勘工程师傍晚乘船到海上垂钓，一夜未回，天亮时，村人发现他倒卧在码头的吉普车旁，地上散乱着钓具和破裂的啤酒瓶碎片，工程师脖子有一道伤口，紧急送医输血捡回一命。沈瘦子和锤老怪研判，白人爱喝酒但酒量不大，工程师酒醉后跌了一跤，被啤酒瓶碎片划伤脖子，但医院的女护士表示，伤口不规则，有撕裂痕迹。中午过后，警署贴出华洋大字报，呼吁村民夜晚减少外出，睡觉时门窗紧闭，若发现家人睡梦中缺了头颅，或行为怪异、胡言乱语，务必报警。入夜后殖民政府派遣一支穿着迷彩服的二十人海防部队，头戴倾斜右方的贝雷军帽，肩扛卡宾枪巡视猪芭村，大声呵斥往屋外探头探脑的猪芭人。十点过后，亚凤带着曹大志、高脚强和红毛辉夜探马婆婆高脚屋。

那天晚上星空灿烂，猎户座隐晦，北斗七星独揽一方，陨石坠毁大气层时，照亮了茅草丛的尖桩细竹和通往马婆婆高脚屋的夹脊小径。亚凤扛着猎枪，手拿一根削尖的木桩，走在三个孩子后面，不停地抬头观望飞越天穹的大夜鸦。高脚强揭着三尖两刃刀，红毛辉拽着火尖枪，曹大志攥着没有削尖的印茄木金箍棒，三人走惯了野地，脚步快得亚凤差点跟不上。亚凤吸了一丸鸦片，耳目清醒得可以听见夜鸦没有消音殆尽的翅响和看见被星光激活的哑暗羽色。曹大志、高脚强和红毛辉黄昏前喝过了马婆婆掺着鸦片浆汁的美禄，身手矫健得好像神猴、二郎真君和三太子附体。转眼马婆婆高脚屋浮现夜雾中，夜雾笼罩着削尖的竹篱笆和没有屋檐的联络走廊。鹦鹉蹲在栖木上熟睡。

曹大志推开篱笆门，四人来到高脚屋无墙的下层，听见马婆婆从地板缝传来的鼾声。亚凤打了个手势，吩咐曹大志和红毛辉从联络走廊潜入屋内，高脚强守住联络走廊，自己守住前门阳台。曹大志和红毛辉放下金箍棒和火尖枪，手脚并用上了联络走廊。他们早已摸熟马婆婆的高脚屋，闭着眼睛也可以穿过联络走廊通往客厅的大门。蛙鸣和枭啸沉寂了，高脚屋回荡着马婆婆鼾声和上弦木钟的钟摆。曹和红蹑手蹑足走入客厅，停在半掩的卧房门口，看见马婆婆穿着白色对襟短衫和黑裤仰睡木板床上，发尖落入地板缝，虾须毛随着鼾声屈蠕，有几根虾须毛好像挣脱了毛囊孔，在天花板下漫游。两个孩子站在门口看了半分钟，看不出什么异状，又看了半分钟，看不出什么名堂，悄悄退下，回到高脚屋下层。孩子看见马婆婆屋内屋外布满仙人掌、露兜树、九重葛等盆栽和一排削尖的竹篱笆，不相信马婆婆会是横行猪芭村的飞天人头，但他们各收了朱大帝等人一元赏金，必须监视到清晨三点，于是亚凤和高脚强守住阳台，曹大志和红毛辉守住联络走廊。高脚屋下层叠着十多丛齐额的井字柴垛，踢散着直立或卧倒的板凳，星布栽种着九重葛的大瓷瓮，盐木柱子挂着畚箕、藤篓、钉耙和大小镰刀，晾衣绳悬着马婆婆的白色对襟短衫和黑色长裤，九重葛簇拥着竹篱笆，竹篱笆隙缝簇拥着荧亮的星空和磷火点点的坟丛。亚凤和孩子坐在板凳上或背靠盐木柱子蹲着，四根削尖或没有削尖的木桩倚在肩膀上，八只眼睛紧盯着高脚屋的前后门。曹大志记得傍晚喝完美禄离开时，阳台上摆着五个铁皮桶，现在又多了两个，他压低声音对红毛辉说，可惜来得太晚，没有看见马婆婆驱使游灵搬运铁皮桶。铁皮桶锈迹和油漆斑驳，不知道生产了多少年，根据小林二郎说法，如果超过一百年，可以自行吸收灵力和怨气，长出五官四肢，自由行动，红毛辉说。村子里大人用的帕朗刀，超过百年的少说几百支，没听说它们长出手脚脸蛋，自己砍柴杀猪，曹大志说。帕朗刀成妖后，沾了血，自己会吸干，缺了刃口，自己会长出来，看见人类看不见的妖蟒猴怪，自己就会砍杀，红毛辉说。胡说八道，曹大志说。

上弦木钟当当当敲了十一下。四人默数钟声，彼此看了一眼，眼神流露出"时间过得真慢"的共同语言。时间一分一秒消逝，不久又当地传来一声钟响，十一点半了。一阵猛烈的西南风吹过高脚屋时，没有拴紧的篱笆门忽开忽合，生锈的轴窝发出野猪磨树的蹭痒声，蹭了许久，风静止了，一只夜鸦停在靠近柴垛的九重葛老枝上，高竖着蓬松的耳簇羽，聆听柴垛里的窜鼠。壁虎穿过地板和墙壁隙缝，穿梭屋内屋外，为抢食蚊蚋而踩空了吸盘，噗地落在孩子背上和头发上。一只花猫穿过篱笆门口，正要进入高脚屋下层，看见亚凤等人后，弓身炸毛消失黑暗中。竹篱外的星空越来越荧亮，流星雨像脚踏车辐丝回旋天边。当——当——当——钟声十二响时，一颗长发蓬松的飞天人头盘旋竹篱外，脖子下内脏簇拥，忽聚忽散，像一群倒挂蝙蝠。前门嘎嘣一声打开了，马婆婆抢着大镰刀走出阳台，飞越竹篱，大镰刀化成千丝万缕的钢丝刃片，像浑天仪绕着飞天人头旋转，将人头困在钢丝刃片中，削断了飞天人头长发和内脏。马婆婆随手拔起竹篱中一根削尖的竹竿，插入飞天人头囟门，人头好像发出一声哀呼，不动了。马婆婆高揭插着飞天人头的竹竿，在坟丛上空盘旋一圈，飞越竹篱，回到高脚屋。鹦鹉发出咯咯咯的叹息。

三

"马婆婆的家到了。"林晓婷踮着脚，抬起下巴，蹙着汗水泛滥的草绿色眉毛，遥指被竹篱和九重葛围绕的高脚屋。

夕晖染红了莽林突出层孤立着的几棵望天树，让它羞涩地凝视着比自己矮了一截的树冠层。夕晖也染红了马婆婆的锌铁皮屋顶，一群燕子从檐椽的巢穴中飞上飞下、飞进飞出，没有一刻停止过。门前廊檐下阴干着十多尾马婆婆自己腌制的咸鱼干和蜥蜴干，空气中弥漫腐肉的味道。竹篱有一部分被野火焚烧过，烧出竹篱几个狗头窟窿。马婆婆的高脚屋像突出层孤立的望天树，孤立在野地和茅草丛中，四周人迹稀少，只有密布的墓碑、卑微觅食的野猪和鹰扬天穹的猛禽。猪芭中学教师林家焕带着大女儿林晓婷和小儿子林立武、猪贩李大肚带着三个不满十岁的儿女、三轮车夫周春树带着六岁儿子越过一条槁溪走向高脚屋时，马婆婆已伫立阳台等着他们。林晓婷第一个推开篱笆门，登上阳台，牵着马婆婆的手，像小主人向阳台下的父亲等人招手。

"你这孩子，细皮白肉——"鹦鹉怪声怪气说。

众人走上阳台，进了客厅。

"马婆婆，麻烦你了。"三十多岁的林家焕摘下黑框眼镜，抹了一把额头上的汗水。他走得匆忙，只背了一个塞满衣服的包袱。他把六个孩子叫到跟前。

"孩子们听好，我再说一遍，你们暂时住在马婆婆家里，我们到林子里找朱大帝和锺老头等人，安置好了，再接你们过去。"

"日本人如果来了，"李大肚严厉地凝视着二儿一女，"听马婆婆的话！"

"听马婆婆的话！"周春树拍了一下儿子浸泡着汗水的小头颅。

"听马婆婆的话！"鹦鹉说。

孩子流露出委屈和恐惧，木头人一样听着大人训诫，只有林晓婷拉着弟弟林立武，去翻角落木箱子里的玩具。

"爸爸,"李大肚六岁的小女儿牵着父亲的手,"什么时候来接我们?"

"我跟你一起走吧。"周春树儿子的眼眶浸泡着泪花。

"天色晚了,森林里没有地方过夜,而且听说鬼子已经入林找我们了,"林家焕说,"这里离猪芭村远,鬼子较少来。明天一早来接你们。"

三个大人走下阳台,撑开篱笆门,消失在苍茫暮色中。上弦木钟当了一声,六点半了,燕子依旧在檐梁下盘旋,形成一个毳毛和唾液组成的黏稠漩涡。夕晖染红了窗棂,也染红了鹦鹉因为错位咬合而长得十分畸形的上喙。马婆婆从厨房端出三盘拌着虾酱和椰浆的野菜、两大盘水煮猪肉和红烧蹄髈、一盘蛇肉和一大锅热腾腾的白饭。孩子折腾了一下午,又饿又渴,不等马婆婆招呼,自己坐上餐桌,各自拿了一个铁盘子开始盛饭。吃饭时,平常多话的孩子变得很沉默,连林晓婷也闷不吭声。林立武边吃边啜泣,惹得其他孩子跟着落泪。马婆婆又泡了一壶没有掺鸦片浆汁的雀巢美禄,替孩子各倒了一杯。六个孩子中,林晓婷年纪最大,她摆出一副老大姐模样帮孩子分肉夹菜,问马婆婆猪肉和蛇肉来历。林家焕等人昨天夜访马婆婆后,马婆婆天未破晓就背着竹篓,拽着大镰刀巡视莽丛,想替六个吃惯肉食的孩子找点野味。茅草丛散乱着鬼子威吓式轰炸留下的凹洞,野草迅速滋蔓,形成难以察觉的草坑和天然陷阱,一不小心就踩了个空。马婆婆用大镰刀刀尖啄探野地,剖开草丛,露水濡湿了她的短衫和长裤,白发沾染着草秆和蜘蛛网,木屐两次踩在新鲜的猪屎上。她追踪着若有若无的蹄印,随手摘下野菜扔向竹篓。凭力气和大镰刀，她只有力气猎杀斑纹未褪的小野猪。一簇矮木丛下，两只腹背密合的豪猪振动着黑白环纹的棘刺发出不知道是厮杀还是颠鸾倒凤的巨大声响，四野弥漫辛辣冲鼻的尿骚味。马婆婆越过矮木丛，心里有不祥的预感。朱大帝常在野地撒盐巴，吸引豪猪光临。大帝猎杀豪猪后开肠剖腹，搜集昂贵的豪猪枣。这两只豪猪让朱大帝见到，做鬼也风流。天边长出枝桠参差的树曦，大镰刀刀刃沾着草屑树汁，光芒黯淡许多。

"婆婆——"马婆婆听见身后有人呼叫。

爱蜜莉戴着翻边草帽，帽子上像鬼子钢盔插着棕榈叶，拿着出鞘的大帕朗刀。她的身后凝聚一团黑色雾霭，看不见走路不沾地的黑狗。

"一大早，采野菜。"爱蜜莉的帕朗刀刀刃也沾着草屑树汁，绿荫色的草屑闪烁着月光，琥珀色的树汁流淌着晨曦。

"野菜吃腻了，"马婆婆迟疑着，"想吃点荤的。"

"给孩子加菜?"晨曦染红了爱蜜莉美丽的五官。

马婆婆返回高脚屋时，在楼下的柴垛里找到一尾熟睡的腕粗蟒蛇，挥动大镰刀，砸烂了头。中午爱蜜莉骑自行车送来一头开肠剖腹的长须猪。马婆婆看着孩子吃完晚餐，看着他们无精打采玩了一下玩具。吸完一膏鸦片后，马婆婆在客厅地板铺上几块草席，督促孩子早睡。孩子们累了，躺下就鼾声大作。马婆婆坐在阳台的矮凳上，吸了十多支洋烟，上弦木钟敲了十二响才开始入睡，第二天四点多坐在阳台上等待破晓。

"亚伯特——亚伯特——"

　　鹦鹉虹膜萎缩，脚抓磨爪棒，发出刺耳的尖啸。马婆婆下了台阶绕着高脚屋走一圈，又回到阳台，凝视竹篱外黑茫茫的野地和猪芭村。猪芭村离这里太远了，即使大白天也看不到那一丛高低起伏的锌铁皮屋顶和几百棵椰子树。上弦木钟敲了五下后，她赤脚穿过客厅和联络走廊到厨房煮了一锅稀饭，又将昨天没吃完的猪肉蒸熟，回到阳台时，天边已染上琥珀色的晨曦，逐渐转变成朱槿花瓣的红色，似鹦鹉的大覆羽云彩笼罩着野地的凹凸岖崎，让野地突然变得渺小。野鸟吵杂，鹰群朝同一个方向飞去，寻找猪芭村垂手可得的猎物。猪芭村太遥远了，她从来没听过猪芭村的狗吠鸡鸣，但鬼子登陆后，从白天到黑夜也可以听见畸零的枪声、炮声、飞机引擎声，烟硝味更是伴随着野地的腐败味漫入高脚屋的隔热层久久不散。一只苍鹰从猪芭村打道回府了，爪子上勾着一只不会屈蠕的有羽毛的大物，隐约可以看见它失去生气的头颅和尾巴。更多的隼鹰朝猪芭村飞去，好像赶一场嘉年华会。钟声六响了，孩子睡得早起得也早，吃完稀饭拌猪肉后，马婆婆把孩子的活动范围限制在客厅内，连大小便也只能利用卧房里的铁皮夜壶。孩子出奇听话，说话也细声细气。马婆婆蹲在客厅地板上，把六个孩子叫到跟前，透露了鬼子入屋盘查时孩子的藏匿地点。

　　钟声七响，回到阳台，天已大白，马婆婆遥望野地，心里充塞着豪猪交媾棘刺嘶嘶摩擦的偾张尖锐的不祥感。她感到后颈传来阵阵刺痛，伸手摸了一把，摸到一个拳头大的热燥松垂的赘瘤。她走到阳台其中一个铁皮桶前，揪开白发，歪着脖子，斜着双眼，就着水中倒影检视。赘瘤恰好长在脖子后方，摸起来有如一个小生命，像刚出壳没长毛的粉红色大番鹊雏鸟，柔软的小爪子不停地搔着她的脖子筋脉，让她又刺又痒。她回到卧房，拿了一面镜子细看。她很确定，昨天早上出门寻找肉食之前，她用木梳子整理了一遍头发，梳齿耙过后颈时，这颗肉瘤并不存在。它可能偷偷地长了一个白天，一个夜晚。她看了一阵，打了一个冷战，流出少量的泪水和鼻水，躺在床上吸了一块鸦片，减去肉瘤的刺痒。白发彻底掩没了肉瘤，一旦刺痒消失，完全感觉不到赘瘤的存在。她走回阳台，继续坐在矮凳上看着莽丛。

阳台晨光熹微，铁皮桶里水波潋滟，一尾母孔雀鱼跃出铁桶，在阳台地板上挣扎，肚子里金黄色的蛋卵吸引了成千上万的蚂蚁。飞向猪芭村的苍鹰变少了，从猪芭村飞回莽林的苍鹰多了起来，爪子里拎着沉重的食物。马婆婆年纪虽大，眼力依旧犀利，全身又打了个寒战，流出更多泪水和鼻水，脖子后的赘瘤刺痒。她回到卧房，又吸了一膏鸦片，吸完透过镜子看见肉瘤好像变了一个模样，像一个染了虫害、长满褐色疮痂状病斑的番石榴，触感有如一粒剥了皮的白煮蛋。她回到阳台，看见一群猪芭人领着黄万福黄牛牵拉的牛车，朝墓场走来。一只苍鹰反常地从他们头上低空掠过，一双爪子像两支秤杆，不停地调整猎物的擒拿角度，好像爪子划了刻度标卡。一个打赤膊穿短裤的年轻猪芭人抬头看了一眼天穹，捡起一块石头扔向苍鹰。石头掠过鹰爪下的猎物，落在一个刻满墓志铭的石碑上。更多猪芭人停下脚步，随手捡起石头或枯木扔向越飞越远的苍鹰，嘴里发出恶毒的咒骂。马婆婆脖子后的赘瘤又刺痒了。

十多个猪芭人中，大部分是上了年纪的老人家，只有几个年轻的伐木工。他们扛着铲子和锄头，双手淌着鲜血，停止了对苍鹰的攻击后，脚步凝重、面容哀戚地随着牛车走入墓场。黄牛面貌皎洁，但牛轭、辕杆、护栏被猪芭人牵拉过，沾满了血手印。牛车上足交股叠、拥抱扑卧着十一具无头男尸，一条藕断丝连的血迹从猪芭村菜市场一路淌过野地蔓延到坟场。他们放下铲子锄头，卸下十一具尸体，两个年轻伐木工和两位老人家赶着牛车返回猪芭村载运第二批尸体。两个打赤膊的男子想掘一个大坑，引起大多数人的反对和争论，但争论很快结束，各自分散，开始挥动锄铲，挖掘十一个窀穸。两只爪子没有猎物的苍鹰和一只史丹姆黑鹳盘旋在他们上空，越旋越低，低到可以清楚看见覆盖腿部的羽毛在西南风中翻搅。

四

破晓不久，所有猪芭人被召集到菜市场前广场上。沈瘦子杂货店一个重听的老伙计没有听见哨音，一个人留在栈桥上垂钓，被鬼子自行车部队用刺刀在胸膛上戳了十多个窟窿，割下头颅高挂猪芭桥头竹桩上，尸体被踹入猪芭河。猪芭人像潮水涌向广场，看到醒民、启民兄弟和黄万福、高梨全家被处决时许多相似的情景：两批根据"筹赈祖国难民委员会"逮捕的二十七个猪芭人，男女老弱，摩肩接踵地跪在广场上，面对参谋长吉野真木、宪兵队曹长山崎显吉、两个翻译官、两条狼狗、十个配着南部十三式手枪的宪兵队员和十个拿着九六式轻机枪的一等兵机枪手。和前两次不一样的是，吉野真木身边摆了一张木椅，坐着一身戎装的婆罗洲第二任守备军司令官山胁正隆中将，不知道是天气太热或菜市场四周充满腐败味道，他大部分时间都在闭目养神。经历过黄万福和高梨事件后，吉野真木生了一场闷气，这一次不敢大意，派遣三十个手握九六式轻机枪的机枪手驻扎广场四周，四个十人组成的自行车部队巡视猪芭村。山崎显吉紧握马皮包扎的檀木刀鞘，频频环视身后的猪芭人，确定再也看不到任何熟面孔后，才把视线移向眼前待处决的囚犯。这两次行动，虽然逮捕了长青板厂老板林万青、猪芭中学和小学董事长陈家箆、猪芭日报创办人刘仲英、洋货批发商张金火和南国酿酒厂负责人王朝阳等叛军要角，但也让朱大帝、锺老怪、沈瘦子、小金、扁鼻周、鳖王秦、懒鬼焦和关亚凤等麻烦人物逃之夭夭，只逮到他们的婆娘和小孩。数天前的黄万福和高梨事件，显然就是朱大帝这一票狐群狗党的杰作。他看着双脚被扣上铐镣、两手以"苏秦背剑"式捆绑着的林万青、陈家箆、刘仲英、张金火和王朝阳，从鼻孔里嗯哼一声，嘴角发出一串自己才听得见的冷笑，像豺狼的月夜旷嗥。这五个人，不是养尊处优的商人，就是八百孤寒的文弱书生，但脖子硬得像一根炮管，不管动用什么酷刑，折磨得死去活来，屁也不放一个，沉默得像一坨牛屎，只会发出嗡嗡嘤嘤的苍蝇呻吟。他突然想起了什么，壮大了月夜旷嗥的豺狼意志，于是严紧地蹙着丰盛的眉毛，斩断几瓣多余的忧虑，五官挺拔的脸庞绽放出一种压弯枝条的大东亚荣景。

　　波罗蜜树干依旧栖息着倒挂的蝙蝠和白鹭鸶，背着女妖面具的长尾猴翘着屁股在菜市场的锌铁皮屋顶徘徊。猪芭村大部分的公鸡被鬼子宰杀了，鸡啼绝迹后，鹰啸肆无忌惮。野地醒脑提神的狩猎枪声不再响起，猪嚎回旋在鬼子横行的盗寇渊薮中。野火继续滋蔓莽林和野地，黑色的雾霾飘过猪芭村，雾霾投下的黑影像炸弹爆破时的冲击波和热辐射，落在黄泥路上穿梭在沙尘滚滚的鬼子自行车部队身上，阴干了战斗服、战斗帽、遮阳布、绑腿和油腻阴郁的鬼子脸。一只没有獠牙的长须猪猪头飘浮在黄泥路上，沙尘淹没了四肢和躯体，像一头洇水渡河的猪。冲出沙尘旋涡后，长须猪露出腹下六双纵向排列的乳头。它慢条斯理漫步，毫不畏惧或惊慌，走走停停，四处嗅望，登上木板店铺走廊，走向一家杂货店，像一个腰缠万贯的金主睨了一遍店面，突然冲翻一座摆着树脂、猴胆石、树胶和烟草的货架，撞倒五个盛着咸鱼、咸菜、咸蛋和鱼干的陶瓷，咬破十多个装着马铃薯、胡椒、树薯、硕莪、玉米的麻袋，张开圆盘状软骨的巨大鼻吻，扇动着角质小尾巴，像有人和它抢夺似的，发出呴呴嗄嗄的攫食声。烟沙扑进了木板店铺走廊，走廊和店铺空荡荡，猫狗绝迹，燕子孤独地在檐梁上筑巢，老鼠在兜着糖果饼干的玻璃瓶和铁桶上磨牙。

一个消瘦的老头穿越人群，停在人群外围，焦虑地看着野猪蹂躏杂货店。机枪手瞪了他一眼，他打了一个哆嗦。老头张开嘴巴，视线越过机枪手臂章上的军衔，右手慢慢举起，指了一下杂货店。机枪手的眼睛瞪得更大，老头吓得把手缩了回去。机枪手朝老头手指的方向看过去，了解了他的意思，但依旧面无表情瞪着老头。一个少年人走到鬼子身前，行了一个标准的鞠躬大礼，嘴里叽哩咕噜吐出几句佶屈聱牙的鬼子话。日军占领猪芭村后，重启猪芭华人开办的"华侨学校"教授日文，猪芭年轻人和小孩都说得上几句滑稽古怪的鬼子话，说得好的年轻人，还可以穿上鬼子的黄色军装，戴上和鬼子不一样的蓝色军帽，协助宪兵队维持猪芭村秩序。那个少年人吞吞吐吐地说着鬼子话，边说边抬头看一下机枪手。机枪手五官紧绷，像一只冠羽倒竖撑大身体威吓敌人的鹦鹉。少年人花了苍鹰盘旋天穹两圈的时间，终于让机枪手紧蹙的眉头松缓下来，看了一眼老头和杂货店。他们站在人群外围，不太了解人肉圈子里发生的事情。机枪手走向另一个机枪手，不知道说了什么，另一个机枪手犹豫一下，说了不知道什么。机枪手走回少年人身边，点点头，少年人对老头交代了几句，两个人毕恭毕敬地对机枪手鞠躬，走向杂货店。背着妖怪面具的猴子下了椰子树，穿过沙尘滚滚的黄泥路，蹲在店铺走廊的板凳上看着少年人和老头。猴子背着的面具经过日晒雨淋，上面的彩绘已经彻底褪去，只剩下二小一大窟窿，沾满烟垢油渍，看起来不像面具。

少年人小声说："你知道那是谁的母猪？"

老头摇摇头。

"懒鬼焦叔叔的。"少年人低头看着自己的脚趾。每经过一个鬼子身边，他就和老头停下，完整而严肃地行鞠躬大礼。鬼子曾经对猪芭人开课，教导他们面对不同官衔的鬼子时应该如何敬礼，猪芭人记不得那么多，以为越卑微恭敬越好，但卑微恭敬过了头，被鬼子解读为草率和不够认真，轻则赏一巴掌，打得猪芭人眼冒金星；重则切下人头，挂上猪芭桥头示众。"焦叔叔的鸡鸭早被鬼子宰光了，这头母猪听说是爱蜜莉送给懒鬼焦的，鬼子舍不得宰，要等它生下小猪后再杀，伤了它就不得了。"

老头走上走廊，站在母猪身后。母猪整颗头颅伸入了陶瓮，啃食里头的鱼干。杂货店存货腼腆，大部分已被母猪啃食殆尽或被蹄子践踏过，只剩下架子上铁桶里的饼干、玻璃瓶里的糖果和水果罐头。老头看着母猪肥大的肚子和臀部，拿下挂在墙上的杆秤，用杆尾敲了两下猪屁股。母猪已啃完陶瓮里的鱼干，退了两步，抬头看着老头和少年。它从小被懒鬼焦饲大，不怕人类，嘎嘎叫了两声，低头去啃地板上残存的咸菜梗。老头看见地板还有不少没有被践踏的马铃薯、玉米、树薯和树脂，又用杆尾重敲了三下猪屁股。猪没有反应，扇着小尾巴继续享用美食。老头掐着系绳，用杆尾敲了三下秤盘，发出两片铜钹相击的沉闷声音。老头越敲越快，越敲越响，一个机枪手快步穿过走廊，用枪柄重击老头太阳穴。老头哼了一声倒在地板上，充满怨恨地看了机枪手一眼。机枪手用军靴踹了几下老头胸膛，挺起九六式机枪上的刺刀，朝老头肚子戳下去。老头一声不吭，像一片咸鱼干躺在地板上。少年弯腰鞠躬，叽哩咕噜吐出鬼子话。

沙尘和烟霾像洪水淹没了猪芭村。自行车部队经过店铺前，战斗帽和永远朝天竖立的九六式步枪枪管飘浮在沙尘烟霾中，队员脸蛋布满沙尘，帽檐两侧滴着两股沙柱，活像一群从地底窜出的怪物。跪在猪芭菜市场广场上的二十二个男人，戴上脚镣的，用跪爬的方式，没有戴上脚镣的，用步行的方式，在宪兵队吆喝下，两人一组，跪在吉野真木和山崎显吉身前。两个手臂缠着绣上两个大红字"宪兵"的白袖箍的矮小宪兵队员，趿着土黄色的长筒军靴走到两个跪着的猪芭人身边，举起手里的九五式军刀，霍的一声，朝他们的脖子砍去。一粒米大的鲜血沾染了其中一个宪兵翻领上天皇的菊花徽章，宪兵举起白手套，轻轻地拭去了那滴血。

二十二个猪芭男人头颅像小山堆积广场上。剩下的五个女人，其中三个怀着身孕，不是跪着就是瘫倒，发出鬼魅似的低泣和刺耳的哭号。

坐在木椅上的司令官两眼依旧闭着。

吉野真木朝翻译员吼了几句鬼子话。

"皇军大人想知道，"翻译员走到三个怀孕的女人身边，"你们肚子里怀的是男生还是女生？"

五个女人发出鬼魅似的低泣和刺耳的哭号。

翻译员又问了一次，看着吉野真木。吉野真木点点头。翻译员迅速退下。

队伍里冲出两个宪兵队员，看准其中一个怀孕的女子，一人抓住一只脚腕，将她像一块木头拽出来。

执行斩首的宪兵举起滴着鲜血的军刀，剖开了女子肚子。

店铺前的机枪手对少年叱喝了两句，少年又是一个鞠躬，几乎是弯腰驼背穿过风沙回到人群。少年人踮起脚尖，透过一颗颗人头、鬼子的战斗帽、遮阳帽和永远朝天的九六式轻机枪枪管，看见两支军刀刀刃举起又落下，人肉圈子里传出女人凄厉的哭声。猪芭人有的闭目沉思，有的眼含泪花，有的低声啜泣，有的满脸悲愤仰望天穹。苍鹰雄踞一方，切割出很多天穹的冷漠面貌。苍鹰的大小高低，也扩张了大地和天穹的隔阂。苍鹰俯冲而下擒拿猎物时，好像把天地的距离萎缩到一棵椰子树的高度。苍鹰高旋天穹时，天穹好像退却到一万光年外。少年人将视线移回店铺前。一只龇着獠牙的黑色雄猪漫步黄泥路上，嗅着母猪留下的每一个蹄印，轻巧地蹬上店铺的木板走廊。它的一双獠牙蔓到了脖子后，歪七扭八，呈螺旋状；耳窝里的针毛遮住了一双大耳，背上的鬃毛淹没了尾巴，吻鼻下的须毛垂到一双黑蹄上。它张开大嘴嚼食剩下的两块树薯，伸出舌头舔着地板上老头的血液，一路舔到老头的尸体上。它抬起头，毫不犹豫地开始了凶猛囫囵的刨食。已经饱餐一顿的母猪看见雄猪后，嗅着雄猪，摩擦雄猪，发出春情泛滥的低鸣，排了一泡热尿。雄猪刨食干净后，肚子鼓得像皮球。它抽出半颗血淋淋的头颅，嗅了嗅母猪，用力地拱撞着母猪屁股，口吐白沫，发出嗯嗯哼哼的讨好声，突然高举两只前蹄，上半身跨骑母猪身上……

那天早上有二十二个猪芭男人，包括长青板厂老板林万青、猪芭中学和小学董事长陈家箎、猪芭日报创办人刘仲英、洋货批发商张金火和南国酿酒厂负责人王朝阳等"筹赈祖国难民委员会"发起人，在菜市场前广场上被鬼子斩首，头颅被挂在猪芭桥头六根立竿上。五个女人，包括各怀着九月、八月和五月身孕的牛油妈、周巧巧、黄惠晴，被剖开肚子后斩首，头颅也挂在猪芭桥头六根立竿上。鬼子让尸体在广场上曝晒一个早上后，才让猪芭人用牛车将尸体运走。各种肉食性猛禽，其中大部分是鹰隼，趁着猪芭人处理尸体前，啄食和叼走了死者的眼珠子、内脏和牵着脐带的胎儿。

五、

猪芭人埋葬完二十七具尸体，下午两点多，牛车刚离开坟场，山崎显吉已经来到马婆婆的高脚屋。山崎瞄了一眼坟场，踹开马婆婆的篱笆门，身后跟着一个翻译员和五个宪兵队员，跋着沾满尘土和刮痕的长筒军靴，蹬上木梯，站在阳台上。阳台靠窗的屋檐阴影下横摆着三个齐胸容积五十加仑水量的铁皮桶，水面不停地绽放着小酒窝，西南风吹过时，泛起了不一样的鱼鳞纹或斑马纹。两块从废弃的菜寮拆下的木板横跨铁皮桶上，上面摆着三个牛奶罐，栽种着三株九重葛。水面散布着几片九重葛叶子，被孔雀鱼追逐啃咬。白鹦鹉蹲在栖架上磨爪子。

马婆婆坐在门口的矮凳上，左手捏着洋烟，右手伸到颈后摩挲越来越刺痒的赘瘤。她照了七次镜子，赘瘤形状大小不变，但颜色越来越深沉，从大番鹊雏鸟的粉红色到猴子屁股胼胝的深红色，而且潜伏着几颗像虾蟆复眼的巨大黑斑。她已经吸光仅存的五粒鸦片膏，自从沈瘦子和扁鼻周带着鸦片和军火逃入莽林，猪芭村再也买不到鸦片膏了。晨光初绽后，她就坐在阳台上注视着野地通向猪芭村的夹脊小径，看着猪芭人用牛车运送无头尸具，贪婪的苍鹰从猪芭村一路追随到坟场，想瞅个空隙再叼几块肉。她突然从竹篱笆隙缝看见一只豪猪正在低头啃咬一根猪骨，发出哧哧的细琐而刺耳的声音。她想起昨天早上离开爱蜜莉返家途中，那只交配完后体型娇小的母豪猪在她身后骚窜了一大段路，如果不是爱蜜莉答应送她一头长须猪，她一定会攥着大镰刀宰了那只母豪猪，炖一锅豪猪肉让孩子尝鲜。马婆婆猜想母豪猪大概在寻找第二只公豪猪。发情的母豪猪性欲高涨，一只公豪猪浇不熄欲火。她回到高脚屋后，母豪猪散发出来的浓郁的公豪猪尿骚味才逐渐散去。现在她又嗅到那股公豪猪尿骚味从篱笆缝隙外的母豪猪身上传来，脖子后的赘瘤又刺又痒，好像里头残留着一支搽上尿液有倒勾的豪猪棘刺。

山崎等人出现在遥远的莽丛时，九六轻机枪上的刺刀光芒锉盲了她的视线。她回到客厅内通知孩子。鬼子站在阳台上时，她想起缺了头颅的小林二郎。

"亚伯特——亚伯特——"

山崎显吉打量着眼前这个瘦小的老妇和这栋遗世独立的高脚屋。马婆婆眉头上几绺几乎和头发一样长的毛发、鼻尖上的蛇胆痣和下巴的蘑菇肉瘤让他感到不自在。听翻译员说，这个长得像一具活尸的老太婆修习过马来黑巫术，可以驱唤鬼魂妖蛮，下蛊毒养小鬼，掠杀过横行猪芭村的吸血飞天人头。他摘下遮阳帽，拭了一把额头上的汗水，抹了一下不再长发飘逸的五分头，戴回遮阳帽。天气太热了，他没有耐心磨下去。

"皇军大人问你，"翻译员说，"亚伯特是谁？"

马婆婆的虾须毛像野地的草秆飘扬在八月的焚风中。她扔掉手中的烟蒂，从黑裤的兜袋掏出一包洋烟，捏出一根烟，叼在嘴上。

"皇军大人问你，"翻译员说，"亚伯特是谁？"

马婆婆从黑裤的兜袋掏出一盒火柴，慢条斯理地点燃洋烟。长期拽着镰刀芟草，她的右手拇食二指患了严重的扳机指，弯曲得像两只螳臂。

"亚伯特——"她吐了一口烟，"算是我的前夫吧。"

"他是哪一国人？"山崎每说一句，翻译员就努力模仿他严厉的口气。

"英国人。"

"现在人在哪里？"

"回英国了，"马婆婆说，"回英国五十年了。他比我大十多岁，我九十多岁了，他应该死了吧。"

山崎上下打量着马婆婆。

"这屋子除了你，还有没有其他人？"翻译员说。

"除了鹦鹉，"马婆婆吐了口不喜肉食、骨质疏松的烟雾，摇摇头，"没有其他人了。"

"鹦鹉是怎么弄来的？"

"亚伯特从国外带来的。"

山崎走到铁皮桶旁，伸长脖子凝视孔雀鱼和水草，瞄了一眼九重葛和白鹦鹉。

"你这孩子，细皮白肉——"

山崎命令翻译员解说鹦鹉的学舌。翻译员对着山崎叽哩咕噜。山崎瞪了马婆婆一眼，走进客厅。上弦木钟当地敲响一声。山崎冷峻地看着木钟。

"皇军大人问，"翻译员说，"这只进口洋钟是那里来的？"

"亚伯特的。"马婆婆说。

山崎走到玩具木箱前，伸出军靴踹了踹箱子，用武士刀刀鞘伸到箱子里搅和。他拿起一个火车头发条铁皮玩具，在眼前晃了晃。

"这箱玩具哪里弄来的？"

"亚伯特的。"

"为什么亚伯特会有这些玩具？"

"他在军队里立了功，"马婆婆说，"上司送他的。"

"谁在玩这些玩具？"

"猪芭村的孩子。"

"听马婆婆的话——"鹦鹉上下摇摆着那颗竖着冠羽的大头，"听马婆婆的话——"

五个宪兵开始前后搜索高脚屋。山崎走到联络走廊上。联络走廊没有屋檐，八个铁皮桶横着几块木板遮挡阳光，木板上面横摆了十多个牛奶罐头盆栽，栽种着九重葛、朱槿、栀子花和猪笼草。地板缝长了几绺牛筋草。山崎摘了一朵栀子花，放到鼻前嗅了嗅。

"皇军大人问你，"翻译员说，"为什么你养的孔雀鱼和本地孔雀鱼长得不一样？"

"前夫从国外带来的鱼种。"

"皇军大人问你，"翻译员说，"养那么多孔雀鱼做什么？"

"我也不想养那么多，"马婆婆说，"它们太会生了。"

"皇军大人问你，"翻译员说，"这种铁桶，猪芭村很少看到。你怎么弄来的？"

"亚伯特弄来的，"马婆婆说，"他是英国军官，要什么有什么。"

宪兵踢翻高脚屋下层的柴垛，用九六式机枪对着竹篱笆内外长得非常蓊郁爬满藤蔓的九重葛扫射了一匣子弹。子弹穿过九重葛，扑向篱笆外的茅草丛和灌木丛，折断一棵野香蕉树，飞行很长一段距离，惊起无数野鸟。两个宪兵在附近茅草丛巡弋一圈，对着茂密的灌木丛打完一匣子弹。一个宪兵爬上隔热层，也对着阴暗燥热的隔热层打完一匣子弹，打得锌铁皮生出十多个透光的洞眼。宪兵甚至对着水井开了两枪。任何可能的藏匿地点，鬼子一律用子弹对付。临走时，宪兵搬走了上弦木钟。

马婆婆坐在矮凳上，看着山崎等人头也不回地朝猪芭村走去。那个带头的身材高大的鬼子，说话咄咄逼人，她的每一个答案，鹦鹉的每一句学舌，都使他的眉毛蹙得更紧、脸色更阴沉、下一个问题更精悍和尖锐。他带着部下走过莽丛时，步伐虽然移向前方，却有一股力量让他的背影逐渐靠向高脚屋，好像一尾逆流中越游越倒退的鱼。鬼子搜索高脚屋时，不知道是赘瘤的刺痒消失了还是紧张得忘了刺痒，鬼子刚走，刺痒密集得像土蜂在脖子后筑巢，伴随着竹篱外漫进来的浓浓的尿骚味。她看了一眼隙缝，那只豪猪没有离开，吭吭哧哧地啃着一片柔软多汁的嫩树皮。那股尿骚味和昨天早上从母豪猪身上传来的尿骚味一个味道，让她想起五十多年前英国负心汉的汗酸味和从她阴阜溢出的精液味道。她已经不太记得亚伯特长相，如果不是鹦鹉，她甚至忘了他的名字。母豪猪啃完了树皮，瞅着篱笆隙缝，收缩棘刺，高速地冲向隙缝钻入篱笆内，开始啃咬两个内圈栽种着朱槿的废弃吉普车轮胎。豪猪喜欢啃食沾着汗液、油漆和油垢的物件，鞋子、衣服、柜橱、木把柄，等等，这头豪猪如果入侵马婆婆高脚屋，整栋高脚屋会被啃得剩下屋顶的锌铁皮。马婆婆突然想起林晓婷等孩子。她盯着鬼子消失的莽丛，从前阳台走过联络走廊，来到厨房通往露井的木梯，边走边环视莽丛，确认没有问题后，回到联络走廊，凝视八个铁皮桶里的水草和孔雀鱼。水面散乱着雄鱼臀鳍变形的交媾器，像出弦的箭雨射向雌鱼生殖孔。马婆婆敲两下铁皮桶，说："孩子，可以出来了。"马婆婆侧耳听了一下，又用力敲两下铁皮桶，说："孩子，可以出来了！"

"婆婆，快点，"林晓婷的声音从铁皮桶传出来，"热死了！"

马婆婆握着提把，将上层盛着孔雀鱼和水草的小型铁皮桶高举过胸，看见蹲在下层大型铁皮桶内的林晓婷眨着一双乌溜溜的大眼，像玩具箱内的弹簧小丑突然站起来，泡着汗水的小头颅撞在小型铁皮桶底盘上。马婆婆把小型铁皮桶放在地板上，两手攮着晓婷腋下，将她整个人从大型铁皮桶内拽出来。马婆婆又搬开五个小型铁皮桶，拽出林立武等五个小孩，将林晓婷和孩子赶到客厅内。铁皮桶由两个开口式大小铁皮桶堆叠而成，上下层铁皮桶各容纳十加仑和一百九十加仑水量，小型铁皮桶簇拥着水草和孔雀鱼，水浊不见底，两个铁桶交接口被马婆婆抹上树脂，撒上一层沙垢和木屑。昨天黄昏孩子看着马婆婆将八个大型铁皮桶从阳台搬运到联络走廊时，终于了解马婆婆驱使幽灵搬运铁皮桶的秘密。下层的铁皮桶底盘虽然戳了十几个洞眼，但八月溽暑，铁皮导热，林晓婷在桶内闷了一个多小时，被汗水呕得难受，闹着要洗澡。六个小型铁皮桶重新堆叠到大型铁皮桶上层后，马婆婆喘吁吁地穿梭屋前屋后，四面八方监视野地，尤其是那条通往猪芭村的夹脊小径。

西南风从窗口和地板缝灌进高脚屋，为孩子带来些许凉意。马婆婆担心孩子好动，命令他们午睡。平常调皮捣蛋的孩子听说黄万福和高梨孩子遭遇后，变得乖巧懂事，只有李大肚两个较小的孩子哭闹着要找父亲，但被林晓婷等大孩子安抚后，都躺在地板上安静地假寐。燕子被鬼子枪声吓走后，慢慢又盘旋檐梁下，重塑一个毳毛和唾液组成的黏稠而垂危的漩涡。白鹦鹉开始学鬼子说话，字字充满邪妄病菌，浇醒了马婆婆赘瘤病的沉睡细胞。马婆婆坐在阳台板凳上抽着洋烟，脖子上的赘瘤像那只冲入家园的豪猪啃啮着她的神经。她轻轻抚摸着柔软燥热的赘瘤，失去透过镜子观察它的兴致。她的视线挪向两粒栽种着朱槿的轮胎，两个轮胎形状完整，看不出太多啃咬痕迹，母豪猪不知去向，但浓浓的尿骚味弥漫高脚屋前后。九重葛被鬼子疯狂扫射后，失去苍翠挺拔的伸展幅度，瘦了不止一圈，露出一个被子弹射破的织布鸟巢穴。被九重葛内外夹峙的竹篱拦腰折断，形成一个凹字型缺口。她估计现在大约三点半，上弦木钟如果还在，就会发出一实一虚的脆响，一个来自木钟，一个来自鹦鹉。遥远的猪芭村天穹传来微弱的枪声。马婆婆拨开虾须毛，看见天穹翱翔着五架颜色不一样的战斗机，像苍鹰在一个狭小的空间盘旋啄咬。太远了，听不见战斗机引擎声，但听得见夹杂在野鸟叫嚣中的枪炮声，感受得到斗鸡的好胜和犟劲。太远了，战斗机从蝇窜变成蚊飞，从兔奔变成龟爬，从劲射变成流淌。如果是平时，马婆婆早已把孩子叫醒。孩子有苍鹰视力，可以清楚分辨联军和日军，最喜欢看战斗机在空中缠斗。一架战斗机尾巴冒出一缕鸡毛烟雾，冲向野地，失去踪影。马婆婆视力没有孩子好，但看得出来三架战斗机开始轮攻另一架战斗机，哒哒哒，哒哒哒，子弹更淫乱密集了，像三只公狗追逐一只发情母狗。

　　"婆婆，"周春树的六岁儿子淌着眼泪，站在马婆婆身后，"我做梦了。"

　　马婆婆拉着他的小手回到客厅："婆婆说过，不可以到阳台来啊。怎么了？"

孩子用小手拭着泪水："我梦见爸爸了。"

马婆婆抚摸着孩子紊乱的头发："好孩子。"

"爸爸会回来吗？"

"会的，"马婆婆说，"快了。"

"我梦见爸爸被日本人抓走了。"

"爸爸在森林里，日本人抓不到，"马婆婆说，"孩子，再睡一下吧。天黑了，也许爸爸就回来了。"

马婆婆回到阳台上。被三架战机轮攻的战机也冒出一股鸡毛烟雾，坠落莽丛。三架战机盘旋一圈，消失在西南方。孩子被周春树儿子吵醒，坐在客厅角落翻玩具箱，传来猴骑车和发条锯木人齿轮滚动的声音。上弦木钟如果还在，四点整的报时应该敲过一阵子了。马婆婆想起野地有一棵野生波罗蜜，被她用麻袋裹套的一粒波罗蜜果已可以摘蒂，可以给孩子解馋，但来回耗时约三十多分钟，她不放心离开高脚屋。年纪最大的林晓婷十一岁，在猪芭村，十一岁可以独当一面，可以一个人划船捕鱼，可以一个人在野地开一垄菜畦，也可以一个人到野地摘野果，但鬼子环伺，马婆婆不放心。

听说可以到野地采波罗蜜，孩子扔下那一箱已经玩得乏味的玩具，跟在拽着大镰刀的马婆婆身后，飞奔出高脚屋，穿过篱笆门，窜进茅草丛。马婆婆不敢走空旷地，只走夹脊小径，或用大镰刀剖开莽丛，二十多分钟后来到波罗蜜树下。波罗蜜是常青乔木，枝大叶阔，板根屈蟠，好像一个长了很多大脚的巨人屈膝下跪。树干结了七八颗波罗蜜，有大有小，除了马婆婆装上袋套的波罗蜜，大部分未熟。绿鸠的果皮，绿芭蕉的阔叶，绿鬣蜥的枝干，将马婆婆等人笼罩在蛇形刁猴的绿荫中。马婆婆用大镰刀割断裹上袋套的波罗蜜蒂芥，波罗蜜咚的一声落在地上，打开袋套，波罗蜜果硕大如藤篓，香气四溢。马婆婆来不及细剥慢切，挥动大镰刀，剖成六截，露出两百多粒裹着囊丝的橙色果肉，孩子伸出十指拗下果肉，迅疾地将一颗颗果肉塞到嘴里。吃完后，马婆婆不敢长留，带着孩子抄原路回到高脚屋。

高脚屋依旧弥漫母豪猪的尿骚味，夹杂着孩子吐出的波罗蜜香气。孩子散聚阴暗的角落，像未熟的波罗蜜簌拥在迂回阴暗的枝干。马婆婆漫步阳台，凝视莽丛。野地更安静了，鹦鹉的磨爪蹭喙、发条玩具的齿轮旋转、燕子的哺觳、木屐声，显得十分喧哗。每次返回高脚屋，马婆婆习惯聆听鹦鹉。出现高脚屋附近的隼鹰、大番鹊或野猫叫声，在擅于学舌的鹦鹉重复模仿下，让它们无所遁形。这一次鹦鹉只发出的的哒哒的怪声，像发条玩具的齿轮旋转，像木屐，像战斗机的枪声，像消失的上弦木钟钟摆，没有任何杂音或陌生的声音，表示他们离开时没有任何事情发生过，但的的哒哒的声音让马婆婆感到诡异。

当——当——当——当——鹦鹉在栖木上来回跳跃。鬼子拿走上弦木钟后，鹦鹉听不见报时声，有点浮躁，模仿钟声叫了五下。

上弦木钟如果还在，这时候应该也敲过五响了。马婆婆走到栖木前，松开了鹦鹉的脚环。

马婆婆在阳台和联络走廊兜了一圈，突然刹住脚步，紧盯着莽丛。她走入客厅，呼叫孩子，直奔联络走廊，卸下小型铁皮桶，将孩子拽入大型铁皮桶。她回到阳台坐在板凳上抽着洋烟时，竹篱外出现了一群鬼子和三个猪芭人。

山崎显吉推开篱笆门，身后跟着下午来过的五个宪兵、翻译官、双手被反绑的猪芭中学教师林家焕、猪贩李大肚、三轮车夫周春树、十个推着自行车的自行车部队队员。山崎和五个宪兵的高筒军靴蹬上木梯时，发出了比之前更巨大的铎铎铎的声响。林家焕等人在阳台下一字排开，身后站着自行车队员。自行车队员穿着草黄色战斗服，戴战斗帽或遮阳帽，肩扛九六式步枪，腰挂水壶和短刀，脖子围一条拭汗的毛巾，系绑腿，一脸胡渣汗渍，五官渺茫。他们的自行车蒙上一层苗实的黄垢，货架捆了一个包囊，车头灯挂了一个战斗钢盔。林家焕鼻嘴淌血，走路半跛；李大肚额头有一个新鲜刀疤，两颗眼珠子泡在血水中；周春树的汗衫布满靴印。

"亚伯特——"鹦鹉翅膀一翕一张，飞到阳台栏杆，又飞回栖木，"你瘦了——"

"皇军大人问，"翻译官说，"这里除了你，还有其他人吗？"

"除了鹦鹉，"马婆婆说，"没有其他人了。"

山崎的高筒军靴狠狠踹在马婆婆脸上。马婆婆四仰八叉摔在地板上，赘瘤痛得像被人一刀剜了下来。她摸了摸后颈，赘瘤还在，火燎的刺痒蔓延整只手臂，好像一手摘下一个簇拥着愤怒蜂群的土蜂窝。

"皇军大人问，"翻译官说，"小孩藏在哪里？"

"除了鹦鹉，没有其他人了。"马婆婆盘腿坐在地板上，抬头刚好看见山崎岖崎的胯下。刚才的重摔，赘瘤瞬间像被数十根搓着尿液有倒钩的豪猪棘刺砸中，她痛得脖子失去感觉，头颅和身体好像分家了。她从地板隙缝看见了那只母豪猪，它正从被鬼子踢翻的柴垛中窜出来，傍着一根盐木柱子啃着畚箕把手。它的棘刺插着枯叶草秆和一朵鲜红的朱槿花，颤抖着的棘刺发出咻咻嘶嘶的摩擦声。孩子从尿壶里散发出来的童子尿骚味和母豪猪的尿骚味充塞着高脚屋。

"叽叽 —— 咕咕 —— 哩哩 ——"鹦鹉发出充满邪妄病菌的啼叫。

山崎拧开马皮枪套，拔出南部十三式手枪，斜着眼对鹦鹉开了一枪。子弹打断了栖木，鹦鹉飞出阳台，停在竹篱笆上，冠羽倒竖，两眼瞪着高脚屋，继续发出充满邪妄病菌的啼叫。山崎对着马婆婆胸部踹了一脚，看着阳台外的猪芭人。三个自行车队员用步枪枪柄重击林家焕等三人脊梁，三人一声不吭地跪倒地上。林家焕鼻嘴淌出的鲜血滴在胸口上，洇染出枝叶花瓣齐全的血色花束。李大肚睁开眼睛，瞟了一眼阳台上的铁皮桶。周春树原来可以挺住，但他看见两人跪下，也顺势跪下。他知道不跪，鬼子势必再来一下。踏过了篱笆门，他的眼神就间或停留在铁皮桶上，间或落在马婆婆身上。马婆婆第二次被击倒后，他的视线更是在马婆婆和铁皮桶之间游移。

山崎顺着李大肚和周春树视线看过去，看见了阳台上三个铁皮桶。铁皮桶盛满浊水，浑不见底，水面簇拥着孔雀鱼和水草。铁皮桶表皮除了锈迹，布满一批污秽物，有的干燥，有的潮湿，有的淌着成分不明的液体。山崎走到铁皮桶前，用手指关节敲了敲铁皮桶上层，又用高筒军靴踢了踢铁皮桶下层，突然朝其中一个铁皮桶下层开了两枪。子弹打开了两个洞眼，水面泛起一阵小小的波纹。山崎看见三个跪着的猪芭男人露出了惊恐的神情。

山崎向宪兵使了个眼色。三个宪兵走到铁皮桶前，攥着握把掀开上层的小型铁皮桶，露出了空洞的大型铁皮桶。小型铁皮桶被翻倒在阳台上，地板缝淅淅沥沥地淌着水滴，地板散乱着水草和大小孔雀鱼。

山崎和宪兵穿过客厅，走到联络走廊上，当山崎举起南部十三式手枪准备向其中一个铁皮桶开枪时，马婆婆发出了一声尖叫。

六

檐梁上筑了三个燕巢，枪声打散了燕巢下毳毛和唾液组成的黏稠漩涡，两只乳燕蹲在巢口，扇了扇未丰的翅羽。锌铁皮屋顶传来几下巨大声响，好像有大型鸟禽落爪，让马婆婆想起孩子用弹弓射击锌铁皮。八个铁皮桶被鬼子踢翻在走廊上，两只鱼狗忙碌地掠食孔雀鱼，巨大的尖喙夹住了雄鱼斑斓的尾巴，刺穿了母鱼肥大的肚子，像鸡啄米啄食小鱼。一个发条鸭子突然开始转动齿轮，脖子伸得很长，像乌龟滑行了一段路，胸脯撞在马婆婆拇指上，卡住了，但齿轮还在转动。山崎捡起一只天狗面具，不屑地看了一眼，随手一扔，面具像长了翅膀在空中转了一圈，落到像玩具坟场的玩具堆中。摆在客厅窗栏的四个盆栽，只剩下一盆没有凤梨果实的凤梨株，孩子不知道从哪里捡到一颗没有剥皮的老椰子，放在像莲座的剑状叶片中，老椰子外壳残破，纤维偾张，浇了一层燕子粪便，看起来颇似满脸愁容的老人头颅。那把传说中杀妖实际只是艾草的大镰刀挂在凤梨株下，把柄好像马婆婆手腕的延伸，它是整栋高脚屋唯一有杀伤力的器物，不知道为什么，鬼子连看也不看一眼。九重葛和露兜树可能挡住了山崎大人视线，被宪兵推倒。透过地板隙缝，马婆婆看见母豪猪正在啃食露兜树长着锐刺的革质叶片。她已经嗅不到母豪猪身上的尿骚味。当她二度被山崎踹倒后试图爬起来时，山崎再度一脚踹在她脸上，踹断了几颗参差不齐的稀烂老牙。有一颗断牙被她吞下去，好像吞到胃里，好像半途被脖子后的赘瘤拦截，彻底消化，赘瘤里的大番鹊幼雏长出了更结实的脚爪。

　　山崎在客厅来回走动，高筒军靴踩在地板上让马婆婆想起像齿轮运转又像战机枪炮的鹦鹉啼叫。山崎压抑着一股随时会爆发的怒火，他和这个屡次说谎的老妇好像有什么不共戴天的仇恨，头脑里酝酿着各种折磨她的方法。他停在马婆婆卧室门口，盯着那一罐装满林晓婷等人童子尿液的铁壶。山崎对着一个宪兵咆哮。宪兵走到马婆婆卧室，端起那罐尿壶走到马婆婆身边，将整罐尿液淋在马婆婆身上。尿壶装着孩子一天尿量，马婆婆准备黄昏时用来灌溉高脚屋四周的花丛矮树。她已经习惯孩子那股冲鼻的尿味，并不觉得污秽，她甚至从尿味中闻到一股芬芳的野波罗蜜香味，夹杂着野菜的清香和猪蹄膀腥甜的荤味。像吞下那颗断牙，她不自觉吞下一口尿液，尿液好像落到胃里，好像流窜到赘瘤。尿液从地板缝流淌到高脚屋下，浇在啃吃露兜树叶片的母豪猪棘刺上，稀释了它身上那股公豪猪的尿骚。她嗅不到豪猪发情的尿骚，只嗅到孩子纯净的童子尿味。赘瘤被她的脖子压在地板上，浸泡在尿液中，渐渐地，刺痒消失了，一种舒畅爽口的感觉从脖子蔓延全身，她再也感觉不到赘瘤的存在，感觉不到血管对罂粟碱和吗啡的饥渴蛭吸。尿液可以消毒杀菌，也可以通脉化淤。在野外被毒液侵袭，浇一泡尿液在伤口上，疼痛和伤势就会减半，更何况是六个孩子的童子尿。她闭上双眼，放松肢体，任由六个孩子的尿液流淌全身，身体滋蔓着既年轻又瘫痪的幸福感。

"亚伯特——亚伯特——"

鹦鹉绕着高脚屋啼叫，啼声不再邪妄。她看见鹦鹉骑在一个白人军官肩膀上，军官穿着白衬衫浅蓝长裤的水手服，脖子披着方型衣领和打了一个黑色领结，后脑绑了一根辫子，头发蓬松，脸上簇拥着胡须鬓髯和两条充满海洋气息的鸥翅眉毛，茂盛的胸毛底下滴滴答答响着规律的心脏钟摆，当她和军官像两个大小型铁皮桶结合时，他雄鱼臀鳍变形的交媾器像上紧齿轮的发条玩具。

"亚伯特——亚伯特——"

鹦鹉继续绕着高脚屋啼叫。马婆婆睁开双眼，看见林晓婷等六个孩子哭哭啼啼地依偎阳台角落，像被剖成六截的波罗蜜果，泪水和恐惧扭曲了他们的五官。林家焕、李大肚和周春树站在面对门口的阳台，他们前面站着山崎，后面站着五个宪兵，宪兵后面浮现自行车队员的战斗帽和枪管永远朝天的步枪。西南风吹袭着云彩，夕晖洒在云彩上，天穹追逐着一批火红的松鼠头和松鼠尾巴，茅草丛镶着的蚤芒蝇光逐渐虚淡，月色的潮腐蕈类和飞蚁光芒开始啃食黑夜的肌理。山崎的高筒军靴在年代久远的阳台木板上撞击出密密麻麻的坑洞，坑洞残留着支离破碎的鱼尸。林家焕等三个大人神情怪异，他们彼此对视，偶尔瞟一眼角落的孩子和在他们身前身后走动的山崎大人。

"皇军大人说，孩子无辜，可以不杀，条件是——"翻译官说。山崎的脚步声和鹦鹉突然充满邪妄病菌的啼叫淹没了翻译官的一段话。从他的口气和表情显示，同样的话已经说了两遍。"——喂，听到了吗？"

两个宪兵拔枪对着孩子脚下开了四枪，子弹射穿木板，噗噗钻入高脚屋下的黑土。年纪较小的孩子躲在林晓婷等大孩子后面，发出凄厉的哭号。自行车队员发出干冷的笑声，说了一串翻译官不需要翻译的鬼子话。

山崎不耐烦地咆哮。

"皇军大人说——"

翻译官话没说完，李大肚畏畏缩缩地说："请——请——大人——说话算话——"

"啰唆！——"翻译官叱喝。

"李老师——老周——"李大肚瞄一眼身旁的伙伴，"为了孩子——"

李家焕和周春树低着头，茫然看着躺在客厅地板上马婆婆浸泡着尿液的骨骼岖崎的身躯。李大肚走走停停，步履犹豫，一步一步靠向马婆婆。

鹦鹉绕着高脚屋翱翔，短暂停留在每个窗口上，在窗栏留下爪磨喙咬的焦虑痕迹。一只大番鹊从竹篱外飞向屋檐，两爪勾住一根檐梁，巨大的黑喙伸向燕巢，叼住一只乳燕脖子，飞向莽丛。

夕晖从窗口照射到天花板，照亮了蜘蛛网构成的蛾类和蝴蝶坟场。归巢的野鸟聒噪，穿插着苍鹰洪亮的呼啸、鹦鹉的啼叫和孩子的哭声。石弹坠落锌铁皮屋顶上，发出叮叮当当的撞击声，好像又有一批不知天高地厚的野孩子用弹弓攻击马婆婆高脚屋。饱餐一顿后的母豪猪窜出了高脚屋下层，快速地窜向竹篱豁口，消失在竹篱外茅草丛中，在九重葛的老枝留下一根有倒钩的棘刺。"亚伯特——亚伯特——"鹦鹉又飞回屋内，停在玩具木箱上，用过长的畸形上喙从玩具木箱叼住一个竹蝉，让竹蝉发出吱吱吱的叫声。马婆婆看见满脸胡渣、头发凌乱、身材肥胖的亚伯特从客厅门口走向她，突然跪倒在她身前，扯下她洒满尿液的黑色长裤，像齿轮紧绷的发条玩具压在她身上。肥胖的亚伯特走了，门口出现一个黝黑高大的亚伯特，像发条玩具塌陷在她浸泡着童子尿液的身上。黝黑高大的亚伯特走了，一个戴着黑框眼镜显得特别斯文的亚伯特跪倒在她胯下。他们没有绑辫子和穿水手服，没有潇洒的胡须和充满海洋气息的鸥翅眉毛，没有厚实和充满弹性的胸毛，但他们都有一个上紧发条的雄鱼臀鳍变形的交媾器。马婆婆嗅到了从母豪猪棘刺传来的雄豪猪尿骚味，嗅到了六十年前从她阴阜溢出混合着睾素酮和膣孔分泌物、污秽的爱情流质味道。阳台上传来一阵枪声，肥胖的、黝黑的和斯文的亚伯特倒卧血泊中，林晓婷被两个自行车队员抬向卧房，一个又一个自行车队员和宪兵先后走入卧房，离开时裤胯下的阳物松软疲乏如马皮腰带。阳台上的五个孩子被赶到客厅内，他们蹲在地板上哭号，五官像被一个惊恐凶丑的妖怪面具腐蚀。高脚屋下层的散乱柴垛被点燃了，大火很快烧向高脚屋地板，西南风助长火势，巨大的火舌开始吞噬高脚屋。孩子冲向门口时，枪声响了。火焰扑向马婆婆的长发和虾须毛，赘瘤、蛇胆痣和蘑菇赘肉先后变成了一颗颗大小火球，阴阜流淌出一个焦黑干瘪的死胎。马婆婆从地上一跃而起，拽着窗户下的大镰刀，怀抱着六个孩子尸体，凌空飞出了高脚屋，越过竹篱，和聒噪不休的白鹦鹉消失莽丛中。

白孩

"猪芭人出卖我们了。"白孩在树窟躲了六夜七天，想起父亲生前最后一句话。

太阳露了一下脸，又回到天穹腹腔里酣睡。天穹有一个非常开朗阔绰的额头，盛着宇宙无边无际的脑浆。二十多个鬼子站在一棵非洲楝树荫下，说着没人听懂的鬼子话，军帽后方脱毛的遮阳布被西南风吹刮着，九五式军刀和九六式轻机枪凶猛地嗅食着地上的黑土和野草。一群巨嘴鸦在天穹绕了一圈，扑向穹窿一面阴暗墙角，消遁了，但它们阴冷的笑声回荡了一个大白天。父亲何仁健和二十几个男人花了半个小时掘了两座大冢，枪声响起时，狗泥蛇浆就柔顺地扑向他们，草草掩埋在其中一个大冢。

从椭圆形的树窟看出去，苍穹像极一颗蓝色巨卵，四周飘扬着绒毛般的云彩，好像孕育着一个外星巨怪。

猪芭小孩攀树本领高强，无须多久，九个小孩迅疾上了树梢。鬼子的南部十三式手枪开始朝树上射击。子弹避开了孩子，集中在孩子栖身的枝桠。十三岁的梁永安爬得最高，目标也最明显，第一个坠到树荫下。永安拥有一只全猪芭村战绩最彪炳的蟋蟀王，打遍猪芭孩子的蟋蟀斗士，至今未尝败绩，这只纯青虫王现在正沉睡在主人口袋中国双喜牌香烟盒中，等待下一场战役。永安蹬上顶梢时，特意看了一眼衬衫口袋中的火柴盒，确认它很安全地躺在口袋里。一个鬼子在树下擎着九六式轻机枪，精准地以刺刀迎接永安。刺刀没入永安左腹，戳穿了肩胛骨。另一个等得不耐烦的鬼子在永安肚脐上补了一刀，尿屎泚到鬼子脸上。纯青蟋蟀王从被剖成一半的双喜香烟盒跃向一簇根荄，不见了。

鬼子兵分两路，一批树外持枪射击，一批树下持刺刀守候。弹弓好手钱宝财第二个坠下，两挺刺刀在他体内绞成了剪刀。英国小孩杜玛斯先被子弹打烂手掌，落地前被九五式军刀的花哨招式刈去了四肢。荷兰七岁小女孩坠下时，一双大眼惊恐地看着白孩。白孩想呼叫她，却突然忘了她的名字，但他永远记得她散发的奶酪香味，祖母绿的眼眸，乳白的皮肤，火焰似的红发，紫色的像葡萄茄子挂在鬼子脸上的肠子。

一个黑得像锅灶的树窟突然映入白孩眼里。

"——弟弟——弟弟——我们跳进去——"白孩对弟弟喊。

弟弟红毛辉蹲在两根权桠上，两手铐着一根卷曲的树枝。红毛辉重感冒，两眼双唇紧闭，眼角和鼻孔挂着一列黑眵和两列青鼻涕。恐惧让他额头皱纹茂盛，像摞着一片湿尿布。

白云又变了一个怪模样，像一群癫皮狗，风一吹就脱毛掉癣。

"——弟弟——弟弟——"白孩指着树窟，"——我们跳进去——"

潜水高手赖正中失手滑落时，两脚踩在弟弟身上。弟弟的一截小肠子挂在鬼子挎腰水壶上，棕红色的肝脏被鬼子踩在军靴下，不知道是弟弟还是什么人的鲜血染红了军刀刀柄上的鲛鱼皮。白孩奋力一跃，跳入有三个米瓮大的树窦。鬼子开始射击孩子手脚，仅存的三个小孩也坠下了。

第二天中午，饥饿像一条鞭子抽打着白孩，婴儿肥的天穹流淌着牛奶和果酱。

鬼子用刺刀和军刀劈杀八个孩子后，注意力转移到十一个女人身上，没有发现少了一个孩子。母亲和七个中年女子哭瘫在大冢前，鬼子用军靴踹着她们僵硬的身体，要她们跳到大冢里，最后无奈地对着她们架起轻机枪。一个鬼子走向茅草丛，壶起肚子，扯下裤头，热气同时也让他松开上衣扣子，用拇食二指环着坚挺得像一根枯枝的小鸡鸡，让它像壶嘴出尿。他尿完走回围绕三个年轻女子的人肉圈子时，猴急得上衣扣子高攀一眼，露出像山羊眼的肚脐眼。鬼子来到南洋三年，被野猪肉蛇肉蜥蜴肉灌溉，手臂变得更柔软更让婆娘窒息了，两眼更是多了浇不熄的寻欢火焰。

白孩十五岁了，和任何早熟的南洋小孩一样懂人事。十七岁的姐姐何芸和另外两个年轻女子蹲在非洲楝树荫下，哭哑了。姐姐留着一头长发，那天早上她的长发随风狂舞，在空中织成呼呼作响的蝙蝠翅膀，远看像一纸风筝。她干瘦得像枯河的躯体也要飘上天去。她和两个女子被鬼子拉入茅草丛时，怯懦的白云几乎

垂到白孩头上。肥胖的天穹吸干大地沃水，一个多月来不肯下一
滴雨。

　　白孩比树窟高了半颗头，踮起脚尖可以看到那棵最高的老椰
子树屁股和更多青嫩椰子树随风摇曳的小屁股，可以看到鬼子茅
草丛中被欲火焗烤的拨浪鼓屁股。白孩在树窟躺了一个下午，半张
脸硌得像树皮。傍晚时分，霞光烙在河面上，把河水染得像一瓢剖
开的西瓜肉。第二天太阳像一片凤梨挂在那儿，他感到口渴。窟底
有一个潴存雨水的凹口，他以手掌窝成勺子舀水，掌心里的孑孓翻
着华丽的跟斗，好像孙大圣要翻出佛祖手掌。他看见窟外一只凤头
犀鸟吞下一尾小蜥蜴后，嗉囊里的食物还在挣扎，已经开始觅下
一个猎物。他的饥饿感更深邃了。但是他不敢爬出树窟，更不敢
下树。

　　第三天，天穹被烤裂了，像树薯冒着白烟。凹口中的雨水逐渐
稀少，屡杂着他撒下的尿液。树窟外，一丛枝桠这几天长出了活泼
好动的叶子，勾起白孩食欲。饥饿已经让他把天看成烟熏火燎的
锅肚，所有能够想象到的食物都被炭红的云彩焖成大锅菜，大地回
荡着食物的欢鸣声。入夜后，他终于爬出树窟，趴在枝丫上啃下一
肚子嫩叶。树下，村子灯火通明，南方派遣军一千多个鬼子战斗员
四处流窜。回到树窟后，天穹像厚重的棉被向他罩下；散发着温度
的星星钻进他怀里，钻入他黝黑飘荡的梦境。父亲和二十多颗男性
头颅像榴梿果从树梢落下，白孩有一种撼天动地的感觉。

　　他吃了五天叶子，喝了五天雨水和尿液，第六天他失眠了，凝
视宛若一座巨大坟茔的星空。他怀念老家深夜的老鼠跳梁，壁虎呼

啸，野猫对唬，狗的打鼾锉牙。

那天晚上他凝望天穹，望酸了两眼，望到天穹软绵绵塌下来，望到第一道曙光像水注溢出来。在卵白的天穹上，两架美国自由者号轰炸机肃静地悠游着，像天神射出的两支银箭。白色的雾气像蛙卵从它们屁股后冒出来，爆破后出现一批蝌蚪云，天穹像一面湖水漾着。巨大的引擎声几乎龟裂了拱形穹顶。一只披挂着黑茸毛的蜜蜂从树窦冒出头来，疾冲到树篷外，被音波声浪震得晕头转向，瞎窜了几圈又回到树窦内。

自由者号轰炸机外形像一只蜻蜓，有两只银灰色且闪烁着光芒的长长的翅膀，旋转中的桨毂和辐射形桨叶像两颗珍珠，飞行在白云蓝天上仿佛透明。炸弹像蟑螂屎或老鼠屎从银箭的腹腔落下。白孩双手捂耳，直到爆炸声完全弭息。轰炸机消失后，十多架美军野马战斗机盘旋天穹下，其中一架滑向白孩栖身的无花果树梢，机体撞击着叶子，驾驶舱内一个黑脸驾驶员对他咧开大嘴笑，露出一排青嫩饱满的白牙，像含着天上的云。白孩看见大肚子的运输机吐出一朵又一朵降落伞，七彩的伞衣幅好像小彩虹，吊挂着伞兵、补给品和吉普车的降落伞缓缓落下。一个伞兵的伞衣幅网住了白孩栖身的大树杈桠，腰挎汤姆逊冲锋枪像天神的伞兵抓着伞绳挂在树窟外。伞兵伸手拍了拍伞兵盔，从胸前口袋拿出折刀，捻一下按钮，啪地弹出簧刀准备割断伞绳时，突然看到了树窟中白孩一双大眼。

伞兵把白孩背到树下时，喂了他两个口粮袋的食物，白孩甚至吃了两颗水果硬糖和一块好时甜巧克力。

"你叫什么名字?"一个留着山羊须的美军问白孩。他手里的钢杯盛着热呼呼的黑咖啡。

白孩在教堂里和邹神父学了三年多英文，他完全听得懂美军的英语。

"我们接获村民线报，日本人一个星期前在这里屠杀了四十多个百姓，"扛着汤姆逊冲锋枪的年轻美军说，"你的家人呢？你不是孤儿吧？"

"这孩子在树窟里白得像雪兔。"把白孩背到树下像天神一样令白孩敬畏的高大伞兵说。

"孩子，不要怕。"留着山羊须的美军蹲在白孩身前，手里拿着一支鬼子的九六式轻机枪，"日本人杀了你的家人，这就表示我们是家人了。"

白孩看着机枪上的三十式刺刀。

"这个给你。"山羊须美军从怀里掏出一个铁制蟋蟀模型，在蟋蟀肚子上捻了捻，发出喀哒喀哒的清脆响声。白孩以为梁永安的纯青蟋蟀王躲在树荄下摩擦翅脉上的发音镜呢。他看了一眼脚下的树荄。"东方人——中国人和日本人，在我们看来都是一个样子。你下次如果在丛林里遇见美军，用力压这个东西，我们就知道是自己人了。"

山羊须美军把蟋蟀造型的响片又喀哒喀哒捻了两下，放到白孩手上。白孩接过了铁制蟋蟀，视线从树荄移向刺刀。他想起哪吒弟弟、白衣黑发的母亲、被泥浆吞食的父亲、像一条枯河的姐姐。

"你喜欢这支枪？"山羊须美军说。

白孩摇摇头，用食指指着刺刀。

　　山羊须美军在机枪枪头卡榫的凹槽上铰下那把三十式单刃刺刀放到白孩手上。

　　"姐姐还活着的。"白孩用拇食二指捏着刀背，"我只梦见妈妈、爸爸和弟弟，没有梦见姐姐。"

　　白孩头大下巴小的瓮型脑袋日夜回响着父亲生前最后一句话：猪芭人出卖我们了。

断臂

一

　　山崎逮捕第一批"筹赈祖国难民委员会"成员的第二天黄昏，朱大帝和锺老怪已在丛林里游击了五天，正在猪芭河上游二十英里外一栋高脚屋阳台上熏烤两头被他们大卸八块的小猪。一颗大红喜日头扑跃莽林上空，天穹的古老岩层残留着数千年前的陨石光迹，并肩矗立高脚屋阳台前两棵歪曲佝偻的老椰子树好像两只交配中的巨大蜻蜓。大番鹊飞越阳台，蹲在铁皮承溜上吞食野鸟的幼雏，尖锐的鸟喙流出苍白的津液。

　　大帝闭目抽着洋烟，穿着和爪哇人搏斗时毛色的挂满蛤蟆肚大小口袋的猎装，脚边躺着草绿色鸭舌军帽和一部袖珍型液晶体收音机，头皮上拳头大的紫色疮疤油光潋滟。朱大帝将收音机凑到耳前，拉开伸缩天线，小心拨动着调谐和调音旋钮，扩音器溢出的杂音像在传播一场森林大火，又像魔鬼在承受永无止境的苦刑。锺老怪用一把小刀把猪肉切成薄片串在竹签上，文火熏熟，抹一点盐巴，啃了两口。范鲍尔的强生猎枪挂在阳台护栏上。烤架上躺着几块大帝随手割下的生猪肉，铁盘子盛着十多片熟肉，大帝却没有吃一口。他依旧闭着双眼，一口一口地吸着烟。

莽林里的清晨和黄昏是一天当中最嘈杂的两个时间，但今天的黄昏特别安静。大帝二十年前入林寻找猪王，看见三坨大屎，推论是猪王杰作，于是在三坨大屎上各栽一棵红毛丹，核心点架了这栋高脚木屋。三棵红毛丹树果子肥大，垂累着猪王的雄姿。二十年了，大帝再也没有发现猪王踪迹，即使深入莽林，也没有看到第四坨大屎或从前在猪芭村附近错乱排列的巨大蹄洼或蹄坑，但大帝捐着猎枪游走莽林时，仍然可以感受到那股使人皮肤长燎泡的热火旋风，睡梦中仍然可以看见那条焚烧着衰草槁木生人无法逾越的骷髅末路。

异样的安静让朱大帝不自在。大帝扔掉香烟，看着北边丛林，下了阳台，屈蹲身躯，将左耳贴在一棵望天树板根上。

锺老怪嘴含竹签，将强生猎枪端在手上。

杂沓的脚步声从北边丛林透过望天树板根传到大帝耳朵里。

小金带着十多个肩扛包袱、手提杂物的猪芭人走向朱大帝。

二

惠晴挺着七月身孕，蹲在一垄菜畦前拔草。她的手臂大腿已不像婚前粗壮，腮帮凹陷，乳房也萎缩了。懒鬼焦站在井前用一个铁桶勺水，冲洗猪舍。亚凤两岁儿子求求正在懒鬼焦栽满大萍的水塘前拉开裤子，对着一群鸭子撒尿，随后用一个马婆婆的竹水枪汲水，对着大萍上的蜻蜓乱射，间或放下竹水枪，伸手去抓水塘里已经长脚的小蝌蚪。长尾猴猴王带着一群妻妾凌空跃过懒鬼焦老家，纵向猪芭河河畔。一只腹下累着一只小猴的母猴掷向蔓延篱笆的草丛，伸手到一个鸟巢中攫走两粒鸟蛋，看了求求一眼。求求咯咯咯笑了。他的笑声清脆低沉，像发条打鼓机器人的鼓声。求求出世后，懒鬼焦视如己出，两个人好像共用一双腿，弄得求求浑身鸡屎鸭粪味。四头爱蜜莉和亚凤送给懒鬼焦的长须猪吃了十个月的猪菇、野蕨、野橄榄、野榴梿和甲壳虫蛹后，已褪下褐色保护条纹，其中一头母猪已受精三个圆月，二十多天后临盆。懒鬼焦在茅草丛搭了一座小猪舍，等母猪生产后，打算瞒着鬼子私养几只猪仔。无头鸡站在木桩上，"看"了亚凤一眼，两翅翕张，发出无声的司晨。

山崎逮捕第一批"筹赈祖国难民委员会"成员的早上，亚凤肩扛私藏的猎枪、腰拊帕朗刀，骑着自行车离开猪芭村前往爱蜜莉老家。爱蜜莉白昼栖身丛林里临时搭建的小木屋，夜晚蛰伏老屋。茅草丛已经越过颓塌的围篱，滋蔓着爱蜜莉的老屋和果树，淹没了残破的鸡棚和黑水漫溢的池塘。茅草鞘从地板隙缝蔓长出来，好像绿鬣蜥波浪形的脊突。数百只鸽子和野斑鸠在隔热层筑巢，整栋屋子像一座鸟笼。亚凤抵达爱蜜莉老家时，爱蜜莉和黑狗正走向屋外，寻找可以摘蒂的熟果。

何芸坐在爱蜜莉的客厅里，下巴倚着窗栏，专注地看着窗外。她穿着肮脏的客家白色对襟短衫和黑色长裤，赤脚，长发厚实，像霍尔斯坦乳牛身上的黑色斑状花纹，西南风凶猛地从窗外刮进屋内，她的长发随风狂舞像蝙蝠的飞行皮瓣。窗外是一片被野火焚烧过后的野地，风景窒息，天地密封，空气中弥漫许多痛苦地呼吸着的小坎坷。

何仁健等人和石油公司职员在内陆被鬼子枪毙、一群孩子被鬼子劈杀、几个年轻女子被奸污的消息早已传遍猪芭村。何芸脸上的胎疤依旧是猪肝的形状和颜色，身体依旧消瘦得像一条枯竭的小河，不一样的是，她圆滚滚的客家对襟短衫底下，怀着一个八月身孕。

三

鬼子把何芸拉入草丛、一个个鞍在她身上时，何芸透过鬼子肩膀，看见一批精液状云体淹没了太阳，天地一瞬间黑了下来。事后，她和两个女子被一辆军车运走，回到了猪芭村，从此分不出白天或夜晚，也分不出时间的流逝速度，只知道被封锁在一个不见天日的小房间，间或身上只穿一件污秽的裙子或披一条黏滑的薄被，间或裸体掰腿，躺在一张吱嘎作响的木床上，床上铺了一张恶臭翻毛的草席，草席浸泡着鬼子的汗渍、精液和不知道什么成分的污垢，身上弥漫着鬼子百味杂陈的体臭，胯下和股沟流淌着鬼子精液，但是一个又一个鬼子，总是不间断地拉出一列笨拙急躁的冗长队伍，壶起攒了一肚子的欲火，扯下裤头，露出坚挺的或大或小或肥或瘦或左弯右曲的雄器。数不清的夜晚里，她疲惫不堪地入睡，每晚几乎做着相同的梦境。即使大白天，她闭上眼睛，梦中的情境也会栩栩浮现：一座长满男人耻毛的猩红色丛林，树梢摇曳着包裹在花瓣中的睾丸，树下吊挂着勃起的狂澜人屌香蕉，遍野绽放着用卫生纸编织糊抹着精液的大白花。

那是她生平第一次完全忽略胎疤的存在。光天化日里，鬼子将她拉入茅草丛时不介意她的胎疤；灯火朦胧的房间里，鬼子更不介意或者没有注意到胎疤。联军空击猪芭村时，在屋脊轰了一个米瓮大的破洞，一缕阳光腼腆地落到床头，短暂地照亮狭小闷热的房间。她从破洞看见一截旗杆直入青云，杆头飘扬着一面太阳红旗子，让她想起牧放霍尔斯坦乳牛时可以撩动青云的竹竿。天穹有一个非常开朗阔绰的额头，盛着宇宙无边无际的脑浆。破洞来不及修缮，鬼子已列着队伍等候。第一个进场的鬼子跪在她胯下时，愣愣地看着她脸上的胎疤，但没有流露出任何喜怒哀乐，迟疑了三秒钟，装上"冲锋第一号"保险套进入她的身体。鬼子的反应使她意识到以前的鬼子来去匆匆加上灯光昏黯，完全忽视了她那一坨猪肝形状和色泽的胎疤。她把散乱的长发拨到脑后，抬起下巴，正面仰视那一道羞怯的阳光。每一个鬼子进入她之前都犹豫了一下，有的蹙着眉头，有的张着嘴巴，有的睁大双眼，有的五官僵硬，一个鬼子甚至用食指戳了一下胎疤，好像要确定那是一道幻影或实体。破洞修缮后，排队的鬼子没有减少，但大部分鬼子已注意到她的胎疤，办事前多花了几秒钟用锐厉的或疲乏的或愚痴的或迷航的眼神检视她的脸蛋。她开始渴望联军天天来轰炸，如果炸弹没有落在额头上，至少在屋顶上炸出几个窟窿，可以趁着鬼子趴在身上时看着天穹开朗阔绰的额头和无边无际的脑浆。

那天晚上，她不清楚时间，但必定是深夜，夜枭和野狗叫得深沉悠远，排队的鬼子少了，前一个疲惫得办完事就趴在她身上呼呼入睡的年轻鬼子刚离去，又进来了一个年轻鬼子，屋子里突然弥漫着一股亲切的体臭。这个鬼子比一般鬼子稍高，进到房间就坐在床边，凝视了她几秒钟，伸出一双粗糙有力的大手，按住她的乳房。服侍过上千鬼子后，她的胸部变得非常丰满。他的十指沉寂了十多秒后，开始变换姿势，使得本来压在手掌心的乳头从拇指和食指的指缝间又出来。每隔十多秒，他就变换一个手势，但不管怎么变，十根手指始终环着她的乳房，两眼一直睨着她的胸部。他消瘦精壮，眉毛轻淡，下巴满布须茬，嘴唇丰满，头颅巨大，耳朵出奇地小，阔长的额头有一道三英寸不知道什么器物造成的疤痕。手掌长满厚茧，手毛茂盛，指甲缝洁白。天气酷热，何芸和鬼子淌汗如雨，但他的手掌却像他的眼神一样干燥阴冷。他不停地变换手势，在她苍白肥大的乳房留下粉红色的手指印。何芸的心脏像被他捏在手上，乳头坚挺。她张开双腿，暗示时间短缺时，他松开乳房，站直，头也不回地离去。

第二天深夜，夜枭和野狗喧闹，两只村猫在屋檐对峙尖嚎，同一个时间，他来了，他的体臭让她的血液快速回圈。他依旧握住她的乳房，眼睑好像从来没有眨过。当她坚挺的乳头卡在他狭迫阴寒的指缝间时，他离去了。第三天深夜，当前一个鬼子趴在她身上喘息时，她已经闻到那股亲切的体臭。他握着她的乳房时，特意低垂着头，睇凝着她胯下无垠的小宇宙。那无限紧密的神秘宇宙是在矮木丛里和亚凤彼此相拥的大爆炸后扩张的，在鬼子簇拥的茅草丛和这个小房间里它更是无限膨胀，已经没有什么私藏和珍馐了，但是她脸上还是忍不住泛起一片赧颜，两腿突然颤了一下。尔后，她释然了，索性张开双腿，将一只脚掌蹬在他的大腿上。在他的睇凝下，她觉得从前视如珍宝的小宇宙不再污秽混沌，而充满了温度、五彩缤纷的星云和恒星。

他一连来了六天。六天后，枭声和狗吠依旧喧闹，猫号依旧凄厉，但是他再也没有来过。

她再看见他时已是半个月后，在猪芭河畔，天刚破晓，她和五十多个女子坐在河畔，有的发呆沉思，有的拈花惹草，有的裸身洗澡，有的嬉闹聊天，有的哼唱歌谣。女子国籍复杂，有日籍、韩籍、荷兰籍和本地人，本地人又分华人、印尼人、马来人和原住民，语言混杂，歌谣丰富。鬼子每隔三天，会让她们在猪芭河畔散心休憩。十多个荷枪实弹的鬼子，散乱在她们四周，何芸看见额头有疤痕的青年鬼子也在其中。他戴着草黄色战斗帽，穿着草黄色战斗服，跋高筒军靴，扛着机枪，和另一个青年鬼子站在一棵椰子树下，椰子树上栖息着一只和他们神情一样冷漠的大番鹊，河面漂浮着和他们穿着军服的身体一样阴郁的倒影。青黑色的机枪像一只鬼魅掬在他们肩上。何芸安静地凝视着他，想象他的十指依旧扣住她的乳房。当一个又一个鬼子鞍在她身上、十指在她胸前瞎抠时，他们的十指是激情和血性的，就像他们的喘息和胯下的冲击，唯独这额上有疤的鬼子，他的长期琢磨扳机、枪托、枪管和弹匣的十指，已经像机械失去温度，成了机枪一部分，那么阴寒和冷酷，而这种阴寒和冷酷，却让她的乳头像弹头一样坚挺。

熟悉的体臭再度弥漫清晨的西南风中。

那天何芸和一个东洋女子坐在河堤上。东洋女子高大丰满，体重有她的两倍，有一头和何芸一样丰盛的长发，据说战前已经是猪芭村的南洋姐，鬼子登陆前短暂地离开了猪芭村，鬼子登陆后和同一批南洋姐和更多东洋女子来到猪芭村。何芸刚到猪芭村的第一个清晨"休闲"时刻，容态倦怠，东洋女子盯着她看了几秒钟，吐了几句东洋话，牵着何芸走到猪芭河畔，以手舀水，濡湿了何芸头发，掏出一把木制密齿梳，慢耙细梳，攥着一撮头发，左拧右扭、上绕下圈，盘出一个发髻，用一个小鸟造型的发钗固定住发髻。她叽哩咕噜说着东洋话或哼着东洋歌曲，嘴巴没有一刻停过。第二次见面时，她带来一个小化妆箱，用一批像海绵和笔毫的东西抹上或干或湿的颜料，涂在胎疤上。光天化日下，胎疤若隐若现，但在昏暗闷热和容易流汗的小房间里，胎疤已拟态成她雪白的皮肤，只有在被十多个鬼子趴骑过后，胎疤上的颜料才会褪散。那一天清晨，当她再次闻到熟悉的男人体臭时，她哼着印尼歌谣让东洋女子盘发。东洋女子数次停止梳耙，专注地聆听她的歌声，随着她哼唱。东洋女子唱得结巴，她唱得行云流水。歌词在歌颂一条小河，小河美丽如画，河上有风帆绿浪，河畔有长堤椰树情侣……她们语言不通，她无法向东洋女子解释歌词含意。

空袭警报响起时，她们没有来得及离开河畔，炸弹已经落下。河上升起几朵蘑菇状水柱，椰子树拦腰折断，一个鬼子战斗帽飞越她们头上，翻了一个跟斗，竟然恰好罩在一个女人头上。河畔上的鬼子用机枪对着天穹扫射时，她们尖叫着冲回猪芭村。一星期后，她们又来到河畔，鬼子依旧荷枪实弹，人数没有减少的不同国籍的女子依旧哼唱着不同语言的歌谣，依旧发呆沉思、拈花惹草、裸身洗澡、嬉闹聊天，高大的东洋女子依旧替她盘发，但是她再也嗅不到熟悉的男人体臭。

两个多月后的深夜，村狗村猫村枭依旧喧闹，她很早就闻到了那股熟悉的男人体臭，但是直到三十多个鬼子趴完她后，她才看见那个额上有疤的男子出现在门口，那时候她的胸部已被鬼子揉得红紫，胯下失去知觉，头发散乱，胎疤似猪肝色泽。涂抹着精液和汗渍的白色手纸像小山堆积在幽黯的角落，淹没了铁制的垃圾桶，一路蔓延到门口，扔弃地上的"先锋第一号"保险套在懦弱的灯泡照耀下闪烁着懦弱的色泽。男子不像其他鬼子滋滋喳喳地踩着保险套和手纸，腰带没有卸下就跪在她胯下。他小心翼翼地挪动军靴，甚至用力地将手纸踢开，看了一眼堆积角落的手纸，站在床头凝视着何芸，随后僵硬地坐在床侧。何芸胸口起伏，心脏收缩，等待他的十指压在乳房上。他神色冷漠，蹙着眉头，两腿并拢，脊椎骨挺直，双眼不眨，看着何芸胸部。他依旧穿着军服和战斗帽，在昏朦和懦弱的灯光下，何芸注意到他失去了双臂，草黄色的长袖像两条招魂幡挂在肩膀上。隔壁房间传来女子懒散的呻吟，军靴踩在地板上发出懒散的咆哮，男子黝黑的瞳孔漂浮在织满血丝的虹膜中，好像会滚到她丰满的双乳上。男子继续盯着她的胸部，上半身微微地靠向她，好像双手已经压在乳房上。

何芸生起了一丝怜悯。她坐在床头上，挺直胸部，向他的胸口靠过去，同时伸出两手，准备环抱他僵硬的身躯。他迅速后仰，避开她的胸部和拥抱。她露出久违的亢旱小酒窝，再度向他靠过去。他依旧闪躲，甚至几乎站了起来。待她躺回床上后，他恢复原来僵硬的姿势，双眼不眨，上半身又微微地靠向她，空洞的长袖好像灌注了一股生命力，好像双手已经压在何芸丰满的双乳上。何芸明白了，他不是来看她的胸部，而是来找回他的双手。第二天深夜他又来了。神情阴冷，模样滑稽。鬼子同袍事先帮他松开腰带和裤头，让他方便办事，但他依旧坐在床头，双眼不眨，盯着她的胸部。离去时，何芸帮他系上腰带和裤头。第三天他衣冠端正，来得特别早，依旧一屁股坐在床头，眉头蹙得更深，神色更加阴冷。何芸发觉他凝视的不是她的胸部，而是她隆起的腹部。鬼子突然弯下身躯，将右耳贴在何芸肚子上，十多秒后，他挪开右耳，站在床前看了一眼何芸，转身离去。十分钟后，一个戴着黑框眼镜、胸前挂着听诊器的军医来到何芸床前。

比起胸部隆起的幅度，何芸没有注意到隆起的腹部有什么异样。半年多的停经，也以为是猛喝食盐水的失调。军医告诉她怀了八个月身孕时，她愣了一下，凝视着自己隆起的腹部。当天晚上，她挽着一个小包袱离开了阴暗的小房，来到一个摆着六张病床的房间。三个年轻女子躺在床上，有的熟睡，有的瞪着天花板。她坐在空着的病床上，目送鬼子蹬着军靴离去。她在床上翻来覆去，半睡半醒，直到天亮，数度梦见额上有疤的鬼子再度坐在床头，用十只鲜血淋漓的手指抚摸她的胸部。第二天一早，一个鬼子和一个戴蓝色军帽的猪芭人来到床前，将她带到猪芭街头。戴蓝色军帽的猪芭人低头对她说了几句话，和另一个鬼子回到军营，让她一个人揣着包袱，站在即将破晓的空旷无人的猪芭街头。

四

当亚凤走入爱蜜莉的高脚屋，何芸再度嗅到那股熟悉的体臭时，她终于明白了，那是亚凤骑自行车载着她运送牛奶时流溢出来的体臭，也是亚凤从小溪将她搀上岸时的体臭，更是亚凤在灌木丛灌注在她体内挥之不去的体臭。鬼子将她遗弃猪芭街头时，她迅疾穿过街头，走向莽丛。她走过从前和父亲驾吉普车运送牛奶的砂石路，走过从前牧放乳牛的夹脊小径，走过那条发生意外的独木桥，走过亚凤垂钓的湖潭，走过主动对亚凤献身但是已经星罗棋布着弹坑的灌木丛，那股体臭始终追随着她。天色逐渐大白，苍鹰从莽丛飞向猪芭村，大番鹊在野地扑跳啄食，野火猖獗，一朵又一朵乌黑的烟黗掠过茅草丛，野鸟聚集芭棚喧嚣，加拿大山上的猪尾猴和猪芭村的长尾猴开始活跃聒噪了，枯槁的锌铁皮屋顶和半枯槁的椰子树羽状复叶飘浮在痰黄色的烟霾中，待宰的雄鸡发出最后的司晨。

何芸站在从前吉普车熄火的砂石路上，看见草丛中一截好像亚凤丢弃的钓竿，随手攥在手里，竹竿应声破裂，化成灰烬。她站在那座独木桥上，河床已半干涸，溪水涓涓，蜻蜓不再点水产卵，鱼狗叫得像求雨的女巫。她茫然走了一个早上，绕过荷锄扛耙的猪芭人，瞒过枪管永远朝天的鬼子自行车部队，口枯眼涩，睡倒在一棵野波罗蜜树下。睁开双眼时，已近黄昏，眼前站着一个腰拤帕朗刀、手臂箍着藤环的长发女子。

爱蜜莉将何芸带回高脚屋，喂了她两碗乳鸽汤和一盘树薯。

何芸看着荒芜的窗外，露出越来越稀淡的亢旱小酒窝，拿出东洋女子送她的密齿梳和发钗，一遍又一遍梳耙长发，梳出蒺藜草的刺壳、草秆和花瓣，挽了一个散漫的发髻。亚凤来到高脚屋后，何芸再也没有说过话。她漠然地看了一眼亚凤，随即背对亚凤，面向窗外，看着屋外被野火焚烧过后的野地，彻底封闭了，像一本被书蠹啃坏的书。亚凤设想了一百多个愚蠢话题，既哀伤又突兀。他想说几句安慰的话，但开不了口。他在门口站了一会，走向客厅另一道窗户，看见爱蜜莉从齐额的茅草丛上了一道摇摇欲坠的木梯，进入厨房。

爱蜜莉编织了几个捕捉鸽子和斑鸠的陷阱，乱七八糟地架在隔热层入口处和檐梁上。亚凤走到厨房的后阳台，看爱蜜莉杀鸽子和斑鸠。她从一个生锈的铁笼子抓出四只鸽子和四只斑鸠，用一根细绳套在脖子上勒毙，拔毛剖腹，撒上盐巴花椒，入锅蒸熟后，何芸已躺在客厅木板上熟睡。亚凤将两只鸽子和一串红毛丹放在餐桌上，两人一狗坐在厨房后阳台，吃了六只鸽子和斑鸠。日正当中，热气囤聚隔热层，鸽子和斑鸠飞向天穹的环形竞技场，枯候多时的苍鹰开始追击鸽子和斑鸠。黑狗突然下了木梯，窜向榴梿树。

"野猪！——"爱蜜莉和亚凤攥着帕朗刀和猎枪来到榴梿树下。黑狗嗅了嗅残留树下的几片榴梿壳，跃过坍塌的铁篱，消遁茅草丛中。

苍鹰坠下时，鸽子和斑鸠像箭矢飞回隔热层，但不久又飞回天穹，像在玩一种死亡游戏。鸽子和斑鸠散乱果树中，脖子的气囊膨胀，尾羽散开，点头如捣蒜，发出壮胆的鸣叫，从地上叼起或从嗦囊吐出食物对母鸽和母斑鸠求爱。亚凤和爱蜜莉跨过铁篱，随着黑狗来到从前猎猪的圆形草岭猪窝前。猪窝已废弃，窝口塞着枯叶枯草枯枝，防御性权桠崩坍。草岭依旧长满黄色小野花，每一朵都竖紧脖子对着蓝天微笑。西南风吹过黄色花海，卷起一簇像浪花的白色小蝴蝶。荒野茫茫，林木森然。黑狗披着一片白云，伫立草岭高点，像白色旗幡上一个黑色兽徽。爱蜜莉和亚凤也站上草岭高点，四野遥望。

"明天找蜜丝王来看看。"亚凤说。

蜜丝王是石油公司医疗所唯一留在猪芭村的护士和接生婆。

黑狗走下草岭，扒了两下废弃的猪窝，嗅着一簇矮木丛。

亚凤闭上眼睛，摸索着野草的环肥燕瘦、高矮疏密、老幼生死。左侧那块母性焕发的草坑繁衍出更多鬼子恫吓式轰炸造成的草坑，长满白色、紫色和蓝色小花。左后侧矮木丛里多了两个大番鹊巢穴，但已被野火烧成灰烬，雏鸟尸体好像烧焦的树叶。右后侧长了两棵正在快速发育的山榄，树篷结满蚁巢。右侧即将干涸的河滩依旧游窜着攀木鱼和蛇头鱼，食道狭小的鱼狗在河岸上跳跃，寻找可以吞食的小鱼。前方的小水潭非常安静，水面漂浮着枯木草秆、鸟羽、鬼子空投描绘着大东亚共荣圈的宣传单。亚凤和爱蜜莉步向水潭，黑狗跟在后面。水潭四周散布着巨大蹄印，每一个蹄印大得像鬼子的战斗钢盔，但不见野猪。两人随着蹄印走了一段路，蹄印消失在一条小溪前。黑狗嗅着最后一块蹄印，用粉红色的舌头舔了舔鼻子，对着天穹低鸣。

遥远的茅草丛上方，一排朝天的步枪枪管随着鬼子自行车车队迂回蜗行。爱蜜莉和亚凤在水潭前蹲了半天，车队好像原地踏步。须臾，鬼子在圆形草岭前卸下自行车，坐在圆形草岭上休憩。有的鬼子擎着步枪对着天上的苍鹰射击，有的架着望远镜观望，有的打开水壶喝水，有的用刺刀戳着废弃的猪窝，有的四仰八叉躺在草岭上用战斗帽遮挡阳光闭目养神。烈日高攀，让人口旱舌干。草岭上没有被鬼子压断脖子的黄色小野花在西南风中瑟缩。一朵白云飞来，黑色的阴影在草岭上卡了一下。又一朵白云飞来，矫捷地绕过草岭，加速离去。鬼子下了草岭，扛起自行车，继续前进。苍鹰散布在他们身后，配合着他们的速度滑翔，好像是他们拖曳的风筝。大番鹊像榔头伫立草丛中，好像是他们的哨岗。爱蜜莉和亚凤潜伏在他们身后，好像军火薄弱的伏击队斥候。

走了五分钟，亚凤发觉鬼子正朝爱蜜莉的高脚屋接近。自行车的车速突然快了起来。亚凤想绕过车队潜回高脚屋，来不及了。鸽子、斑鸠和苍鹰在圆形竞技场掀起的战火未熄。鸽子不再盲目挑衅，每一次只有三五只鸽子、斑鸠低空掠过茅草，苍鹰俯冲而下时，及时逃回隔热层或果树。苍鹰回到天穹后，鸽子或斑鸠再度出场，如此周而复始。鬼子将自行车停在高脚屋前，半数上了阳台，半数留在屋外。亚凤和爱蜜莉焦急地蹲在茅草丛中，眺望着高脚屋后阳台。苍鹰越飞越低，屋外的鬼子忍不住举枪射击，鸽子和斑鸠纷纷飞出隔热层和果树。鬼子瞄准了体型较大的苍鹰开枪。一只苍鹰啪哒一声落在屋顶上，尖锐的钩爪几乎抓破生锈的锌铁皮，像一支断线的风筝戳入了茅草丛。鬼子连续开了五六枪，两只苍鹰中枪后，形势大乱，苍鹰高旋天穹，鸽子和斑鸠八方飞散，高脚屋突然陷入一片死寂。

　　屋内的鬼子走下阳台，屋外的鬼子走进高脚屋。机枪的烟硝味刚出膛就被弥天盖地的烟霾味消化。大蜥蜴叼住苍鹰翅膀，草原恶寇和空中霸王展开一场激斗，苍鹰很快被大蜥蜴囫囵吞食。鸽子和斑鸠环绕高脚屋压惊后，逐渐回笼，高脚屋又充塞着鸽鸣和鸠啼。苍鹰飞得更高了。屋内的鬼子走下阳台，十多个鬼子叽哩呱啦一阵，有的骑上自行车，有的扛着车杆，离开了高脚屋。

　　亚凤和爱蜜莉迅疾地从后阳台奔入高脚屋。

　　何芸躺在客厅的地板上，两腿裸露，胯下和臀股流淌着仿佛尿失禁的液体。她双臂松垂，好像不再和身体契合；两眼看着天花板，但看到的好像是漆黑冰冷、污秽混乱的宇宙；猪肝状的胎疤鲜红潮湿，好像被削掉了一块脸皮；隆起的肚子和微露的胸脯潆漫，好像又回到那个阴暗腐臭的小房间。她没有挣扎，没有嘶吼，好像又回到那个被手纸和保险套淹没的小房间。透过锌铁皮屋顶的裂口，她好像又看到了天穹开朗阔绰的额头和无边无际的脑浆。

　　十多个鬼子好像太少了，她依旧张开双腿，等待下一批鬼子。

　　从那天开始，山崎逮捕和处决了两批"筹赈祖国难民委员会"成员，宪兵队和自行车部队横行猪芭村，搜索可疑人物和追捕漏网之鱼。参加过"筹赈祖国难民委员会"活动或义卖的猪芭人在小金、扁鼻周、红脸关带领下，分成四个梯次，昼伏夜行，集体潜逃到猪芭河上游二十英里外朱大帝的高脚屋避难。亚凤和爱蜜莉当天下午收拾了包袱，带着黑狗和何芸离开高脚屋，傍晚时分在猪芭河畔遇见率领十多个猪芭人划着三艘长舟逃向内陆的扁鼻周。据扁鼻周说，懒鬼焦和求求入林寻找猪食去了。亚凤抵达大帝的高脚屋后，第二天破晓时分折返猪芭村，看见鬼子和猴群一场激烈荒唐的鏖战。

何芸来到朱大帝高脚屋后，被大帝独囚在一个小房间。她坐在墙角里，见了人就打开客家对襟短衫、扯下裆部宽大的黑色长裤、叉开双腿，露出丰满的乳房和阴暗的胯下。一个多月后的下午，高脚屋四周的巨大乔木聚集着成千上万的野鸟，压得树梢抬不起头，青竹直不起腰，羽毛横着飞，鸟屎斜着落，闹到黄昏不平静，天黑了，何芸走出囚室，带着九月胎儿和一肚皮魔力羊水、一身热汗、两眶糊涂泪和满怀血奶，走入莽林，一去无回。

吉野的镜子

一

　　吉野用正宗刀劈杀高梨七岁女儿的那个黄昏，一个人漫步卧室外的阳台上。天穹释出几锥霞晖后，一群长尾猴散乱非洲楝树梢，各自孵着心事，长尾表情多样的曲扭着、竖直着、悬空着、匐匐着。三只小猴从母亲腹部跃下，蹒跚行走在枝干上。它们的母亲伸出尾巴抚顺小猴背上的躁毛，噘着嘴巴，发出频率忽高忽低的喂嚅。吉野紧盯着长尾猴的五官、肢势、尾姿。一只雄猴竖着长尾巴，翘着像怒绽的罂粟花的红臀，小眼一眨不眨地看着吉野。吉野避开猴子的视线，在阳台上踱着方步，偶尔抬头看一眼悬垂非洲楝上空贮满灰云的天穹边疆、一面颠扑不破隔绝人间和仙境的蓝色城墙、太阳在无垠的莽丛洒下的锉眼的光刃。猪芭桥头尚存肉屑毛发的头颅迎着西南风呼啸。

　　吉野无意间看了雄猴一眼。雄猴依旧一眨不眨地看着他。吉野被雄猴的红臀和红眼惹出一身火气。他拔出南部十四式手枪，对着非洲栋晃了晃，露出僵硬得几乎抠得下来的笑痂。猴子不知道吃了什么，龇出像红烛的尖牙，慢慢地合上眼睑，一副就要圆寂样。吉野扣了一下扳机。枪响像一只巨大的苍鹰阴影网住了非洲栋，猴群一瞬间消遁。吉野把手枪插回马皮袋套时，雄猴突然扑向他的脸蛋，朝他阴冷的左耳和潮湿的鼻子咬了一口。哨兵赶来时，猴子叼着一块耳壳和鼻肉纵回了蛮林，留下在阳台上哀号的吉野。

二

　　翌日清晨，吉野站在墙上一面大型穿衣镜前，看着自己耳朵鼻子包扎着纱布的怪相。飞天人头肆虐猪芭村时，甘榜唯一的一家镜庄业赶工生产镜子，电镀水银没有在透明玻璃上摊匀，使不少镜中影像变形扭曲。吉野大军占领猪芭村后，充公了一面正常的穿衣镜，此镜在鬼子入侵猪芭村前的结婚浪潮中被主人当作贺礼送给新人，右上角镀着"郎才女貌　鸾凤和鸣"八个仿宋红字，漆了两只碧绿的鸟雀和一朵大红花。

　　吉野眨眨眼，拍了拍脑瓜子，在寝室内来回踱步，经过镜前时凝睇着镜中被猴子咬伤前没有出现过的影像。镜中的吉野在黑暗的镜面飘浮，不断扭曲变形，没有固定和完整的形状、体积和重量，像渣留鳄鱼肚子里的人类残躯或一道人体生肉拼盘。吉野一边迅疾地吃着早餐，一边迅疾地瞄一眼镜子，看见一只猿猴坐在餐桌前，模仿自己抚了一下受伤的鼻子。吃完早餐后，他迅疾地穿上军服，对着镜子整肃仪容。镜面的窗台上立着一只巨鹤，撑张大嘴整羽扪尾。他用军靴踩踏地板，发出整个寝室为之颤栗的恫吓，好像企图踩碎那面魔镜。他关上窗户，熄了日光灯，准备离开寝室时，看见一只巨龟匍匐镜中，伸出数十颗龟头看着自己，那一串龟头，像吊挂猪芭桥头残留肉屑头发的头颅，那一串头颅，像黄万福、高梨和他们的十多个小孩，像"筹赈祖国难民委员会"成员，像吞吃蜗牛的启民醒民兄弟，也像被剖腹的孕妇牛油妈、惠晴和巧巧。

他对着门外吐了一口唾沫，小声咒骂：吱吱噢噢——可恶——呜呜咿咿——猴子的唾液有毒！——嘎嘎喳喳！

吉野的军靴磕了一下门槛，几乎摔了一跤。他忍不住又骂了一次：呜呜吱吱——可恶——咿咿噢——猴子的唾液有毒！——嘎嘎喳喳！

他吐出的话语中，伴随着意义不明的谵言妄语，像蛮猴的呼啸，又像野猪的欢鸣。

转眼黄昏又到了。吉野一个人站在猪芭桥头，漾着一张猴子特有的悯容，啃了两粒爆壳的肉蔻果实，凝望着变化万千的天穹。夕阳像老鼠钻入地缝后，月色渐浓，野鸟住声，蛙虫夜枭接棒鸣唱，吉野继续凝望着千变万化的天穹。月色下，猪芭河面漫流着银色飘忽的光带，夜之浪潮漫湿了桥头两侧的肉蔻树树篷，也漫湿了整个猪芭村。

落日染红了海陆天界，连猪芭村的高脚屋也像小孩的弹弓架抹了鸟血。猪芭桥头竹桩上的骷髅垛和椰子树冠簇拥着的老椰果红成一片，分不清椰子树挂的是骷髅，或是竹桩挂的是老椰果，都是一串红。没有系牢的骷髅坠下时，响起了在骷髅垛筑巢的母鸟的哀嚎，它们的哀嚎也是泣血的。吉野吐了一口唾液，就着猪芭河看了一眼自己包扎着红色纱布的耳朵和鼻子，背着南海，漫步到猪芭村。菜市场的锌铁皮屋顶像撒了厚厚的红磷，眨闪着潮湿腐烂的藻红。波罗蜜树荫下散乱落红，沟渠漂流着浮红，树梢栖落着红鹭鸶，红蝙蝠飞出了红色的枝梢，追击红色的蚊蚋。西方依旧红霞满天，东方的月亮像一根红辣椒，军人戍守的红壤上，一块胭脂红的膏丸旗挂在旗杆上。吉野走到了热闹的妓营前，想起年轻时自己令农村女孩潮红得支吾。

吉野回到猪芭中学南方派遣军总司令部宿舍后，军医帮他替换纱布时，他从军医金属镜架上的镜片看见自己的耳朵像莽丛里即将孵化的螳螂卵鞘。他穿着汗衫短裤，头枕着竹枕，在一张草席上躺成一个八字，看着天花板上旋转的吊扇、桌上的煤油灯、镶着红色纱门的红色窗户外的红色非洲楝。星光泛滥着一种污秽的蝇头红。士兵用一块床单罩住了靠墙的穿衣镜。

第二天吃早餐时，窗外刮来一阵西南风，吹走了穿衣镜上的床单。吉野忍不住回头看了一眼镜面。一只巨大的螳螂，晃着一张三角脸，高举一双似镰刀的前肢，将餐桌上一个活生生的小孩切割成一道人体生肉拼盘。吉野拔出手枪，砰，砰砰，砰砰砰，连续击发了六颗子弹，击碎了镜子。

在一阵怒火攻心和神昏谵妄中，吉野集结了五十个机枪手和十个炮兵员上了加拿大山，准备彻底扫荡一次猪芭村的野猴时，看见山上静谧平安，无有猴影，属下突然来报，说数百只短尾的和长尾的猴子正在猪芭河畔的果树上激战。吉野来到一片草坡地上，果然看见果树上猴影幢幢、杀声盈耳，于是在草坡地上升起了一面边绣红穗的膏丸旗，六十个鬼子列成六个纵队，向河畔的果树、行道树、景观树、丛林树、孤芳自赏之树、有用或无用之树撒下密不透风的火网，有坂式三八步枪、九七式步枪、射速缓慢被盟军戏称"啄木鸟"的南部九二式机枪嘶吼得像一群围攻野猪的猎犬。

三

日正当中，碧空无云，亚凤蹲踞茅草丛的夹脊小径，在鬼子的炮火中眺望猪芭村，寻找懒鬼焦和求求。一只婆罗洲棘毛伯劳从矮木丛里飞出来，子弹扎入它瘦小的身躯，消失在被烟霾覆没的茅草丛。鬼子炮兵手在草坡地上列出四门八九式掷弹筒，微型榴弹发出嘣嘣嘣连联军也腿软的爆破声，承受掷弹筒后坐力的锄梭像疯窜的马蹄掀翻了草皮。榴弹炸裂了十多棵榴梿树，榴梿像人头落地，猴子尸体八方飞散。猴群所到之处，也是子弹和炮火密集之处。亚凤遥望草坡地，看见吉野在机枪手和炮兵手后方来回踱步，厉声地督促和吆喝鬼子兵，屁股和下巴翘得比天高，像一只在蜂巢上忙碌酿蜜的工蜂。鬼子冒着硝烟的枪口弥漫着既妖孽又侏儒的俳句的古怪意境。一个杀红了眼的鬼子离开了草坡地，俯卧离亚凤三十码外的矮木丛中，露出一截像蟒蛇肚子的帆布绑腿。直至此时，亚凤才了解鬼子的炮火是针对猪芭村的野猴，不是猪芭人。

逃难的猪芭人告诉亚凤，懒鬼焦和求求已经回到猪芭村，有人看见懒鬼焦打开猪舍，准备将四只圈养的长须猪放逐茅草丛，而求求在河滩用竹水枪追逐弹涂鱼。亚凤本来想绕过矮木丛里的鬼子回到猪芭村，但草坡地上的鬼子火网让他打消了念头。日头移动得很快，偏午了，亚凤抽出帕朗刀，屈身接近鬼子。一只猪尾猴突然从矮木丛跳到鬼子屁股上，消遁茅草丛中。鬼子翻了个身，看见了亚凤艳阳下的狰狞身影，不及扣下扳机，亚凤已压在他身上，左手圈住鬼子的扳机护圈，右手将刀尖戳入鬼子脖子，枪管几乎贴着亚凤和鬼子脸蛋释放出一颗子弹。子弹划出一道红色的彗星尿屎，伴随着草坡地上像鼻涕蛙卵的子弹火网，呜呜叽叽叫着，像一头战败被枭首的斗鸡头颅，延续鬼子的凶猛气魄，闪烁着切断鬼子喉咙的帕朗刀光芒。

猪芭人和猴子的死魂像一群子孓八方升腾。死人和死猴的魂魄聚了又散，散了又聚，很青涩，也很近似。亚凤看见求求了。求求坐在猪芭河畔望天树板根上，左手拿着马婆婆的竹水枪，右手拿着发条打鼓机器人。一只猪尾猴从树上跃下站在板根上，看着求求。求求有样学样，像一只无毛的猪尾猴站在望天树板根上。那颗出膛后的子弹射穿了篱笆眼一只蝴蝶的兰花拟态，打崩了一摞垒成井字形和大人齐额的柴垛，钻入求求右太阳穴，又从左太阳穴疯笑着钻出来，没入望天树百年年轮的巨干中。求求的身体矮了半截，靠着望天树巨干往下滑，再一次跨坐板根上。树干上一朵大蘑菇搀着他的左腋，让他维持着怪异坐姿。猪尾猴看了一眼求求，跃上了望天树。

鬼子打死两百多只村猴后，幸存的猴子无心恋战，长尾的逃向莽丛，短尾的逃回加拿大山，只剩下波罗蜜树上的长尾猴王和猪尾猴王犹在缠斗。二猴遍体鳞伤，各被子弹打残一只手。它们从望天树斗到椰子树，从椰子树斗到十多栋高脚屋屋顶，最后跃上一棵波罗蜜树。波罗蜜树被炮火洗礼后只剩下光秃秃的枝桠，枝桠上挂着烧焦的猴尸，像一个巨大扭曲的烤肉架。

吉野和几个鬼子站在波罗蜜树下，看着二猴打斗。刺痛像针一样扎着吉野的鼻子和耳朵，枝桠上的死猴和两只面容扭曲的泼猴让他想起镜子里的怪象。

畜生！吱吱噢噢！可恶！呜呜咿咿！

吉野拿起机枪手的机枪，击毙了两只猴王。吉野握着村正刀刀柄，劈斩地上挣扎哭号的猴子。一个老迈的码头搬运夫坐在一垒干柴上，搂着奄奄一息的老妻哭号。吉野削掉老头和老妇头颅后，对着人猴不分的尸具撒了一泡热尿。撒完后，吉野对着士兵咆哮。士兵听了一天参谋长夹杂着鸟兽啼叫的号令后，渐次适应了参谋长的表达方式。他们吆喝着幸存的猪芭人垒柴酿火，烤食猴子。

回到寝室后，吉野睡了一个甜美的回头觉。一年多后当他全身浸染着白孩毒箭上的箭毒树毒素时，又一次看见自己的身躯恣意地扭曲变形，幻化成一只簇拥着一串人类头颅的大龟，发出似猴似猪的啼声，幽游在水月镜花的蛮荒世界中。

四

自行车车轮一样大的日头，风火轮似的滚动辐辏，在干裂的天穹滚出一道又深又犟的烧焦的辙沟。

懒鬼焦躺卧在灰烬炭火中，背部罗列着三四个弹孔，一只腿不知去向。亚凤踢踩着猴尸，跨过猪芭人尸体，连续越过六棵大树，在火焰依旧狂妄生产火苗火芽的热浪中，求求失去半边脑壳的躯体被那朵蘑菇吃力地悬挂望天树板根上，巨蜥尾巴似的板根驮住了他的小屁股。

巨蜥尾巴似的板根驮住了求求小屁股。亚凤跨骑板根，右手圈着求求后脑勺，左手尊着两片多肉的臀瓣，将求求冰冷的身体和半只脑壳蔓在胸前。求求像被摘掉脐蒂的涩瓜，不再哭啼。他抱着求求看着遮蔽天穹的望天树、波罗蜜和榴梿树，看见求求翘着豆芽小屁股，两手各拿着竹水枪和发条打鼓机器人，在一片枝桠波澜中和一列猴魂消遁了。

大番鹊开始啼哭了，也许它们已啼哭很久，他被炮火和子弹轰瘫的双耳可能失聪一阵子。绕着天穹兜圈子撒粪的野鸟疲惫地栖息树枝上，发出碜牙的叫嚣。一只苍鹰吃力地锯破凝重的空气降到甘榜里，两根爪子攫了一坨血淋淋的猴肉，飞离弥漫红色热浪的地表。更多栗鹰、黑鸢、泽鹭和游隼盘旋村子上空，亚凤甚至听见了鸦声。一只史丹姆黑鹳降落溪岸，优雅地收拢黑覆羽，伸缩着无毛的脖子和尖喙朝空中画符咒，眼球里的虹膜在红色热浪中散发出巨大红晕，开始扫描腐肉。

猪芭人聚拢过来，用牛车和手推车装载完整和不完整的猪芭人尸体。亚凤从栈桥拆下几片板块，替求求做了一口小棺，替懒鬼焦做了一口大棺，随着牛车和手推车来到马婆婆生前职守的华人公墓。葬了求求和懒鬼焦后，亚凤回到猪芭村，坐在求求最后出现的望天树板根上，倦意像归鸟绕了三匝他的脖子落在肩膀上。七零八落的烟柱快速涌向天穹，没有一丝分歧，风突然停止了。他突然想起自己三天没有吸食鸦片了。

日头像一只红色豪猪穿林渡云，在泥泞的天穹留下凝固的偶蹄印。

他看着望天树树腹，寻找那颗削掉求求脑袋消失在望天树肚子里的子弹。他抽出小帕朗刀犁开一片猪头大树皮时，树身嵌满了密密麻麻正在蠕蠕的弹头，有的弹屁股就暴露树腹外，噗噗，噗噗，噗噗噗，放着充满火硝味的哑屁。他又剥开一片猪头大树皮，情况依旧。亚凤捡了一个依旧冒着硝烟的铁桶和一支失去意识的老虎钳，用老虎钳从望天树肚子里箝出十多颗弹头后，苏醒的老虎钳伸了个懒腰，挣脱了亚凤手掌，跃入铁桶，对着亚凤咆哮。亚凤抹了一把额头上的汗水，低声骂了一句：我到底多少天没吃鸦片了！不到一刻钟，亚凤就箝出了三十多颗弹头。

他眼皮沉重，一路弃守野地的疲困淹没了他。求求像小猴在枝丫上弹跳，像弹涂鱼在沼泽地上奔跑。鬼子的蟹壳脸挥舞武士螯刀列队冲锋，求求在螯钳中飞翔。

他从短暂的困盹中苏醒，看见爱蜜莉和黑狗站在眼前，四只长须猪在她身后发出嘎嘎喳喳的觅食声，无头鸡站在一根木桩上"环视"焦土废墟。

东边一锭药丸小白月亮升起来，西边一团狗皮药膏大红太阳落下去。

朱大帝的高脚屋

林晓婷被鬼子蹂躏的消息传遍了猪芭村，传出消息的是当天目睹马婆婆高脚屋被焚烧的翻译官，此翻译官在鬼子开办的"日本语教师养成所"修习日文，穿上军装和戴上蓝色军帽，当了鬼子走狗。联军接管猪芭村后，此人被冠上汉奸罪名，联军为平息众怒，允许每个猪芭人缴纳一元现金后，即可对此人拳打脚踢。高脚强失去小情人，爱上曹大志暗恋三年的严恩庭。"筹赈祖国难民委员会"名单曝光后，喜欢严恩庭的小男孩逃的逃，亡的亡，失踪的失踪，情敌凋零，情场不再硝烟弹雨，高脚强却攥着三尖两刃刀，驾驭想象中的神鹰和哮天犬，搭弩张弓，纵狂风，在鬼子铁蹄纵横和国难当头下，高举爱情大纛，想从齐天大圣曹大志手里拐走严恩庭。

小金率领的逃难队伍第一个抵达朱大帝高脚屋，三天后，高脚屋已聚集了七十六个猪芭人。七月溽暑，太阳好像化成几千块小红炭低空盘旋。猪芭大人分成六个十人左右队伍，在大帝、锤老怪、小金、鳌王秦、扁鼻周和红脸关带领下，定时分区巡视高脚屋四周。十五个猪芭小孩，最大的十三岁，最小的九岁，由关亚凤和爱蜜莉负责管教，芟草挑水，捡柴放牛，装模作样侦察巡弋。在关亚凤同意下，高脚强和曹大志把小孩分成两个小队，关亚凤当大队长，高脚强和曹大志当小队长。高脚强领导的小队六人，曹大志七人，曹大志的队员包括砍屄南女儿严恩庭，高脚强看曹大志更不顺眼了。分队时，高脚强说："恩庭应该加入我的小队！"

曹大志和关亚凤等人好奇地看着高脚强。

"我和大志的小队，人数刚好七个。"高脚强肌肉扎实的右臂竖着那根残破不堪的三尖两刃枪，满脸笑容。少了左臂后，他用很斯巴达的方式训练右手，每天除了单手吊单杠、竖蜻蜓、剖椰子、劈砖头，还从石油公司偷了两个火车铁轮，架上一根木杆，弄成一组六十磅重的哑铃练二头肌。"但我少了一只手，所以我的小队缺一个人手，恩庭可以填补我少掉的一只手。"

"你的右手那么强壮，"严恩庭说，"一只手可以当两只手用。"

"再怎么强，也只有五根手指一只胳膊。"高脚强严肃地说。

"我胆子小，"严恩庭娇滴滴说，"笨手笨脚。"

"怎么会呢？怎么会呢？"高脚强笑得肌肉僵硬。

"汉强，"严恩庭柔声说。大家猛然想起高脚强的本名：高汉强。"大志的小队有三个女生，你的小队两个，男生力气大，一个抵两个，缺人力的是大志的小队。"

"高脚强，你的小队男生多，让恩庭去大志的小队，如此人力平均，实力相当，"亚凤说，"朱老头交代过，我、爱蜜莉和你们十五人，我们十七人是一个紧密结合的大队，一个生命共同体。消灭鬼子前，凡事同进同退，不分彼此。"

莽林里的蛮风例行公事地吹着，枝叶窣窣窸窸呼应。云朵稠湿凝重，像冒着热气的饭团。悍夏豺狼，日头坚挺，孩子腰缠小帕朗刀和弹弓，手拿木棒竹桩，脖子上挂着塑胶面具或脸上戴着塑胶面具，兜袋里藏着铁皮玩具，亚凤和大志在前，爱蜜莉和高脚强压后，排成一个纵队，小心翼翼地避开朱大帝等人设下的野兽陷坑，走向上游三英里外山崖下一座水潭。

崖壁山泉涓涓，在壁湾形成一座半圆形水潭。涧水富含矿物质，吸引黄麂、猴子、野牛、云豹等哺乳和草食动物光临，践踏出一片光秃平坦的栖地。朱大帝、锤老怪、小金、鳖王秦、扁鼻周、红脸关坐在六个布满野兽啮痕的树墩上。锤老怪捅着强生猎枪，闭着单眼养神，腋下伸出几绺猪鬣般的刚硬体毛。朱大帝眯着双眼，嘴里叼一根洋烟，吐出一簇有牙垢馊味的浓烟。小金右手揭着一枝野胡姬，白色的花朵像一群翩翩起舞的蝴蝶，左手翻转着一支小鸟造型的金属发钗，脸上布满思念的竖纹、苦恋的横皱。鳖王秦戴着一顶鬼子的九六式钢盔，嘴角蛇蠕着几枚笑纹，小心地把捣烂的烟草渣往手脚涂抹，防山蚤水蛭。扁鼻周打着哈欠，手掌上兜着几粒藤果，啃一粒吐一粒，好像啃的是蜈蚣蝎子。红脸关脸上炖着一股不愠不火的情绪，望着天穹，喃喃自语。六人经年累月在莽林打混，五官丛生着大面积的荒山僻岭，眼眸里纵横交错着羊肠曲径。六人身前摆着一叠沈瘦子和扁鼻周杂货店的全新猎枪，紫蓝色的枪管闪烁着阴冷的金属光泽，猴毛色的枪柄像一捆正要塞入灶肚的干柴。

十五个小孩歪七扭八地站在六人面前，在亚凤和爱蜜莉整合下，列成两个纵队。

亚凤和爱蜜莉站在六人身后。

朱大帝挠了挠头皮上的疮疤，要每个小孩报上姓名身世。

"我叫曹大志，长青板厂伐木工曹俊材的独生子，十三岁，猪芭中学初一学生。"

"我叫高汉强，十二岁，长青板厂伐木工高连发大儿子，猪芭小学六年级学生。我的父亲被日本人砍了头，头颅挂在猪芭桥头上。"

"我叫严恩庭，十二岁，严焕南的小女儿，猪芭小学六年级学生，我的父亲外号砍屐南，全猪芭村的木屐都是他做的。日本人说他筹钱支助中国抗日，幸好他会做木屐，留住了一条小命。"

"我叫秦雨峰，十二岁，猪芭小学六年级学生，我的父亲秦冬祥，贩卖鳖肉蛇汤，外号鳖王秦，现在就坐在我对面，戴着一顶日本人的铁帽子。"

所有人都瞟了鳖王秦一眼。小孩发出银铃般的笑声。

"我叫赵家豪，十一岁，父母早死，被沈瘦子叔叔收容，沈瘦子叔叔加入高原抗日游击队，打日本人去了。我的好朋友红毛辉、梁永安和赖正中，死在日本人手里，死得很惨。"

"我叫吴添兴，十一岁，猪芭小学四年级学生，我的父亲吴伟良，是个渔夫，因为我参加过义卖活动，父亲要我躲起来。"

"我叫潘雅沁，十一岁，猪芭小学五年级学生，我的父亲是保元中药店老板，被日本人抓去关了，生死不明。"潘雅沁用爱慕的眼神看着高脚强，"父亲和高汉强大哥一家人最好，送给他们很多昂贵药材，所以高大哥才会长得这么高。"

孩子斜着眼看高脚强，笑得像报晓的山雀。高脚强讪讪地笑着。

"我叫蔡永福，十岁，猪芭小学三年级学生，我的父亲蔡良是猪芭小学教员，因为参加过街头义演，被鬼子砍了头，头颅挂在猪芭桥头上。"

……

"好，好，都是好孩子，"大帝擦亮火柴点燃一支洋烟，甩了甩手臂，把火柴掷向身后的水潭，"杀过人吗？"

孩子你看着我，我看着你，用力地摇摇头。

"割过草、砍过树吧，"大帝又喷了一口含着牙垢馊味的浓烟，"杀人就和割草砍树一样。"

"我们为什么要杀人？"曹大志说。

"杀鬼子！"锺老怪说，"鬼子不是人。"

"鬼子也是人！"高脚强说，"杀人和刘草砍树不一样。树和草没有头，没有手脚，不会跑不会跳。"

"剖过西瓜、剁过榴梿、切过波罗蜜吧。"大帝说。

"西瓜、榴梿、波罗蜜，不会流血，不会喊痛，不会砍你一刀。"严恩庭用她高亢圆润的司仪甜美嗓子说。

"不会尿尿，不会大便。"潘雅沁说。

孩子又笑了。

"割过鸡脖子、剁过鱼吧。"大帝说。

"鸡和鱼不会说话，也不会唱歌。"严恩庭说。

"不会欺负女生——"潘雅沁说。

"杀过猪吗？"大帝说。

"我杀过，"曹大志说，"猪只有獠牙，鬼子有枪有刀，还有炮弹。"

"凡事都有第一次，"大帝说，"时机到了，我们一起杀鬼子。有这个胆子吗？"

孩子你看着我，我看着你。

"怎么杀呢？"曹大志说。

"当然不是用你的金箍棒，"大帝说，"也不是用你们的弹弓。鬼子有枪，我们也有枪。用枪！"

年纪较大的孩子脸色突然严肃起来，严恩庭、潘雅沁和其他小女生鼓着红彤彤的小脸，吐了几口大气。鬼子强迫猪芭孩子学习日语外，也教他们用木棒作刀枪，学习战斗和搏击技术。孩子用一种第一次看到马婆婆玩具箱的眼神，盯着地上的真枪实弹。

"你们如果杀了一个鬼子，"大帝拍了拍手上一摞皱巴巴的绿纸，"赏十元香蕉币！"

香蕉币是鬼子发行的军用钞票，钞面印着香蕉树和椰子树。一株丰满漂亮的香蕉，吐着榴弹一样坚挺的香蕉花，明显地占据着整个画面，俗称香蕉币或香蕉钱。鬼子在太平洋战争节节败退后，香蕉币币值迅速疲软，最后形同废纸。在猪芭村，鬼子规定每个华人每年缴六元、马来人和其他种族每年缴五角人头税。当时物价，一斤鸡肉三角，一打鸡蛋两角六分，十元香蕉钱几乎可以缴两个华人人头税了。"香蕉钱又臭又脏,"高脚强说,"沾着鬼子的尿液和——"

"——和——和什么?"扁鼻周说。

"听说鬼子用香蕉钱玩女人,"高脚强结结巴巴,"上面一定沾着——"

朱大帝等六个中老年人暧昧地歪着嘴角。

"那你就留着擦屁股!"曹大志说。

"你想害死我?"高脚强说,"鬼子的那个——有毒——"

大人发出邪淫的笑声。

"我不要钱,"高脚强说,"杀了鬼子后,我要拔掉他的八字须,贴上我的屌毛,让他做鬼也分分秒秒呼吸我的尿骚屎臭!"

大人点着头,用称许的眼光看着高脚强。

"高脚强,"小金收起发钗,从扁鼻周手里夹一粒藤果放到嘴里,"你长屌毛了吗?"

"好了,废话少说,"锺老怪伸出一根食指,钦点了十个身材最高大的孩子,"今天教你们枪法。"

曹大志和严恩庭等十个孩子往前挪了一步。没有被点到的高脚强也往前挪了一步。

"高脚强,你退下。"锺老怪说。

"为什么?"

"你只有一只手。"

"一只手也可以开枪!"

"猎枪不行,"锺老怪说,"我找沈瘦子弄一支美国人的解放者手枪或者德国人的毛瑟枪给你。"

"什么时候?"

"当然越快越好,"锤老怪说,"沈瘦子参加了联军的高原游击队,神出鬼没,随时会和我们联系。"

"我一只手也可以开枪!"高脚强不服气。

"当然可以,"扁鼻周啃着藤果,嘴角淌着绿色的焦渣,像一头啃草的山羊,"谁不是用一只手打手枪?"

红日高挂,云彩染上雄鸡充血的肉冠红。树叶和腐枝上的山蛭列队竖立,准备攀上人兽的柔软部位吸血。光柱从树篷插到地上,纤细肥大,稀稀的像流苏,密密的像旗子。猴子翘着猩红屁股,揭着旖旎的长尾巴,踩着绵亘参差的树枝,浪迹天地。燔林的烟霾盘旋莽丛,像一群巨蟒集体交配。锤老怪荷着猎枪来到从前误把母亲当野猪猎杀的野榴梿树,后面跟着扁鼻周、亚凤、爱蜜莉和十五个小孩。榴梿树更老了,但枝梗更苍翠,榴梿果更沉重,树上的野猴更挑拨离间,树下的野猪更肥腩浪荡,树外的荆棘丛更狰狞滋蔓。十九个人摩肩接踵地埋伏荆棘丛后,锤老怪一声令下,九个小孩左右散开,排成一条直线,单脚跪地手握护钣,枪柄抵紧肩窝,食指扣住扳机,哔呖啪勒,对着树上的猴子和树下的野猪击出九颗霰弹。空气潮湿,烟硝久久不散好像蚕丝。硫磺和木炭味压住了花果香味,更是久久不散。孩子击发了有生以来第一枚霰弹,脸蛋布满激动和兴奋的红色浪潮,像木偶凝视着榴梿树。锤老怪一声令下,孩子两腿并拢,手握枪管,枪托蹾地,站得比鬼子哨岗还挺拔。锤老怪仔细检查孩子和枪支,满意地点着头,一颗左眼疯眨,几乎眨出赞叹的声音。避免节外生枝，孩子的猎枪只有一颗霰弹，但同时出膛的九颗霰弹，对纪律严紧的猴军和各据一方的散猪造成巨大祸害。榴梿树下，一只母猪和两只长尾猴倒卧血泊中，一只鼻嘴淌血的雄猪叫得撕心裂肺，被关亚凤一刀断喉。树杈挂着一只死猴，一只半死不活的泼猴。捎枪和没有捎枪的孩子看着树下的死猴死猪，伸出手指戳着死猪的獠牙和死猴的尾巴，像麻雀吱吱喳喳。

孩子戴上面具，用各种凶暴的、狐媚的、阴郁的、滑稽的表情盯着猎物。

"鬼子要倒霉了。"锤老怪把视线从树上的死猴挪向树下的死猪，突然看见一群妖怪面具，"死孩子！下流的东洋妖怪！"

戴着天狗面具的孩子和戴着伞怪的孩子吵了起来。

"这只公猪，"天狗说，"被我打断了腿。"

"打断腿的是我，"伞怪说，"我看见你对树上开枪。"

"我瞄准的是公猪，"天狗说，"你打中的是猴子。"

九尾狐严恩庭走到两人中间："我也是对准了野猪开枪的。"

"吵什么？"锤老怪说，"谁打中的都一样！"

"不一样！"伞怪说，"将来杀了鬼子，谁来领那十块香蕉钱？"

锤老怪用力扇了一下伞怪脑袋："你这个死妖怪！大帝老头说过，分不清楚谁开的枪，每人各赏十元！只怕鬼子先把你劈了！"

伞怪和天狗互看一眼，不知道做了什么鬼脸。

"你们有事没事就戴这个狗屎面具，"锤老怪吐了一口唾沫，"哪一天我少吃一块鸦片，头昏眼花就把你们当鬼子毙了！"

"安静！"扁鼻周说，"少了两个人！"

大家拿下面具清点人数，少了高脚强和潘雅沁。

锺老怪率领众人朝榴槤树下集合时，高脚强看见一只黑面獠牙的雄猪，跛着一只后腿，前仰后仆，蹄角像炮弹蹿破一截腐木，引爆毛毛躁躁的尖屑锐梗，在一簇矮木丛前泄下一坨肠胃受损的血便。高脚强凝固脚步，趁大伙不注意，横移倒灌，腰挎不大不小的帕朗刀，手攥三尖两刃刀，迈起错开腐叶喧哗的疙瘩脚步，甩着脖子上的天狗面具，尾随负伤逃窜的雄猪。他绕过一簇又一簇雄猪长驱直入的矮木丛，闪过一桩又一桩八卦布阵的肥大树身，三尖两刃刀数次舔到了猪屁股，却激励了猪跑出更不可思议的速度。他的三尖两刃刀其实只是一根削尖的木棒，棒头上刻着"三尖两刃刀"五字，铆钉棒头上的木刃树疤已脱落，棒头沾满猪血。负伤的雄猪让他见猎心喜，数次想抽出帕朗刀，但他只有一臂，舍不得扔掉三尖两刃刀，终于在一棵板根和他并肩的老铁木树前失去野猪踪影。他跳上板根四处眺望，突然看见保元中药店千金潘雅沁蹲在板根前，掮着的单管猎枪枪托抵着地上的腐叶，像长满黑色霉菌的枪管嗅着高脚强板根上包扎在泥壳中的脚趾头。

"雅沁！你怎么在这里?"高脚强跳下板根，将三尖两刃刀轻轻一蹾，像旗杆竖在地上，扠着独臂。

潘雅沁慢慢站了起来，额头齐着高脚强胸前第二根肋骨。她绑着一根小辫子，头发插着一朵红色小塑胶花，梳着小刘海，胸前挂着打金牛捶剪的金链子和一个甜美阴邪的飞天人头面具、一个半蹙半笑的九尾狐面具，掮着和她身高相等的单管猎枪，拭着额头上的汗珠，握着一个粉拳，仰望高脚强。她刻意模仿严恩庭绑辫子梳刘海。

"我一路跟着你！"雅沁露出一个严恩庭式的迷人笑容。

"你跟着我干什么？"

"我知道你想猎一头野猪。"

高脚强看着她掮着的单管猎枪，抿嘴不语。

"我有枪。"

"你有枪，没有子弹，"高脚强两脚一蹬，跳上板根，"有个屁用？"

"我有！"潘雅沁张开粉拳，露出手掌上两颗霰弹。

高脚强再度跳下板根："你怎么会有子弹？你偷锤老头的！"

"不是锤老头，是朱老头！我两天前擦洗阳台地板时，朱老头趴在栏杆上睡着了，桌上放着弹盒，我顺手拿了两颗。"

高脚强盯着两颗霰弹："你偷子弹干什么？"

"偷给你的，"雅沁卸下猎枪，打开膛室，填上子弹，"你不是想杀日本人吗？"

高脚强无语。

雅沁将猎枪递到高脚强身前："拿着！这里离鹿潭很远了，开枪无妨！"

雅沁这番话让高脚强顿时惊醒。

"这里离鹿潭多远了？"

"够远了，"雅沁啪的一声把猎枪撂在高脚强胸口上，"拿着！杀日本人之前，先杀一只野猪！"

高脚强接过猎枪，有点狐疑，又有点兴奋。

"三尖两刃刀我帮你扛着！"雅沁两手攥着三尖两刃刀，像拔萝卜拔出来，扛在肩膀上，"高大哥，这支枪后坐力很强，你要小心。"

高脚强食指轻触扳机，枪托抵着肩窝，上下左右瞄了一圈。他青筋暴凸、肌肉翻滚的右手像蟒蛇卷住了老母鸡。

那天中午，耀眼的金色光芒镶着云彩的边，烈日碎成一摊红痰，天穹澄澈太平，苍鹰张挂着距爪，野鸟瘫在树荫中抗日，鳄鱼泪流满面排盐，没有汗腺的野猪抹泥降温，锤老怪吩咐亚凤和爱蜜莉带着孩子回高脚屋，自己和扁鼻周寻找高和潘。亚凤看着孩子用完餐后，伙同爱蜜莉回鹿潭寻人。曹大志看见餐桌上放着半壶没有喝完掺着鸦片浆汁的雀巢美禄，倒满一个铁杯，一气喝完。严恩庭拿起铁壶，就着壶嘴喝完剩下的美禄。自从尝过马婆婆掺着鸦片浆汁的美禄后，孩子已喝上瘾，每天向朱大帝讨一块鸦片膏煮成浆汁，美禄或咖啡的香味夹杂着鸦片浆汁的尿骚腥腐味弥漫厨房时，最小的孩子也忍不住吞下一口唾沫。曹大志喝完美禄，肩扛金箍棒腰拀帕朗刀，也准备入林寻人，严恩庭不顾他的反对，哼着小林二郎惯常吹奏的几首日本童谣和大志朝鹿湖走去。

大志虽然喜欢恩庭，但和恩庭独处，他就变得别扭。他扛着印茄木金箍棒，胸前挂一个猪头猪脑的面具，脖子后挂一个最有猴相的河童面具，只顾低头走路，正眼不看像发情母鸟的恩庭。地面潴留着一洼又一洼死水，清澈浑浊，深浅不一，心机重，城府深，倒映着两个孩子的天真容貌或小鬼恶相。月桃的穗状花序在黑色的西南风中颤栗，没有光明的天穹从树篷中投下自杀的耀眼光彩，弥留草梢和腐叶上。遥远的鹿潭徘徊着雌雄两只水鹿，两支开叉鹿茸，八只苗条美腿。大志和恩庭的猎枪已缴还锺老怪，见了水鹿，忘了高潘两人，蹲在茅草丛中绞尽脑汁猎捕。据锺老怪说，野鹿从来不走相同路径，因此鹿湖四周鹿径纵横交错；野鹿也从来不走回头路，猎杀野鹿只可以拦头不可以截尾。

野鹿听觉灵敏，大志和恩庭屁股没有蹲稳，雄鹿已经四蹄交踢，的的哒哒踩踏腐叶枯枝，两眼瞪得比鸽子蛋大，紧盯着他们藏身的茅草丛，鼻子呼吸着他们的汗臭味，吐出底层食物链充满草渣味的屈服啼叫，滚进身后一片浪潮舒卷的茅草丛，留下八蹄的余波荡漾。野鹿虽然奔跑如飞，但不断急停回顾，顾后不顾前，拉开的距离十分有限。

大志迂回抄路，估计已超越野鹿，抽出帕朗刀栖身望天树板根后，准备学锺老怪等人使出削断鹿脚的卑劣手段。恩庭蹲在他身后，无聊地哼着日本童谣，大志掳住她的小嘴，将手指头一股没有清洗干净的尿骚味灌进了她的鼻腔。望天树散乱着寄生植物，兰花荟萃，藤蔓恍惚，鸟巢蕨的叶子从树杈中森然竖立，巨干的旮旯里不知道藏了什么虫兽，发出稀奇古怪的叫声。纵横交叉的枝桠消遁在烟岚幂盖中，烟岚不断升腾，枝桠也不断腾升，望天树像飘浮天际，穿梭着一批翅膀像板根一样巨大臃肿的怪鸟。恩庭背靠板根，捡了一根小树枝抠指甲污垢，拧了一朵白色的藿香蓟搔大志耳垂，摘了一片嫩叶对折，夹在嘴里吹出悠扬柔驯的鹿啼，戴上女妖面具，哼完《满天晚霞》，又哼《赤蜻蜓》，哼得大志弥漫尿骚味的手指头压住她的嘴唇鼻腔，她还是嗯嗯呜呜哼着，哼得上咽和下咽像两个战栗的簧片，发出清脆嘹亮好像口琴的声音。恩庭忍不住狠狠咬了一口大志中指，大志嘶了一声，抽回手掌，瞪了恩庭一个爱恨交集。清脆嘹亮的口琴声犹在飘荡，《赤蜻蜓》的旋律缭绕不去。大志和恩庭看见远方一棵榄仁树下，小林二郎扛着凿了十八个凹槽吊挂十八种杂货的十八英尺竹竿，穿着油渍斑驳的背心短裤，趿木屐，晃着布满铡痕的平头，额头扎一条白色毛巾，吹奏着复音口琴，身后跟着弹弓王钱宝财、游泳高手赖正中、蟋蟀王梁永安、红孩儿红毛辉等一批小孩，牵拖着一群狸妖、伞怪、天狗、河童、九尾狐，绕着榄仁树转圈子……

　　高脚强兴奋地扛着那支单管猎枪，每走几步就找一个激突干净的标的瞄一下。他把天狗面具甩到背后，踩着像蛋壳喧哗破裂的腐叶，绕过一绺又一绺无法长驱直入的矮木丛，闪过密密匝匝八卦布阵的肥大树身，寻找猴群集体觅食的果树，锺老怪说过，有猴群，树下就有等着捡便宜的饿猪。潘雅沁掮着三尖两刃刀，迈着轻捷的脚步，看着高脚强的天狗背影，不小心就把三尖两刃刀刀尖戳向高脚强肩胛骨，痛得高脚强嘶了一声，回头瞅了她一个心烦气躁。每次高脚强一回头，雅沁就把九尾狐面具罩在脸上，高脚强好像想起了什么，悻悻然转过头去。

　　刚劲的云彩在天穹打滚，黑色的西南风刮进林子里，枝桠参差疏朗，小扭曲，大疙瘩，看起来都有点尖嘴猴腮，甚至龇牙咧嘴。极端无聊时，雅沁用三尖两刃刀刺一下高脚强屁股，娇喘一声，发出嚄嚄喳喳的猪叫。高脚强头也不回地说："鬼叫，鬼叫，鬼叫！"雅沁越叫越大声，高脚强气得对着她怒吼："再叫！我把你一个人扔在这里！"雅沁叉腰，露出严恩庭式的蛮横："好！那你猎枪还我！"高脚强僵着脸，嘴唇嚅了两下。一朵强烈的光斑停留在他汗珠淋漓的宽额上，横竖着枝丫阴影。"雅沁，"高脚强将猎枪倚靠树身，不自然地拍了一下雅沁头颅，"野猪的耳朵和鼻子厉害，你在猪芭村放一个响屁、打一个嗝，它不但听得到嗅得到，还可以猜到你昨天和今天吃了什么肉喝了几杯美禄咖啡！"雅沁将三尖两刃刀轻轻地拄在地上，发出一声服膺的脆响。"照你这么说，我们永远猎不到野猪了。""那也未必。锺老头说过，大猪贪吃，小猪贪玩，"高脚强把猎枪扛回肩上，"而且猪进食时震天价响，没有一点戒心。"高脚强又不自然地戳了一下她的肩膀。"像你这么聒噪，打草惊蛇，再贪吃的野猪也被你吓跑了。"雅沁点点头，打了一个哈欠。"高大哥，我累了，休息一下好吗？"

高脚强抽出帕朗刀削颓了一批藤蔓地衣，将糟朽的枝叶踩踏得更糟朽，搬来一截腿粗的腐木亘在一棵桃花心木下，两人背靠着树身并肩坐下，间或有一颗长着红色花瓣的卵形果实从树上像直升机螺旋桨旋转着啪的一声落在脚下，高脚强遂即单手揣着猎枪，对着那颗已经长出根芽的种子瞄了半天。雅沁从裤袋掏出一个发条跳鸡和一个发条呱呱蛙，疙疙瘩瘩地上了发条，放在颓平潮湿的黑土上让它们溜达。母鸡走得东倒西歪，青蛙原地扑跳。高脚强又瞪了雅沁一个心浮气躁，用枪管指着母鸡青蛙，嘴里噗的一声，模拟出一声枪响。雅沁食指一撩，母鸡顺势倒下，脚爪掸飞了几个泥壳。

桃花心木下，一丛酷肖猴子尾巴的藤蔓凌空升腾，像炊烟冉冉穿过树篷，消遁在逐渐染红的云霞中，金黄色的斑光密集高脚强脸上，照耀出缩小一千倍的烟硝漫舞的炮弹坑，高脚强的神志被斑光轰炸，不可抑制地瘫软，半睡半醒中，发条玩具的叽叽嘞嘞依旧响亮，高脚强举目四望，潘雅沁已不知去向。

高脚强揉了揉眼，看见在一簇长满火鹤红、棕榈树、月桃和野胡姬的矮木丛中，马婆婆穿着肥大的客家白色对襟短衫和黑色大裤裆，趿木屐，脸皮如老姜，白发飘飘，眉峰挑着十几根虾须毛，鼻尖闪烁着蛇胆痣，下巴吊着蘑菇赘肉，脖子后长了像鹅蛋的粉红色肉瘤，手拿一把大镰刀，追逐着一只嘤嘤啼叫的母猪，母猪身后盲窜一群身上散乱着褐色条纹的幼猪。一只白色鹦鹉在马婆婆头上翕张着翅膀，模仿荷兰温血母马的咴咴鸣叫。一群戴着妖怪面具和手里拿着发条玩具的小孩像燕子盘旋马婆婆屁股后面，像盘旋屋檐下乳燕毳毛和母燕唾液组成的黏稠漩涡。林晓婷戴着九尾狐面具走在孩子前面，发出咯咯咯令高脚强魂牵梦萦的笑声。潘雅沁戴着飞天人头面具走在孩子后面，模仿林晓婷发出咯咯咯的笑声。高脚强扛着猎枪追随在潘雅沁后面，对着嘤嘤啼叫的母猪扣下了扳机……

亚凤和爱蜜莉找到曹大志和严恩庭时，他们正靠着望天树板根熟睡。

锺老怪和扁鼻周发现高脚强时，他四脚八叉躺在桃花心木下，三尖两刃刀斜插在一簇糟朽枝叶上，右手攥着单管猎枪，枪管冒着一缕濡染着青磷的硝烟。十五英尺外长满火鹤红的矮木丛中，躺着一只被霰弹开肠剖腹的母猪尸体。

朱大帝等人在莽林里搜索了十多天，未见潘雅沁。

沉默

Air yang tenang jangan disangka tiada buaya.

静水有鳄。

——马来谚语

薄晓时分，小金坐在猪芭河畔，抽着洋烟，手里拿着发钗，汗水从他脸上思念的竖纹和苦恋的横皱溢出，沿着他尖翘的下巴淌下，滴落在他肋骨狰狞的胸膛。他的手臂和腿上伤疤斑驳，布满新旧鳄鱼咬痕。三十多年来，他从身上拔出十二颗容易脱落的鳄鱼槽生齿，有两颗卡在跖骨和髌骨上，让他跛脚两个月。有一颗卡在胸口，断了两根肋骨，差点要了命。据说长期进食鳄肉，汗水、唾液、尿屎和口臭弥漫鳄鱼味，容易招惹鳄击。

年轻时，小金从来不知道什么是鳄鱼味，直到有一次走入牛油妈咖啡馆，在咖啡和面包芬香中闻到一股浓郁的腐臭，看见客人用狐疑的眼光看着他时，他才明白所谓鳄鱼味，就是尸臭味。为了掩饰这股腐味，小金从洋货店买了一批香水、发油和护肤品，有劣等货，也有高级货，雪花粉、爽身粉、美国蔻丹、法国夜巴黎、中国蝶霜、百雀羚和三花牌等，比南洋姐散发着更哀愁的狐媚。

即使遍体鳞伤去见"巨鳄"。

雨季，雨水不间断地落了两个月，廊檐流水像女人透明的纤指或藕臂，猪芭河暴涨，凹地温驯地潴成水洼，器物长出了潮湿的霉须，猪芭人眼睛里散发着苔藓光芒。下午，雨停了，小金拿着钓竿、掮着帕朗刀和猎枪走向猪芭河上游。河水暴涨后，懒散胆小的大鱼从上游顺流而下，跋涉数十公里，汇集猪芭河头，抢食人类粪便、糟糠、虾蟳蛤贝，再没有经验的钓手也可以满载而归。小金太大意了，忘了自己的鳄鱼味像沾满人血的蚊帐一样招腥。他卸下帕朗刀和猎枪，坐在浮木铺排的码头上，两只小腿泡在冰凉湍急的河水里，神仙一样抽完一根洋烟，正要下竿，小腿一阵激痛，整个人已被拽入猪芭河。

河水淹没腰部后，小金随即恢复冷静。从咬啮力、拖拽的速度和漩涡浪花，估计是一头十英尺巨鳄。挣扎抵抗只会引发鳄鱼排山倒海的死亡翻滚。他忍着椎心之痛，憋着气，瘫软四肢，眯着双眼，让自己像一具尸体被鳄鱼叼到河底。河水混浊，渣滓散乱，鱼虾惊惶游窜，鳄鱼覆盖瞬膜的琥珀色小眼睛如鬼魅，四肢紧贴着布满角质鳞的巨大躯干，摇摆着像板根一样臃肿的尾巴。小金猎鳄二十多年，对猪芭河湾鳄瞭若指掌，一眼断定这是一只人瑞层级的禽兽，尝过人肉。祖上积德，巨鳄暂时不想吃他，将他拽入河底后，衔住他的胸膛塞到河畔纵横交叉的树根下。小金痛得握紧十指、咬住三十二颗依旧强韧的牙齿。鳄鱼的近视眼瞅了瞅他，鼻子戳了戳他的屁股，嗅了一遍树根，摇摆着大尾，消失在浑沌冰冷的河水中。

小金知道，巨鳄返航大快朵颐，正是自己腐烂臃肿时。

鲜血从腿肚子和胸膛缓缓溢出，有的纤细如发，有的像在扇动的鱼鳍，描述着他的肌腱筋脉的错综复杂。树荄被血雾网住时，小金的忍耐到了极限，他吐了一口气泡，像一只挣脱陷阱的愤怒河鳖游出树荄，浮出水面，回到浮木铺排的码头。

夜幕低垂后，他吸了一丸鸦片，带着一串红毛丹、一块腌猪肉和一碗四神汤去见红灯区独一无二的"巨鳄"。那天晚上，大雨滂沱，雨水把猪芭村街道灌溉成小河，一批又一批蛤蟆徘徊店铺外的木板走廊交媾追逐，发出无耻的淫荡叫声。各种皮色的野猫或家猫、野犬或家犬，占据着走廊没有被淋湿的角落，严厉地凝视着兴奋疯癫的蛤蟆。大颗粒的雨点像鞭炮轰炸着锌铁皮屋顶。小金撑开油纸伞，涉水走在猪芭街头，小腿的伤口被尖锐的雨刃切割，露出像叉烧包馅料的猩红肌腱。油纸伞的伞骨里长出了强韧的皮膜肉瓣，像鳄鱼口腔里有防水闸作用的颚帆。

小金放下手里的水果食物，扑倒在"巨鳄"结实丰满的胸脯上，哭得像一个小孩。

那个大雨滂沱的夜晚，她的生意清淡，他几乎占有了她一个晚上。

"我被鳄鱼叼到水里，"他看着她，喃喃自语，企望她听懂，"我以为我要完蛋了。"

她抹去身上从小金伤口溢出的血迹，将小金压在铺着草席的木床上，伸出热呼呼的唇舌，舔舐着他的伤口。

"那是一头活了一百年以上的巨鳄，"小金说，舌头熨过伤口，小金全身肌肉战栗，五脏六腑像被舔了一遍，说不出是舒服或疼痛，"这种老鳄喜欢把猎物泡烂后再进食，又懒又胆小。"

房间弥漫着恶俗气味。前一个窝在"巨鳄"身上的男人，像一粒老鼠屎砸了一锅粥，小金的中国高级"双姝粉嫩膏"、美国蔻丹，"巨鳄"的小林二郎劣质的香水，立即被一个又一个男人的败坏味冲散。

当他环抱"巨鳄"时，他觉得自己只是一只骑在母蛙背上的公牛蛙，更多公蛙像卫星缠绕"巨鳄"，争先恐后洒下他们丰沛的精子流星雨。

窗外传来走廊上和雨声一样绸缪、充满棘茧的蟾蜍求偶腔。

"被鳄鱼活生生拖到水里，还在水底浸泡一阵子，竟然见不了阎罗王，"小金说，"说出来猪芭人也不会相信吧。"

"巨鳄"吸吮着他乳头旁边的半月形伤口，嘴角流溢出带着血丝的津液。

她始终无语，但舌唇滋滋啧啧，对着他的伤口絮絮叨叨，含着他的肋骨喋喋不休，溢流着千言万语。

"你会不会觉得我在说谎?"小金说。

"巨鳄"停止舔舐，像一只巨大蚂蟥瘫痪在他身上。她柔软的胸脯、温暖的腹部和吸盘一样的阴阜像一膏热药敷在他的新鲜伤口上。

"那只被你戳瞎一只眼睛的鳄鱼……"她的体重几乎是他的两倍，小金感受到一种窒息的幸福，"鳄龄大概只有三十吧，长度不到这只巨鳄的一半……"

那个雨柱肥大像猪肠子的晚上，蛤蟆性欲高涨，但客人稀落。她坐在床上，剥着小金带的红毛丹皮壳，将果实塞到小金嘴里。果实汁液淋漓，冰脆生津，小金眼角闪烁着疲困甜美的目汁。

"我也猎过一头百年巨鳄，"肉汁滋润着小金喉头，打开了话匣子，"那时候，我还没有认识你……"

他梦呓似的诉说一次又一次从鳄鱼吻嘴逃生的经验，像一则则充满死亡气息的童话。她蒸热四神汤，拿起铁汤匙，一口又一口，稀稀呼呼喝着猪骨熬成的高汤，喝给他听；咂嘴咂舌啃着山药、莲子、薏仁、当归和猪小肠，啃给他看。他讲到被一只护巢的母鳄突击，差点失去一条手臂时，她突然揩着他的左臂，用拇指摩挲着臂上一块棱角分明的旧疤，他感觉到旧疤像恸哭的喉头抽搐蠕动。

他以为她听懂了……他凝视着她枯涸的眼神，打量着明明丰满但却像剪纸一样单薄安恬、毫无思维深度的脸孔，良久，哑然失笑。她用一张废墟的脸孔招待过太多客人，拓扑出来的男人乐园建立在破砖碎瓦甚至骷髅冢上，一场春梦转眼烟消云散。他继续夸张地叙述着和母鳄的波澜壮阔的搏斗。她眼神依旧像一座枯井，神情像一湖死水，剥着一颗又一颗红毛丹，轻轻地塞入他的嘴里，好像士兵给家乡的爱人写情信，在枪林弹雨的战场上，好像他描述的只是安逸无趣的猫狗家事。

锈迹斑驳、鸟巢蕨和羊齿植物遍被的锌铁皮屋顶上，矗立着株距密集的飞雨莽丛。一只湿漉漉的蛤蟆逆着雨势，跃上窗台，咕咕呱呱，呱呱咕咕，鼓着脖子诵了一段祈雨文，消遁在房子一个阴暗角落。"巨鳄"停止剥红毛丹，紧傍着小金躺下。小金搂着"巨鳄"，枕着"巨鳄"胸脯，有一种呼叫她的名字的冲动。

膏似的大水封锁了整个猪芭村。

"阿彩——"

小金嘴里吐出一个既熟悉又遥远的女孩名字。

根据出生证书记载，那一年他十四岁，也许更小，长辈习惯虚报岁数，让孩子及早加入有年龄限制的职业，领取合理报酬。那一年，阿彩十三岁，也许更小，已经是那个小镇的炒粿条好手。公鸡啼过一遍后，淡薄的晓色溽染过一遍小镇后，小金好像长了四条腿，轻巧不沾地地走向阿彩一家人的粿条摊位。掌厨的是阿彩和她母亲。阿彩父亲下半身瘫痪，只能坐在锅灶前拣豆芽、剥虾子、剁蒜头和快速熟练地往灶膛插柴酿火。阿彩食摊夹峙在海南鸡饭和福建炒面之间，炊烟弥漫，火舌暴蹿，锅铲声铺天盖地，热气奔腾，客人拥挤。客人有的坐在油渍渍的椅子上慢条斯理吃粿条，有的站在锅灶前看阿彩和她母亲炒粿条，等着打包带走。阿彩发长齐臀，炒粿条时绑一根辫子，辫穗头扎了十几个铁发夹，让辫子垂直得像秤杆，间或辫穗头扎一个红色的蝴蝶结，凌空架在挺拔傲岸的股沟上。小金看阿彩炒粿条，百看不厌。阿彩烧热食油，舀一铲蒜泥爆香，倒入粿条、豆芽、鸡蛋、酱油、虾仁、腊肉和韭菜，快铲大火爆炒。小金只要站在锅灶前，阿彩就会炒好三碟粿条，将粿条摊匀在三块大叶婆叶上，用旧报纸包扎，让小金带走。小金拎着三包热呼呼的炒粿条走在回家的路上，肩膀像长了翅羽，脚趾不沾尘土。阿彩炒完三碟粿条，一双大眼少说瞄了他一百次，他幸福死了。他从十三岁——也许更小——开始看阿彩炒粿条，看了快一年，只和她说过一次话。那天下午家里来了客人，小金手里拳着五角钱走到阿彩的粿条摊，故作热络地说："一角钱炒粿条，五包！"

阿彩嘴角含笑，两眼像八月十五的满月。

"哦，五包。"

"爸爸说，酱油少一点，"小金压低嗓子，挤出像大人的鸭嗓，"如果有鱼饼，用鱼饼代替腊肉。"

阿彩露出了贝壳牙齿。

"哦——"

天穹阴沉下来，雷声如鼓，阿彩炒完五包粿条，落下豆芽色和豆芽形状的蜷曲雨点，像蛆从屋檐滴下。小金拿着五包炒粿条，坐在阿彩的摊位上等雨停。雨势强劲，街景朦胧，一群人挤进狭窄的摊位，摩肩接踵避雨。再等下去，粿条要变冷了。阿彩的母亲坐在一张高脚椅上，剔着牙齿，笑得很神秘，说："阿彩，没客人了，你拿把伞送小金回去。"阿彩走到小金身边，撑开一把油纸伞，看着小金。小金拎着五包炒粿条，和阿彩并肩走在雨中。走了十几步，阿彩把油纸伞交给小金，蹲下卷起被雨水濡湿的裤管，露出小腿。雨点黏稠，像蜂蛹沿着伞檐滴下，像茧密封着从五包炒粿条中溢出的鸡蛋、酱油和蒜泥香味。雨点像拨浪鼓敲击着油纸伞，敲击出婴儿咯咯咯的笑声。小金从来没有和阿彩这么接近过，他拗断五百根脑筋，终于撂出一句话。

"爸爸最喜欢吃你的炒粿条。"小金冷冷地说。

"哦——"

"爸爸说，整个镇上，你的炒粿条配料最实在，虾仁和豆芽最新鲜，鸡蛋和腊肉最多。"小金心虚地把手伸出伞外，濡湿手掌，抹去脖子上的汗珠。父亲从来没有说过这种话。

"妈妈嫌我配料下得太多。"

"镇上的人都喜欢吃你炒的粿条。"小金说。

"你呢？"阿彩说，"你喜欢吗？"

"——喜欢。"小金又冷冷地说。

坚硬的雨喙疯狂地啄着油纸伞，臕肥的雨脚横倒竖卧在野草和水洼中。篱笆眼和秃枝上栖息着一群泥巴一样混沌的野鸟，天上氤氲着青绿的莽丛色，地上弥漫葱郁的水气，油纸伞下酿着一卵明亮的蛋黄色泽。小金弯腰捡起一块石头，扔向秃枝上簇拥成一团烂泥的野鸟。石头打中秃枝，秃枝颤了颤，野鸟纹风不动。他又捡了一颗石头，噗地打中野鸟，鸟群蠕了蠕。阿彩看了他一眼，鼻头上的汗珠闪烁。阿彩握着伞柄的五指发散着草芽的青春蓬勃，好像没有骨头。小金为自己的孩子气感到别扭。过了一座独木桥，小金的高脚屋近在咫尺。大雨滂沱了半天，溪水暴涨，两根盐木铺排的独木桥傲慢地竖立在溪水上，桥墩好像长高了，隙缝中的野草好像长稠了，一只烂泥一样的蟾蜍蹲在桥中央，用一双充满攻击性的小眼瞪着他们。拳头大的蟾蜍让桥面变窄了，或者是狭小的桥面让蟾蜍显得肥大。小金走在前面，跨过蟾蜍，蟾蜍咯咯叫两声，头上的疣粒和背上的疙瘩忽大忽小。阿彩跨过蟾蜍，蟾蜍也咯咯叫两声，肉瘤萎缩，四肢凌空撑起。小金站在高脚屋屋檐下，听着蟾蜍疯狂叫嚣，看着阿彩的背影走过独木桥，消失在灰蒙蒙的天地中。

三个月后，全镇的男人划着舢板，带着猎枪、帕朗刀、镰刀和棍棒，在临近小镇的河滩枪杀了一头八尺湾鳄，剖开肚子，捡回阿彩支离破碎的尸体。阿彩奉父命，薄晓时分盘桓河口捡血蚶，学潮州人掺入血蚶肉，丰富炒粿条配料。一只湾鳄叼住阿彩小腿，消遁在波光荡漾的平静河水中。

"阿彩——"

小金枕着"巨鳄"的柔软胸脯，栖浮在像树冠辐射出去的二十个乳腺叶上，在"巨鳄"心跳声、雨声和蛤蟆淫叫声沉沉睡去。

他在朱大帝等人面前呼叫她"巨鳄"，但和她独处时，他总是用无言的眼神呼叫她。无言的抚摸，无言的环抱，无言的亲吻，无言的腌猪肉和四神汤，无言的蛤蟆呻吟，无言的告别。间或，他的脑海会出现一个喑哑佝偻的名字：阿彩……

他准备向小林二郎探询"巨鳄"名字时，鬼子已入侵猪芭村。

小金抽完了一包洋烟，思念的竖纹和苦恋的横皱扭曲了瘦削的脸，六英寸长的发钗陪着他一夜无眠，在他手掌上辗转反侧到清晨。发钗头有一个模糊的鸟头造型，三年多前握在"巨鳄"手里，刺瞎了一只鳄眼。三年多前他杀了那头瞎了一只眼的巨鳄，把发钗插在"巨鳄"鸦羽色的发髻上时，她的眼眸堕下了两行热泪。

爱蜜莉将发钗交给小金时，小金捏着长满青紫色锈迹的发钗，良久无言。他看着爱蜜莉，眼睛散发出璀璨的光芒。

"何芸在日本军营时，一个身材高大的东洋女子送给她这东西，"爱蜜莉说，"要她战后把它交给猪芭村一个身上布满鳄鱼咬痕、四十几岁的捕鳄专家。那人应该就是你吧。"

小金来到囚禁何芸的房间时，何芸睁着一双油腻腻的大眼，笑得像一头疲惫老迈的母山羊，一语不发，让小金想起炒粿条的阿彩。她嚅了嚅嘴唇，好像想起了什么，眼眸亮了一下，打开客家对襟短衫和长裤，敞开丰满的胸脯，露出胯下两片闪烁着荧光的潮湿的蕈褶。小金身上释放出来的腐败味，弥漫房间久久不散。

那天中午，小金掮着猎枪、帕朗刀，瞒着朱大帝离开了高脚屋，潜入戒备森严的猪芭村。他在一个废弃的芭棚睡了一晚，破晓时分潜伏猪芭河畔，三天后，他鞍在一棵枝叶茂密的龙脑香树干上，看见六十多个女子在一群荷枪实弹的鬼子监视下散布猪芭河畔，发呆沉思，拈花惹草，裸身洗澡，嬉闹聊天。西南风像利刃划过猪芭河水，释放出屠戮牲畜的血腥气味。白云像一群交欢的兔子，天庭肉欲横流。永远钢筋铁骨竖立猪芭河畔的椰树丛，在一片靛蓝色的烟岚中显得愁眉苦脸。河水悠悠，漂浮着各种郁闷的脸膛，发出各种长吁短叹。鸟声嘹乱，莽丛错落，冷漠的猪芭人划着怯弱的船桨，驾驭着脆薄的舢板或长舟，载着贫乏的渔获野果，在鬼子的机枪凝视下划过了清晨的安静的猪芭河。一个鬼子走到小金栖身的树下撒了一泡尿，永远朝天的九六式机枪枪管对准了小金屁股。鬼子掏出一根像枯枝的兽棒，撒了一包浊黄色的热尿，用拇食二指夹着兽棒甩了两下，漫不经心地把兽棒塞回裤裆。撒完尿后，鬼子脱下蟹青色钢盔，抬起下巴，眯着一双小眼看了一眼树上。小金握紧猎枪枪托，抬头看着从树冠露出的一小块布满裂痕的天穹，想起"巨鳄"乳房上青紫色的乳腺。低头看时，鬼子已离开树下。龙脑香距离猪芭河太远，六十几个皮肤白晰的女人簇拥河畔，像一群蛆在啃一块腐肉，高矮肥瘦不分，面目模糊，小金视力再好，也分辨不出"巨鳄"身影。

两天后，小金借了一艘舢板，捎一个粗腰细脖的驮篓，穿一件破烂肮脏的背心，戴一顶四面八方翻檐的草帽，揭一支钓竿，脸上抹一层黑泥浆，把猎枪和帕朗刀藏在夹板下，趁着六十多个女子在河畔休憩时，把舢板划到对岸一棵椰子树下，下竿垂钓。那天早上，天气阴霾，河畔的菜垄挺露着饱满的肚腹，升腾的地温在瓜棚豆架上像刀刃跳跃。大树的清癯面目和漂亮肢体矗立在鼻涕色的天穹中，偶尔刮起一阵强风，大树纷纷战栗，打了几个大喷嚏。纤弱的茅草丛挂着铁秤砣一样沉重的大番鹊，几栋歪嘴塌眼的陋屋一身傲骨地挺立河岸上。对面河岸站了十几个鬼子哨岗，一面红膏丸的日本国旗威风八面地飞扬着，旗缘上的鲜红色丝绦散发着一帘歌妓的脂粉气。六十几个女子，脸色苍白，嘴唇像两只缺血的蚂蟥，分辨不出精神饱满或两眼惺忪，也说不出愁眉苦脸或笑逐颜开，迈着细碎的步幅，空洞地凝视着肃杀的天穹和卑微的猪芭河，像一群满腹心事的母鸡。

小金用抄网捞起第一尾鱼时，嗅到了阵阵的腐嗅，听见了喧哗的蛙鸣。

一个身材高大的女子站在河畔，身上披着一件及胸的粉红色围裙，弯腰将头发扎到水里，打湿了一条白色的毛巾，慢条斯理地搓揉身体。河水淹没了她的脚踝，白萝卜色的皮肤闪烁着粼粼波光。她用一只手捏紧被她拧成螺旋状的湿毛巾顶梢，用力一甩，发出一声曝响。小金右手一抖，五指一松，钓竿戳入水里。他迅速捞起钓竿，重新挂饵下竿。他的动作引起了鬼子注意。两个鬼子用九六式机枪枪管对准了他，两腿如棒，身躯如桩，上下打量着他。小金不停地弯着腰，脸上挂满笑容。身材高大的女子用毛巾擦拭着脖子，两眼像火焰扑向小金。鬼子将视线从小金身上移开，枪管朝天。女子的擦拭变得非常缓慢，间或完全停止，眼眸重新燃起一股焦金烁石的火焰。小金嘴唇嚅动，喑哑地呼叫着她。无言的抚摸，无言的环抱，无言的亲吻，无言的腌猪肉和四神汤，无言的蛤蟆呻吟，无言的告别……

小金头脑长满瘢痂，瞬间失去思考能力。他从怀里掏出六英寸长的发钗，高高地举到了额头上。

小金看到女子的嘴唇对着身边的鬼子喘了喘。鬼子转头瞪了小金一眼，用拇食二指凑到嘴边吹了一个抑扬顿挫的嗯哨。

十几个鬼子的机枪对着小金开了火。

枪声像鸡啼醒脑聪耳，震得小金五脏净空舒畅。

爱蜜莉的照片

在炸弹掉落之前，让我牵着你的手，亲吻你高贵的脸颊，细语呢喃……

在灾难降临之前，让我陪着你在花园里徜徉，在花香中与你共眠……

你可以享受软玉温香，在我的酥胸得到慰藉……

回家吧，我在家乡等着你，愿你我梦中相逢……

——太平洋战役日军对联军投掷之劝降书

一

扁鼻周净空杂货店到朱大帝的高脚屋避难时，从溺毙鹰巢湖的鬼子飞行服口袋掏出一叠枯黄的白纸。白纸经过湖水浸泡，呈澄黄色，文字有点迷茫，图片有点漶化。每张白纸上翻印着一幅西洋或东洋女子黑白照或彩绘图，裸露着丰满的胸脯和挺翘的屁股，笑得像一瓣弯月，哀怨得像一颗孤星。女子像暗夜中的萤火虫，以自己独特的闪烁频率对扁鼻周发出呼唤的荧光。

扁鼻周拿着白纸走到隔壁的吉祥号杂货店找沈瘦子。

白脸书生沈瘦子，脸上挂一个圆形的黑边眼镜，五指如玉葱，精通多种语言，爱看奇书，从毛发到脚趾洋溢着仙气，让人想起月份牌上从北方仙境走下南洋凡间的人物。"筹赈祖国难民委员会"举办义卖时，沈瘦子捐出了一箱鸦片器具，有镶嵌红蓝宝石的象牙和犀牛角烟枪、紫砂陶烟锅、雕着春宫画的烟膏盒和年代久远的烟灯、烟签，创下高不可攀的义卖单价。猪芭孩子冒着被鬼子砍头的危险，捡了联军和鬼子的弹头弹壳和沈瘦子交换稀奇古怪的玩意，据说沈瘦子可以把孩子捡获的弹头用弹壳裹上推进药和底火，用他那把美制解放者手枪射击，杀伤力不输鬼子南部十四式手枪。孩子们从沈瘦子那里获得大量弹珠，豢养蟋蟀的各国火柴盒和香烟盒，过时的年历月份牌，一捆捆的橡皮筋，各种型号的鱼钩，制作弹弓橡皮弹条的报废自行车内胎等，即使是一只破皮鞋，也让孩子如获至宝，制作弹弓的弹丸兜。沈瘦子加入国民党印缅远征军和联军高原抗日游击队后，学会一脑袋的军事战略和杀人知识。扁鼻周现身吉祥杂货店时，沈瘦子正坐在床上抽着一支象牙烟斗，身边放了一个包袱，手上拿着一个黄色的卵形胶囊。

沈瘦子小心翼翼地把卵形胶囊放入一个硬纸盒，塞到胸前的小口袋。他接过扁鼻周递给他的白纸，仔细看了一遍，脸上挂着阴柔的笑容，两颊漾着女子才有的嫣红，吐出一朵像白色菊花的烟雾。

扁鼻周解说了一遍白纸的来历。

"哦——这是鬼子对牛仔大兵空投的劝降宣传单。"牛仔大兵、圆桌武士和袋鼠军团是沈瘦子对美英澳国大兵的惯称,"这东西我在菲律宾看得多了。我还看过印着东洋婆娘的票单呢。"

扁鼻周点点头。

沈瘦子用一条白手帕抹了一下白脸,凝视着一张彩色绘图。画中有一个穿着猩红睡衣、裸露着背部的洋婆子,趴在床上以五指抚摸一个年轻男子的照片。沈瘦子用一种如痴如醉的口吻翻译票单上的英文字体。"你为什么离开我?我为什么一个人承受这难熬的孤独?这死亡一样的寂静?这无边无际的情欲?为什么?为什么?爱人,回来吧!回到我怀里吧!"

沈瘦子将劝降单交到扁鼻周手上,挂着一个狐媚笑容,蹙了蹙纤细如牙签的眉毛,拇食二指轻轻捏着另一张劝降单。劝降单上彩绘着两个手捧鲜花的年轻男子,环住一个年轻女子。"你为什么沉迷于战争的冷酷无情?汤姆数月前回家了。托玛斯一直对我献殷勤。亲爱的,我空虚寂寞,我对自己越来越没有信心了……"

沈瘦子又随意翻译了几张劝降单。"老周,这东西别让鬼子看见。"

扁鼻周离开后,沈瘦子捎着包袱投奔联军高原抗日游击队,一九四五年八月二十日,朱大帝组织队伍入林追剿溃逃的日军时传来了沈瘦子死讯。沈瘦子死因众说纷纭。据说他从联军运输机跳降落伞和游击队集合时,因乌云密布天候不佳,飞机无法低飞,不得不从三千公尺高空穿云而下,降落伞落入达雅克人挖掘的捕猪陷阱

中，沈瘦子被一根尖桩穿透胸膛，但一个和他同时跳降落伞的圆桌
武士说，沈瘦子的降落伞吊挂在一棵望天树上，卡宾枪扳机勾到一
根枝桠，一颗子弹射穿了沈瘦子脑袋。有一种说法是，沈瘦子随着
游击队员潜伏到内陆一个驻扎了两百名鬼子海军陆战队的村庄，因
势力悬殊，游击队的袋鼠军团队长请求联军支援，联军派出两架闪
电型轰炸机投下大量烧夷弹，炸得鬼子血肉横飞，也炸死一批包括
沈瘦子在内的游击队员。另一种说法是，沈瘦子在一次丛林遭遇战
中被鬼子围困，打完最后一颗子弹后，吞下内含激毒的黄色卵形胶
囊，口吐白沫，在鬼子刺刀抵住胸口准备活逮时气绝。

扁鼻周回到杂货店后，又仔细检查了一遍飞行服，在一个内侧
小口袋找到一张皱巴巴的劝降宣传单。宣传单内容大致一样，印着
一个东方女人的黑白摄影照片，短袖衬衫，长发披肩，两手叉腰，
抬头凝视天穹，身后白云荡漾，一丛阳光在她五官深邃的脸蛋洒下
摇曳生姿的蕉风椰影。

二

山崎开始逮捕"筹赈祖国难民委员会"成员后，鳖王秦第一个
收拾包袱，和扁鼻周、小金打过招呼后，半夜带着儿子遁向朱大帝
高脚屋。自从那天晚上看见貌似红脸关妻子叶小娥的人头蛇身大闹
蛇店后，原来一夜无梦的睡眠开始支离破碎，屡被南海传来的海豚
逐浪声、鲸鱼排出蒸气时的靡靡之音、隔壁餐饮店的夫妻恩爱声惊
醒。迁居朱大帝高脚屋后，海豚逐浪声和鲸鱼喷气声消失了，莽林
的心跳和喘息、禽兽的恩爱或厮杀继续腐蚀着睡眠品质，吸食鸦片

的次数和分量暴增。一个下着小雨的日子，他忍耐了一天没有吸食鸦片，傍晚时分打了几个冷战，流下几行透明鼻水，看见十二岁的儿子秦雨峰正从亚凤领导的巡弋队伍解散归来，戴着那顶从湾鳄肚子取出的蟹青色九〇式钢盔。高大的常青乔木在雨丝中辐射着一层青紫色光晕，儿子的钢盔也辐射着一圈乌青的河鳖色泽，脸上弥漫英勇的关羽红，脖子学牛仔大兵系一条平安回家的黄丝带、挂一个面目狰狞的妖怪脸谱，手上反拿一支轻巧如暗器的小帕朗刀。鳖王秦最不喜欢儿子戴那顶鬼子钢盔，过大的钢盔罩在他瘦小的脑袋上，让他细得像苦瓜的脖子好像随时会折断。

"皮痒啊！不是叫你别戴那顶铁帽子吗？"鳖王秦破口大骂，"你总有一天会让锤老怪当鬼子毙掉！"

儿子吐了吐舌头，顺手摘掉钢盔。

鳖王秦看见儿子摸了摸脑袋，钢盔在头上化成了头盖骨，头盖骨下流窜着脑浆血液。

"叫你脱下盔钢，"鳖王秦扇了儿子一巴掌，"你干什么？"

"我不是脱了吗？"儿子晃了晃手里湿淋淋的钢盔。

鳖王秦看见儿子手掌蔓延着一圈乌青模糊的河鳖色泽，脸上的关羽红脸孔瞬间变成一个鼻子像茄子一样长的妖怪脸孔，听见儿子说着自己听不懂的鬼子话，伸手抹了一把鼻涕，打了一个从发根抖到脚趾的寒战，两臂松软无力，五指摸索着腰上的帕朗刀刀柄。儿子看见父亲脸皮僵硬成鳖壳的革质皮肤，嘴角淌着一行唾液，下颚下垂得像脱了臼，知道父亲鸦片瘾发作，丢了钢盔，转身就跑。

"死孩子！"鳖王秦看见一个河鳖从孩子手上挣脱，窜入一丛枯叶。他拔出帕朗刀，脚趾像五齿钉耙，走一步就筑翻一团烂泥，迈出十多步，脸上汗泪遍被，几乎还在原地踏步。

儿子狂奔了十多步，两手叉腰，回头看着父亲，脸上露出调皮神色，并不十分害怕。这不是他第一次看见父亲鸦片瘾发作。父亲鸦片瘾发作时虽然可怕，但好像一个十多天没有进食的饿殍，甚至像一尾被削鳍的鱼，只要够机灵，父亲伤害不了他。相反，他还要监视着父亲，不让父亲干出傻事。

鬼子入村前，内陆饲养斗鸡出名的陈烟平和父亲有一场赌斗。陈烟平在唐山以劁动物生殖器讨活，骟马、宦牛、阉猪、羯羊、善狗、净猫、镦鸡，无一不精，流窜菲律宾后，学会饲养斗鸡和各种斗鸡窍门，以贩卖斗鸡讨活，定居婆罗洲后，继续饲养和贩卖斗鸡，间或下注赌斗，每隔三五个月就运来几个箩筐的蛇鳖卖给鳖王秦。鳖王秦听说陈烟平的阉洁绝活独步南洋，想学一两手，死赖活求，陈烟平不肯，说："整个南洋，会这绝活的没几个，我如果教了你，还混什么？再说，我不会阉蛇，也不会阉鳖，更不会阉人，你学这东西干什么？"鳖王秦知道陈烟平鸦片瘾不下自己，于是和陈烟平举行一场赌斗，自己如果输了，以后双倍价格收购陈的蛇鳖；陈如果输了，必须授受阉洁技术。赌斗方式很简单，陈烟平和鳖王秦在蛇铺同吃同睡，彼此监视，看谁有本事在不吸食鸦片下撑得最久。三天后的清晨，陈被发现一脸鼻涕泪水倒卧蛇铺中，四周散乱着从铁笼逃窜出来的毒蛇和没有毒的蛇。鳖王秦儿子在猪芭村绕了一圈，看见父亲趴在猪芭河滩，从头到脚摊着十多只吸饱了血的水蛭，每一只都像猪肠子一样肥大。两人不分胜负，大难不死。鬼子入村后，鳖王秦黄昏时分和儿子经过鬼子哨岗，儿子机灵地行了一个鬼子要求的标准鞠躬，鳖王秦当天还没有吸食鸦片，浑浑噩噩，不说没有鞠躬，还用力拍了一下儿子头颅，骂了两句。荷枪实弹的鬼子哨兵走到父子面前，一话不说，扇了父亲一巴掌，又踢了父亲一脚。鳖王秦哀叫一声，像一只狗倒在地上看着鬼子。鬼子叽哩呱啦吼叫，唾沫星子像木匠的刨花落在鳖王秦身上。秦雨峰又用力鞠了一个优美诣媚的躬，对着鬼子哨兵绽出一朵灿烂到牙齿都要像花瓣凋落的笑容。"爸爸，站起来，对皇军大人鞠躬!"鳖王秦吞了一口又干又咸的口水，看了一眼鬼子钢盔下只有怒气没有五官的阴暗的脸。他慢吞吞地站起来，对着鬼子迅速地弯下腰杆，又迅速地挺直腰杆。鬼子更用力扇了一巴掌，踢得鳖王秦翻了两个跟斗。秦雨峰搀起父亲。"爸爸，你这鞠躬不对，跟着我做!"鬼子要求的标准姿势是：卸下所有随身物和配饰，身体打直，脖子肩膀前倾，弯腰鞠躬十五度，默数五下后恢复原状。姿势不标准，一律拳打脚踢，打到歪嘴崩牙，并且对着天上的艳阳或晚霞中的残阳练习鞠躬，练习到腰酸背痛四肢酸软，几乎每个猪芭人都遭受过这种折磨。鬼子投降后，联军安抚人心，在猪芭人要求下，把鬼子列成几个纵队，对着炎阳或残阳鞠躬，看得猪芭人人心大快。那天鳖王秦因为少食了两块鸦片，被鬼子扇了十多个巴掌，屁股挨了十多下军靴，才做出了标准的鞠躬姿势。

秦雨峰和父亲拉开十多步距离后，僵在原地，温驯恭敬地看着父亲。鳖王秦一步一步推进，帕朗刀刀尖一次又一次插入湿地，箍起一叠厚厚的腐叶。汗水、泪水、鼻水和唾液从他脸上淌下，似乎也淌下不少五官的棱角皮膜，让他棱角分明的荷兰人的五官平庸得像一面树墩，往日杀蛇剖鳖的风采也风流云散。鳖王秦膝盖一屈，跪倒地上，半截帕朗刀插入了湿地。

"你——你是雨峰?"鳖王秦用手背擤了一把鼻涕眼泪，看着头盖骨下脑浆斑斓、茄子鼻像猪尾巴盘曲着的红脸妖怪，吐出了一句含糊不清的话。那句话五分钟前就盘桓舌尖，直到现在才脱口而出。

"哦，哦，我是你儿子，秦雨峰。"秦雨峰蹲着一个随时全速冲刺的马步。

"雨峰，好孩子，你去找朱爷爷或扁鼻周叔叔，跟他们要两片鸦片膏。"鳖王秦只是耽搁了一天吸鸦片时间，并没有完全失去理智，他看着儿子脸上英勇的关羽红和红鼻子的腥邪水乳交融，烧出一个散发着神魔釉彩的交趾陶双面妖，心里很清楚那是儿子长期戴着妖怪面具的蜃景幻觉。当他吸过鸦片神清气爽时，看到的不戴面具的儿子不会比戴面具的儿子更多。他用手指头擦了一下眼泪，回头果然看见草丛中那顶鬼子蟹青色钢盔。他跪着从泥土抽出帕朗刀，拭去刀刃上的泥浆，在一片姑婆芋上抹一抹，刀尖对着刀鞘口，还可以不怎么觑地就精准入鞘。他抬头看着像散财童子的神彩斑斓的儿子。"好孩子，听见了吗?"

秦雨峰依旧紧绷着马步，绷得他更加消瘦，像一只飞不起来的风筝骨架。父亲太早恢复神智，让他有点怅然。他曾经在父亲鸦片瘾发作时，让父亲追着绕了大半个莽林，说也奇怪，父亲越奔跑越是精神抖擞，最后终于停止追逐，丢下他满怀元气离去，间或顺手猎杀一头离散的野猪，将死猪捎在肩上，裤裆鼓胀，潴满猪血。他不放心，跟踪着地上的血迹，远远看着父亲背后闭目安息的猪头，露出往日父亲的慈父光辉，他的眼泪落了下来。

秦雨峰卸了马步，面露难色。

"孩子？雨峰——"

鳖王秦站起来，走向一潴水洼，舀水浇净膝盖上的泥土。

"朱爷爷说，"秦雨峰往前跨了两步，"你鸦片吸得太凶，要减少你的分量。"

"减少就减少，"鳖王秦眨了眨眼。儿子身上调皮不安分的魔性，总好像会引发自己没有罂粟碱和吗啡安抚的魔念，"一天两块鸦片膏不过分吧？"

"好，我去讨两块，"雨峰说，"你今天如果还要第三块、第四块，你自己去和朱爷爷要。"

"哦？我即使跟他要第五块、第六块，甚至第十块、第一百块，他也不敢不给！"鳖王秦哼笑一声，又抹了一把鼻涕泪水，"孩子，快去，我快撑不住了。"

小雨依旧落下。雨峰两手往后梳耙头发，脑后泚出一股雨水汗水交织的雨辫。他抬头看着父亲逐渐凹凸分明的荷兰人五官，小跑绕过父亲，朝父亲身后的高脚屋跑去。

"孩子，把钢盔捡回来。"鳖王秦说。

雨峰在草丛前刹住脚步，弯身掐住滑溜的钢盔，走向父亲，将钢盔递过去。鳖王秦伸出一只可以握满儿子脑袋的大掌，手指在儿子手臂上箍了两圈，将他脚不沾地拉入怀里。

"孩子，最后一次警告你，"鳖王秦露出一排漏风大牙，下巴上的须茬扎到儿子额头。在这个近距离下，鳖王秦又看到儿子头盖骨下流窜的脑浆血液。儿子脖子上的面具挤眉歪鼻地埋在他的胸口上。"别再戴这鬼子的东西，听到了吗？"

雨峰唔哼一声。他瘦得像竹竿的手臂痛得心脏收缩了，忍不住握拳向父亲肚子擂去。

鳖王秦捂住他的拳头，像捏碎鸡蛋壳捏得雨峰迸出了眼泪："听到了没有？"

"听——听到了——"雨峰吃力地挤出一句话。

"你这是揍人吗？"鳖王秦放开了他的拳头，"再打我一拳。"

雨峰记得父亲说过捶人第一拳最重要，必须发出骨头断裂牙齿崩落的音屑，而不是捶腻了的气闷声。揍人要像揍畜生，不能有一丝心软，而且一拳就要打得对方俯首称臣，连反击的想法也没有。雨峰又一拳擂向父亲胸脯。鳖王秦叹了一口气，松了儿子手臂，接过儿子手里的钢盔。

"孩子，你不是天天吃猪肉鱼肉吗？"鳖王秦把钢盔的下颚系带圈在手腕上，捏了捏儿子的手臂，"怎么不长肉？"

雨峰看着父亲的肋骨，想在那上面多擂个几拳。更小的时候，他只要犯了错，父亲就会用一根树干在地上围着他划一个圆圈，约束他的活动范围，于是他像狗一样被父亲约束着。圆圈的大小，就看父亲心情和他犯下的错误。父亲画下的圆圈大致比一个米瓮稍大，如果当天父亲迷糊，他就捡起树枝加大圆周，或让圆圈从烈日罩头移到阴凉的树荫或屋檐下。他最怕父亲画完圆圈后不知去向，彻底忘了这件事情，于是他不停地噘着嘴巴，学狗叫猫叫鸭叫鸡叫鹅叫牛叫。父亲如果想提早释放他，就会站在圆圈内，叫雨峰把他推到圆圈外。他用两手推挤父亲挺直柔韧像椰子树的腰板，用头顶撞父亲像猪窟一样深邃的裤裆，用脚踢踹父亲像脚踏车车杆的脚胫。他握紧拳头擂向父亲的肋骨和腹部，越打越痛。父亲反击时，用一只手捂住他的头，把他的屁股压在地上，或者五指伸向他的胳肢窝，挠得他哭笑不分。父亲像山崖上的石雕弥勒佛，后面有一座山护着他。有一次雨峰咬了一口父亲裤裆，不知道咬到什么根或什么卵，父亲惨叫一声，四仰八叉跌坐圈外，用一张嘴把所有人兽都乱伦性交了一遍。那是雨峰唯一将父亲推向圈外的一次。

鳖王秦松开儿子肩膀，五指伸向儿子脖子下，一把揪住面具，撅断了面具扣带。面具仰面飘落在腐枝和枯叶上，鳖王秦用脚板踩了几下，踩得面具面目全非。

"老秦，又和儿子过不去了？"鳖王秦身后传来扁鼻周的声音，"今天还没吸鸦片？"

扁鼻周放下包袱，掏出两块鸦片膏，交到鳖王秦手上。

三

摄影家铃木梳着中分头，一双大耳高提过眉，脸上洁白干净，散发着僧侣的自律和慈悯，脖子永远挂着德国"碧浪之家"照相机，出门戴一顶白色帆布鸭舌帽或偏头凹腰的草帽。他的摄影馆夹峙在粮食杂货店、土产店、药材店、咖啡摊和裁缝店之间，镶着玻璃的橱窗占了四分之三店面，橱窗内用大头钉嵌着猪芭人物和风景的黑白照。猪芭人走过摄影馆，可以透过门帘看见铃木站在一个三只大脚架设的箱型照相机前，用一块黑布遮住头颅，屁股高高地撅起，一个钨丝灯胆在他头顶上爆发出闪电似的光芒，白色的鸟巢烟丝升腾到天花板，照耀得几个站在白色帆布前面的猪芭人像僵尸。客人大部分是洋鬼子和猪芭有钱人，馆内平素只开着一盏昏暗的灯泡，铃木可能在暗房里冲洗照片，也可能带着"碧浪之家"上山下海。经过照相馆的猪芭人，惯常驻足观赏玻璃橱窗内的照片，即使已经看过一千遍，扁鼻周也不例外。牵拉着三轮车的三轮车夫、剁猪肉的猪肉摊贩李大肚、砍木屐的砍屐南、逛洋货店的洋女人、招揽客人的南洋姐、留着辫子的猪芭女学生，被定影剂凝固白纸上，好像丧失了阳寿的古人。

爱蜜莉长发像一双黑翅蜷伏肩膀上，脖子上挂一串琉璃珠项链，两手叉腰，手臂上环着几个虎皮色泽的藤镯，骆驼色短袖衬衫被风吹出许多褶皱，露出牛仔裤头上的肚脐。阳光挥洒在她深邃的五官上，留下摇曳的蕉风椰影，水潭的波光粼粼和窟穴的史前涂鸦。

扁鼻周经过照相馆不下一百次，也看过爱蜜莉的照片不下一百次。

鳖王秦吸完两块鸦片膏后，和扁鼻周一起研究劝降单。劝降单的纸张轻薄，油墨透背，影像和文字溇化，爱蜜莉的蜷翅黑发好像穿过了纸背，叉腰的两手也好像在纸上抠出两个凹痕。经过大量印刷，她的脸蛋覆没苍穹和白云中，像蒙了一层纱。她的衬衫像劝降单被空投飘散，被强风敛伏，夹在某根树枝或木板缝中。手臂上的藤镯像浇了一层墨，更像老虎尾巴上的黑环。确凿无疑，是橱窗中被油墨复制、天花乱坠的爱蜜莉。

细雨停了。太阳的光芒更猛烈落下，孩子戴着妖怪面具，在高脚屋四周玩捉鬼游戏。亚凤发了高烧，在床上躺了两天。

扁鼻周和鳖王秦看见爱蜜莉站在猪芭河畔，两手捏一根竹钓竿，钩尖挂一只半死不活、在水面凌空飞跃的蚱蜢，黑狗像烂泥巴趴在河畔的树荄上。猪芭河的鱼类越活越精，不轻易上钩，红脸关研发出一种"空中钓鱼"，以鲜活的昆虫当鱼饵，让鱼饵在水面展翅翱翔，鱼不知是陷阱，跳出水面吃饵，上当的都是深藏不露的大鱼。扁鼻周和鳖王秦走到爱蜜莉身边时，爱蜜莉聚精会神，浑然不觉。鱼狗和犀鸟两种大喙的家伙发出一串不怎么悦耳的叫声。

"爱蜜莉，别钓了，"扁鼻周说，"白费力气。"

"钓法没问题，"鳖王秦说，"同样一种手法，在同一个地点不能密集使用，鱼是有记忆的。"

爱蜜莉紧盯着鱼饵不语。黑狗抬起头，唔唔哼哼地回应了几句。

"小鱼毛躁，大鱼沉着，"鳖王秦说，"即使有鱼吃饵，鱼儿不会比鳖尾巴大。"

"这附近的鱼吃了太多饵，不上当了，"扁鼻周说，"划一艘舢板，往上游走，不到一小时，钓上的鱼多到一艘舢板载不回来！"

爱蜜莉甩着鱼饵。蚱蜢已死，不再展翅。

"你如果钓到一尾大鱼，我就潜到河里，一口气抓十尾上来。"扁鼻周坐在一桩干燥的树墩上，从怀里掏出劝降单，"当年我和达雅克人打赌，入水时夕阳无限好，上岸已经星斗满天！"

鳖王秦随手抓了一只纺织娘："换一只活饵。三保公鱼、鲫鱼爱吃这东西，也许可以钓上一两尾。"

爱蜜莉收起钓竿，扔了死蚱蜢，将钩尖扎进纺织娘复眼，纺织娘牵引着钓线在河面绕圈子。鱼狗飞出莽丛，追逐纺织娘。爱蜜莉用力地扬起钓竿鞭笞河水，吓走了鱼狗。纺织娘瞪着一只复眼飞翔，间或撑开叶片式的翅膀，停在竹竿上。鱼钩从它的左眼扎进去，钩尖从口器龇出，倒钩扣紧了下颚。它痛得失去意识，不再飞翔了。

"爱蜜莉，你记得鬼子入村前，村里有一个鬼子，叫铃木，开照相馆的。"扁鼻周从怀里掏出两根烟，递一根给鳖王秦，顺手将劝降单塞到爱蜜莉手中。

"开照相馆的铃木，卖草药的龟田，拔牙的渡边，卖木柴的大信田，卖杂货的小林二郎，"鳖王秦就着扁鼻周的烟蒂点燃香烟。食完两块久旱逢甘霖的鸦片膏后，鳖王秦精神饱满，吹着旋律优美的口哨。"卖肉的日本婆娘，再加上几个叫不出名字的，猪芭村就只有这几个鬼子。今天的猪芭村，鬼子满街跑！"

爱蜜莉看着劝降单上自己的照片，脸上没有太多波动。纺织娘收拢翅膀后，模样就像一片绿叶。它掏空残存的生命力，蠕动着比身体长了两倍的触角。河岸野草簇直，阳光曲蜷，一条拟态成草鞘的绿蛇浮游河面，一眨眼就到了对岸。河面枝桠交错，比河畔的林木稠密。爱蜜莉将劝降单交还扁鼻周，收回钓竿，向扁鼻周要了一根洋烟，借了鳖王秦的烟蒂催燃，吐出几缕轻烟。黑狗爬下根荄，伸出狗舌舔水。周和秦没有看过她吸烟，稀奇古怪地看着她。

"照片是战前铃木拍的，"爱蜜莉看了两眼劝降单，蹲下，叼着烟，舀水洗手，"鬼子的劝降书？"

扁鼻周点点头："据沈瘦子说，劝降书上印的大部分是洋婆子，也有印上日本婆娘的。爱蜜莉，你被鬼子当成日本婆娘了！"

爱蜜莉抓了一根腐枝，扔向河面，用力朝河面吐了一口唾沫。

"两个多月前，"扁鼻周说，"铃木在一次巡逻中被联军炸死了。报应啊。"

爱蜜莉顿了一下，看了扁鼻周一眼。

"老天有眼！"鳖王秦叹了一声，捡起爱蜜莉的钓竿，"我来试试手气。"

鳖王秦用力一甩，鱼钩卡在河面交错的枝桠上。鳖王秦左拉右搓，啪的一声，鱼线断了。鳖王秦又叹了一声。

"老秦，吸了鸦片，还这么笨手笨脚，"扁鼻周大笑，"你只适合捉鳖杀蛇！"

鳖王秦一张嘴把所有人兽都乱伦性交了一遍，扔了钓竿，又向扁鼻周要了一根烟。黑狗喝完水后，跃回树荄上，望着树篷，又嗯嗯哼哼叫了几声。

"何芸失踪三天了，"爱蜜莉突然说，"两位叔叔知道吧？"

扁鼻周和鳖王秦互看一眼，点了点头。

"有小孩看见她往猪芭河下游去了，"爱蜜莉说，"我觉得她有可能回到了我那栋高脚屋。两位叔叔可以陪我走一趟吗？"

四

暮薄时分，扁鼻周、鳖王秦、爱蜜莉和黑狗坐上长舟划向下游。猪芭河响起各种大小鱼和水鸟的喋呷声，龙脑香科的种子从高空旋转着翅膀噗咚咚扎进河里，长尾巴的和短尾巴的猴群在树冠上恫吓追逐，起了个大早的夜枭在枝桠上伸懒腰，太阳微笑着落下去了，嫩滑的天穹皮肤迅速衰老，天地失去色泽，非黑即白，不久就全黑了，充满盗寇气质的月亮升了起来，围绕着十多个似小土匪的星斗，出洞的蝙蝠井然有序地缀成一条黑色的飞龙越过天穹消遁莽丛中。月亮越升越高，盗寇的光华越是遍洒满地，流里流气的金黄色的小土匪也越聚越多，夜枭叫嚣更洪亮，河面上交叉的枝桠也越来越茂密。高空无预警地突然涌来一批强大的卷层云，遮蔽了土匪星斗，覆盖着整座天穹，月亮的线条模糊了，出现了更有盗寇气质的月晕，内红外紫，朦胧诡异，好像一个背着一团彩色光环的蒙面女匪。零星的蝙蝠和夜枭在月晕下穿梭，留下一簇墨绿色的飞行痕迹和难以捉摸的意蕴。河面也罩在一层朦胧诡异的烟霾中，扁鼻周打开手电筒，在河面和两岸莽丛中制造出一个忽大忽小的光圈，吸引了一群向光的昆虫扑向光圈，金龟子、锹形虫、象鼻虫和蛾降落在舱板和三个人身上。河面间或闪烁着两盏猩红色光芒，忽近忽远，静静地凝视着航行中的长舟。鳖王秦和扁鼻周将帕朗刀按在船舷上，将猎枪挟在两腿间，划着船桨，注视着飘飘忽忽的猩红光点。爱蜜莉的帕朗刀也出了鞘，刀尖划着河水。黑狗蹲在船艄，向河面伸长了脖子，嗯嗯哼哼地嗅着。扁鼻周的手电筒光圈罩向猩红光点时，猩红光点突然消失了，水面泛起波纹和漩涡。周秦二人更快捷地划动船桨，爱蜜莉紧盯着河面。鳄鱼甚少攻击航行中的船只，但饿得穷凶极恶时也难说。

　　长舟顺流而下，速度极快，转眼距离猪芭村只有三英里。三人划向岸边，将长舟拢岸，揽在树根上，覆上棕榈叶和树枝，打开手电筒，快步迈向猪芭村。月晕的出现预言着雨的降临，果然不久下起小雨，树冠撑住了雨丝，直到三人一狗走出莽丛，步往通向爱蜜莉高脚屋的茅草丛后，纤细的雨脚才开始扎在身上。茅草丛历经火焚和炸弹摧残后，出现更多水洼和草坑，草鞘依旧簇直得像枪矛。黑狗在前，引导爱蜜莉和周秦二人穿梭游走，很快越过高脚屋的篱笆豁口，穿过榴梿树和波罗蜜树，踏入门户洞开、接近废墟的高脚屋。三人脚步声引起隔热层的鸽子和斑鸠骚动，响起登音和鸣声。屋内的桌椅、门板消失了，有一面墙只剩下几根支柱，有人在阳台生火，地板烧出几个猪头大的洞，除此之外，高脚屋的外观和基本结构还算完整。爱蜜莉和黑狗前后内外搜索一遍，没有发现何芸滞留的痕迹。小雨停了，月晕没有消失，但光环变大了，不再内红外紫，膨胀成一个巨大的白色光轮。蝙蝠和夜枭恢复了翱翔，茅草丛虫蛙喧哗，高脚屋静默无语，月色盈着泪水涣散地落在高脚屋内外，让衰老的夜晚显得满腹辛酸。午夜了，三人又疲又困，在客厅地板上呼呼睡去。

　　天色微亮，周秦被隔热层的鸽鸠拍翅声惊醒。两人抄起猎枪和帕朗刀，窗外，茅草丛上，草黄色的战斗帽、蟹青色的钢盔、墨绿色的枪管和刺刀像浪潮漫向高脚屋。"爱蜜莉！"扁鼻周和鳌王秦压低嗓子朝屋子四面八方呼叫。"鬼子来了！"两人在屋内搜索一遍，不见爱蜜莉和黑狗，再看向窗外，枪管刺刀步步逼进。"老周，逃吧！"鳌王秦和扁鼻周弯腰走过厨房，下了木梯，窜向屋后茅草丛。

两人越过篱笆豁口后，子弹嗖嗖不绝出膛，飞越他们的脑袋和肩膀。

一只被他们惊醒的大番鹊刚飞离了巢穴，巧妙闪过几颗子弹后，秀丽的鸟头就被子弹打爆。大番鹊尸体扎在扁鼻周脸上，抽搐的爪子差点抓瞎了两眼。鳖王秦踩在一坨新鲜猪屎上，顿了一下，回头放了一枪。"老秦，鬼子人多，"扁鼻周头也不回，"别反击了，逃吧!"茅草丛布满水洼、草坑、矮木丛、荆棘、溪流、竹薮和林木，间或窜出一头蜥蜴和野猪，延宕了鬼子的疯狂追击，却没有对早已习惯野地生态的周秦二人造成太大困扰。苍鹰又出来觅食了，鬼子的枪声吓得它们展翅高飞。蟑螂色的日头出来了，天壁长出一朵朵发霉的云彩，死井蓝天，子弹灿烂，鬼子机枪口的硝烟密集升腾，像不食人间烟火、也不食琼浆玉液的鬼卒屁息。一对采野菜的母子吓得哆嗦茅草丛中，偏偏周秦没有发觉，拐了一个弯扑向他们。子弹射穿儿子胸膛，儿子唔了一声，嘴角和鼻腔漫着血丝，倒在母亲怀里，鲜血染红母亲胸口，母亲搂着儿子，好像十年前在没有助产士和医生协助下，看着儿子从胯下匍匐出膛，她用牙齿咬断脐带，抱着儿子等待他的第一声啼叫。儿子果然说话了，他喊了一声模糊的妈，开启了天国之门，充满灵气的眼神合上了。母亲抱着儿子，难以置信地喊着他的乳名，一串子弹灌进了她愁苦的心肺，她嗯了一声，合上了两眼。扁鼻周经过母子尸体时，放慢了脚步，投以愧疚的一眼，一颗子弹嗖地钻入他的大腿。

扁鼻周下半身已被露水濡湿。子弹在他黑色的裤管上咬开了一个小洞，流出稀少而珍贵的血。他不觉得疼痛，但步伐不再流畅，奔跑得好像野地布满坑洞尖桩，好像大腿被一只凶残的野兽啃啮着、被一朵犀利的火舌舔舐着。柔软松脆的茅草丛突然变得坚硬如铁。鳖王秦回头看了他一眼。"老周，还好吧？"扁鼻周不吭一声，用枪托支在野地上，几乎是单脚蹦了一段路。鬼子军靴踩在野地上，发出像钢铁的喘息声。一阵一阵奶糖羊羹味附和着鬼子叫嚣扑向他的鼻腔。扁鼻周一脚踩在一潴水洼中，溅起的水花让他两眼一亮。

"老秦！"他抓住放慢步伐的鳖王秦肩膀，"我们分头走，别让我拖累你。"鳖王秦犹豫着："老周，你可以吗？"

"不用担心，"扁鼻周从怀里掏出劝降单，塞到鳖王秦手里，"把这张单子交给老朱，告诉他发生了什么事。"扁鼻周一把推开鳖王秦。"你往左，我往右，分散鬼子兵力。"

扁鼻周捎着猎枪，忍着痛，弯着腰，越过一条小溪，纵入茅草丛。太阳像蟑螂流窜在云彩夹缝，光芒黯淡，又厚又重的迷雾把茅草丛压下去。遥远的草坡地出现两个猪芭农夫，扔了锄头镰刀，趴在草坡地上。扁鼻周经过草坡地时，他们已消遁得无影无踪，草丛留下一个大型飞禽趴窝的痕迹。扁鼻周回头看了一眼，热气奔腾中，麇集着一坨又一坨蟹青色钢盔和草黄色战斗帽，钢盔和战斗帽下的鬼子五官隐约可见，九五机枪的刺刀开始扭曲拥长，像食蚁兽的舌头伸进了大腿上的伤口。扁鼻周凭着对猪芭莽丛的永恒记忆，左拐右弯，走过一簇又一簇矮木丛、鸟巢蕨、羊齿植物，一棵又一棵印度榕、麻疯树和榄仁树，越过涓涓流水或枯萎的溪河，终于看见烟波浩渺、湖畔簇立着千百种大小植物的鹰巢湖。他拨开湖边的藤蔓荆棘，用帕朗刀挖掘出一个长形泥坑，掩埋了猎枪和帕朗刀，抬头看见穿着草黄色战斗服的鬼子冲出了茅草丛，带头的是一个穿着左手手臂绣着红字"宪兵"白袖箍的草黄色戎装、腰上挂一个马皮包扎的檀木刀鞘、手拿一支南部十四式手枪的鬼子，扁鼻周一眼认出此人就是宪兵队曹长山崎显吉。一只白色小蛇跃出湖畔，穿过扁鼻周胯下，游向湖中心。扁鼻周蹚入水中，伤口像浇进几个烧红的铁锭。湖水漫过腰际时，扁鼻周头下脚上，和那只小蛇同时潜入湖中。

　　子弹射入水里时，速度从一只奔跑中的猎豹变成一只漫游的乌龟，子弹的陀螺旋转划开一道白色的水痕，释放出数百个似蛙卵或鸡蛋的气泡，一路扎入湖底，逐渐慢了下来，像一块废铁沉下去。更多子弹被湖水的巨大阻力弹开，形成"漂弹"，激射到对岸的莽榛蔓草中。扁鼻周潜到一个深度后，恢复头上脚下的正常姿势，抬头看着波光荡漾的湖面。湖水混浊，漂浮着草屑、腐叶和藤木，间或掠过一只大鱼，隐约呈现在波纹和大小漩涡中的鬼子人首分离、四肢剥落，一颗又一颗头颅好像悬在空中又像浮在水上。鬼子继续射击湖面，子弹没有抵达扁鼻周就失去力道，很像龙脑香科种子旋转着翅膀坠下。扁鼻周用手掌接住一颗子弹，挪到眼前看了看，突然想起大腿嵌着相同的一颗子弹。他低头看一眼大腿上的伤口，白茫茫的湖水升腾着一片忽稀忽浓的血雾，那头和他一起入水的白蛇搅拌了一下血雾，消遁了。英国人和猪芭人扔弃的破铜烂铁和鬼子坠毁的战机沉睡在他胯下，埋葬在一个巨大和深不见底的墨绿色像蛋膜的坟冢中，露出一些爪和翼的残骸。他放了几个软趴趴的屁，十多个气泡冉冉上升在他鼻翼下爆破，没有芋头和树薯的味道，但有女人的体味。他的肺部萎缩成两个鸡卵时，白蛇又现身了，蛇脸化成一个少女头颅，像面具罩在他脸上，一股气体从他嘴里注入，重新扩张他的肺部，像一股清流从囟门吹入六腑，过丹田，穿九窍，有如重生。

他上岸时，太阳已经爬上天穹半腰，躲藏在厚滞如茧的云彩中，像一只阴阳怪气的千年白猿。茅草丛一片祥和安静，欢奏着动人悦耳的音乐，大番鹊忙碌地衔草筑巢，白鹭鸶透过湖面欣赏自己翱翔的美姿，一棵孤伶伶的老椰子树佝偻着脊椎追忆似水年华，盘旋天穹的苍鹰扩大了旷古的寂寥。扁鼻周伸了几个懒腰，拧了拧衣服和头发，挖出藤蔓下的帕朗刀和猎枪，掏出怀里被浸泡得面目全非的洋烟。扁鼻周看了看手掌上满布白色皱纹的漂母皮现象，摇头苦笑，吐了一口兴奋的唾沫。他抬头看了看太阳的方向，风吹的方向，估计了一下猪芭河的方向，早已忘了大腿的伤势，迈着愉快的步伐，离开鹰巢湖，走向猪芭河。

他正要越过一簇矮木丛时，两手握着村正刀的山崎像一只猿猴从矮木丛一跃而出，刀光一闪，扁鼻周的头颅好像在脖子上滑了一跤，像一颗椰子或一颗榴梿，静巧巧地落在扁鼻周脚下。扁鼻周眨着两眼，看着脖子吐出一块血幔罩向自己，看着自己的身体慢慢倒下，听见山崎冷笑一声，虽然脑心分离，临时想到了一句诅咒，嘴唇蠕了一下，没有来得及骂出口。

五

荷兰人遗传的长腿健足让鳖王秦纵入莽丛时，如脱钩大鳖、归海蛟龙，转眼摆脱鬼子纠缠，溜进南方军婆罗洲燃料工厂的鬼子坟场，坟场在猪芭村后方的加拿大山腰上，从第一天占领猪芭村到此时此日，坟头已增长到三百多个。鳖王秦站在山腰上遥望像一尾白蛇蜷伏莽丛中的猪芭河，河上的猪芭桥像一只飞马过河，野鸟绕着盘着人头的竹竿飞旋，寻找干净凉爽的骷髅巢穴。鳖王秦站在一个鬼子坟头上，用更高傲的角度俯视猪芭村。阡陌错落，田畦星布，炊烟穷苦，围篱茅棚依旧，高脚屋递减，林木翁郁，鬼子的太阳红国旗飘逸。往日鸡鸣狗吠的黄泥路上，草黄色的鬼子自行车部队横行。菜市场上猪芭人垂头缩背，鬼子宪兵队员昂首翘臀。猪芭村上空间或掠过鬼子侦察机和战机，让猪芭人仰望统治者的英姿和日本帝国承诺的无垠荣景。鳖王秦踢了一脚坟头，吐了一口唾沫，一张嘴把所有人兽都乱伦性交了一遍，越过加拿大山山头。一只毛色如火焰的猪尾猴坐在一棵箭毒树梢上，屁股下的枝桠像葛萝蔓藤纠结着一群猪尾猴。鳖王秦在山脊上茫然走了一段路，看见了传说中有老虎驻守的山洞。洞口朝西南，洞外附葛攀藤，长了几棵萧疏的林木，洞内散乱着一批歪梁折柱，弥漫着野猪和蝙蝠的溺臊气，有人类和野兽丛聚的余迹。鳖王秦打开手电筒往洞内走了一百多步，已到了洞底，没有老虎，只有蛇鼠。一夜没有睡好，鳖王秦觉得疲困，坐在洞外树荫下打盹，午后醒来，山前山后流窜了一个下午，以藤果和泉水果腹，遥望猪芭村和南海。红日沉西，天光渐晚，有人在山腰燎树烧山，烟霾随风刮向山顶。鳖王秦本来想在山上藏匿个两三天，待风声过去后再下山，但他昨天只吸了两块鸦片，比往常少了一倍，憋了一天，血管里流窜着似刀割火燎的铁渣铜汁，头脑沉重，手脚像上了铐镣，鼻涕眼泪直流。

　　他检查了一遍猎枪和弹盒里的六颗霰弹，拔出帕朗刀弹了弹，等到第一颗蛋黄色的星斗露脸后，小心翼翼沿着夹脊小径走下加拿大山。燎树烧山引起的烟霾本来浓稠，等他下定决心下山后，一阵邪恶的西南风吹向山腰，吹散了烟霾，吹得加拿大山露出清秀干净未经污染的自然面貌。鳖王秦打了一个冷战，看见一个手拿帕朗刀的年轻农夫，掮着一个装满瓜果的竹篓，哼着一首广东小调，往山下去了，他的哼唱彻底消失后，鳖王秦挪动脚步，往埋葬了三百多个东洋恶灵的坟场走去。他抵达坟场外围，看见坟头人影幢幢，以为见鬼，急刹脚步，蹲在矮木丛后。十多个穿草黄色战斗服肩扛九六式机枪的鬼子站在坟茔里，每个人手里一根三炮台卷烟，叽哩咕噜聊天，脑袋后的遮阳布迎风飘扬。鳖王秦弯腰退回，择了另一条荒路下山，刚走到山脚，又看到一群荷枪实弹的鬼子站在椰子树下。他一次又一次更换下山的路径，一次又一次遇见挡路的鬼子。他回到了山洞，待到明月高挂星斗灿烂，拭着鼻涕泪水，再一次沿着小路走向鬼子坟场。冢丛闪烁，磷火似蜉蝣，鬼子不见了，月光洒在坟头上，照耀出周围新挖的坑堑。

　　鳖王秦打了一个寒战，穿过一座又一座坟头，一阵阵口琴声如乳燕归巢从身后传来。鳖王秦回头，看见一个无头的矮壮家伙，用竹竿挑着一担杂货和牵引着几只睁目吐舌的妖怪，一支复音口琴凌空飞旋脖子上。"小林二郎，是你吗？"鳖王秦又打了一个寒战，一绺鼻水滴到了地上，随手拔出帕朗刀，砍向一个突然蹿到眼前的长鼻红脸妖怪，用力过猛，跪倒在一座坟头前。鳖王秦含糊咒了一句，旋即站直身子，环视四周，口琴声沉寂了，无头家伙也不知去向。他又骂了一句见鬼，往山下走去。到了山脚，拭了一把泪水，往山上看去，满眼妖蟒山禽，盈耳鬼语喧嚷。他用力眨眨眼，吐了一口唾沫，沿着山脚往猪芭河去，走过萧先生被倭寇烧成灰烬的高脚屋，没有烧尽的油印着深奥的文言文的黄纸在他脚下翻了个跟斗，卷起一批汉字余骸似跳蚤。他走到猪芭河畔，徘徊猪芭桥头下，隐约看见竹竿上一颗似曾相识的头颅，不顾安危打开手电筒，看见扁鼻周头颅挂在竹竿最下方，睁目吐舌看着晴朗的夜空呢。"老周！老周！……"鳖王秦想起扁鼻周往日对他的好，捉到蛇鳖免费送他贩卖，提供免费的鸦片膏让他吸个饱，不像那个小气的朱大帝斤斤计较还像婆娘一样克扣分量，蹲在桥头下，像小孩呜呜咽咽哭着，流出伤心的和渴望鸦片的身心俱疲的泪水。趁着夜枭没来，趁着苍鹰乌鸦熟睡，趁着日晒雨淋前，他大着胆子爬上桥头，拔出帕朗刀削断捆绑扁鼻周头发的绳索，抱着扁鼻周潜入一家农舍，取下晾衣绳上最宽大的一件衬衫，小心翼翼地包裹着扁鼻周，又偷了一个背篓，驮着扁鼻周头颅继续潜往猪芭河上游。

　　月色皎洁，月亮像青嫩未熟的小香蕉，月亮只有一颗，但他看成一串，他也知道一串月亮中只有一颗是真的，其他都是幻影，但他分辨不出真假。星斗满天，许多小星星划出一道似火焰的长虹，照耀得天穹像下着滂沱的流星雨，星星的灰烬扎在他身上，引起他全身臊痒疼痛，血液里的铁渣铜汁越来越浓稠，有一部分甚至像钢筋凝固脚底下，让他举步维艰。他也知道浩繁的星星雨，只有一道是真实的，真实的那一道扎在大气层上，化成灰烬，可能有一小块烧不死的陨石落入凡间，可是他分辨不出虚实。他傍着猪芭河走，没有猪芭河，他可能漫步到南海，也可能漫步到猪芭村鬼子宪兵总部。不知道走了多久，手电筒的电池疲弱了，灯泡闪烁着鳄眼的红色光芒。他关了手电筒，满天星星雨，月亮依旧是一串蕉，他靠着一棵树身睡着了。久未出现的海豚逐浪声、鲸鱼排出蒸气时的靡靡之音，伴随着枪声、猪嚎声、猪蹄声、大人小孩呐喊、家畜声、冲天炮的爆炸声，响遍了二十多年前那个野猪袭击猪芭村的夜晚，鳌王秦手拿帕朗刀、一身血腥味游走猪芭村，看见一群野猪对着红脸关高脚屋的盐木木桩蹭痒、喷尿，他举起猎枪，对着猪群轰了一枪，轰倒了一只，其他一哄而散，他沿着木梯蹬上高脚屋阳台，想居高临下扫瞄一遍猪芭村形势，大门咿呀一声打开，手拿帕朗刀肩扛猎枪浑身血腥味的朱大帝差点和他撞个满怀。朱大帝嘴角叼洋烟一样叼着一抹刚点燃的新鲜邪笑，狠狠瞪了他一眼，嘴巴凑到他耳朵旁嘟囔了两句，鳌王秦脸色陡变，帕朗刀差点脱手掉到地上。朱大帝说完，用他刺青着马来小剑的肩膀用力撞了一下鳌王秦，走下木梯，消遁在纷乱吵杂的黑暗的猪芭村中。鳌王秦木雕一样站在门口，看着黑魆魆的屋内。煤油灯噗的一声亮了起来，含着灯芯的蛤蟆嘴吐出一缕红彤彤的火舌，盘缠着一个被烟丝贯穿形象逐渐充实的女子头颅。

一觉醒来，阳光烁亮，照得眼皮灼热。鳌王秦嗅到背篓中的扁鼻周臭味，肚子咕噜咕噜响。他采了几颗青椰子，灌了一肚子椰子水和椰子肉，生吞了十多颗野橄榄和野藤果，继续走向猪芭河上游，想起扁鼻周不知道醒过来没有。"老周，起床了，"鳌王秦含糊不清地叫着，"回去后先找个地方安葬你这颗风流脑袋，再去找你那让女人哎哎叫的臭皮囊。"他打了一个喷嚏，打得泪水鼻涕飞溅，浑身乱颤，沉淀血液里的铁渣铜汁直冲脑袋，让他眼前粘着一片似膏的阴翳。他眨了十多下眼皮，像切洋葱一样切着那片阴翳，切得他脸上浇了一层泪水鼻涕汗汁铸成的皮膜，让他的脸色越来越苍白僵硬。他沉重的挪动步伐朝上游走去，一路走一路吸收着泥土蕴藏的各种金属矿脉，淅淅沥沥的锡或银或铅灌进了他的筋络，血液里的氧气逐渐稀薄。他的小腿被一根尖桩绊了一下，划出一道伤口，流出的不是红色的血，而是银箔色的液体，凝固后变成似盐巴或钻石的结晶体。

天穹没有一串月亮，却有一累红太阳，毛绒绒的，似红毛丹，有几颗裂开了皮囊，露出汁液淋漓的肉瓢。他抬头看着结满太阳的天穹，看了半天，看不出哪一颗是真的太阳，哪一颗是他的幻觉。他的步伐时而沉重，沉重得像一栋迈开盐木柱脚的高脚屋，他的背脊灼热得像锌铁皮屋顶；时而轻巧，轻巧得每走一步，骨骼关节好像都会错散，胸腔屁股手脚相互移位，分不清楚上下左右、天地阴阳。装着老周头颅的竹篓，也是时而沉重时而轻巧，沉重时老周的牙齿掐住了脊椎骨，让他每走一步就痛哭流涕；轻巧时老周飞离了竹篓，在他耳边细语絮絮，描述往日沾染处女的风流韵事，让他感受到软玉温香的愉悦，也让他暂时清除了堵塞七窍的金属毒液。他身上所有的配戴物，他的猎枪、一盒六颗子弹、帕朗刀、鬼子的劝降单，也产生了轻重大小的物质和化学变化，重时组合成一股漩涡掐住了他，轻时像一股流水负载着他前进。红色的太阳挂满天穹，苍鹰发疯似的绕圈子，树影重叠错落，他已分不清东南西北，但他

274

不断提醒自己，沿着猪芭河走就对了，沿着猪芭河走就对了，沿着猪芭河走就对了。

他终于走出弥天盖地的莽丛，站在齐腰的一望无际的茅草丛中。几百个太阳的光芒黯淡了，也可能是云彩长肥了，或者是瞳孔里的铁渣铜汁变稠了，没有树篷覆盖，天穹不再幽深，近不可测；大地漂浮，像有尽头的岛屿。孤立野地的林木变矮了，矮得树篷摩擦着胯下；苍鹰的翅膀拍打着他的肩膀，尖锐的啸声刮破了耳膜；湖潭被他一脚踩得波澜壮丽，吓得鱼群潜鳞、鸟儿敛翅；果实累累的野波罗蜜树让他连根拔起，扔进了云层；回头看来时路，比舢板大的脚印在茅草丛掀起了顷刻枯萎的涟漪。一群野猪列队像蚂蚁从他眼前掠过，他拔出帕朗刀，一刀砍去，砍得揭沙走石，没有砍中，蚂蚁队伍裂开了，依旧往前狂奔。野猪太小了，不易瞄准。他回鞘帕朗刀，伸手去抓，野猪穿过了他的手指缝，留下蹄角扬起的泥壳。他用力拭着泪水鼻涕，举起猎枪，正要扣下扳机，突然觉得野猪小得不可思议，攥着枪管，用枪托朝猪群捶去，捶了半天，野猪依旧加速狂奔。再度举起猎枪，开了第一枪和第二枪，装了两颗霰弹开了第三枪和第四枪，又装了两颗霰弹开了第五枪和第六枪，正想继续装填子弹，弹盒空了。一只獠牙债张的雄猪倒在他脚下哀号，他拔出帕朗刀，一刀斩去，不知道斩到了那里，雄猪不叫了。他看着雄猪尸体，踢了它两脚，确定它死透后，拎了它的后腿在草地上拖行。雄猪时而沉重得像膨胀十倍，时而轻巧得像一只死鸡仔。

太阳和他齐额了，他用手去戳太阳，想把假太阳戳破。溪水时而淹没他的脚踝，时而被他踩出一个拐弯抹角的铁驳船航行的湾流。他看见前方又多了一个蚂蚁队伍，带头的那只蚂蚁似曾相识，其余的小蚂蚁脸上挂着颜色斑斓的妖怪面具，边走边唱着似曾听过的儿歌。他蹲下身体，伸长脖子，想看清楚蚂蚁，一丛茅草挡在他眼前，蚂蚁队伍不见了。他站直身体，看见一批妖怪面具在茅草丛上浮沉，越走越远，转眼消遁，只有其中一只面具慢慢向他逼近，头上戴一顶辐射着一圈乌青的河鳖色泽的钢盔，脸上弥漫着英勇的关羽红，长着一个像茄子的长鼻子，怒眉竖目，龇着一排狗牙，脖子系一条黄丝带，手上反拿一支长刀，细得像苦瓜的脖子好像随时会折断。

"鬼子!"

鳖王秦攥着猎枪，想起霰弹早已打完，拔出了帕朗刀。鳖王秦扔掉猎枪时，猎枪枪管戳到了一颗红太阳，太阳流出一绺似蛋黄的汁液，淋在河鳖色泽的鬼子钢盔上，鳖王秦看见鬼子张开满嘴狗牙，像天狗食日，一口吞下了那颗可口的太阳；一棵雄壮的椰子树辐射着一层青紫色光晕，照亮着鬼子肥大的胯下，鬼子抬起一脚，啪嘞一声踩断椰子树的腰杆。鳖王秦听见竹篓里的扁鼻周跳了出来，在他耳边嘶喊：老秦，这鬼子这么高大强壮，小心!

秦雨峰在身体初愈的关亚凤带领下，和曹大志、高脚强等孩子在莽丛巡弋了一阵，在锤老头监督下，打了两颗霰弹，离开鹿湖，准备回到高脚屋，经过开阔无垠的茅草丛，殿尾的秦雨峰看见野地伫立着和茅草齐肩的父亲，汗水、泪水、鼻水和唾液从他脸上淌下，脸皮僵硬成鳖壳的革质皮肤，知道失踪了两天的父亲鸦片瘾又发作了。他讨厌伙伴看见父亲神志不清的样子，停下脚步，蹲在茅草丛中，待队伍远去后，屈着身体朝父亲走去。他接近父亲后，发觉父亲弯腰驼背，背上的竹篓长出一个睁目吐舌的头颅，趴在父亲肩膀上，神情和父亲有许多相似处，好像父亲是一个双头怪；父亲身体逐渐扭曲、萎缩，像被一只巨蟒吞吃的猎物。

父亲攥着帕朗刀向他扑了过来，一只手抓住他消瘦的手臂，把他压制在地上。

"爸爸！是我！"秦雨峰双拳齐出，像发疯一样打在父亲肋骨上，"我是雨峰！"

鳖王秦鞍在鬼子身上，露出一排漏风大牙，在这个近距离下，清楚看见鬼子头盖骨下流窜的脑浆血液，听见鬼子呼喊着的自己听不懂的鬼子话。鬼子拳如箭雨，霹雳啪嘞落在他胸口上，他听见脖子后的扁鼻周说：老秦，这鬼子真有力，出手不要留情！

鳖王秦举起帕朗刀，瞄准鬼子天灵盖削去。

无头骑士

达雅克族（Dayak）或伊班族（Iban），婆罗洲原住民，十九世纪前以猎取人头显示阳刚气、威信、勇猛。

达雅克勇士深信，经过仪式圣典后，头颅主人即据为己有，随传随到，如阿拉丁神灯中的精灵。

头颅让土地丰饶、家族旺盛。

达雅克女子对头颅的血腥饥渴，引发达雅克男子对头颅的病态需求。拥有越多头颅，越能使达雅克女子宠爱。

头颅也是达雅克男女之间的最佳性欲催化剂。

英国人和荷兰人十九世纪中期统治婆罗洲后，废除了猎头习俗。

二战时期，在联军和抗日游击队怂恿和鼓动下，达雅克勇士猎取了数以千计的鬼子头颅。

一

朱大帝坐在阳台上，两手拨弄着液晶体收音机，从类似野火焚烧野地的电波杂音中搜索如火如荼的国际形势。西南风已经静止了一段时间，阳光炙烈，热气像沧海淹没了高脚屋和莽丛，树冠上奔腾的热浪飘浮着从败坏的天庭落下的破瓦断柱。大帝汗流浃背，不停地喷吐着烟丝。贮存的洋烟逐渐稀少，大帝抽的是手卷烟，烟草是晒干的香蕉叶、木瓜叶和各种藤果树叶，卷纸是书籍、报纸、包装纸和各种废纸。无头鸡站在树桩上，抬"头"凝视天穹一只驾驭着热浪随波逐流的苍鹰，苍鹰弯曲的喙嘴和距爪闪烁着锹刀耙齿的光芒。黄牛和野猪嚼了一肚子从树上落下已经开始发酵的藤果，两眼酩酊，四肢乱颤像鼓棒。黄牛拉着稀屎，冲垮了栅栏，踩过一畦新耕的树薯，牛蹄顿断两棵甘蜜树树苗，朝莽林走去，边走边发出哞哞哧哧的醉汉闹街声，众人习惯了黄牛撒野，没有人拦阻。猴群也吃了一肚子藤果，四肢酸软，趴在锌铁皮屋顶上睡大头觉。大部分猪芭人卷出来的手卷烟既曲瘪又容易掉"烟丝"，充满纸浆油墨味，只有砍屎南女儿严恩庭卷出来的烟蒂又硬又直，"烟丝"紧密丰沛，抽起来持久香浓，充满辛辣或香甜的香蕉、木瓜和各种藤果滋味。她每天只卷三十根手卷烟，卷得舌干唇焦，每一根手卷烟都散发着浓浓的唾液味。十二岁女孩的唾液，让她的手卷烟别有风味。陆续有猪芭人避难高脚屋，饲养斗鸡的陈烟平也拢着两只斗鸡投奔朱大帝，三栋高脚屋现在已聚集一百二十多个大小猪芭人。人数越多，朱大帝越担心。他看了一眼望天树上的废弃鹰巢，拎着收音机走下高脚屋阳台，巡视自己栽种的三棵红毛丹树。

　　猪芭人依旧赤膊光脚，挥动悲愤的锄铲锹耙，抡舞沉重的斧锯镰锤，在弥漫瘴雨蛮烟的丛林随意拓荒，过着一成不变的日子，但是有一些迹象显示巨变即将来临。昨天晚上一个伐木工带来了小金、扁鼻周的噩耗和鳖王秦的杳无音讯。鬼子在猪芭村展开更激烈彻底的扫荡，更多熟悉的猪芭人死讯不断传来，鬼子忙着应付联军的不定时轰炸和传闻中的联军反扑，没有多余的时间和人力将头颅悬挂猪芭桥头，更没有时间和人力埋葬尸体，猪芭街头尸具散乱，尸臭弥漫。侦察机越来越频繁出现在朱大帝的高脚屋上空，机体几乎摩擦到了树冠，猪芭人闻到了奶糖羊羹味和三炮台卷烟味。

　　他绕着三棵红毛丹树转了一圈，坐在其中一棵红毛丹树下抽着严恩庭的手卷烟，看着树枝上一串青涩的果子。陈烟平拿着一个小竹篓和袖珍五齿钉耙，四处挖掘蜈蚣和蝎子喂养斗鸡。何仁健的儿子白孩腰拤大小两支帕朗刀和一支吹箭筒，手拿一根矛枪一样的吹箭枪，吹箭枪枪头用藤丝捆绑着从鬼子机枪卸下的单刃刺刀，阴阳怪气地站在箭毒树下，凝视着对面婆罗洲铁木树腰上的靶子，将吹箭枪凑到唇上，吹出一支疾速的吹箭，正中靶心。自从白孩全家遭鬼子杀害、姐姐何芸失踪后，白孩更古怪沉默了，他被亚凤从猪芭村带到此地后像哑巴，从早到晚苦练吹箭。他从身后的箭毒树萃取汁液，烧烤成膏状，涂抹在一百多支吹箭上。一只长尾猴飞跃到红毛丹枝桠上，采了一颗青涩的果子，放到嘴里嚼咬，白孩对着它射出一箭，猴子顿了一下，腾跃过几绺枝桠，动作逐渐迟钝，从高空坠下，倒卧朱大帝脚下。白孩捡起猴子，瞟了朱大帝一眼，射出两道似镖矢的眼神。大帝苦闷无聊，想找白孩说话。他想了半天，只想起白孩的父亲何仁健和姐姐何芸的名字，想不起白孩的本名。在猪芭村，大家都叫他白孩，没有人记得他的本名了。

"白孩——"

朱大帝对着他的背影喊了一声。白孩抓着猴子尾巴走向临时搭盖的猪棚，将死猴扔进猪棚，醉猪意兴阑珊地嗅了一下死猴。白孩觑了大帝一眼，走到盐木树下拔出箭矢，又觑了大帝一眼，见大帝不再说话，将拔出的箭矢插入箭筒，掏出铁制蟋蟀，的的哒哒，的的哒哒，走入莽丛。

大帝巡视完三棵红毛丹后回到高脚屋，坐在阳台矮凳上将收音机凑到耳前，拉开伸缩天线，小心拨动着调谐收听国际形势，电波干扰像来自远方的炮弹轰鸣。鸦片膏的配额也减少了，亚凤和锺老头等人每天只能吸食一块鸦片膏，孩子的美禄也不再掺着鸦片汁液。据说为了防止猪芭村爆发瘟疫，协助鬼子处理尸具的华人征询鬼子同意后，号召猪芭人埋葬尸体，每埋葬一具可以获得正在迅疾贬值的一百元香蕉币或四包鸦片膏，已经有几个鸦片瘾较重的猪芭人私自离开高脚屋，去赚那四包鸦片膏解鸦片瘾，这更使朱大帝感到忧虑。大帝抽完恩庭的手卷烟后，想呼叫恩庭给自己额外卷几条手卷烟，突然想起亚凤一早带着大志和恩庭等孩子入林，寻找雅沁、秦雨峰和何芸去了。陈烟平从竹篓箱出活生生的蜈蚣和蝎子，开始喂食望天树下的斗鸡。无头鸡下了木桩，"凝视"着蜈蚣的小足和蝎子的大螯。陈烟平丢了一只蜈蚣到无头鸡脚下，无头鸡用距爪耙得四分五裂，没有要吃的意思，双翅一拍，回到木桩上，"凝视"焚烧的天穹。朱大帝走到高脚屋内卷了五根软绵绵的手卷烟，坐在阳台上继续聆听收音机，在电波嗡嗡中洋鬼子的嗓音似鬼哭神号。大帝擦亮火柴点燃手卷烟，狠狠吸了一口，没有恩庭唾液味但有木瓜味，抬头看着锌铁皮屋顶上睡姿怪异的猴子，眼皮沉重，有人在耳边轻声说：

"朱爷爷，我帮您卷烟。"

严恩庭坐在木桌前，从怀里掏出一张战前的猪芭日报，用指甲切割出十多个长方形，从怀里掏出几片枯萎的香蕉叶和木瓜叶，放到嘴里嚼烂，吐在长方形的剪纸上，十指翻耙，瞬间卷出一根利落挺拔的手卷烟，放到朱大帝手上。大帝吸着恩庭的手卷烟，看着恩庭哼着儿歌继续卷第二根烟。十二岁的恩庭绑着小辫子，发上插了一朵胡姬花，额头散布几个可爱的粉刺，两颊红润，皮肤白嫩，脖子挂着九尾狐面具。大帝想起第一次看见三岁的牛油妈，蹲在井里泪流满面。奇怪的是，三岁的牛油妈突然变成了十三岁，满脸粉刺，两颊红得像一块炭，小辫子沾满猪血，大帝弯下身体从井里将她拉上来时，扯破了她的客家对襟短衫，露出了半边丰满的胸部，星布着几滴从他身上洒下的猪血。他吸完第一根恩庭的手卷烟，开始吸第二根。恩庭戴上九尾狐面具，嚼碎香蕉叶或地瓜叶后，将一份剪报塞到嘴里，舌唇蠕动，噗的一声，吐出一根沾满唾液的手卷烟。他看见恩庭的辫子像蝎子尾巴翘着，刘海像蜈蚣的一百只脚。恩庭又吐出一根手卷烟，对着大帝诡笑，九尾狐面具好像透明。大帝看见她的脸上像沙砾镶嵌着几颗粉刺，左颊有一颗头大腹圆的蚂蚁痣，大范围游窜，游窜到胸前，变成两颗不比痣大多少的黑色乳头。

电波干扰几乎炸裂了收音机的扩音器，一股使人皮肤长燎泡的热火旋风罩在朱大帝身上。大帝眨了两下眼皮，严恩庭不见了，桌上放着三根柔软松垂的手卷烟。大帝吸着自己卷的手卷烟，看着北边丛林，下了阳台，屈蹲身躯，将左耳贴在望天树板根上。

数十艘装了马达的长舟从猪芭河下游朝高脚屋接近，每一艘长舟坐着十个穿草黄色戎装荷枪实弹的鬼子，腰挂村正妖刀手拿南部十四式手枪的宪兵队曹长山崎显吉站在翘得像蝎子尾巴的船舷上，左手手臂绣着的红字"宪兵"在阳光下妖艳得像斗鸡的肉髯红。避免打草惊蛇，马达早已熄火，鬼子手里的船桨划动得迅疾无声，像蜈蚣的一百只脚。

二

月色和电光落在他们脸上。亚凤抬头往上看，眼皮跳跃，碎成一片的月色也像壁虎的断尾跳跃。水声呜咽，丛林低泣，猪芭河黑稠得像沥青。河畔的茅草丛升腾着一蓬白色烟霾，以懒猴的慢速穿透，荡向一棵大树，又从大树荡下来漫向茅草丛。队伍缓慢朝西南移动，慢得像那一丛白色烟霾。亚凤想起鬼子登陆猪芭村的那个清晨，猪芭村上空也簇拥着闪电，把猪芭村照耀得如同白昼。

队伍出发前传来沈瘦子死讯，让愁云密布的队伍，突然萌发小小的悲壮。沈瘦子的干儿子赵家豪，不知道着了什么魔，边走边用假嗓和印尼语学何芸在猪芭河畔哼唱《梭罗河》，惹得其他小鬼也狗吠猫号似的附和，听得朱大帝火冒三丈。

"家豪！再唱！我把你的舌头割掉！"月光照耀下，朱大帝的脸硬得像一块狂风中咧咧轰响的锌铁皮。

"老朱，鬼子离我们远得很，放一百只土狗也闻不到鬼子尿骚味，"锤老怪手握强生猎枪枪把，看着矮木丛上一只幽幽鸣叫的猫头鹰。他冷漠的额头像一个巨大蚌壳，"家豪唱歌真好听。唱吧，家豪，趁你还没变嗓。"

"老锤，"朱大帝好像一头准备连角带蹄生吞活牛的巨蟒，"鬼子窜了十多天，死的死，逃的逃，疯的疯，落单的落单，自杀的自杀，你打草惊蛇，鬼子不是躲得无影无踪，就是从树上跃下来，削掉这十多个小鬼的猪脑袋。"

"据说鬼子死了也会变僵尸，从烂泥巴钻到裤裆咬掉你的卵交！"陈烟平看着赵家豪笑嘻嘻地说。他背着藤篓，里头蹲着懒鬼焦的无头鸡，篓眼扠出两根鲜红色的尾羽。

"叔叔，你的卵交比我们大，"高脚强甩他的独臂甩着仿德国毛瑟枪的驳壳枪，看了一眼陈烟平的裤裆，"恐怕先被咬掉卵交的是你。"

"死孩子！"陈烟平吐了一口唾沫，"你的卵交是童子卵交呢，又嫩又脆！"

"高脚强，你老实说，你的卵交有没有玩过日本婆娘？"锤老怪阴阳怪气地说，"你跟着伊藤雄那浑蛋屁股后面，看见了日本婆娘，裤裆都鼓了起来，小小一只卵交硬得像伊藤雄嘴里的口琴。"

陈烟平拍了一下高脚强的脑袋："有空让我验一下你的卵交，老子阉过成千上万的禽兽，看一眼就知道你是不是童子鸡。"

"是又怎么样？不是又怎么样？"高脚强红着脸拨开陈烟平的手，"焦叔叔的无头鸡是不是也被你阉了？"

"阉个屁，"陈烟平回头看了一眼藤婆，"我准备用它当种鸡，生一批小斗鸡赚钱呢。"

十六个孩子发出又响又脆的笑声。亚凤瞪了孩子一眼。在亚凤怒目注视和朱大帝叱喝下，他们不敢再附和赵家豪，有的戴上妖怪面具，有的严肃的蹙着眉头，有的拿下掮在肩上的猎枪往树上乱瞄，有的抽出帕朗刀往两边拥塞的蔓草野花削去，有的捡起枯枝扔向猫头鹰叫嚣的树丛，有的突然扒下裤头撒尿。曹大志和高脚强走在孩子前头，亚凤和爱蜜莉在孩子后方。队伍最前方是朱大帝、锺老怪和两个年轻伐木工，红脸关、陈烟平、萧先生殿后。肥胖的月亮半遮掩在墨青色的云彩中，云彩好像漂浮的鳄鱼群，闪电亮起时，它们衔着月亮的肥肉，集体死亡翻滚。一群猪尾猴的鬼影在无花果树上跳跃，鸟虫声尖锐得像枪林弹雨，河水咻咻喳喳地舔着两岸的枝叶草梢。

一九四五年六月，联军对猪芭村展开登陆战，驻守猪芭村的两千多名日军无力抵抗，集体退入内陆，沿途烧掠戮杀，如入无人之境。八月十五日，日本投降；九月九日，日本驻英属婆罗洲第三十七军总司令马场正郎正式向联军签署降书后，婆罗洲各地守备军指挥官陆续缴械投降。吉野真木、山崎显吉领导的两千多名日军流窜内陆，和总部失去联系。联军战机撒下的日军战败的宣传单，吉野和山崎不知真伪，拒绝投降。九月，两千多名日军遭受原住民、联军和游击队狙击，死伤人数超过一半，至此，为分散反抗军军力，吉野率领的六百多名日军沿猪芭河上游挺进，山崎率领的四百多名日军朝东北转进，分成两个部队逃窜。

一九四五年五月，朱大帝离猪芭村二十英里的秘密基地被山崎大军袭击，大帝和猪芭人零星反击，终究不敌鬼子的九六式机枪和八九式掷弹筒，近一百个避难的猪芭人遭鬼子屠杀，朱大帝等人和不在场的孩子侥幸脱逃。山崎离去后，朱大帝和锺老怪回到烧成灰烬的高脚屋，草葬了猪芭人，挖出部分埋藏三棵红毛丹树下用沈瘦子提供的防水斗篷包扎的枪支、弹药和鸦片膏，将秘密基地迁移鹿湖附近，九月底率领大人小孩二十多人，伏击鬼子两个逃窜队伍。

闪电在天穹像生了根，直到乌云散去才熄灭。大雨终于落下，但不是落在他们头顶上，而是落在百英尺外的莽丛中，那里雨丝如髯，水气氤氲，漂浮着几个额眉深蹙的峦头。水气中出现太阳的金黄色斑点时，横亘着一强一弱两道魔性焕发的彩虹。翠绿的苍鹰展开傲岸的双翅，充满怒意地朝他们飞来。天穹似蜡，在阳光燃烧下，蜡泪滚滚滴在野地上，引起青烟缭绕，野火蠢蠢欲动。内陆的野鸟和猪芭村四周的野鸟没有两样，叫得气喘吁吁，羽毛被露气濕湿，打开翅膀就扬起一层雾气。饥饿的猴群从一棵大树迁往另一棵大树，寻找果腹的野食，长尾巴和短尾巴的不同猴种遭遇后，猴毛森竖，眼睛喷出了火。孩子放慢脚步，仰望猴群斗殴，转眼和朱大帝、锺老头拉出一段距离。曹大志和高脚强干脆站住，一个挂着金箍棒，一个扛着三尖两刃刀。

"亚凤，别让孩子发呆！"朱大帝回头瞄了一眼落后的队伍，"再过两天，鬼子要窜回东京了！"

"别看了，走吧!"亚凤拍了前面一个小孩汗水淋漓的脑袋。

曹大志抡起金箍棒，吹了一声口哨，指了一下前方，带领孩子迈步走。高脚强摸了摸腰上的驳壳枪，对身后的严恩庭瞄了一眼。太阳慢慢升上来，远方的雨丝和彩虹消遁了，露出几座尖额广颐、身躯肥胖的山峦。苍鹰依旧愤怒地朝他们飞来，但飞了半天，仍在原地不动。云彩没有散去，但好像被热气消融了，天穹逐渐恢复了海水的湛蓝。一根枯枝从树上坠下落在许轩仪脚下，许轩仪来不及闪避，一脚踩在枯枝上，跌了一跤，跪在地上哭起来。亚凤将她搀起，看见她两边膝盖划出一道伤口，流出红润的像蚯蚓的血。许轩仪十一岁，父母是裁缝师，四个月前死在山崎奇袭中。她左边嘴角长了一颗美人痣，她很引以为荣。在战前的猪芭村，她永远穿着父母新裁的衣服，像个小公主。据说她喜欢关亚凤，看见亚凤搀起自己后，立即蹲下，抚着伤口哭得梨花带泪。亚凤拿起环在脖子上的白毛巾拭掉膝盖上的血，检查了一下伤口："皮肉之伤，没事的，起来吧。"许轩仪装模作样站起来，又蹲了下去，想起父母惨死，假哭成真，越哭越伤心。

"许轩仪，"亚凤蹲在她面前，"你还走得动吧?"

"妈妈——"轩仪边哭边说，"我要找妈妈。"

"许轩仪，你别装了，"十一岁的渔夫儿子吴添兴说，"你赖着不走，留你一个人在这里，让鬼子把你带走!"

"鬼子会做很多新衣服给你穿，"赵家豪说，"他们老的小的都喜欢。"

"家豪，不要胡说!"队伍后面传来萧先生的声音。赵家豪伸了一下舌头。

高脚强突然想起林晓婷。他用力地将驳壳枪攥在手上，用枪管不自觉地敲击着刀鞘。

"轩仪，我背你走一段路，"亚凤说，"等你不痛了，再告诉我。"

亚凤把帕朗刀和猎枪交给爱蜜莉，背着许轩仪蹲下。许轩仪啜泣着趴在亚凤背上。亚凤站直身子，吆喝队伍前进。猪芭小学教师蔡良儿子蔡永福凑近三轮车夫儿子余云志耳边说了什么，云志叽叽咯咯笑起来。

"许轩仪，"余云志大声嚷叫，"蔡永福说你坏话！他说你脸上的痣不是美人痣，是苦命痣！"

"不是我说的，"蔡永福也大声叫嚷，"是我父亲说的！"

"苦——命，苦——命，"赵家豪怪腔怪调唱着，"我命好苦——"

许轩仪抽抽噎噎哭着。

树篷落下的光芒逐渐绵密垂直，日头越升越高。朱大帝和锤老怪选择了林木稀松的路径，迂回曲折，忽进忽退，容易迷路，必须不停确认风向和太阳方位。两位伐木工无时无刻不在挥斩杂木草丛，开拓出一条蜿蜒暧昧的夹脊小径。孩子汗流浃背，步伐逐渐沉重，笑容和嬉闹减少了，十岁的范青莲突然刹住脚步，想要解便。范青莲高大肥胖，像个小大人，父母贩卖的进口食油、面粉和罐头食品，有不少祭了她的五脏庙。她一说要解便，马上有两个小孩，十一岁的菜农儿子钱桂安和十二岁的马玉铮大声附和："亚凤大哥，我们走了快五小时了。"马玉铮家里开文具钟表行，孩子里只有她手腕上戴着一支进口腕表，银光斑斓，像一条小白蛇盘在手腕上。

亚凤看了一眼大帝。大帝拿着锤老怪的七倍率双筒望远镜看向西南方，专注得像一头盯住了猎物的云豹。锤老怪举手打眼罩，和大帝注视着同一个方向。亚凤放下轩仪，对青莲等人点点头，看着三个小孩兵分三路走入草丛。一个男孩解开卡其裤头，对着草丛泚出两道金黄色尿液。四个孩子戴上妖怪面具，蹲在地上，看着黑魆魆的树篷。九岁的石油技工儿子黄光霖和十岁的菜贩儿子房招财从裤袋拿出发条兔子和发条乌龟，清出一小块平坦的泥地玩龟兔赛跑，发出叽叽呱呱像蟋蟀的声音。家里开饮食摊的十二岁刘菁菁走到轩仪身边，弯下腰看她的伤势，她的十一岁弟弟刘兆国抓了一只草绿色的纺织娘，偷偷放在赵家豪头发上。蔡永福和余云志打开几个猪笼草的盖子，看着捕虫瓶里蚁虫的残骸。严恩庭看见曹大志坐在板根上，也一屁股坐上去，哼着小林二郎的日本歌谣。高脚强抽出帕朗刀，朝一棵望天树树身剁出一行像祛邪的符号，被红脸关喝住，禁止他留下任何鬼子可以辨认的痕迹。萧先生非礼勿视，背对着三个撒屎的小孩。经过鬼子三年八个月折磨，萧先生已经不太像教书匠，他穿着邋遢肮脏的汗衫和黑色长裤、肩扛猎枪和腰拎帕朗刀，像猪芭街头的地痞流氓。他仰望树冠，看见一只云豹像蟒蛇盘在杈枝上，枝桠末梢长着水潭一样沉重的绿叶，蛙跃着苍翠。那根枝桠好像被云豹驯服的兽骑，气势惊人，睨视天穹，流露出和云豹同等的傲气。云豹的色泽接近枝桠，不容易被发现，但它垂在枝桠下的华丽尾巴却像黯夜中燔烧的烽火，把树篷照亮得波谲云诡，星散着火烙的爪痕。

山崎大队袭击高脚屋时，陈烟平扔下两只身经百战的斗鸡，抱着懒鬼焦的无头鸡冲入莽丛，这只无头鸡现在被陈烟平从藤篓里放了出来，挺胸昂"首"站在板根上，甩着祖母绿的覆尾羽和柔软发亮的颈羽，发出无声的荒啼。爱蜜莉一手叉腰，捏着一片巨大的枯叶往身上扇风。黑狗嗅着地上一只蛤蟆尸体，黑色的长尾巴在空中卷出一股黑色的流漩，好像圈养小鬼的妖雾。亚凤闭上眼睛，听见淅淅沥沥的撒尿声音，闻到酸咸冲鼻的尿味和榴梿果成熟的芬芳的腐味。他看见右边的矮木丛中范青莲从地上抓起几片干燥的落叶往胯下搓揉，然后扔掉叶子，穿上砖红色的长裤，踩着一地腐叶走出矮木丛。钱桂安光着屁股，露出小鸡鸡，好像刚长苗的草芽，走到一棵青涩未结果的野榴梿树下，摘了几片绿叶，撑开胯下，用非常夸张不雅的动作抹屁眼，抹完后，穿上裤子回到队伍。一只身长像小帕朗刀的蜥蜴从榴梿树窜到地上，翘着像刀刃的尖嘴利尾消遁在一簇荆棘丛。亚凤看见一只银色小蛇，吐着一长一短像女表时针和秒针的开叉舌头，滴滴哒哒地滑过马玉铮手腕，滑入她的腋下，消遁在她胸口，遍被着金黄色光芒从胯下蜿蜒而出，落在一片不知道是香蕉叶或芋头叶上，曲蜷在那儿不动，好像金黄色的蛤蟆。亚凤全身热燥，看了爱蜜莉一眼。爱蜜莉发梢俏皮地粘着一块巴掌大绿叶，突然被一股气流卷入树篷，激活他一些缥缈寥远的联想。亚凤想起了何芸的抗旱小酒窝、牛油妈乳头互背的"东西奶"、惠晴燎灼的双眼像夜晚猪芭河的鳄眼。何芸还没有出生的孩子、牛油妈和惠晴来不及出生的孩子，呱呱坠地凑合成一个三头六臂的怪物，在一片妖光四射的刀刃下颤抖。

"亚凤大哥，"马玉铮扯了扯亚凤衣袖，"好了。可以走了。"

朱大帝、锤老怪和两个伐木工已前进了一段路。孩子在曹大志和高脚强吆喝下整好队伍，等待亚凤发号命令。

"轩仪，你的膝盖好了吗？"刘兆国走到许轩仪身边小声说，"我可以背你。"

许轩仪白了一眼刘兆国，和刘菁菁手拉着手回到高脚强的队伍。

队伍走了半小时后，日正当中，大帝下令在一棵箭毒树下休憩用餐。出发前每个人身上都背着一个小包袱，用香蕉叶裹着一天分量的腌猪肉和藤果。孩子累了，胡乱吃了肉果，倒卧板根下睡觉。

三

孩子少了潘雅沁和秦雨峰，增加了刘菁菁和刘兆国姐弟，维持着十五人阵容。近百猪芭人被杀害后，朱大帝埋藏红毛丹树下的枪支、弹药和鸦片膏变得十分富足，每个孩子都分到了一支猎枪，高脚强除了猎枪，多了一支沈瘦子托人送来的仿德国驳壳枪。窝居鹿湖的三个月中，孩子在锤老怪调教下打了十多发霰弹。

孩子睡了一觉，醒来，精神饱满。马玉铮看了一眼腕表。"两点三十啰！"太阳老爷子无情地凝视大地，向莽林掷下像古代攻城掠地的霹雳火球，烫得大家的屁股坐不住。遥远的茅草丛升起一簇又一簇野火，在西南风吹击下显得活泼凶猛，好像美军向鬼子发射的火焰枪。一群苍鹰在野火上空盘旋不去，等待捕食火焰中逃窜的野鸟和爬行动物。烟霾像白色的鬼魅横行。孩子熟睡时，大帝等人探勘路线，留下萧先生、亚凤、爱蜜莉、黑狗、无头鸡、曹大志等十五个孩子。孩子百般无聊，围成一个圆圈，乱七八糟地唱着《笼中鸟》，玩小林二郎的捉鬼游戏，捉到马玉铮、刘兆国和黄光霖三只鬼，被罚半小时内采三颗俗称"洗发果"的藤果，采不到，罚他们生吃三颗俗称"臭豆"的柏带果。"洗发果"果肉香甜可口，外壳捣烂后，浆汁抹在头发上搓揉，可以把头发洗得又清爽又芬芳。没有经过烧烤或水煮的"臭豆"，辛辣难咽，弥漫尿屎或酸臭的动物体味，吃进肚子后臭屁不断，屙出的屎也是臭气冲天。十五个孩子中，最大的曹大志十三岁，最小的黄光霖九岁，感情世界复杂纠葛、真真假假，媲美大人：曹大志、高脚强和蔡永福喜欢严恩庭，严恩庭喜欢曹大志；赵家豪和吴添兴喜欢马玉铮，马玉铮喜欢曹大志；刘兆国和钱桂安喜欢许轩仪，许轩仪喜欢关亚凤；余云志喜欢刘菁菁，刘菁菁喜欢高脚强；范青莲是唯一没有男生喜欢的女生，但她喜欢黄光霖。赵家豪和吴添兴自愿代替马玉铮受罚，范青莲忸忸怩怩地表示，要和黄光霖一起去找"洗发果"。亚凤不想扫孩子的兴，由爱蜜莉带领赵家豪、刘兆国、黄光霖和范青莲去找"洗发果"。刘兆国不满赵家豪嘲笑许轩仪的美人痣，边走边吵。瘦小白净的黄光霖很怕高大肥润的范青莲，故意走在刘兆国和赵家豪中间，不让范青莲贴近他。刘和赵不停地把黄光霖和范青莲挤到队伍中间，气得黄光霖一直臭着一张脸。鸟虫喧嚣，日头高挂，两架联军战斗机从树篷呼啸而过，惊醒成千上万的蝙蝠，苍穹黑成一片。一群长尾猴趴在树枝上抓虱睡大头觉，对战机视若无睹，用漠然和轻蔑的神情看着孩子。走了四十分钟，见到数不清的"臭豆"，没有看到半颗"洗发果"。

"赵家豪，你带衰，"刘兆国抱怨着，"找不到洗发果，你帮我们吃臭豆！"

"吃就吃，"赵家豪说，"你们三个人的臭豆，我一个人包了！"

"你不是鬼，凑什么热闹？"刘兆国说，"你对马玉铮示好，马玉铮就会喜欢你？人家喜欢的是曹大志，你算什么？"

"你呢？你明知道许轩仪假受伤，就是要亚凤大哥背，你不是亚凤大哥，凑什么热闹？"

"你癫蛤蟆吃天鹅肉。"

"你鲜花插在牛粪上。"

"我回去对亚凤大哥和曹大志报告，"黄光霖报复性地说，"有一只癫蛤蟆和一坨牛粪想抢他们的女朋友。"

赵家豪和刘兆国戴上妖怪面具，捉住黄光霖手臂，跐着他的脚尖拖向范青莲，一把搡到她怀里。黄光霖的脸像一坨奶油抹在范青莲肉鼓鼓的胸前，吓得魂不附体，一双爪子捂住范青莲的奶子，想把范青莲推开。范青莲一步一步往后退，靠在一棵龙脑香树上。赵家豪和刘兆国不放手，范青莲进退不得，黄光霖的半颗头颅彻底陷在范青莲两粒奶子中，连呼吸也困难，惨叫不断。爱蜜莉狠狠地扇了一下赵家豪和刘兆国的头，两个小孩才松了手。黄光霖憋着一张红得像猴子屁股的脸追打赵和刘。范青莲一屁股坐在板根上抽抽噎噎哭着。

"光霖——"范青莲哭声干燥，打雷不下雨，"你摸了我——"

"光——霖——"赵家豪好像在用假嗓唱《梭罗河》，尖起嗓子学范青莲，"你——摸——了——我——"

"黄光霖摸了范青莲的ㄋㄧㅔ¹ㄋㄧㅔ！"刘兆国发出像长臂猴的吼叫。

黄光霖个子矮小，跑得飞快，抄住一根枯枝戳赵和刘的屁股。

三个小孩跨过一块又一块板根，踩断一棵又一棵树苗，惊动拟态的昆虫和蜥蜴，铲起无数腐叶和泥壳，身影迅疾变小，消遁在一棵又一棵好像被撞得东歪西倒的巨树腰杆后。

"家豪、兆国，"爱蜜莉大叫，"别跑了，回来！"

巨树站得壁直，傲慢地凝视爱蜜莉和黑狗，从树篷落下几片枯黄的叶子，像用古老艰深的语言回应爱蜜莉。

"青莲，你留在这里，别乱走。"爱蜜莉迈着小步，消遁在巨树腰杆后。

范青莲不哭了，站在有点阴暗的树荫下，看着周围好像正在移动和说话的巨树。天穹密集地浮游着龟壳一样坚硬湿润的乌云，太阳像一块烧红的生铁突然被淬熄了，天地瞬间黑了下来，四野被莽林的墨绿蘸了个饱满。枯枝沿着鸟的骨架和羽毛伸展，发出喳喳吱吱的鸣声。长臂猿的手掌像蜘蛛吐丝，架构了苍翠的摇晃的树桠，遮住了范青莲向上眺望的视野。树篷黑魆魆的，枝桠密匝匝的，不像白天，像夜晚，猩红的星光点缀着天穹，青莲想起几首星星月亮的儿歌，想哼，但唇舌干瘪，喷出中午啃过让人火气上身和放臭屁的藤果气息。她伸出舌头舔了舔嘴唇，越舔越口渴。一只大犀鸟展开似锹刃的黑翅膀，像图片里的翼手龙从她头顶上飞过，坠入一簇

1　注音，即拼音 nie。

矮木丛，好像中了一箭。她坐在板根上东张西望，不知道坐了多久，坐麻了屁股，撑痹了双脚，僵得越久，心里越害怕，唇舌越焦燥。她觑了一眼扛在肩上的猎枪枪管，向爱蜜莉等人消遁的莽丛走去。不知道徜徉了多久，也不知道踯躅了多久，看见一片阴郁的矮木丛背后有一潭黑水，岸边聚耸着翠绿的芦苇，一只纤细的白鹭鸶伫立芦苇茎上，它身后的树枝悬挂着一串又一串金黄色的"洗发果"。

她踩着地上的枯叶，向那棵藤果走去。枯叶发出梦呓似的甜滋滋的呻吟，非常好听。一条巨蟒的蜕皮像烟霾浮在枯叶上，好像随时会腾空湮散，她用力地踩碎蛇皮，蛇皮发出神秘的星星月亮的笑声。她走入芦苇丛时，白鹭鸶不见了，"洗发果"悬挂树枝上，像金黄色的苹果，已成熟，唾手可得。她采了一粒"洗发果"，剥开外皮，咬了一口白色的果肉，清爽甜美的汁液润湿了她的双唇。她吃完一颗"洗发果"，采了第二颗，边看着湖潭的倒影边啃着"洗发果"。湖水像树篷一样黑魆魆，深不可测，沉重得像铁汁铜渣，叶子落在水面，像卡在烂泥上，不浮不沉，倒映着一根肥大的枝桠上一对正在交配的长尾猴。母猴搂着枝桠，头颅温驯地贴在枝桠上，脸蛋泛着只有女性才有的嫣红。公猴鞍在母猴屁股上，尾巴坚硬得像一支擀面棍。抽送的动作很激烈，枝桠挣扎，树叶呻吟，连黑潭也动了情，泛起难有作为的充满绮思幻想的僵尸涟漪。范青莲吃了两颗"洗发果"，肉嘟嘟的脸颊漫着红霞，汁液沿着下巴滴到衬衫上，在她丰满的胸前滴出几只毛绒绒的浮游小鸭。她又摘了五颗熟透的"洗发果"，垒在地上，蹲在湖潭前掬水，洗了一把脸，看见倒影中挂在脖子后的飞天人头面具。她站了起来，将妖怪面具戴在脸上，看了一眼水中的倒影。面具长发披散，两眼空洞，似笑非笑。她卸下面具，将五颗"洗发果"搂在胸前，离开黑潭，走了两步，两手一松，"洗发果"噗咚咚掉到地上，有一颗滚得很远，像长了脚落入黑潭。有两颗滚得更远，噗咚咚地停在一排军靴前。

二十多个穿着草黄色战斗服和戴着草黄色战斗帽的鬼子，背着枪管朝天的九九轻机枪或步枪，每个人肩上扛着蟹青色或草黄色的自行车，自行车手把挂着钢盔，钢盔插着晒得蔫黄的棕榈叶或茅草鞘。看见范青莲后，带头的鬼子从肩膀上卸下自行车，军靴叉在一根腐木上。二十多辆自行车喊喊吱吱跃到地上，发出畜生疲惫的呻吟。鬼子帽檐下的阴影庞大，五官好像被帽子背后的遮阳布和脖子上的脏毛巾网住了，陷入了迷惑和兴奋。

第一个卸下自行车的鬼子，像从螺壳窜出的寄居蟹，突然变得轻巧迅疾，一步一步靠近范青莲，横竖左右看着范青莲丰满成熟的躯体，像在寻找一个调换的寄居的躯壳。

范青莲节节后退，靠在一棵大树树腰上。

"花姑娘——"他两只手像巨大的鳌肢试探性地触了一下范青莲胸前汁液淋漓的浮游小鸭。

四

太阳沉下去了，天边残余着光带，散乱着野兽啮痕，荒野蒸腾着火燎的地气。孩子卸下猎枪，在箭毒树下挖了一个灶，垒上朽木枯藤酿火，周围砌了干燥的榴梿壳焖熏，升腾起冲鼻的白色烟霾，和篝火联手驱黑、逐兽、熏蚊虫、祛鬼魅。为了不酿起森林大火，孩子用帕朗刀薅了四周的野草小树，将草尸树骸掷向篝火。篝火烧得更野了。

朱大帝和锺老怪等人去了一个下午，犹未现身。爱蜜莉追上赵家豪、刘兆国和黄光霖三个小孩后，回来，已失去范青莲踪影，四人一狗找了一个下午，入夜前回到湖潭。十四个孩子围在篝火前，啃着剩下的腌猪肉和刚采下的藤果。范青莲的失踪让他们失去笑声，脸上添了一股稚气的哀愁，多了一股不成熟的凝重，趁着萧先生到草丛里小解，开始嘲笑黄光霖，说范青莲被黄光霖摸了胸部，不敢见人，正躲在什么地方流泪呢。赵家豪和刘兆国笑得邪恶，黄光霖气得一直用一根青藤戳篝火。萧先生那泡尿撒得天长地久，回来时一双缺乏睡眠的小眼像两根红辣椒，盘腿坐在曹大志和高脚强中间，开始最后一次授课，讲解《封神榜》第八十九回纣王敲骨剖孕妇、《西游记》第七十二回八戒变鲇鱼戏耍蜘蛛精，越说越激动，咳出一块带血的浓痰。

爱蜜莉在纣王剔剐完三个孕妇后，打开手电筒，牵着亚凤的手，和黑狗走入黑魆魆的莽丛。那天晚上云彩稀落，星星虚淡，鹅黄色的盈凸月高挂，猩红色的蝙蝠穿梭天穹，夜枭哭啼，磷火熠耀，青蛙吐出长舌狩猎，尖锐的草鞘把手电筒光芒照耀得像刀刃，两人一狗再度走到范青莲消遁的地方，借着猩红的月色和手电筒光芒仔细盘查。夜晚的莽丛散乱着各种颜色的兽目，盘旋树上、草丛和地上，蓝红绿白，凝视着亚凤和爱蜜莉。黑狗充满挑衅或冷峻地看着兽眼，狗嘴发出咿咿唔唔的问与答。对于这只狗，亚凤一直感到迷惑。它固定一段时间从爱蜜莉身边消失，让人忘了它的存在。

它几乎不吠，不摇尾巴，不懂谄媚乞食，不爱被抚摸，不会追逐对它恶言相向的猫犬鸡鸭，只会捕捉野猪。它的四肢像藤蔓一样柔软，爪锐耳尖，尾巴迂回，豹头环眼，睡觉时盘成空心圆，好像一朵墨色的花。莽林的虫声像雨点淋在芭蕉叶和锌铁皮屋顶上，容易让人入睡。亚凤和爱蜜莉背靠着树身坐在板根上，眼皮沉重，看着黑狗一遍又一遍嗅着地上。

萧先生咳出第一块带血浓痰后，又全身抽搐地咳了一阵，咳出许多像野火焚烧莽丛的声音，喉头像卡了一块红炭，咳得那团火焰一脸惊骇，烧掉了萧先生下巴一小绺像猴子头顶上丛状毛冠的胡须。孩子习惯了萧先生的咳嗽，静静地等他咳完。萧先生咳完后，用力清了一下嗓子，不忍扫孩子的兴，奋力说完猪八戒调戏蜘蛛精。刚才他去野撒，回来时咳出两坨血痰，昏倒在一个小水坑里，看见一个折磨过他的鬼子，用铭刻着菊花的枪托狠狠地捶击他的背部。他曾经被鬼子强征去做了两年多的苦役，有一天发高烧，鬼子用"苏秦背剑"的方式将他双手拗到背后捆绑，像一只待宰的猪牵到宪兵总部，关在一个臭气冲天的小房间，三不五时就有一个宪兵用枪托捶击他的背部，三天后当他重新拿起铲子加入筑路行列时，咳血痰就和撒尿一样频繁。孩子看见他的裤管濕濕了一大片，以为他尿在裤子里。说完《西游记》，萧先生撑不住了，身体一斜，倒在曹大志怀里。小孩把萧先生扶到板根前，让他傍着板根休息。大志从萧先生怀里搜出一根严恩庭的手卷烟，就着篝火点燃，塞到萧先生嘴里。萧先生合上眼睛，狠狠吸了两口。孩子聚集篝火前，百般无聊，玩发条玩具，检视猎枪，随意砍一些藤蔓枝叶，丢到篝火里烧。高脚强建议组一个五人小队，入林找范青莲。"亚凤大哥和爱蜜莉已经去找了，"曹大志说，"他们回来前，谁也不行离开。""范青莲是你小队的队员，你要负起这个责任。""刘兆国和黄光霖是你小队的队员，不是他们起哄，青莲不会失踪，你也要负这个责任。"……"别吵了，"严恩庭说，"亚凤大哥说过，不可以擅自离队。我们来玩捉鬼吧！"马玉铮说做鬼的罚唱一首歌，许轩仪随即附和。三位小美女开了口，男孩子不敢顶嘴，于是戴上妖怪面具，捉了五只鬼。房招财最讨厌唱歌，五音不全、东减西漏地唱了一首客家童谣：

> 月光光，照地堂，年卅晚，摘槟榔，槟榔香，买猪肚，猪肚肥，买牛皮，牛皮薄，买菱角，菱角尖，买马鞭，马鞭长，起屋梁，屋梁高，买张刀，刀切菜，买只船，船沉底，浸死两只红毛番鬼仔……

唱完躲在蔡永福身后，咯咯咯地笑着。刘菁菁站在灶火前，两手抄在身后，两眼看着黑魆魆的树篷。

> 日本狗，满山走，走无路，爬上树，树无桠，跌落屎缸下，捡到一只黄冬瓜，泻到满厅下。

轮到严恩庭了。严恩庭唱时，装模作样，手势频繁，还在篝火前莲步款款，走来走去呢。

萧先生吸完严恩庭的手卷烟后，眼球像灌了铅，口干舌燥胸闷背酸四肢无力，想吸一块鸦片膏，但鸦片膏在两个伐木工身上。他听明白了招财和菁菁的客家童谣，但听不太见严恩庭美丽动人的嗓子。他知道严恩庭在唱歌，全猪芭村只有严恩庭有这种天籁之音。他的鼻腔和喉头弥漫着恩庭的唾液味，甚至还有一股尿骚，他怀疑恩庭卷那根烟前小解过，十指没搓干净。火焰被孩子越养越大，像怀了孕，生出活蹦乱跳的火苗，对着野草卖弄风骚，想借着他们夹带一批杂种出去。一批小火苗沿着孩子脚下的枯叶烧过来，烧向他躺着的板根，他用脚跺了跺，火种灭了，却有一簇烟燧往上升腾，消遁在黑魆魆的树篷中。萧先生抬头看见白天那只云豹站在一根枝桠上，仰望猩红色的盈凸月，张嘴呼啸出像炮火出膛和子弹出匣的噪声，尾巴燔烧如烽火。它像天穹一样黑，皮毛闪烁着星星的寒光，好像华丽的星座。

铭刻着菊花的步枪枪托重重地捶在萧先生肩胛骨上，萧先生咳出一坨血痰，看见一群鬼子围在篝火四周，九个孩子围坐篝火前，用恐惧的眼光觑着鬼子。那一枪好像把萧先生捶醒了，他看见五个孩子，房招财、吴添兴、钱桂安、蔡永福、余云志，倒卧在血泊中，两个被射穿了脑袋，一个被砍掉了头颅，一个肚子被军刀剖了一个洞，一个被刺刀戳穿了胸膛——那把刺刀还插在孩子胸膛，孩子手脚抽搐，残留着一口气，他的脖子挂着伞怪的可笑面具。

鬼子的枪托再一次捶在萧先生太阳穴上。萧先生背靠板根，看见黑暗中那只仰颈嗥月的豹的星座依旧闪烁。二十多个穿草黄色战斗服的鬼子，拿着步枪或轻机枪，像一群土狼在孩子身边徜徉。他们身后支立着或躺着二十多辆自行车，蟹青色的躯干在火焰照耀下好像有血有肉的畜生。他们帽檐下的脸蛋即疲惫又兴奋，既激情又邪恶。他们叽哩呱啦说着话，萧先生和孩子虽然听不太懂，但听了三年八个月鬼子话，又被迫上了东洋语文课，听出了污秽和怪力乱神。

"花姑娘——"一个鬼子用枪管挑住马玉铮脖子上的九尾狐面具，伸出一只手，扯断了面具，把面具挪到脸前看了看，伸出舌头舔了舔嘴唇，将面具扔到身后。马玉铮用手掌捂住脸，不知道是不敢去看孩子的残骸，还是不敢看鬼子胡髭遍被的脸。她的腕表陷入了腕脖子里，表面翳白，让人想起高脚强用蜡笔画在额头上的仙眼。

一个消瘦的鬼子用军靴戳了戳许轩仪屁股下的泥土。孩子的猎枪拄在吴添兴背后的板根上，鬼子现身时，吴添兴刚抄起猎枪，就被一个鬼子开肠破肚，几乎劈成一半。许轩仪坐得离吴添兴最近，哇地哭了出来，对着滚烫的泥土漫出一泡尿渍。她一直抽抽噎噎地哭着。

刘菁菁也哭着。她间或抬起头，看见几个鬼子正蹙眉瞪着自己，吓得马上低下头，紧紧靠着高脚强。

男孩子脸色苍白，嘴唇发抖，眼眶盈着泪花。曹大志和高脚强一脸怒气，眼珠子溜来溜去，凝视着鬼子的军靴和绑腿。孩子看过鬼子砍头颅，看过暴露猪芭街头和野地的尸体，看过更多吊挂猪芭桥头的头颅，不害怕血淋淋的尸具，但是他们害怕抬头看鬼子。余云志就是因为抬头瞪了一眼鬼子，被一支军刀好似蟾蜍捕蝇，削掉了半壳脑袋。

　　一个高大的鬼子伸手摸了摸严恩庭粉嫩的脖子。严恩庭唱歌时从一簇矮木丛摘下两朵乳白色的胡姬花，一朵拈在手上，一朵插在头发上，好像两只蝴蝶随着悠扬飘逸的歌声翱翔，曹大志和高脚强的表情纯洁得像婴儿。严恩庭唱完了歌正要回到大志身边时，鬼子突然从莽丛冲出来，砰砰两响，房招财和钱桂安被射穿了脑袋，戴着面具的蔡永福被刺刀戳透了胸腔，严恩庭五指一松，胡姬花烧毁篝火中。

　　高大的鬼子顺手摘下严恩庭头发上的胡姬花，放到鼻腔前嗅了嗅，将花朵掸到半空中。两个鬼子手掌伸入许轩仪胳肢窝，许轩仪好像长了翅膀，脚不沾地，消遁莽丛中。又有两个鬼子掐住马玉铮的手臂，将她压在巨大肥硕的板根上。一个鬼子像婴儿搂住刘菁菁，慢吞吞地走向四五个鬼子围起的人肉圈子中，刘菁菁十指抓耙着鬼子微笑的脸。一个鬼子揸着严恩庭的头发，拖行了一公尺，将她在五六个鬼子面前推倒。

　　"大圣，"高脚强突然说，"你到底几岁啊？"

　　"十二岁，"曹大志说，"我妈妈虚报了我的岁数。二郎，你才是孩子王。"

　　"没差，我妈妈也报大了我两岁。你喜欢恩庭？"

　　"嗯——嗯——"

　　"我不会跟你抢的，我要去找林晓婷了。"

　　高脚强摸出屁股下的驳壳枪，打倒两个围在篝火前的鬼子。

　　"跟朱爷爷说，他欠我二十元香蕉钱——"

　　曹大志揣出怀里的小帕朗刀，一刀刺在鬼子脖子上。

"朱爷爷也欠我十元——"

萧先生仰望树梢，看见那只云豹尾巴燔烧如烽火，张嘴呼啸出像炮火出膛和子弹出匣的噪声。一个鬼子走过来，在他的胸口刺了两刀。萧先生唔哼了一声，痛得昏死过去。他看见云豹两眼似磷火，瞟了他一眼，突然屈蹲身体，三纵两跃消遁树篷中，留下许多火焰的足印，也不知道过了多久，突然出现在板根上，低头舔舐他胸前的伤口。他唔哼了一声，痛得醒过来，看见一百多个达雅克人站在篝火前，火焰似的月色透过树篷落在他们金黄色和汗水淋漓的身躯上，蔓延全身的刺青好似青烟缭绕，奔腾着几千朵似蚊蝇的火舌。他们留着墨黑服帖的短发，眉毛被剃掉了，脸上欠缺表情。耳垂嵌着野猪獠牙，胸前挂着熊或豹或其他动物的獠牙，微露着锉尖的牙齿。头戴藤条编织的战盔，盔顶插着两根犀鸟羽毛。披着羊皮、熊皮或山猫战斗背心，胯下裹着树皮腰巾，屁股后打了一个像雄鸡尾巴的肥结。腰拤帕朗刀，肩上挂着鬼子的轻机枪、步枪和小孩的猎枪，二十多个人手里拎着一个鬼子头颅，头颅豁口渐渐沥沥滴着血，染红了小腿和脚掌。

二十多个无头的鬼子和十多个无头的达雅克人倒卧血泊中。

达雅克人蹙着深度一致的眉头，眼睛酝酿着温度一致的寒光，锉尖的牙齿好像拓自同一个齿模，身上的刺青复制着巨大的沉默，连手里的每一颗头颅都复制着相同的龇牙咧嘴的痛苦。他们举着双手，仰望星空，发出尖锐冗长的呼啸，歌唱人世间的美好，列成一个纵队消遁莽丛中。

亚凤在板根上梦见几颗形状大小似苹果的"洗发果"，在一簇树桠上闪灼着金黄色光芒，噗咚咚落下，在树桠下一潭黑水中弹跳，弹到岸上，散乱枯叶和草丛中。有一颗"洗发果"像长了翅翼，弹飞得特别远，越过汀泥水嵌、林麓枯桩、熊蟠猪窝，滚到脚底板根下。亚凤张开双眼，听见黑狗对着猩红色的天穹呜咽，爱蜜莉躺在他肩膀上熟睡，板根下一片黝黑。他抬头凝望远方，莽丛中闪烁着点点金黄色光芒，又有一颗"洗发果"从树桠落下，从铁渣铜汁的黑潭上弹出来，砸碎了落叶上的蟒蛇蜕皮。亚凤摇醒爱蜜莉，打开手电筒，越过汀泥水嵌、林麓枯桩、熊蟠猪窝，不知道走了多久，终于看见枯叶草丛中散乱着金黄色的成熟的"洗发果"，树桠上半成熟的"洗发果"。猩红色的月色下，黑潭凸得像一面倒挂的大镬，漂浮着一个没有穿衣服的、脸面朝下的女子尸体。

范青莲脸色安详，脖子上有一道刃器造成的伤口。在一块靴印澧漫的泥地上，亚凤找到了范青莲的衬衫和卡其裤。爱蜜莉把衬衫和卡其裤穿在青莲身上，由亚凤背着，黑狗领路。猩红的月色和各种颜色的兽眼照耀着莽林，他们踩在枯叶上的跫音被吞食在夜枭和虫蛙声中。爱蜜莉怀里揣了三粒"洗发果"，她口干舌燥，想剥开一粒"洗发果"，但她看了一眼亚凤背上的范青莲，打消了主意。一路无语。泥地上凌乱的只有鬼子军靴才有的鞋印和范青莲的裸体，已经告诉他们发生了什么事。亚凤脚步疾迅，低头赶路，急着想看到其他孩子。

萧先生睨着逐渐缩小的篝火，看着孩子七零八落的躯体夹杂在三十多个无头尸具中，咳出的已经不是痰，而是纯粹的血块。他合上眼，蒙眬看见戴着妖怪面具的孩子围在篝火前，聚精会神看着严恩庭唱歌，一阵阵唾液味和尿骚向他袭来，数不清的乳白色的胡姬花像雨点覆盖在他身上，以为自己死了。"萧先生——萧先生——"他听见有人喊他的名字，睁眼，看见了亚凤、爱蜜莉和黑狗。

五

萧先生想说话，但他一开口，血液就从口鼻涌出来，让他短暂地失去呼吸。胸前的刺刀伤口让他下半身浸泡血水中，他感觉脚底冰冷，死亡正逐渐侵蚀他老朽的躯体。

亚凤扔了一批枯木到篝火中，即将熄灭的火焰突然蹿大，愤怒地凝视着四面八方的尸体。亚凤从鬼子和达雅克的尸具中搜索着男孩子的大体，整齐排列板根下。爱蜜莉为四个光着身体的女孩穿上已经破裂不成形的衣服，和范青莲整齐排列板根下。五个女孩子的下体淌着血，脖子被利刃切割的伤口也淌着血。

萧先生咿咿噢噢呻吟着，咳出一瓢鲜血。

"鬼子来了……孩子被鬼子……"亚凤将耳朵凑到萧先生嘴前，"伊班人来了……"

萧先生合上眼睛，看见云豹跳到板根上，衔住他的肩膀，跃入树篷，直莽星光灿烂的黯黑天穹。

"挖一个坑，"爱蜜莉说，"埋了孩子吧。"

亚凤坐在板根上放声大哭。爱蜜莉站在板根前，茫然看着黑狗嗅着形形色色的尸体。泥地流淌着墨黑或艳红的血海，四野流窜着血的气味像海上的腥咸味，篝火燃烧得血腥狰狞。黑狗叼住一只断臂，露出攻击猪窝的深沉的心机，看了爱蜜莉一眼，放下断臂，走向另一批叠股枕臀的尸丛。数辆蟹青色的自行车穿插在鬼子尸体中，手把上挂着染成血色的枯萎棕榈叶的钢盔。有几辆自行车车杆还挂在鬼子没有头颅的肩膀上，轮子缓慢旋转着，辐丝淅淅沥沥的滴着血。一个鬼子的尸体被压在自行车下，他一手攥着军刀，一手紧紧抱着前轮，做出奋勇杀敌和狼狈逃亡的模样。一辆自行车直挺挺地站在尸体中，流露出一种被放逐的惊惶。鬼子似乎扛起自行车准备离去时，遭到一群达雅克人突如其来的猛烈伏击。黑狗走向站立的自行车，用狗爪好奇地耙了一下暴露在外的链条，自行车晃了一下，咣当卧倒，溅起一小绺红色的血浪，一颗在乱斗中卡在树桠上的鬼子头颅噗咚落到血海中，溅起另一绺血浪。那是一颗年轻的鬼子头颅，头发茂盛，眯着小眼，舌齿微露，髭须偾张，觑着爱蜜莉，眼皮好像眨了一下，凄惨地微笑着。

爱蜜莉全身抽搐了一下，别过头去，看着亚凤。

"挖一个坑，"她拍了拍亚凤肩膀，又说了一遍，"埋了孩子吧。"

亚凤揉掉脸上的泪水，抽出帕朗刀，选了一块较空旷的泥地。帕朗刀不是挖坑的工具，两人挖得筋疲力尽，才挖出一个埋葬十多个孩子和萧先生的长方形的深坑。孩子很轻，萧先生也不重，两人不费太多力气，就把孩子和萧先生安置坑底，胸前星布着妖怪面具、发条玩具、金箍棒和三尖两刃刀。草草葬完后，爱蜜莉拿出怀里两粒"洗发果"，剥了皮，和亚凤坐在板根上啃着。黑狗走到无头的鬼子和达雅克人[1]尸体间，伸出狗舌舔着浓稠腥咸的血水。鹅

1　为了防止战亡的伙伴头颅被敌人削去，达雅克人会砍下伙伴头颅，挖坑掩埋。

黄的盈凸月高挂，猩红的蝙蝠低飞，各种颜色的兽眼闪烁，间或传来洪亮的野兽吼声。亚凤和爱蜜莉啃完"洗发果"后，走到湖潭前清洗泥垢血迹，肚腹鼓胀热燥，走入草丛，彼此背对着撒完一泡热尿。尿液淋在坚挺的草鞘上，像野兽在树皮上磨爪蹭皮。尿完后，两人面对面站着，爱蜜莉突然抱着亚凤，将自己被"洗发果"果汁滋润过但依旧干燥的嘴唇凑到亚凤嘴唇上。远方陆续传来洪亮的野兽吼声，草丛里的尿骚味冲鼻，亚凤和爱蜜莉倒卧草丛中，看见黑狗叼着年轻的鬼子头颅，伫立在篝火朦胧的树影下。

一个无头鬼子艰辛地站了起来，又倒了下去，一辆自行车吱嘎吱嘎停在他身前。光芒万丈的车头灯照亮着匍匐地上的无头鬼子，辐条氤氲，链条疲软，轮辋凹陷。车铃当当叫了两下。无头鬼子拍了拍佝偻的车身，用两手撑起身子，扶着车把，坐上鞍座，踩着脚蹬，向鬼影幢幢朦朦胧胧的丛林小径骑去。他一上路，二十几个骑着自行车的无头鬼子从两边丛林里岔出来，尾随而去。发电机转轮摩擦着轮胎发出巨大柔和的呜呜声，车头灯射出数十道忽明忽暗的白色剑铓，剑铓很快变成针铓，陨灭在无边无际的丛林中。

箭毒树下

一

亚凤不止一次看见——或者梦见——他和爱蜜莉骑着自行车漫游猪芭村和茅草丛。

自行车碾过茅草丛的夹脊小径，遭遇枪管朝天的鬼子自行车部队时，他和爱蜜莉下了车子，将自行车推倒，蹲在草丛中看着鬼子自行车部队慢慢接近，近得可以看见他们臂章上的部队番号、闻得到他们的汗酸味，间或一个鬼子停下车子，对着茅草丛撒下零稀似玉米粒的黄色尿液，亚凤甚至可以看到鬼子干扁似毛豆荚的生殖器。鬼子可能嗅到了爱蜜莉自行车的鸡屎味，帽檐下飘溢着腐气的脸蛋——即使在这种差距，亚凤也看不清楚他们的五官——迎向西南风，吐出一条僵直的涎线，啪地挂在茅草梢上，好似滑灿透明的蚂蟥。

　　他常常看见——或者梦见——父亲的自行车像一头发情期的雄猪豨突野地。镀镍的车灯和生锈的把手像霍尔斯坦乳牛湿漉漉的大眼和顽强的犄角。后轮的侧脚架叉了出来，像孔雀鱼臀鳍的变形交媾器。爱蜜莉弥漫鸡屎味的自行车像荷兰温血母马，打着娇嫩响鼻，高耸着坚实的脖子、深广的胸廓和肥大的屁股，扬着火燎鬃毛，嘴里含着一根猩红萝卜，从一块树薯园奔腾出来，和他的自行车并肩齐驱。它们流畅地碾过草坑和水洼，链条和辐丝溢着烂泥，像污秽的爱情流质、睾素酮和膣孔分泌物。它们的轮胎充满弹性，以跳跃的方式越过灌木丛、板根、屋顶、树冠、山岭，快要钻入云层了。

　　他和爱蜜莉扑倒茅草丛的那个深夜，云很稀，星很淡，盈凸月失去了血性，露出磷火点点的骷髅白。爱蜜莉跪踞草丛中穿上衣服和黑狗——亚凤觉得它一直衔着鬼子头颅——走到箭毒树下时，亚凤犹半裸着身子躺在草丛中。盈凸月已绕到箭毒树后，在他身上撒下一道骇然的、手舞足蹈的树影，或是惨淡的月影。他凝睇着似黑狗毛色的青穹，以为爱蜜莉很快折返，但悠远的星光唤醒了他的睡意，他合上眼，在虫声滂沱中洗涤些许疲惫，再睁眼时，箭毒树树影像墨色的裙裾敛伏草丛，裙摆随风掀开，露出七彩缤纷的兽目。树的外围镶着烬红的光痕。他穿妥衣服坐在草丛中，看见箭毒树下篝火闪烁，人影幢幢。

　　朱大帝坐在板根上，用力吸食着珍藏的洋烟，头皮上的疮疤像刚被野猪啃过，自囱吐出的一笼烟雾中。锺老怪扛着强生猎枪，蹲下身子搜索鬼子，左右手腕各戴着两个腕表，手上扣着一张从鬼子身上搜括到的五十万分之一比例的婆罗洲地图。陈烟平站在篝火前，肃穆地凝视着尸体。无头鸡伫立板根上，"昂首"觑着被西南风吹刮的树篷。两个年轻伐木工进出箭毒树下，砍柴顾火。红脸关抽着一根洋烟站在篝火最外围。

盈凸月西移，月色覆没林际，星光淡入淡出。亚凤的出现，凝住了所有人的目光。

"你还活着，"锤老怪掠夺着鬼子身上的遗物，脸上溢着难以描绘的情绪。他从胸前口袋掏出一个弥漫血迹的铁皮跳蛙，"以为你死了！孩子呢？"

一个嘴里叼着洋烟、高瘦、长发披肩、满脸胡渣、捎着猎枪和帕朗刀的人从板根中慢慢站起来，两手挂着一杆木桩，好像在用一杆竹篙撑船。板根如艇，静泊血海中。鳌王秦觑着亚凤，一语不发。他撩了撩木桩，不知是他双脚挪动，涉血而来，抑或是板根航行如艇，慢慢地渡向亚凤。

二

鳌王秦一刀削掉雨峰天灵盖后，几百个太阳绕着他飞旋，云彩漫向胸际，天穹被他的头颅磨出一个窟窿，大地被他的大脚踩得即深又沉，莽丛被他的喘息和夹杂泪水鼻涕的喷嚏连皮带根铲除。雨峰半颗脑袋随着钢盔跃离身躯时，嘴角歪斜，溅出一声孱弱的狞笑，鳌王秦遂然看见昔日弥漫儿子脸上正义的关羽红和邪恶的天狗红，交错互斗，好像散发着神魔釉彩的交趾陶双面妖。天穹伸高了，苍鹰几许，萎缩得十分渺小。大地阔长了，有岛屿的飘摇、地

球的腹围、走不尽的夹脊小径。椰子树、波罗蜜和榄仁树似巨人伫
立。一颗老椰子无声地坠落身后的水潭，扇起了天鹅展翅的美丽水
花。茅草肥嫩，骤然绽开一朵又一朵小花，响起麻雀、大番鹃和鱼
狗的祥和啼叫。鳖王秦又打了一个喷嚏，泪水鼻涕像铁渣铜汁淋到
雨峰身上，血液里的金属矿脉回流丰腴的大地，水潭的美丽水花洗
去了眼前那一片似膏的阴翳，啜泣的血液沿循着刀刃溢向他的五指
和手腕，他迟钝地感觉到十秒钟前儿子奋力地击打他胸前的肋骨，
听见了延滞十秒钟的儿子痛苦而真诚的呼喊："爸爸！是我！我是
雨峰！"看见自己举起帕朗刀削掉了儿子罩着钢盔的天灵盖。他呐
喊着，咆哮着，短暂地被拘留在十秒钟前的时空倒流中，像一只
被蜘蛛网掐住的蛾。他召唤全身意志，想扔弃淌着儿子鲜血的帕朗
刀，但罂粟碱和吗啡烧焦了他的神经末梢，十秒钟后，帕朗刀终于
咻的一声邪飞出去，刀背打在茅草丛的猎枪枪托上，发出嚣张的屈
鸣。他颤栗着，从儿子身上东歪西倒站起来，寻到了茅草丛中盛着
儿子半颗脑袋和脑浆的钢盔，像舀着一盆水，哆哆嗦嗦把空洞的脑
壳植回去，把没有多少公克的脑浆挹了回去。他轻轻地掀掉钢盔，
愤怒地扯去雨峰脖子前的天狗面具，用鳖壳一样的巨掌萼着雨峰破
裂的脑袋，把雨峰柔软的身躯蔓在胸前，亲吻着随时剥落的半壳
脑袋。

"雨峰，雨峰……"

他跪踞茅草丛中，抬头看了一眼天穹。太阳又敞开了红色的肉
瓢，像癌细胞呈增殖倍数分裂着，弥漫着凶猛病菌的光芒洒向大
地、河川、山峦和莽丛，对着地球的各种器官扩散。他蹒跚地站起

来，背脊撑住了天穹，觉得自己更高大了，随手摘下几颗红色的癌细胞，扔向莽丛，燃起几股病恹恹的野火。他拔起一棵椰子树，掷向天穹，焚起一股迅疾扩大的末日赤焰。他握着双拳，对着大地发出哀嚎，鼻涕和泪水浇熄了几颗假惺惺的红太阳。他对着野地重重的跺脚，大地旋即倾斜，湖水漫向莽丛，树倒山移，洞窟里的野猪鳄鱼倾巢奔出，帕朗刀翻了一个跟斗，像一把切割山峦的神将护身器挂在他身前。鳖王秦攥住刀柄，跪在雨峰身旁。

"雨峰啊，爸爸对不起你……"

鳖王秦向胸前砍了两刀，不知有没有砍断肋骨。反手朝背后剁了两刀，不知有没有切断筋脉。最后一刀，随手一划，留给了脖子。

三

高原游击队，二战时期由美、英、澳、纽和婆罗洲各族在婆罗洲内陆组成的秘密抗日队伍，那天下午，一个由六个华人组成的侦缉小队潜入猪芭村情搜，在茅草丛遇见一个背着人头竹篓、奄奄一息的彪躯大汉和一个被削掉脑袋的男孩，旋即认出彪躯大汉和竹篓中的头颅主人是鬼子通缉名单中"筹赈祖国难民委员会"的鳖王秦和扁鼻周，于是挖坑掩埋了男孩和扁鼻周，由两个游击队员将鳖王秦带回秘密基地。鳖王秦企图自戕时，血液里的铜渣铁汁和矿物质让他像土遁的泥人，扎了根的帕朗刀重得举不过头，虽然斩断了一根肋骨，背部划了两刃见骨刀痕，右侧脖子裂着一支火箸似的伤口，血幔盘满了半个身躯，只剩下两颗眼球窥视着阳世，其余的身体发肤早已飘浮阴间，也不过死了九九十十。两个游击队员用枝干藤蔓扎了担架，花了一个白天半个夜晚，将鳖王秦扛到秘密基地，留守基地的一个华人老队员，娴熟中医，一眼断定鳖王秦的鸦片瘾比伤势严重，喂了鳖王秦四块鸦片膏。鳖王秦失血过多，脸色骷白，解了鸦片瘾后，生命恢复了七七八八，抽泣得像新生胎儿，在基地疗养一个多月，初愈即带着游击队提供的卡宾枪和自己的帕朗刀，辞别了游击队，会合朱大帝等人。

一九四五年九月，吉野领导的六百多人和山崎领导的四百多人流窜队伍沿途遭受高原抗日游击队和原住民追剿，溃不成军，亡的亡，逃的逃，疯的疯，自杀的自杀，十月中旬，两股不到三百人的逃窜队伍汇合，集体向联军投降。朱大帝和锺老怪等六人离开亚凤和孩子时，扑杀了十多个从吉野和山崎部队逃窜的没有战斗力的鬼子，听说被联军护送到猪芭村的三百个鬼子中没有吉野和山崎时，准备潜往内陆，半途遇见伤愈的鳖王秦。

鳖王秦从高原游击队带来一则令大帝等人忧心的消息。八月初，一个由自由车曹尉领导的一百二十多人自行车部队，沿猪芭河流散东南。这股大帝等人漏失的自行车队伍，让游击队和原住民削弱了两个多月后，腾下二十多人，这几天正朝亚凤等人休憩的箭毒树前进。

鬼子其实分裂成三股流散队伍，而非两股。

四

夜色依旧辽阔，天穹披着云彩熟睡，莽林倚着大地深眠。箭毒树下七零八落的无头尸具已流罄血液，但鬼子的血、达雅克人的血、孩子的血和萧先生的血没有完全干涸，被篝火照耀得像沧海横流，潴留的血洼像有几千英寻深。伐木工在箭毒树下另一侧酿了一股没有太多怒气的篝火，酿完后，扛着猎枪和帕朗刀到箭毒树四周巡视。朱大帝、锺老怪、陈烟平、鳖王秦、红脸关和亚凤蹲踞篝火四周，聆听亚凤叙述箭毒树下的惨剧。锺老怪听见口袋里的铁皮跳蛙倏忽叽叽咯咯响着，于是把铁皮跳蛙放在地上，看它转动齿轮扑跃，越过枯枝残叶，朝着埋葬孩子的坟冢前进。他记得铁皮跳蛙是吴添兴送给心上人马玉铮的生日礼物，马玉铮用它和黄光霖的铁皮兔子、房招财的铁皮乌龟赛跑，输的人被当猪骑，跳蛙从来没有赢过兔龟，受罚的总是吴添兴。坟头揭着爱蜜莉用藤蔓和枝干捆扎的一大两小十字架，颇像骷髅地上耶稣和两个强盗的十字架。跳蛙三跳两跃，扑上坟头，叽叽呱呱叫着，叫了一阵，不叫了，断了气。

　　锺老怪瞪着手腕上鬼子的四个腕表，好像在检测跳蛙速度。他卸下四个腕表，又从口袋掏出三个腕表，扔在篝火前，自己挑了一只腕表戴在手腕上。昨天中午他和朱大帝等人离开后，入夜时分联手和达雅克人在红树林里歼灭了一群鬼子，对箭毒树下的尸横遍野不觉得诧异，就像他赶在山崎和吉野之前毙了十个高梨和黄万福的孩子也没有感到特别愧痛，但想起自己传授过枪术的一批孩子突然齐赴鬼域，心里也不免黯伤。红树林和箭毒树下的血战让他忆起了强生猎枪和望远镜的荷兰主人范鲍尔，也让范鲍尔的幽灵在他身边蹀躞不去，好像一只渴望和他交配、摄取阳寿和精血的浪漫女鬼。昨日黄昏，他和朱大帝等人行经红树林，看见树根上犹在淌水的树胶鞋印，知道鬼子近在咫尺，正要噤声前进，十多个鬼子骤然从一簇红茄苳属的枝丫中冲出来，站定，军衫褴褛发须参差，宛若一群幽灵，有的脱去上衣，有的将刺刀捆绑在木杆上，有的用步枪枪托敲击板根，有的挥舞着军刀和刺刀，手舞足蹈，发出恐惧和忿恨的嘶吼，吐出似水蛭的舌头和睁着青斑闪烁的苍苔眼眸，天皇的圣旨和油膏神化了他们的五官。一个鬼子用军刀疯狂地削去一簇又一簇气根和藤蔓，一边削，一边回头瞪他们，好像和红树林植物有不共戴天之仇。一个光着下半身的鬼子将步枪扔在地上，两手攀着一根横枝，像猴子腾空摆荡，扁平的小屁股下悬垂着像雄鸡肉髯的生殖器和睾丸。朱大帝等人举枪射击时，鬼子狂叫不已，挥舞军刀、刺刀和步枪，一步一步接近他们。他们开枪射倒几个鬼子后，三十多个手握帕朗刀的达雅克人斜刺里冲出来，兴奋的啸叫淹没了鬼子的骇声，手起刀落，像剖瓜切菜砍倒鬼子，割下头颅，五指扣住鬼子像鱼鳃的下颚，昂首朝天吟诵，歌唱人世间的美好。一个达雅克人走向锤老怪，用食指戳了戳锤老怪胸前的双筒望远镜，对着另一个达雅克人，呱呱咕咕说了一番话。锤老怪大致听懂，取下望远镜，挂在达雅克人脖子上，竖起一个血淋淋的大拇指。达雅克人被血腥鞭挞得如痴如醉时，分不清鬼子和华人，不随着他们的杀戮兴致起舞，不知会有什么后果，据说，有一小撮华人高原游击队员被达雅克人当鬼子削去了头颅。脖子挂着望远镜的达雅克勇士离去时，频频对着锤老怪微笑点头。扣在他手中的鬼子头颅，下颏突然长出一绺金黄色的山羊须，两眼一大一小，让锤老怪想起被霰弹打成蜂巢、临死前朝天疯狂射击的范鲍尔。

范鲍尔手腕上也有一支金黄色的腕表，可惜已被弹珠打烂。锤老怪在箭毒树下搜索鬼子时，为了弥补望远镜的损失，剥掉了鬼子的腕表和身上所有配戴物。他在篝火前挑拣了半天，终于选定一支金黄色腕表戴在手腕上。腕表被篝火熏久了，手腕像被火钳咬住，而且沉甸甸的，极不习惯，于是脱下腕表，但手腕已烙出一道红斑，长出似鱼皮癣的燎泡，蔓延整只手腕，久久不褪。西南风漫卷，袭向篝火，刮起一股燥灼的热火旋风。锤老怪看见大帝、鳖王秦和亚风等人在篝火前邪魔鬼祟，吐出他不理解的兽言鸟语。猎枪在他胸前抖索着，枪口漫出了黑色烟硝，枪管闪烁着一个狭长的星光灿烂的银河系，飞窜着十颗毛瑟尖头流星子弹。猎枪像猎鹰跃到肩膀上，释出只有锤老怪可以感受到的亡灵频率，发出尖厉的咆哮。锤老怪从那股黑色烟硝中嗅到了熟悉的奶糖羊羹味和三炮台卷烟味。坟头的十字架像铁皮跳蛙蹦跃，滴下几片腐臭的尸肉，三个囫囵小人扛着十字架，消遁黑色的莽丛中。锤老怪不自觉地把食指伸入扳机护圈，慢慢地站直身子，朝坟冢走去。朱大帝和红脸关瞄了他一眼，眼神空洞，好像他是一个虚影。锤老怪像每天早上吸食完一块鸦片膏后在阳台上拿着强生步枪比高瞄低，右胁挟紧枪托，嘴唇贴着枪脊，绕过一簇又一簇荆棘丛，在一棵老榴梿树下转了一圈，停在长满鸟巢蕨和藤蔓的灌木丛前。万物凝固，无风，叶尖堕下水珠，猩红色的盈凸月照亮一簇姑婆芋。锤老怪遽然发觉自己好像回到了当初误杀母亲的灌木丛。姑婆芋叶荫下回荡着野猪嚎叫，一个背着猎枪和帕朗刀的女人，像年轻的母亲，站在灌木丛前。

"锤叔叔——"

月色洒在爱蜜莉身上，镶了一层烬红的光芒。

"爱蜜莉，"锤老怪放下掐在右胁下的枪托，"你在这里。"

"锤叔叔——"爱蜜莉手臂上的藤环闪烁着琥珀光芒，两个鬼子从身后窜出，一左一右挟持着她的手臂，"小心——"

穿着草黄色战斗服的鬼子从爱蜜莉身后像潮水涌来。一个鬼子举起步枪正要朝锤老怪射击，被一个身材魁梧的鬼子挡下。

锤老怪单眼看得仔细，身材魁梧的鬼子正是山崎显吉。

锤老怪举起猎枪，发觉手腕沉甸甸的、热呼呼的，像被火钳咬住，烧焦了整只手腕的皮肉，冒出许多火芽凶猛的燎泡，像一块灶膛中的黑炭。他的手软趴趴的，那支射杀过无数人畜的强生步枪也是软趴趴的，枪管像纵欲过度的生殖器，流淌出瘀血的黑色硝烟，露出惨烈无奈的笑容。锤老怪的食指肿胀得伸不进扳机护圈。下巴垒着一绺山羊胡子的范鲍尔站在榴梿树下，歪着嘴角发出一列梦呓般的痛苦呻吟。

山崎显吉拔出村正刀，像一只猿猴跃向锤老怪。

五

清晨四点。天穹如血海，静泊着即将沉没的盈凸月。宽扁的云彩好像萧先生夹在书本里的叶子的尸体。萧先生喜欢捡美丽的落叶，埋葬在卷边翻毛的书籍里，直到它们化成灰，变成书本的一部分。西南风猛烈吹刮，叶子尸体满天翻滚，枯叶辞别了箭毒树，入殓天穹。亚凤低头就着篝火凝视鳖王秦的劝降单。劝降单密布的褶皱像枯叶上干槁的叶脉。亚凤经过铃木的照相馆不下一百次，也看过爱蜜莉的照片不下一百次。铃木拍摄的亚凤和父亲牵着富士牌自行车漫游猪芭街头的黑白照，有很长一段时间，紧傍爱蜜莉的照片贴在橱窗中。父亲脸色阴沉，深陷在忧悒的漩涡中，露出苦力式的疲惫笑容。少年亚凤一手抓着自行车货架，一手叉腰，清癯漂亮的脸蛋像一个小女生。爱蜜莉总是笑脸迎人，但她围困在橱窗内的笑靥是很压抑的，像大番鹃故布疑阵的筑巢策略、黑狗的晦涩、草丛中的拟态虎尾，裱糊着不同层次的神秘感。

"爱蜜莉活着？"鳖王秦沉默许久后，吐出了一句话。

亚凤点点头。

"哦——，"鳖王秦叹了一口气，"什么时候回来？"

"快了，"亚凤说，"她行踪飘忽，像她身边那只黑狗。"

朱大帝就着篝火点燃了一根洋烟。两位伐木工背着的包袱放在他身后，里头的鸦片膏和洋烟不多了，大帝却毫不珍惜地抽着。他大肺大气地吸着活烟，大口大嘴地吐出死烟的残骸，像吃肉吐骨、嚼瓤吐核，释放出心里许多邪魔鬼祟的思绪，飘溢在他四周的烟雾像被他啃去了四肢头颅、毛发纷披的无头游魂。大帝等人回到箭毒树前，吃了十多尾红脸关用骨膏[1]烹煮的鲫鱼和刺壳鱼，口气弥漫一股鱼腥味。大帝越是大口喷烟，那股鱼腥味越是腥膻。"没想到鬼子掌握了周详和滴水不漏的'筹赈祖国难民委员会'名单，连义演和义卖的孩子也不放过。要不是我们逃得快，头颅早就挂在猪芭桥头了。"

1　骨膏，动物骨头，熬煮后，浓缩成胶状液体，遇热则化。骨膏芬香清甜，盐分充足，乃森林中蒸鱼和炒菜最佳佐料。

无头鸡离开陈烟平，漫步到坟冢上，伫立大十字架旁，脚爪耙了耙，耙出一批泥壳，把铁皮跳蛙耙到半空，嗅到了破晓的气息。陈烟平注视着无头鸡的一举一动，担心莽丛突然跃出一只大蜥蜴或大蟒蛇。战争即将结束，他准备圈占猪芭村一块蜈蚣和蝎子出没的野地，盖一栋大鸡棚，用无头鸡当种鸡，交配出战无不克的后代。大帝把烟蒂掸向篝火，递了一根烟给红脸关，自己燃了一根。红脸关接住烟，搔了搔太阳穴上的熊爪疤，把烟含在嘴里，没有马上点燃。自从叶小娥过世后，他吐出的字，不比那支步枪吐出的子弹更多。在篝火照耀下，大帝脸蛋像生了锈的铁罐，遍布着密集的老人斑和皱纹。他的语气带着梦呓的痕迹，让人插不上嘴。"除了'筹赈祖国难民委员会'名单外泄，还有许多事情，我到现在想不透。"大帝凝睇篝火，搔着脚趾头上的痰液状鸡眼。他吃了不少橄榄果，鸡眼越长越大。"白孩一家人和石油公司的高级白人职员躲到内陆时，鬼子几个月内就找到了他们，如果没有人密告，鬼子怎么有这本事？林家焕、李大肚和周春树到林子里找我们，却被鬼子逮回马婆婆家里，鬼子怎么知道孩子藏在马婆婆家里？山崎怎么知道猪芭河畔的秘密基地？"大帝看了红脸关一眼，就着烟蒂点燃红脸关含在嘴里的烟。朱大帝左手臂在红树林里被鬼子子弹削掉了一层皮，马来短剑刺青好像断成了两截。"当初，我怀疑过自行车准尉铃木，但他三年多前就被炸死了，而小林二郎回到猪芭村三个月后就被我和老锤削去了脑袋。"

四个人转头盯着朱大帝。大帝笑得像一头老鳖。

大帝一手支颐，蹙眉望着树篷，嘴角罅出一道笑痕："那天，我正在老锺家里和一个贩卖豪猪枣的伊班人讨价还价，鬼子来追讨人头税时，我们躲到莽丛里，伊班人向小林射了一支毒箭，鬼子胡乱扫射一阵就走了。小林二郎带领鬼子践踏猪芭村，罪大恶极，我剁下小林的头，交给伊班人了。"

"这么一件惩奸除恶的大功，"红脸关说，"怎么现在才告诉我们？"

"老关，别多心，"大帝将烟蒂吐到灰烬中，从口袋捻出一根洋烟，"人多嘴杂。"

陈烟平一巴掌拍在裸裎的胸脯上，拍死一只不知什么虫子。他的胸脯胸毛阙如，但胸有大痣，长了几颗大得像纽扣的黑痣，耸立着一绺似钢丝的鬐毛。他指着无头鸡："鬼子杀光了猪芭村的鸡鸭鹅，这只无头鸡整天在鬼子脚下晃来晃去，鬼子却不敢动它一根毛。我怀疑它是汉奸。"

"屌你老母，"鳖王秦吐了一口唾沫，那道自戕伤痕像一只蜈蚣环着半边脖子，"现在还开这种玩笑。"

"子安和彦宏怎么还没回来？锺老头呢？"陈烟平耸直脖子环视四周。子安和彦宏是两个伐木工名字。

五人凝视篝火，低头抽烟，陷入沉默。

晓色渐露，月亮覆没了，远方阔叶林瑟缩在苍郁和衰老中，深稠的晨雾笼罩着茅草丛，广袤的青穹流浪着一等星，树篷洒下惺忪和蹒跚的晨光，已有早起的野鸟和野猴在树梢游荡，潮热的暑气开始浸淫莽丛和旷野，箭毒树四周响起了食肉兽叫声。无头鸡下了板根，再度步向坟冢，隐没矮木丛中。陈烟平站直身子，模拟无头鸡无头无脑的诡异叫声，走入矮木丛。

　　一只一早就吃了发酵野果而步履颠簸的雄猪陡然从他们身边窜过，冲垮了伐木工摞成井字形的一垒干柴，泚出一批金黄色的尿液，浇湿了屁股后面的枯叶漩涡。有几滴尿液，溅到了亚凤和鳖王秦身上。雄猪醉得失去方向，消遁在茅草丛前，转了一个身子，朝他们跨了两步，垂头嗅地，好像绅士鞠了个躬，对擅闯禁地表示歉意。它嗅着地上时，大帝第一个抄起了猎枪。它消遁茅草丛时，大帝站直了身子。

　　一等星隐退了，更多缥缈的晨雾匍匐箭毒树四周，困顿地升了起来的巍峨的山头，呈倾斜状态，好像随时会崩塌。槎丫上，并排停驻着一群犹在熟睡的大鸟，巨喙整齐地耸着，像持戟的卫士。箭毒树的黄花蜿蜒纵横，彳亍树梢上。柴黑色的果子，在晨曦中抖索。一只小猴子从树梢伸出了头，面露赧色，拔起一声尖叫。一向优雅大度的无头鸡，急疾地从矮木丛钻出来，跃上了板根，陈烟平紧跟在它身后。大帝视线犹停留在野猪出现的矮木丛中，身体僵硬得像立体雕塑的酋长墓柱。野猪的尿液浇在亚凤身上，一股腥膻辛辣的臊味引导亚凤追踪茅草丛中野猪的逃窜路径。野猪在一簇野牡丹前煞蹄，但惯性未消或酒醉未醒，像亚凤杀戮的第一只小野猪栽倒草地上，但它并没有哀嚎，很快蹦直四蹄，像人类释出一个酒噎，又像人类打了一个喷嚏，窜入了茅草丛。它的奔跑，犹豫中带着惊恐，完全没有亚凤杀戮的第一只小猪那种想把敌人拱到天涯海角的求生意志，但它窜入茅草丛后，和亚凤杀戮的第一只小猪竟有许多相似之处：眼球像鹌鹑蛋，獠牙像拉满的弓，猪头扁得像自行车坐垫，邪得磷火焯烁。亚凤甚至可以看见它的鼻子上星布的肉瘤子。醉猪去得很远了，但新鲜的尿臊味依旧从茅草丛不停地灌向箭毒树下。

亚凤终于嗅出来了，野猪新鲜的尿骚味渗透着爱蜜莉茅草丛中的尿液味。

"散开！"朱大帝压低了声音，"鬼子来了！"

大帝、红脸关、鳖王秦和亚凤分头窜向身后的龙脑香科树种时，一列子弹咻咻咻地射向箭毒树、板根、篝火、茅草丛。陈烟平扑向板根上的无头鸡，张开双手想搂住无头鸡时，两颗子弹贯穿了脑袋和脖子。无头鸡展翅一跳，躲到了板根旯旮里。鳖王秦胸口挨了一枪，一头撞在树腰上，红脸关将住鳖王秦的腋窝，把他拽到树后。朱大帝、亚凤和红脸关、鳖王秦躲在三棵龙脑香科树种后。树围不阔，只够一人挡子弹。红脸关和鳖王秦躲在同一棵树后，非常窘迫。子弹滥射一阵后，终于停止了，鳖王秦肩膀和两脚又中了弹。篝火被打散了，小火舌四面八方蔓延。青嫩的树枝和滴着晨露的叶子散乱箭毒树下，一个椰壳大的火蚁窝落在火舌上，噗地着火燃烧。箭毒树的树身和板根弹痕累累，陈烟平像一块破布瘫在板根上，他的上半身嵌满子弹，两脚凌空挂着。西南风屡弱，刮不动弥漫树下的烟硝味，也逐不走流溢荒野的野猪的尿臊味。亚凤卧在树身后，看见像一条蛇粘住树身的朱大帝对他做了一个肃静的手势。亚凤用力吸了一口气，烟硝味暂时掩盖了爱蜜莉和野猪的尿骚味。那只啃了太多发酵野果的野猪开始奔跑，步伐不稳，但十分迅疾，撩起响彻野地的顿蹄声，鬈曲的猪尾巴在茅草丛上刮起绿色的漩涡，麻雀在漩涡里绕着圈子追逐蚱蜢，白蛇追逐青蛙，低飞的大番鹊被吸进了漩涡里。亚凤偏头看见鳖王秦嘴角和鼻孔淌着血，惨白的脸蛋凑向红脸关，双唇抖索。直到死前，鳖王秦手里紧握着鬼子印着爱蜜莉照片的劝降宣传单。

三个黑魆魆的东西从矮木丛里腾空飞起，落到箭毒树下。锤老怪的头颅恰好落在篝火灰烬上，泚出一道白烟，好像长了脚呢，像蛤蟆弹跳着，滚到板根下，一只独眼生动地瞪着板根上的陈烟平。两个伐木工的头颅都闭合着眼睑，躺在被野猪踢散的干柴上。

一列子弹再度从矮木丛射向三人藏身的龙脑香科树种上。暴露树腰外的鳖王秦尸体无声地承受着子弹的啮咬，抽搐得像急流中的浮木。伐木工的头颅也咬牙切齿地承受着几颗打歪的子弹。一半以上的子弹落入三人身后的茅草丛，茅草秆拦腰断头的、安静的卧倒，让出一条弹道，让子弹自由飞向广袤无垠的野地。子弹被吸入醉猪尾巴刮起的绿色漩涡中，洒下恶臭的黑色烟硝，在麻雀蚱蜢、白蛇青蛙的追逐中，追逐着大番鹊。枪声让醉猪加速奔跑，扩大的漩涡吸收了更多子弹。血色的晨曦醺在茅草丛上，雾已褪尽，天穹残留着夜晚墨青色的巨大脚印，白昼的足登天邈地廓，踩踏得野地隆隆轰响。天亮了，亮得比锤老怪装卸霰弹还快。

子弹停止射击时，篝火熄灭了，箭毒树下陷入死寂。茅草丛上已经染成墨绿色的漩涡消失了，野猪倒卧草地，四蹄朝天头尾哆嗦，脖子和肚子插着几支像牙签一样纤细的毒箭。大帝背靠着树腰，紧握猎枪，又做了一个肃静的手势。亚凤弓腰缩肢，把自己像兔子藏在树身的凹窝。他选择的树身青嫩瘦小，板根浅薄，幸亏长了一个像壕沟的凹窝。子弹打在树腰上，像藤条隔着草垛抽打在脊椎上，他担心子弹把树身射破。红脸关面对树腰蹲着，鳖王秦的头几乎压在他屁股下。朱大帝看着红脸关和亚凤，伸出左手五指，以素常伏击猎物的手势代替话语。亚凤经验虽浅，大致看懂。敌人不多，约五到八人，但火力强大，不可轻举妄动；敌人没有强攻，必是忌惮我们的枪火。鬼子散兵游勇，弹药有限，且等他们消耗子弹，我们伺机而动。

薄弱的晨曦射穿了树荫，栖伏在他们藏身的树身上。两架被晓色照耀得红光斑斓的联军战斗机无声地划过远方天穹，留下两道绛红的光晕。像灰烬一样轻俏的苍鹰出击了，天穹慢慢展开了圆形竞技场。矮木丛再度响起枪响，但子弹没有射向他们。男人的喧哗、呐喊和哀呼充塞着矮木丛。三个穿着草黄色战斗服的鬼子跟跄地从矮木丛冲出来，卧倒在伐木工头颅旁边，四肢哆嗦，间或发出尖锐的呻吟，胸口、脖子和脸颊插着一簇毒箭。二十多个握着帕朗刀的达雅克人从矮木丛叫啸着冲出来，手起刀落，削下了三个鬼子的头颅。更多达雅克人从莽丛里冲出来，举起手中十多个鬼子头颅，昂首朝天吟诵，歌唱人世间的美好。

一个浑身苍白的男子，一手握着枪头捆缚着单刃刺刀的吹箭枪，一手攥着一个鬼子衣领，将鬼子像朽木拖曳到箭毒树下。鬼子两眼细小，鼻梁有一个凹陷的伤疤，左耳像螳螂的卵鞘，面露忧惧疲困，两腿各插着一支毒箭，腰上挂一支包扎着蟒皮的花梨木刀鞘，鞘内插着一支鲛鱼皮刀柄的正宗武士刀。朱大帝从树身后看得清楚，苍白的男人是何仁健的大儿子白孩，腿上中了毒箭的鬼子是吉野真木。

"白孩!"朱大帝从树身后露出了头颅,"是我!我是朱大帝!"

白孩看着大帝,露出惨淡而含糊的笑容。

朱大帝走到箭毒树下,红脸关和亚凤跟在他身后。

"白孩,你还活着。"亚凤说。

白孩觑了三人一眼,凝目吉野真木身上。毒液正朝吉野上半身蔓延,他虽然握着刀柄,但手臂松垮无力,失去感觉,没有力气拔刀。他突然想起前田利为中将问他第一次握住正宗刀刀柄的感觉,更真实地体会到龙归大海、虎入深山的深沉无力感。毒液像海水涨潮淹没了他的双腿、臀胯和腰部,激攻他的心脏和脑液。一部分毒素已经抵达他的胸口和脖子,像蝼蝥窜伏,像猪芭河深入内陆,像恶猴啃蚀他的鼻子和耳壳。他张开口,痛苦而狂妄地呻吟着,呜呜吱吱,咿咿噢噢,嚄嚄喳喳,像猴啼,像猪啸。他看着箭毒树蓊郁晶莹的树篷,沾着露水和晨曦的叶子慢慢聚拢,凑成一面让他恣意扭曲变形的镜面,在他被削去双臂和头颅前,已幻化成一只簇拥着一串人类头颅的大龟,幽游在水月镜花的蛮荒世界中。

达雅克人发出狂野呼啸,争执谁有资格拥有吉野头颅。白孩做了一个手势,说了几句达雅克语,做了一件令大帝、红脸关和亚凤不理解的事情。白孩拔出吉野的正宗刀,食指触了触刀刃,削断身边一簇茅草,砍断头顶上一截枝桠,一脚踹倒吉野,双手握着刀柄,剁掉了吉野双臂。吉野的叫声非常虚弱,好像一只被活卸的大龟的喘息。毒液瘫痪了他,他已感受不到痛苦。白孩将武士刀扔在地上,犹未解恨,轻蔑地看着吉野抽搐的身躯。大帝目不转睛地盯着刀身。大帝在吴氏兄弟吞食蜗牛时、吉野在菜市场展示伊藤雄无头尸具时，甚至透过锺老怪的七倍率双筒望远镜追逐山崎和吉野猎杀孩子时，视线也始终没有离开过这两支斩杀过无数猪芭人的武士刀。在猪芭人的记忆和恐惧中，这两支武士刀像剑齿虎的一双巨大獠牙，屡屡出现在他们战时和战后的蛮荒和亘古梦魇中，在他们夜游丛林被伏击猎手围困的幢幢鬼影中。

大帝忍不住暗叹：好刀，好刀，真是好刀啊。

达雅克一拥而上，争着第一个砍下吉野的头颅。大帝捡起武士刀，大声对达雅克人说："各位英雄好汉，这个禽兽夺走太多猪芭人性命了，今天让我替乡亲报仇吧。"大帝砍下吉野头颅后，凝视着倨傲地挺立着的刀背和闪烁着砭骨寒气的刀刃，不禁又喃喃自语：死倭寇！好刀！达雅克人争夺头颅时，大帝卸下吉野腰上的刀鞘，拭去刀刃上的血迹，将武士刀入鞘。他神情怪异地握着蟒皮包扎的花梨木刀鞘，叼着将要烧绝的洋烟，吐出几个清晰的鬼魅烟雾，像硬币上纯镍铸造的统治者头颅。

无头鸡跳到板根上，"睨"着陈烟平尸体，发出沙哑而低沉的吟声。它展翅跃到烟平脊梁上，趴了趴脚爪，趴破了烟平汗衫，轻巧地跃到野地上，停在一具鬼子无头尸体前。达雅克人围着无头鸡，议论不绝，用帕朗刀朝无头鸡的脖子上挥了挥，确认上面没有长了一颗隐形的头颅。无头鸡好像被达雅克人瞅得不自在，跃回板根上。箭毒树下发生了激烈争吵。达雅克人捡起锺老怪、两个伐木工头颅时，被朱大帝喝止。达雅克人想砍下鳖王秦和陈烟平头颅时，再度被朱大帝和红脸关喝止。白孩居中斡旋，达雅克人终于高唱着战歌，讴歌故乡的丰饶和女子的美貌，嚣闹离去。大帝等人在孩子坟冢旁掘了一个大坑，草葬锺老怪和鳖王秦等人后，红脸关和朱大帝走到箭毒树外，开始了第二波争吵。天穹僵硬的峭壁回响着莽丛里各种虫兽叫声，削弱了红脸关和朱大帝特意压低的谈话。亚凤站在箭毒树下，听见了一两句突然拔高的破碎句子，但终究没有听清楚争吵内容。

大帝突然冲到箭毒树下，用正宗刀刀鞘拨开一簇茅草丛，纵入刚才野猪走过的夹脊小径。红脸关随后跟上，顺势捞了一支鬼子的步枪，攥着帕朗刀，也纵入夹脊小径。亚凤走到夹脊小径前，犹豫着要不要跟上去。白孩向他走来。

"山崎逃走了，沿猪芭河窜向西北，"白孩用枯叶拭着帕朗刀上的血渍，"我怀疑他打算向联军投降。我们要在联军发现前找到他。"

"爱蜜莉呢?"亚凤说。

"我不知道。"白孩往东北走去，"你来不来?"

亚凤迟疑了一下。

"爱蜜莉如果活着，不会走丢的，她想找到你轻而易举，"白孩说，"那只黑狗，可以闻到你三年前撒下的尿屎。"

的的哒哒，的的哒哒，白孩捏着铁制蟋蟀，走入朱大帝和红脸关消失的夹脊小径。

草岭上

一

亚凤和白孩沿着猪芭河走了两天一夜，没有看到山崎、大帝和红脸关，也没有爱蜜莉和黑狗的消息。爱蜜莉和似乎还衔着鬼子头颅的保罗消遁箭毒树下时，她遗留野地的尿液味、粘在亚凤胯下的膣汁味、弥漫亚凤全身的汗酸味甚至涂抹在他脖子和唇齿上的唾沫味，像一片透气的薄膜裹在他身上，感觉上，她始终没有离去。那天晚上爱蜜莉的反应让他好像又回到了新婚夜，一连串和爱蜜莉在茅草丛共骑自行车、追逐野猪和逃躲鬼子的记忆盈溢着回返猪芭村的两天一夜旅程。

爱蜜莉散发着鸡屎味、鬼子骨髓英国皮囊的自行车一路伴随着他，沿着猪芭河畔碾出双蛇交配的深沉的轮辙。那只箭毒树下撒下一泡尿液、茅草丛里身中数支毒箭的野猪被两个达雅克人在肚皮上捆了两道藤蔓，背上挽结，绾入一根树桩，正要一前一后凌空扛起，野猪翻了一个身，蹦断了藤蔓，再度蹦直蹄腿，从吻嘴呕出墨绿色的血雾，背负着墨绿色的磷火，角质尾巴回旋出一团使人皮肤长燎泡的热火旋风，蹬开一条生人无法逾越的骷髅末路，一路沿着猪芭河畔追随着亚凤和白孩。那团热火旋风中，没有麻雀蚱蜢、白蛇青蛙，只有两支相互啃咬火花飞溅的帕朗刀和武士刀、一批鬼子头颅和锺老怪、扁鼻周、小金等一干猪芭人头颅。

白孩和亚凤露宿猪芭河畔时，第二天一早就离开了亚凤，消遁莽丛中。

晓星寥落，盈凸月撩着万丈须光，照亮了猪芭河两岸的长林丰草，河水泱泱，沃野千里，亚凤开始眷恋猪芭村的水井池塘、大树残阳、父亲红脸关和懒鬼焦被鬼子烧成废墟的家园。他背着大帝匆忙遗弃的包袱，里面有几包洋烟和二十多块鸦片膏，但都不能充饥。他数度停下凝视爱蜜莉的劝降单。像一双黑翅蜷伏肩膀的长发、深邃的五官和牛仔裤头上的肚脐瀹染着鳖王秦的血液，激起他对爱蜜莉的血泉奋涌的膣汁淋漓的涓涓不息的思念。他胡乱吃了几颗藤果和剥了两粒青椰子解渴，又吃了一颗野榴梿，肚子里火烧火燎，沿着猪芭河畔快速前进，太阳黯淡，云彩密稠，半身化脓和淌着黑血的野猪奔窜着露出骨骼的四蹄，拖拉着暴露肚皮外蝇虫蠚涌的腐烂肠子，网着一批猪芭人和鬼子骷髅、两支昏愦颠顶的帕朗刀和武士刀，再度在茅草丛上方刮响了墨绿色的磷火旋风。

亚凤回到猪芭村时看见一群衣衫褴褛的猪芭小孩，嘴里啃着联军赠送的糖果和巧克力，坐在水陆两栖登陆艇上游荡猪芭河，艇上站着几个荷枪实弹的袋鼠军团。他吃惊地发现那二十多个小孩，半数以上戴着小林二郎的妖怪面具，似笑非笑、半忧愁半愤怒地凝视着大地。亚凤仔细端详，看见了几个陌生面具，不知是哪里蹦出来的妖怪。两个小孩似乎尖声娃气地哼着《笼中鸟》。鬼子走后，孩子陆续回到猪芭村，带回他们寸步不离的弹弓、马婆婆的铁皮玩具和小林二郎的面具。码头上，一群猪芭人列队等待联军发放粮食和粮票，队伍中穿插着十多个年轻女孩，有的大着肚子，有的抱着襁褓中的婴孩，有的手里牵着步履蹒跚的小孩，有的大着肚子背着婴孩牵着刚学会走路的孩子，十分聒噪热闹。这批战前草率结婚的女子，她们充沛和惊人的生殖能力适时填补了战时被鬼子削减的猪芭人口。猪芭街头巷尾张贴和竖立着悬赏和缉捕汉奸的告示牌。菜市场广场前逶迤着一条三百多英尺人流，准备缴纳一元现金，揍汉奸和鬼子。鬼子向联军缴械投降前，已被村人的木棒和孩子的弹弓打得不成人形。亚凤在猪芭河畔老家的废墟徘徊，打听朱大帝、红脸关、爱蜜莉和山崎，看见黄万福的高脚屋门户洞开，门前七棵榴梿树随风飘展。屋子结构依旧完整。亚凤拖着疲惫的身躯，在高脚屋内过了一夜。第二天一早走向野地，在爱蜜莉被茅草簇拥、剩下半个躯壳的高脚屋外彳亍，回到猪芭村后听见了一则和山崎有关的消息。

　　天将破晓，菜农王登发准备扛锄耕种几垄菜畦。战争期间营养不良，王登发早上醒来眼睛被一层眼垢遮蔽，必须以食盐水清洗才能视物。王登发推开大门，天色昏朦，在阳台上洗拭部分眼垢后，蒙眬看见阳台站着一个高大消瘦的身影，长发飘逸满脸胡渣，手握一把锋芒逼人的出鞘长刀，目光犀利，紧闭的双唇酝酿着一腔肃杀言词，看得王登发不寒而栗。

王登发继续以毛巾沾上食盐水擦拭眼垢，想看清楚这个半人半鬼的汉子。他刚捧起了毛巾，刀光一闪，毛巾已被汉子的长刀从中剖开，削断了一根小指。鲜血染红了毛巾，血液滴到铁制的洗脸盆上，那只无助的小指也落在洗脸盆中。王登发惨叫一声："你——你是谁？你想做什么？"

汉子嘴唇蠕了蠕，挤出一句生硬模糊的汉语："朱——大——帝，在——哪——里？"

手掌上的疼痛折磨着王登发，让他起初没有听懂，但很快地，他逐字揣度出来了。

"不知道啊，"他五指压着小指上的伤口，用力眨着两眼，想挤掉残存的眼垢，"很久没看到他了。"

汉子将长刀刀尖抵在阳台木板上："红——脸——关？"

"不知道。"

"关——亚——凤？"

"亚凤？"王登发逐渐恢复了视线。汉子腰上马皮包扎的刀鞘十分眼熟，"听说他昨天回来了。"

"人——呢？"

"不知道啊。他老家废了。"

王登发太太听见了丈夫呻吟，拐着一只发炎肿烂的脚，从门缝看向阳台。王太太眼睛完好，但缺乏肉食，患了脚气病，两脚无力。她马上认出高大汉子是鬼子宪兵队曹长山崎显吉。王登发视力恢复了九成，也认出了眼前面容忧戚的落魄汉子。

"大人——"王登发搂着受伤的手掌，本能地对山崎鞠了一个躬。

王太太看见山崎举起了武士刀，向王登发跨了一大步。

"你——认得——我?"

王登发抬头觑了山崎一眼。山崎像一只猿猴扑向王登发。

王太太看见丈夫头颅剥离了身体，噗咚落在铁制的洗脸盆中，溅起一股妖氛糜烂的水花。王登发的无头尸体倒卧在洗脸盆和一个栽种着九重葛的铁皮桶中间，鲜血顺着倾斜的阳台流向门口，湮湿了王太太一双瘦骨嶙峋的大脚板。王太太惊骇中一个不稳，随着丈夫的尸体倒卧血泊中，山崎此时已跃离阳台，武士刀剖开了王家的竹篱笆，消遁菜圃外。

那天晚上，山崎在寻找朱大帝等人时，削下了三个认出自己的猪芭人头颅。袋鼠军团、牛仔士兵和圆桌武士在猪芭人带领下巡逻莽丛和茅草丛，在一棵龙脑香科板根上找到满脸泪水鼻涕、打冷颤、四肢曲蜷、口齿不清的红脸关。红脸关大腿中了一弹，肩膀淌血，谵语不断，挥舞帕朗刀对着联军砍杀，如果不是被猪芭人认出，早已被乱枪打死。红脸关被送到医院后，吃了一块亚凤的鸦片膏，在亚凤搀扶下离开医院，回到黄万福弃家。红脸关扶着门槛，站在客厅干燥腐朽的木板上，面对亚凤询问，两脚虚浮，眼神避闪，又向亚凤要了一块鸦片膏，好像完全忘了箭毒树外他和朱大帝的一场争执。问急了，红脸关眼皮乱眨，翻着白眼，吭然地瞪着亚凤，气呼呼说："老子几天没吃鸦片了，上了一头母猪也不记得，哪知道发生了什么鸟事?"亚凤提起山崎，红脸关对着地板隙缝吐了一口痰："没核卵的鬼子。让我见到了，剁烂了喂猪。"入夜前，亚凤逡巡猪芭村，为防范山崎开始寻找另一间栖身的弃屋。

惨淡的霞色染红了茅草丛。野地散乱着的被猛禽和虫蚁啃光了皮肉的骨骸增多了，腐味更冲鼻了，好像髑髅絮语时的口臭。苍鹰翱翔赤穹中，寻找销声匿迹的猎物。猪芭人再度拿起锄铲，火耨刀耕因为常年逃躲兵燹而湮没的荒地。障天的烟霾复活了，残焰散乱。四肢健全的家畜被猪芭人像潮水逐回猪芭村放养，兽舍鸡棚来不及重建。黄万福的黄牛、一只温血母马、两只霍尔斯坦乳牛在茅草丛中吃草，身后跟着两个年轻力壮的伐木工，另一头温血母马和七头霍尔斯坦乳牛被鬼子或联军炮火炸了个尸骨无存。一个两天没吃鸦片的伐木工说，母马被炮火弹飞到天穹，化成一片似白驹的云彩，在天穹游荡了好多天。野地不见豨突的野猪，也没有蛮猴和大番鹊，三年多的枪炮声让它们家园破碎，而联军和鬼子起起落落的运输机或战机让它们更羞怯胆小，但响彻野地的鸡犬的洪亮叫声让它们隐约嗅到了歌舞升平的气息。一只猪芭村从来没有出现过的吠鹿站在河滩的坡坂上，看见亚凤逼近后从容离去，在坡坂上留下纤细华丽的脚印。

布满炮弹坑的草地上，亚凤看见一个孩子拿着一根木棒，一个扛着钉耙，一个牵着一头白狗，一个两手合十，装扮成打尖的唐僧师徒，走向一座茅草屋化缘，茅草屋里窝着一群活蹦乱跳、戴着妖怪面具、准备活捉和烹煮他们的妖魔。圆桌武士和袋鼠军团组成的巡逻队伍经过时，卸下军帽和步枪，驻足观看。亚凤在野地绕了一圈，想走到萧先生故居，但发觉天色暗了，一个水母伞状体一样飘忽的月亮升起来了，一颗金黄色的星星在逐渐黝黯的天穹中微笑。

亚凤回到孩子游戏的野地。唐僧师徒好像被妖魔啃得净光了，二十多个戴着妖怪面具的孩子绕着一个双眼紧闭的孩子奔跑，边跑边唱《笼中鸟》，玩小林二郎的捉鬼游戏。孩子真神奇，他们已经可以用含糊不清的日语吟唱《笼中鸟》。

かごめかごめ
籠の中の鳥わ
いついつ出やる
夜明けの晩に
鶴と亀が滑った
後ろの正面だあれ？[1]

不曾见过的新面具，牛头猪脸，鸟面龟相，穿插九尾狐和天狗之间。年岁较小的孩子聚在一块平坦的沙地上玩发条铁皮玩具、玻璃弹珠、空气炮和傀儡人等等。孩子抓到三只鬼后，正准备分散草丛中让鬼追捕时，亚凤说："孩子，天黑了，回家吧？"

两个孩子卸下面具，天真地看着亚凤。其余孩子依旧戴着面具，凶狠狡黠地看着亚凤。一个高头大马、戴着天狗面具的孩子，手里擎了一根木棒，往空中呼呼挥了两下："亚凤大哥，天还没黑呢。"

"日本鬼子还没死光，"亚凤想起曹大圣和高脚强等人，心里酸

1　竹笼眼啊竹笼眼 / 笼子里的小鸟哟 / 什么时候飞出来 / 即将黎明的黑夜里 / 鹤与龟滑倒了 / 背后的那个人是谁呢？

楚，"前天来了一个鬼子，砍了三个猪芭人的头。"

"红毛鬼来了，我们不怕鬼子。"一个长相清秀、神似严恩庭的女孩，拉下面具，指着看热闹的圆桌武士和袋鼠兵团。

"鬼子被我的弹弓打得屁都不敢放！"一个戴着狗头面具的男孩从裤袋抽出弹弓，弯腰捡了一颗石头放在弹丸兜中，咻的一声，射向茅草丛聒噪不休的麻雀。戴着猪头面具的男孩也朝着猪芭村天空射了一弹，石弹划了一个巨大的弧形，落在炊烟奔腾的锌铁皮人字屋顶上，发出叮咚当啷的巨响。男孩卸下猪头面具，看着中弹的高脚屋，吐了吐舌头。猪芭人最讨厌孩子的石弹落在自己的锌铁皮屋顶上，据说，那会让一家人带来厄运，马婆婆就是铁证。

"孩子，你们记得以前有一个日本鬼子，宪兵队第一号魔头，肩膀有一个写着'宪兵'红字的臂章，砍过不少猪芭小孩的头颅，"亚凤走到孩子中间，"这个人还活着，晚上随时回来要你们的小命。"

"我知道，这个鬼子叫山崎，"一个正在玩空气炮的小女生说，"黄万福和高梨老头的孩子就是死在他手里，他还砍了傻子吴醒民的头。"

几个孩子点了点头。大部分孩子卸下面具，皱着淌满汗水的眉头，一脸茫然看着亚凤。孩子在鬼子入村前就和家人迁徙内陆，过着半套茹毛饮血的生活，保住一条小命，对猪芭村遭受的摧残一知半解。手里擎着木棒、胸前挂着天狗面具的孩子说："曹大志和高脚强也是这个鬼子杀的吗？"

"不是死在他刀下，"亚凤说，"但也没差了。"

"萧先生也是他杀的吗？"

"哦——这个不重要了，"亚凤说，"总之，这个鬼子神出鬼没，晚上随时回到猪芭村——"

"那好，"问话的孩子戴上天狗面具，将木棒扛在肩膀上，"我们帮曹大志、高脚强和萧先生报仇——"

"胡说！"亚凤严肃地说，"天黑了，回家吧！"

"有红毛鬼，怕什么？"

亚凤苦笑。几个大人和袋鼠军团走向孩子，粗声厉嗓地把孩子赶回家去了。

"冚家铲！"一个肩扛钉耙的老头隔着铁篱笆大叫，"你们这帮马骝仔敢再用弹弓打我的房子，我剥了你们的皮！"

走出一段距离后，五个孩子握着涂满鸟血的弹弓架，一手捏着弹丸兜，拉开橡皮条，咻咻射出五颗弹石，两颗打中肩扛钉耙的老头锌铁皮屋顶，一颗射入高脚屋敞开的窗户内，一颗打中栈桥上的茅厕，一颗不偏不倚打中池塘里追逐母鸭的红面公番鸭猩红色的肉疣。老头挥舞着钉耙气呼呼地踢开篱笆门，光脚走过门前一道独木桥时滑了一跤，四脚八叉跌倒在龟裂的涂滩上，胯下被枯枝戳住了，痛得哇哇叫。孩子又朝他的高脚屋射出五弹，闹哄哄离去。

一弯新月像锹刃瘫在一排丛棘上，缆条状的云彩蜷伏天陲，忧愁而瘦倦的白烟栖伏茅草丛上。夜枭飞出了窟穴，把自己拴在猪芭河畔傍水的木桩上，捕捉弹涂鱼和田鼠。猪芭人陆续点燃煤油灯和煤气灯，蜉蝣了一个白日的天光隐灭了，猪芭村陷入蜿蜒冗长、黯稠泥泞的蟒夜。亚凤在加拿大山脚下找到一栋弃屋，但说服不了红脸关迁移。那天晚上，猪芭村寂静得可怕，两只爪哇人的白狗在菜市场波罗蜜树下被剖开了狗肚子，肠子散乱一地；养鸡户范小眼刚盖好的鸡棚被掀开了锌铁皮屋顶，十多只母鸡支离破碎，鸡血染红了整个鸡棚，范小眼在鸡棚周围发现了模糊但说不出什么生物的脚印。第二天晚上，一只放养的长须猪在黄万福荒废的果园中被剥开了肚子，红毛丹树枝上吊挂着几根血淋淋的肠子。第三天晚上，宝生金铺老板打金牛饭后喝了一瓶啤酒，食了三块鸦片膏，坐在栈桥上看着波光粼粼的猪芭河。自从两个女儿周巧巧周妙妙、两位女婿黄万福和高梨、十多个子孙骤逝后，打金牛取代了鳖王秦，成为鸦片瘾最重的猪芭人，说话颠三倒四，夹杂着无人听懂的印尼土语，在茅草丛和猪芭街头随意大小便，已经不是猪芭人尊重的精通冶金术的金银匠。他视觉混浊、脑袋空荡荡地看着猪芭河和莽丛不知多久，突然看见河滩上飘疾着一个长发纷披的身影，那张模糊阴郁的脸蛋似曾见过，好像牛油妈、林惠晴、何芸，又像自己死去的女儿周妙妙和周巧巧。她的下半身虚无缥缈，弥漫一团红色雾霭，像一只大夜枭掠向猪芭村。第二天一早，猪芭村散乱着一批断头和开肠剖腹的鸡鸭鹅尸体，几只受了重伤的公鸡流窜街头，尽忠职守地发出令人毛骨耸然的呕血的司晨。看见那个黑乎乎身影的不止打金牛，悉数夜归的猪芭人都看到了。猪芭人想起四年多前肆虐猪芭村的飞天人头，开始在高脚屋内外布置镜子和锐器，入夜后紧闭门窗，伐木工带领孩子在茅草丛和野地插上削尖的竹子和木桩。猪芭中学学生回到被鬼子烧成灰烬的马婆婆高脚屋，在一片断垣残壁中找到了那支擒杀过飞天人头的大镰刀，磨亮了，每晚轮流挂在自家门口。

亚凤扛着帕朗刀和猎枪夜行昼伏。山崎现身的第四个晚上，亚凤趁着红脸关食完鸦片膏后，和一个伐木工将红脸关搀扶到加拿大山下弃屋中。搬到新家第一个晚上，亚凤坐卧阳台上，吸了一块鸦片膏，抽完两包中国金鼠牌香烟，第一道曙光露脸后朦胧睡去，破晓醒来，红脸关已不在屋内，贴身的猎枪也不知去向。

二

天将亮时，红脸关伸了一个精神饱满的懒腰，迅捷地在客厅地板翻了一个身，站在阳台门口眺望。亚凤傍着阳台栏杆，睡得香沉。屋外依旧黯黕，夜枭和蝙蝠还在盘桓，两个熟悉但叫不出名堂的星宿和一群兵荒马乱的贼秃一样的星星也还未退祛，把北边天穹渲染得像一座美丽的家园。红脸关蹬了蹬两条腿。大腿和肩膀上的伤势已不碍事。他觉得自己一抬腿，可以跨越一座山峦。他走到亚凤身边，捡起阳台上两包金鼠牌烟盒，看见其中一个烟盒还有一根皱巴巴的烟，拈了出来，叼在嘴上，伸出两根手指从亚凤口袋搜出一盒火柴，点亮。亚凤睡得像死猪一样。这小子，红脸关心里嘀咕着，还说要防备山崎那只狗，人家敲锣打鼓，也可以剁了他的卵交、砍了他的头。他抽完烟后，走下阳台，摘了两朵大红花和一杆胡姬花，将鲜花插在亚凤头发和胸口上，将帕朗刀和猎枪挂在横梁上，准备开亚凤一个玩笑。刚把刀子和猎枪挂好，听到身后传来一阵微细而轻蔑的笑声。

红脸关反应出奇迅疾。他攥住枪柄，一个转身，枪口已瞄准阳台外那一大簇棕榈、椰子、笔筒树、鸡棚、老井、茅厕。准星一一地掠过棕榈笔直的主干、笔筒树像鸵鸟脖子的新芽和散乱满地的老椰子，停在铁制的晾衣线上随着晨风摇曳的一件白色衬衫和黑色长裤。裤衫好像刚挂上去，淅淅沥沥地滴着水。他朦胧觉得刚才抽着烟看着阳台外时，没有看到这两件裤衫。他眨眨眼。屋外依旧黯黮，星星亮得刺眼，眼看就要露出曙光的天穹，一瞬间似乎退回漫漫长夜。他走下阳台，看见老井旁升腾着一缕白色烟雾，像几丝银发，凝在空中不动，一股强烈的三炮台烟味冲鼻而来。三炮台是高阶鬼子爱抽的洋烟，也是朱大帝的最爱。红脸关拿着猎枪和帕朗刀在莽丛追逐朱大帝时，就是凭借着这股烟味，让朱大帝没有消遁得太快，但终究还是追丢了。他在莽林宿了一晚，第二天在一座湖潭前再度嗅到那股强烈的三炮台烟味，其中还弥漫着严恩庭手卷烟的唾液味和香蕉木瓜味。他绕着湖潭走了一圈，坐在一棵龙脑香科板根上，那股烟味更浓了。他闭上眼睛，聆听莽丛和飞禽走兽絮语，呼吸着动物的尿屎味、骨骼和腐肉的臭味、野果的芬芳，舔着空气中散乱着汗酸味的烟味和小女生的唾液味，感受着泥土传来的各种巨大兽蹄的奔跑，反复回忆那天早上箭毒树下和朱大帝的争执。

"老朱，野猪攻击猪芭村那个晚上，你对小娥做了什么事？"红脸关刻意压低声音，不让箭毒树下的亚凤听见。

"老关，"朱大帝新燃了一支洋烟，伸出一只大手，轻轻拭去梨木刀鞘上薄薄的一层泥浆，"怎么了？"

"小娥死前跟我说过，那天晚上，有一个浑身血腥味的男人睡了她——"红脸关叹了一口气，"小娥死前，神志不清，她的话我一直半信半疑。二十年了，我无时无刻不在想那个人……"

"有这种事？怎么不早说？"

"老秦死前告诉我了，那天晚上，老秦亲眼看到你从门口走出来——"

"老秦那个鸦片鬼的话你也相信？"大帝将武士刀扛在肩膀上，从怀里掏出一包洋烟，递了一根皱巴巴的烟给红脸关，"这家伙为了一块鸦片膏，连自己的妈妈也会卖掉——"

"这件事情，小娥从来没有和别人说过。老秦不可能胡说，不会有这种巧合！"

"老关，那晚我忙着杀猪，哪有时间做这种事？"朱大帝见红脸关没有接过香烟，就着嘴里的烟把烟点燃了，同时吸着两根烟，"老秦那个家伙，从早到晚只想着吃鸦片。我猜老秦那晚可能少吃了几块鸦片，把你家阳台上撒尿的猪公看成我了——"

红脸关将手上的帕朗刀扛在肩膀上："难怪你总是奉送老秦鸦片，让他成了猪芭村最有名的鸦片鬼。你拿鸦片膏堵住他的嘴。"

"老关，别听老秦胡说——"

红脸关嗖的一声，拔出肩上的帕朗刀，向朱大帝步步逼进。

"老关，冷静——"

朱大帝斜眼瞄了一下猎枪。挖掘坟地时，猎枪、鳖王秦的卡宾枪和鬼子的步枪都放在板根下。大帝身上只有正宗刀："老关——"

"老朱，"红脸关逼得更近了，"是你吗？是你吗？"

朱大帝转身窜过箭毒树下，窜向野猪走过的夹脊小径。

湖潭掀起了微细的波澜，漫过湖畔的芦苇和野胡姬，奔腾到他的脚掌下。他有一天半没有吸食鸦片了，整个胸腔空空荡荡，胯下拥塞着一股热气，那股热气从肛门直冲囟门，把五脏六腑都摧烂了，如果是平常，他可以清楚地感受引发那股波澜的源头，一只野猪，一只马来熊，一只巨大的蜥蜴，一个肩扛猎物的伊班猎人，但现在，他只能凝视着茂密的芦苇丛和娇嫩的野胡姬，脑颅像被烟熏火烤，脑浆焦糊了，一片空洞。迟钝让时间拖长了，他胡思乱想，看似长久，其实短暂，屁股没有坐实，一颗子弹不知从那里射出来，打在他的大腿上。他嗯哼了一声，朝芦苇丛开了一枪，后脑勺莫名其妙挨了一下重击，倒在板根下，胸口被自己的帕朗刀刀尖划出一道长长的伤口。再度睁开眼睛时，猎枪和帕朗刀消失了，一群荷枪实弹的洋鬼子和猪芭人对着他叫嚣。

红脸关看了一眼黑黝黝的井底，嗅着那股三炮台烟味，踢开一个颓圮的铁篱笆门，踏入杂草丛生的菜园，身后突然传来一阵飕飕飀飀的风声。他回头一看，晾在铁丝上的白色衬衫和黑色长裤，好像披挂在一个四肢潮湿的溙漫躯体上，腾空越过井台，朝菜园飞来。红脸关搓了搓眼皮。

透过篱笆眼，清楚地看见衬衫和长裤又重新挂在晾衣索上。红脸关突然想起，他上次吸鸦片，已经是昨天傍晚，距离现在已过了十多个小时。他扛着枪走过荒废的菜畦，一脚顿断腐朽的篱笆门柱，追逐着那股烟味。天色越来越暗了，星星越来越明亮了，枯枝上的夜枭越来越多了，一颗暗红色的火球在布满灰烬的天穹上弹跳，不知道是要升起来还是落下去，是月亮还是太阳。红脸关停下脚步，搜寻着那股稀弱的烟味，同时思索着，现在到底是即将破晓或迟暮。他回头看了一眼猪芭村，炊烟袅袅，煤油灯和煤气灯闪烁，一辆大肚子的联军运输机飞越了南中国海，一艘渔船的骷髅身影在海浪上颠簸，万顷琉璃中浸泡着海鸥破碎的躯体。他看着自己身处的夹脊小径，发觉自己即使站着不动，猪芭村也逐渐远离自己，像处在激烈的板块运动中，他甚至听到了属于白垩纪的盘古大陆分裂的轰轰隆隆巨响，茅草丛窜流着鳞角暴凸的巨大爬行动物搏击撕咬的怒吼。他循着夹脊小径忙窜一阵，顿时失去了三炮台烟味和小女孩的唾液味，于是选了一个坂坡，站定了，闭上眼睛，用力地呼吸着。荒野无风，万物纠结不成形，他看到了远古时代郁郁葱葱的绿洲、蓬勃的裸子和蕨类植物、喷发着灰云和从火山喉溢出熔岩流的活火山，一阵热风刮到脸上，三炮台烟味又出现了。他走下坂坡，从一个像猪芭桥一样狭长的脊椎骨下走过，绕过一个比吉普车巨大的头盖骨，看见流水淙淙水草茂密的小溪突然浮起一个披挂着白衬衫和黑长裤的躯体，长发飘逸，四肢泄漫，后脑勺垂着一根长辫子，嘴里哕出一簇墨绿色的水草，两袖平举，好像阻挠他前进呢。红脸关又搓了搓眼皮，肢体消遁了，裤衫迅疾沉入水中。这是怎么回事？红脸关嘀咕着，涉水渡过小溪，登上一个长满黄色小花的草坡地，烟味浓得化不开，抬头看见灰蒙蒙的天穹飞翔着长着翼膜的大蜥蜴，一支肉嘟嘟的长脖子从莽丛伸出来嚼食树篷的无花果，一只双脚大尾巴巨怪低头啃咬腐肉。风起了，飕飕飂飂的强风刮得红脸关两脚哆嗦，白衬衫和黑长裤随着强风飘荡草坡地上，衣摆几乎扇在脸上。这一次红脸关看得清楚，裤衫主人是个年轻女子，脸蛋像一粒青椰子，眼睑闭合，其余五官阙如，腰上扦五支大小帕朗刀，手里捧着一个锈迹斑驳、掀着盒盖的铁盒子，铁盒子盛着一颗巨蛋，蛋壳突然裂开，蹦出一只尖牙大脑的小怪物。红脸关诧异地看着女子，伸手触摸她澶漫的肢体。女子两眼突然打开，伸出一只湿漉漉的手，指着红脸关身后。这一瞬间红脸关看得更清楚了。女子脸上长着几颗粉刺，左脸颊有一颗黑痣，嘴唇红润丰厚，澶漫的肢体好似浮游水中。"小娥———"红脸关喊了一声，女子再度举手指着他身后。红脸关转身，看见一个巨大身影，手里攥着一支锋芒逼人的长刀，像猿猴扑向他。红脸关觉得脖子一冷，一只双齿似剑的老虎咔嚓一声咬下他的头颅。红脸关的头颅滚下草坡地时，看见一颗似山峦的燃烧的陨石从天而降，在莽丛掀起一股扑天盖地的火海，一瞬间让天地陷入漫漫长夜。

三

亚凤下巴奇痒，睁开双眼，看见胸前躺着一杆胡姬花，花瓣上一只蚂蚁咬住下颚一个小伤口的肉芽。亚凤伸手拍掉蚂蚁和胡姬花，打着哈欠，站了起来，头发上的两朵大红花落到脚掌上。鳍似的阳光悠游在潮湿的莽丛中，高脚屋掩映着棕榈、椰子树和笔筒树的树影，让他一时昼夜难分，看了一眼手腕上鬼子的腕表。六点三十分了。他莫名其妙地瞪着阳台上的大红花和胡姬花。猎枪不见了，屋檐横梁挂着帕朗刀，屋内没有红脸关身影。红脸关来无影去无踪，亚凤不觉得讶异。父亲足不出户养伤数日，已经是怪事了，但在这个战后鬼子余孽没有彻底剿灭的日子里，他还是有点不安。他实际带了两把猎枪，另一支藏在隔热层。他找出了猎枪，背着帕朗刀走下阳台，准备到猪芭村找红脸关。阳台外，老井黑土，鸡棚残破，篱笆门颓塌，杂草丛生的菜畦躺着一粒绿西瓜。亚凤削掉西瓜蒂，剖开西瓜。西瓜瓤太肉了，不够脆。亚凤边啃边吐，转眼吃完一粒西瓜，骤然嗅到一股有别于金鼠牌的烟味——三炮台烟味。他对这股烟味太熟悉了。他高举猎枪，觑着荒芜的菜园。西南风飘过菜园尽头十多棵枯萎的玉米株和一大片树薯，带来了更浓稠的三炮台烟味。亚凤蹲下身子，枪管对准了玉米林和树薯园。一群麻雀飞出树薯，聚在一棵矮小的椰子树上。一个长发披肩、着草黄色军服、手拿一把长刀的男子像猿猴越过凹陷的铁篱笆，消遁杂草丛生的树薯园中，亚凤扣下了扳机。男子冲出树薯园，跃过铁篱笆时，亚凤又射出一枪。男子跃过铁篱笆后，消遁茅草丛中。

　　亚凤穿过玉米林和树薯园，越过篱笆，纵入茅草丛。带刀的长发男子身手矫健，脚步迅疾，纵横茅草丛如入无人之域。他在茂密的草丛扑腾跳跃，好像脚不沾地；越过水洼或小溪时，好像脚不沾水；穿透荆棘丛时，好像穿墙凿壁的油鬼子；遗留野地上的靴印，好像带领野猪群袭击猪芭村的深沉的猪王蹄踳；挥刀砍断碍路的灌木丛时，让亚凤想起马婆婆挥舞大镰刀追逐戴着妖怪面具的猪芭小孩。虚弱的晨曦照在他的长刀上，射出一缕锋芒逼人的光芒，间或光芒直接扑向亚凤双目，暂时锉盲了视觉，让他踩在小水洼或炮弹坑中，几乎摔倒。一头野兽似的长发飘荡茅草丛上，好像传说中吊挂着内脏的飞天人头。亚凤数次停下脚步，举枪瞄向男子，但他只剩下两颗霰弹，不想轻易扣下扳机，这一耽误，男子好像又窜得更渺小了。

　　云彩凝室得像岩石，天和地灰蒙蒙。夜色依旧沉重，压得茅草低下了头。

时间快速流逝，亚凤看见了从前和爱蜜莉猎猪的圆形草岭。远视草岭像一座野冢，靠近后草岭却突然辽廓而充满福态，可以让十几个猪芭人在上面焚垦十天半月、追击一头猎物一年半载。这时，带刀男子消失了。脐带似的云彩挤满天穹，几个肚脐漩涡露出了青翠的苍穹。亚凤觑了觑四周，登上草岭。草岭依旧长满黄色的小野花，亚凤不经意地踩踏，激起了它们含苞吐萼的欲望。白色的小蝴蝶在他走上草岭时四面八方散去，零星的燎原野火蚕食着草岭四周的茅草丛。亚凤伫立岭巅，视线很快接触到草岭背面长着羊齿植物和藤蔓的猪窟出口，红脸关的头颅架在防御性杈桠上，身首分离，身边躺着断成两截的猎枪。红脸关失去头颅的身躯屈跪洞口外，一副正欲探测猪穴的鬼祟模样，双目如牛眼，瞪着黑魆魆的洞口，从他的眼中，亚凤看到了洞窟的黑不可测，好像里面蛰眠着一尾吞吃了漫漫长夜的巨蟒。一只鹅掌大的黑蜘蛛从杈枝缓慢地爬蹿到红脸关额头的深邃横纹上，凸显了红脸关死前的苦思和混沌。红脸关的脖子犹滴着血，豁口光滑平整，显示切断红脸关脖子的是一种利器。

"山崎——"

亚凤心里一怵，抓紧猎枪环视一遍茅草丛。荒野茫茫，林木森然。山崎就在附近。荒野蓁莽，海阔鱼跃，就像他当初追丢的那只小野猪，山崎可能栖伏茂盛的茅草丛、长满杂草的炮弹坑、灌木丛、长着芦苇的水潭、乌云阴影下、耀眼的晨曦中、烟岚缥缈中、麻雀群的羽爪漩涡后，像一线铁锈藏在一把锈迹斑驳的老刀上。站在居高临下的草岭，亚凤感到既安全又危险。他再度凝视荒野，一手支着猎枪，一手攥着帕朗刀，闭上眼睛，摸索着野草的环肥燕瘦、高矮疏密、老幼生死，回忆父亲带着九岁的自己走向茅草丛，用心灵和脑袋去体会草木的畅茂、禽兽的繁殖。茅草丛在野火虐肆和露苗抽芽中哭号。草岭附近的炮弹坑有十一个，其中两个散乱着不知名猪芭人的骨骸。一只七英尺长的水蜥蜴浮游水潭，泛起令小动物生畏的鳄波蟒纹。乌云像狮群漫过荒野，晨曦在茅草丛上闪烁，麻雀群被一只俯冲而下的苍鹰冲散了。三炮台烟味和腐肉味从草岭升腾上来，让他脚底一阵冷峻。他踮起脚尖，以一辈子没有施展过的轻巧走向猪窟，蹲在窟口上方，难以言喻的伤感让他放下猎枪，两手攥紧母亲留给自己的帕朗刀。黑蜘蛛好像恋上父亲太阳穴上初遇母亲时留下的熊爪疤痕，蛰伏疤痕上不动。父亲额头上深邃的皱纹、翕张的鼻子、惊骇厚实的头发、孤傲的下巴，陌生得可怕。双目泥泞，有一种缺乏罂粟碱和吗啡的狰狞和饥渴。如果不是那支猎枪和穿着，他要怀疑那是不是父亲的头颅了。他害怕凝视父亲的脸，于是将视线集中权桠、羊齿植物和藤蔓上。

自从上了草岭后，时间流逝得特别慢。他觑了一眼腕表，八点了。灰云盘踞天穹，天地晦暝，老丑的烟岚偃盖了葱茏的草丛，太阳不知去向，天降一根光柱，罩住遥远的荆棘丛，燃起一股火焰，久久不熄。亚凤的刀刃反射着火焰光芒，几点耀斑钻入勾裆的裤裆内，平滑的刀面折射着裤裆外一小片似斗鸡肉髯的阴囊，一枝枯槁的芒草棱刺刺痛了生殖器，但是他不动。早起没有小便，又吃了一粒西瓜，涨满尿液的膀胱让他的生殖器簇直得像独擎高空的猴尾巴，但是他强忍着。他目不转睛地记忆着洞窟前的枝桠形状，默默地描绘着蕨类植物各种直立、横走、斜生、攀缘、缠绕和悬空茎，监视着爬藤植物的葡卜状、叶腋上的露珠、花瓣上的折痕和嫩枝上的密被柔毛。一只墨绿色的蝴蝶从茅草丛飞向猪窟，停在一根腐朽杈桠上，十天半月后飞向帕朗刀，停在刀尖上。另一只相同颜色的蝴蝶从亚凤身后飞来，停在肮脏的袖子上。八点半了。刀尖、袖子、杈桠和藤蔓总共停了七只蝴蝶，亚凤清楚地看见其中两只蝴蝶伸直了口器上的螺旋状吸管啜食露水。白色和墨绿色蝴蝶汇集草岭上，偃盖了草岭上的黄色花海。

亚凤默数了一遍杈桠、复习了一遍藤蔓和蕨类植物的形态，看了一眼父亲头颅。黑蜘蛛辞别太阳穴上的爪疤，沿循着断裂的脖子爬向枯枝，蛰伏洞口一小簇蜢蜞菊下，一只白色蝴蝶竖在蜢蜞菊的黄花上啜食花蜜。九点了，遥远的光柱离开了荆棘丛，驻足一小片被野火烧焦的荒地上，天地依旧灰蒙蒙。黑蜘蛛攫住一只草绿色的小蜥蜴，尖细的螯牙刺破了蜥蜴肚子，注入消化酶，将猎物吸食得剩下半透明的皮囊。九点半了，饱食一顿的黑蜘蛛消遁羊齿植物中，杈桠抖索，扠着红脸关头颅的枝桠断裂了，头颅滚下草岭，落到茅草丛中，两眼依旧凝视着洞口。枝桠、藤蔓和蕨类植物开始激烈抽搐，好像有一只隐形的草食兽正在嚼食藤蔓和蕨类的嫩叶。一支锋芒逼人的长刀伸出了洞口，横砍竖切，削去了偃盖洞口的枝桠和藤蕨。当山崎像猿猴从猪窟背对亚凤露出半截身躯时，亚凤举起帕朗刀削向山崎脖子。

山崎回头觑了亚凤一眼，武士刀斜拂，在亚凤腹部划了一刀。亚凤憋了许久的一泡尿终于泄了出来。山崎厚实的长发爆散似孔雀开屏，一阵强烈的西南风将他的头颅刮向洞口上方，落在亚凤脚下。

山崎眼皮眨闪，嘴唇抽搐，好像说：你怎么还在这里？

天地灰蒙蒙，遥远的光柱突然罩向草岭，照亮了被山崎血液浸湿的小红花，也照亮了亚凤被鲜血湮红的卡其短裤。亚凤左手摁住伤口，用帕朗刀刀尖戳了戳山崎额头。山崎的长刀在半空翻了一个小跟斗，和一批枯枝斜插猪窟口，立即有一只墨绿色蝴蝶驻足缠着鲛鱼皮的刀柄上。无头的庞大身躯堵住了半个猪窟出口。阳光依旧只在草岭上洒下一道僵气斑斓的光柱，烟云缭绕茅草丛，遥远的荒地簇立着一只史丹姆黑鹳，用它像长满尸斑的脖子和头颅播弄着一批骨骸。亚凤走下草岭时，半只左腿已浇满鲜血。他拄着帕朗刀往猪芭村走去，不知道走了多久，倒卧在一棵榄仁树下，那道僵气斑斓的光柱照亮了树外的茅草丛，一个戴着翻边藤帽的长发女子从茅草丛走到树下，屈身弯腰，背着亚凤朝猪芭村走去。亚凤失去意识前看见了爱蜜莉手臂上的藤环，嗅到了那股令他魂牵梦萦的尿骚味。

野猪渡河

　　七月，大旱降临，野果落尽，新蕊不发，泥土热燥，落叶纷飞。

　　饥渴暴躁的婆罗洲杂食野猪遥想北部比丘陵地带早到的河川流域花序果季，从西加里曼丹热带雨林跋涉北上穿越婆罗洲千山万壑，沿途吸纳猪群，汇聚成一支声势浩大的队伍，跨过马、印两国漫长崎岖的疆壤，进入富庶莽荡的砂拉越雨林，横渡河川流域，无惧人类猛兽，寻找食物遍被的饕餮和交配福地。

　　一

　　经过波澜壮阔的变故后，猪芭人抹去有形无形的创伤，重温没有硝烟烽火的日子，此时猪芭村鸦片严重断货。之前，财大气粗的华商缙绅经过公开招标后，垄断鸦片、烟酒和博弈三大行业，一九二四年殖民政府成立衙门"烟酒公卖局"，取消招标制，独揽经营权，促使鸦片烟酒走私猖獗。一九四一年，鬼子接管经营三年八个月，战败后，百废待举，邱茂兴夫妇成了猪芭村战后第一个开始走私鸦片的船贩。邱老头一九二一年返回中国娶亲，带着妻子南下过番，夫妻靠着四条腿，肩扛箩筐上山下海收购稻米和树脂，和华商以物易物，交换烟草、糖、盐、饼干、布料和罐头食品，以微薄利益转售猪芭华人，十年后买了一艘十吨货船沿着猪芭河兜揽土洋杂货。鬼子入村后，夫妻和独生女避难猪芭河上游，三年八个月后重返猪芭村，开始走私鸦片。邱老头的鸦片走私生涯只维持了一个多月。一九四五年十月二十三日，邱老头和妻子驾着棕榈叶船篷下屯满鸦片膏的货船，突然一声枪响，伫立船舱的邱老头妻子额头绽开一朵血花，噗咚落水。一簇子弹咻咻掠过船舷的邱老头，邱老头扔下船桨，潜入冰冷黑魆的河水，浮出水面时看见一个蒙面盗匪占据了货船。

　　一九四五年十一月，雨季将临。猪芭孩子把一个铁皮桶吊挂树干上，用弹弓把石弹射到铁皮桶中，最后戴上妖怪面具射击养了一只红面公番鸭的邱茂兴老头高脚屋。孩子估计了一下东北季候风力道，娴熟地拉开橡皮条。邱老头刚抽完私藏的一小块鸦片膏，蹲在阳台上抽手卷烟，凝视着从天而降的十二颗石弹。根据邱老头经验，三天不吸鸦片，石弹可以大得像八月十五的月亮，砸得高脚屋灰飞烟灭，猪芭河巨浪滔天淹汩猪芭村，树梢挂满野猪、鳄鱼和村人尸体。老头今天吸食的鸦片虽少，半颗脑袋仍清醒着，十二颗石弹像十二个锅镤，砰砰訇訇砸在锌铁皮屋顶上。老头吐了一口唾沫，走下阳台，踢开篱笆门，一只黄狗窜过正在鸡棚捡鸡蛋的女儿胯下，停在老头身边，朝野地看了看，疑惑地抬起啃过虫蛹淌着口水的大嘴看着老头。老头踢了一下狗屁股，指着流散茅草丛中的小孩。十一月的茅草丛还在初来的东北季候风中酣睡，腐坏的天穹游窜着虫蠹似的灰云，天地溢满夕暮。孩子打完石弹后正要离去，看见老头驱着大黄狗走出篱笆门，吓了一跳。一个胆大的孩子拉开橡皮条，射出一颗石弹，打中狗腿，激起了黄狗敌意，咆哮着追向孩子。

大黄狗踩碎了烧蔫的茅草棱刺，越过一个又一个炮弹坑，追上了几个年纪较小的孩子。

一个精瘦黝黑、须发银白的大人从茅草丛岔出来，用手上的帕朗刀刀鞘挥向狗头。黄狗痛哭一声，弓腰曲尾退到主人身后。

"老邱，今天还没吃鸦片？"那个大人捏住了嘴里叼着的手卷烟，把刀鞘扛在肩上，"发这么大脾气。"

"死仔包！"老头瞪了一眼小孩，踢了两下狗屁股，"死狗！"

精瘦黝黑的大人走到邱老头身边，递了一支手卷烟给他。老头迟疑了一下，接过手卷烟和对方扔过来的火柴盒，点燃了烟，把火柴盒扔还对方。一只大鸟低空掠过，屙下一大坨黯灰色的醭屎，叭哒一声落在两人脚下。精瘦黝黑的大人穿着邋遢的猎装和卡其裤，腰上挂一支入鞘的长刀，手里拿一支入鞘的帕朗刀，半白的须发遮住了半张脸，一双炯炯有神的眼睛盯住邱老头，脸庞漾着一股疲色。邱老头吐了一口烟，陡然看见对方手臂上的马来短剑和野猪刺青："老朱！是你！还以为你死了呢？"

"我才以为你死了呢。"大帝用拳头擂了一下老头肩膀，觑着散乱猪芭村果实累累或正在酝酿花期的果树、在东北风酣睡的肥美菜畦，又看了一眼被栖落的野鸟染黑的灌木丛和大乔木、空中猎旋的苍鹰，嘴唇翕动，喃喃自语："嗯，快了，快了。"

"老朱，什么快了？"老头又踢了一下狗屁股，"我十多天没有痛快吃鸦片了。你死期快到了吗？"

"老邱，我赶了一天路，"大帝说，"又饥又渴。"

大帝坐在邱老头的高脚屋阳台上，享用着邱老头女儿准备的猪鱼菜瓜之膳，听着高亢悲怆的野鸟鸣声、邱老头泣诉失去妻子和货船之痛、猪芭村的浮云沧桑，看着阳台上杈桠纵横的榴梿树和泥泞落下的鸟粪和羽毛，不发一语，及至看到邱老头女儿又端上来一盘虾酱炒空心菜后才含糊吐出一句话："好了，老邱，别再上菜了——半年不见，怎么客气起来了？"邱老头看着满天流霞，两只凹陷的小眼漾着泪光。"离开猪芭村不到四年，锤老头、扁鼻周、鳖王秦、小金、懒鬼焦、沈瘦子和红脸关，这一批鸦片鬼都见阎王了，我还以为你也不例外——看到你活着真好！小玲，多卷几个手卷烟！老朱，不好意思，没有洋烟招待你，猪芭村的鸦片又缺货，怠慢了。"

邱老头十六岁女儿邱妍玲甩着两根垂到骨盘上的长辫子，捧出一碟晒蔫切碎的木瓜叶、香蕉叶和一叠废纸，点亮了一盏煤油灯，蹲在黑黢的客厅一个矮凳前卷手卷烟。她穿着紧身的白色对襟短衫和宽筒黑裤，肤色猩红，一双黑眸在刘海假盖下闪耀着奴愁氛息。

她卷烟迅疾果断，每一根卷烟坚勃得像塞了铁屑铜渣。她很快卷完二十多根手卷烟，插在竹筒上交给邱老头，捧着火舌高揭的煤油灯消遁厨房中。大帝点燃刚卷好的手卷烟，嗅到了一股熟识的唾液味。

听说大帝重返猪芭村，一批又一批猪芭黎庶驻足高脚屋问候朱大帝。夜色渐浓，星宿微露，朱大帝饱餐一顿后，趁着邱老头出门买啤酒，倚着阳台栏杆打了个盹，脚趾头一阵酸痒，看见一只脸上长满猩红肉瘤的红面番鸭啄咬脚趾上的鸡眼。大帝坐直身体，轻轻地踹了一下鸭子的翅膀。邱妍玲从门口走出来，挥着双手，嘴里嘘嘘叫着，露出一排饱满的瓠齿。鸭子挺直脖子，毫不畏惧地盯着她。邱妍玲随手抄出门扉后面的扫帚，狠狠地捶了一下鸭头，鸭子唧唧呱呱叫着，鼓动双翅，飞向黑暗的水塘。

大帝喝了两罐邱老头买回来的黑狗牌啤酒后，向邱老头透露了一件事情。邱老头听后喜出望外，拭着满脸老泪对大帝道谢。大帝又吸了三条手卷烟，将剩余的手卷烟塞入口袋，借着朦胧的月色走向黄万福高脚屋，看见关亚凤和几个小孩盘腿坐在阳台上制作弹弓，周围散乱着去皮的树干、脚踏车内胎和破皮鞋，檐梁挂着一盏煤气灯，高脚屋外亮如白昼。大帝傍着一棵椰子树吸手卷烟，凝望着夜色汩汩流入高脚屋、猪芭村幽黯或明亮的门门窗窗、椰子树梢阴森森的杓上魁下的北斗七星、猪芭河红眸闪烁的鳄夜、天父龇出的一颗丑陋暴牙月、热气奔腾野兽交欢的莽荒婊子。两个女孩从猪芭河畔走来，胸前各捧着一个笼了数十只萤火虫的玻璃瓶子，照亮了她们箪食瓢饮的苍白五官和瘦骨嶙峋的身体，好像捧着一个即将爆炸和膨胀的太初宇宙，经过大帝身边时停下脚步，将玻璃瓶子举到眉宇间，照耀得大帝满脸鬼祟鼠须。大帝泰然觑着她们，手卷烟燃烧得像一撅炽炭，鼻子闻到了家家户户厨余桶中的鱼馊臭。

"朱老大！"

亚凤拉开一个新扎好的弹弓皮带，正要朝椰子树梢射出一弹。

二

山崎头颅吊挂菜市场旁的盐木灯杆已近一个月。他的无头尸具在菜市场广场曝晒一天后，晚上被一群猪芭人用帕朗刀砍得支离破碎，翌日天未亮就被野狗啃吃殆尽，恶臭的枯骷散乱猪芭街头。他五官俱全、毛发纷披的头颅高悬灯杆不到半日，旋即被猛禽和虫蚁叼光皮肉，剩下一具惊骇逗趣的骷髅头，宽广的额骨被孩子的石弹抓挠出鬼斧头和海盗弯刀的符号。背着女妖面具的长尾猴喜欢蹲在电线杆梢，居高临下看着骷髅头，间或坐在骷髅头上，伸出两手抚骨嗳嚅。

朱大帝站在波罗蜜树下黄万福牛车上，右手挂着入鞘的吉野正宗长刀，左手捻着一根洋烟，看着电线杆的抚骨之猴。猪芭人发觉大帝被母猪啃吃过的头皮长出了盈尺的银发，须髯覆胸，仁丹胡子没了，两颊沃红，眼眸深处亮着随时引燃的余烬。昨夜近半数猪芭人会见过在邱老头家里用膳的大帝，大帝顺便释出消息，请大家今天中午到菜市场广场汇合。大帝在广场上总共召集过猪芭人三次。第一次是二十年前的猪群夜袭猪芭村，第二次是四年多前的飞天人头事件，第三次是鬼子入村前呼吁大伙将枪械弹药藏匿猪芭河上游二十英里外的高脚屋内。早上下过一场大雨，近中午露脸的太阳疲惫不堪地瘫坐灰云上，广场上七零八落的光泽好像不是它的，而是昨天的落日余晖。参天的杈丫栖泊着苍鹰，间或发出一声索命的呼啸。雨季未到，猪芭河水已贴近栈桥。包括大帝牛油妈咖啡馆在内的十排木板铺户，半数以上仍未恢复营业，但菜市场的菜贩果贩鱼贩肉贩已悉数归位，虽近中午，仍有一批贩夫叫卖。一群小孩胸前挂着弹弓或妖怪面具，散乱菜市场四周，在瓦砾残垣中寻宝。波罗蜜树桠依旧酣睡着蝙蝠，树梢伫着一只以黑喙扪羽掀尾的白鹭鸶。

一个光头赤足的年轻渔夫将一辆板车拉到波罗蜜树下，并肩大帝的牛车，从腰上抽出一把尖刀，埋头切割板车上一只大龟，一边吆喝着一边瞪大帝一眼，好像嫌大帝的牛车妨碍他做活。渔夫手脚利落，转眼支开大龟的背甲和腹甲，尖刀挥舞得像一把快炒铲子，将一坨坨规格重量一致的龟肉累叠板车上。板车被湮红了，广场血流成河。"龟肉！龟肉！延年益寿，补血保健，清热解毒，利胆明目，一坨一元，"渔夫从龟尾剜下一绺血肉模糊的海绵体，高举过眉，"乌龟卵交，滋阴助阳，男人的一流补品！"

渔夫切割大龟时，大帝已扯开嗓子，对着广场上一百多个猪芭黎庶演说。

"老蔡，"大帝看了一眼渔夫手上的海绵体，"这个留给我。"

渔夫用香蕉叶包扎了海绵体，扔到牛车上："老朱，送你。"

龟肉、龟头、龟脚、背甲、腹甲和内脏迅疾售完，渔夫满足地拖着板车离开，留下广场上一片殷红血海。大帝的演说和杀龟大戏同步演出，腥风血雨而支离破碎。雨季将临，往年加里曼丹的野猪渡河都出现在七八月，今年真是反常，十一月了，仍有数目惊人的猪群横渡内陆河川，奔向东北，聚集离村子不到两英里的丛林中，迟早会朝猪芭村扑来。大帝说到这里，一个瘦老头用力咳了一声。他的背心卷至胸口，露出两丘狰狞的琵琶骨，额凸颊凹，薄唇微启，牙缝塞满黑色的鸦片膏迹。"朱老头，你是说，又有野猪来扰村啰？"

"老朱，你要组队杀猪？鬼子刚走，肚子都填不饱，哪来这个闲工夫啊？"一个只穿一条短裤的中年人屈蹲地上，手里捧着一杯冒着热气的黑咖啡。

穿背心的老头有意无意地朝牛车啐了一口黯灰色的唾沫："老朱，你神通广大，我三天没吸鸦片了，弄几块鸦片膏让我爽一下吧。"

打赤膊的中年人啜咖啡时烫到了舌头："给我几块鸦片膏，别说杀猪，老虎鳄鱼也照杀——屙家铲！"

穿背心的老头伸出五指抓挠着裤裆，胯下随即落下皮皮屑屑："是啊，没有鸦片膏，一只小母猪就要了我的命。"

在两个老头的嘟囔和渔夫叫卖声中，大帝减缩了演说。杀龟大戏演毕，广场上的猪芭人也少了十分之二三。大帝不以为忤，继续抽着洋烟，示好地朝四周的猪芭人扔出几根洋烟。正宗刀刀鞘在疲惫的日光照射下眨闪着慵懒的光芒。"各位，我当然知道，现在和四年前不一样了，不要说组队杀猪，连筑一道栅栏拦猪的人力物力也欠缺，"大帝对着一个抢不到洋烟的年轻人丢出一根洋烟，"野猪数量惊人，不会少于四年前，大家白天不要随意入林，晚上闭紧门户，可以的话，准备好帕朗刀和猎枪，杀几只野猪加菜。"

"老朱，听说你身上那把长刀，就是吉野鬼子的武士刀？"肩扛锄头、胁下夹一只母鸡、魁梧高大的黑汉推开猪芭人走到牛车前。黑汉是战前林万青板厂伐木工工头。鬼子伐树铸造六艘携带水雷的战舰时，因不娴熟婆罗洲树种，被黑汉摆了一道。黑汉以劣质树种造龙骨，让战舰遇急流后就拦腰折断。黑汉对自己的"丰功伟业"非常自豪，逢人夸耀。"老朱，这把妖刀砍下多少猪芭人脑袋、夺走多少猪芭人性命！我看到它就像看到吉野那只猪！"

"宋老弟，你想怎么样呢？"大帝卸下武士刀递给黑汉，"送给你砍柴割草吧。"

"砍你骨头啰，"黑汉退了一步，"扔到猪芭河去吧！"

"老弟，这不是普通的武士刀，"大帝抽出半截刀身，刀刃在他脸上映出一缕缕像血丝的疤网，"洋鬼子最爱这东西了。我准备找个有钱的洋鬼子狠狠削他一笔。"

"老朱，"一个拄着拐杖、绰号烂屁股的中年人用苍老劲拔的声音说。他是前荷兰石油公司露天电影放映师傅，在菜市场广场放映鬼子的战争宣导片《孙悟空》时，猪芭人看见孙大圣不驾筋斗云而驾战机、不用金箍棒而用机枪扫荡敌人，笑得前滚后翻，其中烂屁股笑得最夸张，宪兵队员拔出手枪在他屁股上开了一枪，让他终生跛着一条腿。"你不能独吞这笔钱。"

"参加杀猪大队的人可以分到一笔。"大帝说，"烂屁股，看在你这只跛腿上，先分你一笔。"

"又是杀猪大队！"穿背心的老头又响亮地啐了一口灰黑色的唾沫，"那把刀值多少钱？比老蔡那只大龟值钱吗？"

"朱老大生平一大志愿，就是把四年前领着猪群扫荡猪芭村的猪王宰了，"一个纤细的小老头坐在一个破箩筐上喃喃自语，形象有如灯杆上的抚骨之猴，"生吞猪王的猪心猪肝。"

"哪有什么猪王？"黑汉大笑，"鸦片吃多了，小猫看成老虎，没吃鸦片嘛，蚯蚓看成大蟒蛇。"

"你们谁看过猪王？"一个年轻三轮车夫傍着波罗蜜树荫下的三轮车，手里拎着一坨刚买到的龟肉。他发长及肩，脖子后有一道明显的刀疤。鬼子撤往内陆时，在猪芭桥处决了一批猪芭人。三轮车夫在鬼子军刀削向自己时及时跳入猪芭河，刀刃砍在丰厚的长发上，在脖子后留下一道伤口。猪芭村飞天人头事件中，他曾经和鳖王秦、锤老怪等人激辩。"赵老大，你看过吗？"

"看过！看过！要不是我这个鸦片鬼瘦得不像人，血液有毒，早就被飞天人头看上了。"蹲在地上喝黑咖啡的赵老大趔趄着站起来，走到三轮车夫身前，"小杨，鳖王秦说过，你老婆年轻漂亮，看好她的人头，小心生出一窝小吸血鬼。"

"屌你老母。"小杨淫笑着轻轻踹了一下老赵胯下，"问你有没有看过长得像一头牛的猪呢！鸦片鬼！什么飞天人头？"

"哦，像一头牛的猪，像一头牛的猪——"赵老大又蹲了下去，把一杯黑咖啡喝得杯底朝天，"看过的，看过的——"

"各位，我有一个好消息，"大帝老神在在地抽着洋烟，瞄了邱老头一眼，"歹徒抢走的邱老头鸦片，被我整船买过来了，花了我所有积蓄。这批货现在还屯在上游，傍晚前就可以送到牛油妈咖啡馆，够你们吃十天半月了！我和邱老头商量好了，只要加入我和关亚凤组成的杀猪大队，一块鸦片膏只卖你们一元，所得悉数归邱老头。"

三

　　爱蜜莉把不省人事的亚凤扛回猪芭村后即离去，猪芭人遵照她的指示，在草岭上找到山崎头颅和尸具，村正刀不知去向。亚凤伤愈后巡视过无数遍草岭、爱蜜莉已成废墟的高脚屋、爱蜜莉战争期间避难莽林的小木屋、扁鼻周遇难的鹰巢湖，甚至驾舟溯流猪芭河回到朱大帝被鬼子铲成平地的高脚屋、萧老师和孩子遇难的箭毒树下。猪芭人不知道爱蜜莉失联的原因，但亚凤知道。

　　昨天晚上孩子离去后，朱大帝在黄万福高脚屋阳台上向亚凤提议重组杀猪大队。

　　"亚凤，"在煤气灯照耀下，亚凤感觉大帝鬓发乌黑、脸色红润，容貌有如三十岁，"等我杀了那头猪王就隐居山林，每年七八月，你可以找我伏击野猪渡河。"

　　亚凤想起十六岁时扛着一只小死猪到牛油妈咖啡店找大帝，恍如昨日。屋外蛙鸣虫唧盈耳，暴牙月高挂，猪芭河鳄眼覆河，亚凤听见父亲枉死、山崎藏匿的草岭上响起杂沓的猪蹄豨突，父亲的头颅飘荡在猪窟周围，凝视着猪窟的黑不可测，好像里面蛰眠着一尾吞吃了漫漫长夜的巨蟒。

　　"那天你和老爸怎么回事？"亚凤用制作弹弓削下的树枝抠着左脚大拇趾的鸡眼。

　　"老关怀疑我泄露了筹赈祖国难民委员会名单，"他递了一根烟给亚凤，"没想到，他还是逃不过山崎的武士刀。你也长鸡眼了？"

"老爸的遗传。"亚凤拿起卷刃的小刀，将刀刃敷贴鸡眼上，挟走一小块即将剥落的皮茧，"老爸在湖潭前被人开了一枪，枪响前，他闻到了一股三炮台烟味。"

"三炮台烟味！除了鬼子，还会有谁？"

大帝点燃一根烟，看着亚凤鸡眼和自己的鸡眼都长在左脚大拇趾外侧，形状规模一致，吐出一道鬼祟邪魔的烟雾。那天他从箭毒树下跳向莽林盲窜一阵后，以为已经摆脱红脸关，才歇了几口气，就看见红脸关烙着一道熊爪疤的红色额头在黝黯的莽丛中闪烁。红脸关的脸不红，那道熊爪疤红得像三条小火舌，像着火的箭矢。红脸关从不掩饰那道熊爪疤来历。朱大帝自恃狩猎专家，却被红脸关两次绕道拦下，两颗子弹咻咻从他头上飞过，差点成了枪下亡魂。红脸关的愤怒像江雷向他扑来。追逐了一个早上，朱大帝感觉到红脸关的步伐疲软了，速度减缓了，那道着火的箭矢熄灭了，到了下午，已完全失去红脸关踪影。在一棵常青乔木下，大帝看见一个鬼子坐在板根上咿咿呜呜地吟唱着一首东洋曲子，他头上的枝干吊挂着一具鬼子尸体。大帝嗖地抽出正宗刀，朝鬼子扑去。鬼子看见大帝后，吟唱声忽然加大了，脸上露出一个怪异的笑容。大帝一刀削去鬼子脑袋，脑袋咚隆咚隆滚下板根，滚出了一个很长的距离，消失在一簇杂草中，大帝拿起板根下的九六步枪和鬼子腰上的弹袋后，吟唱才终止了。莽林忽暗忽亮，大帝放缓步伐，有了步枪，胆子大了。一个坐在朽木上抱着一具婴儿尸体哭泣的东洋女子看见大帝后，像鬼魅尾随大帝一个多小时，在大帝加快步伐后才失去踪影。大帝见怪不怪，吐了一口祛霉运的唾沫。追剿山崎和吉野部队时，大帝看过随着队伍撤退的东洋婆娘为了不让部队泄露行迹，亲手掐死自己哭闹的孩子，也看过被部队遗弃、手脚长满溃疡的鬼子像蜥蜴在沼泽地爬窜，见到大帝等人即举枪自尽。天黑后，大帝草率搭了棚架过夜，黑暗中星眸闪烁、百兽争鸣，耳膜里轰响着野猪豨突和叶小娥炸裂肝肠的呐喊。晨曦初绽，那个怀抱婴尸的东洋女子坐在棚架外，两眼散发着绿荧荧的光泽，哭声像婴儿一样清脆，又像老妇一样苍老。大帝用力吐了一口唾沫，走到草丛中撒尿，东洋女子的哭啼让他撒得不痛快。撒完后，沿猪芭河疾走一个早上，女子始终若即若离，抽啜如厉鬼，中午过后，他忍不住抽出正宗刀，削断了女子喉咙。

女子哭啼终止了，大帝看见三道小火舌无声无息地向自己扑来。大帝有了步枪并不惧怕，他悠闲地离开河畔往西北方向走了一个多小时，蹲在一座长满芦苇和野胡姬的湖潭前，意外发现口袋里还有两根三炮台香烟和一盒火柴。刚抽完一根烟，看见一脸疲色的红脸关背着猎枪和帕朗刀朝湖畔的大树走去，坐在板根上。大帝早已心浮气躁，啐了一口唾沫，拿起步枪朝红脸关大腿开了一枪，红脸关大叫一声，朝芦苇丛开了一枪。大帝绕过湖潭走到大树后，用枪柄重击红脸关后脑勺。红脸关倒下后，大帝胸口疼痛，鲜血淹泅了半个胸膛。大帝跌跌撞撞离开湖潭，走向猪芭河，看见两个达雅克青年驾着长舟划向上游。他挥动双手，大声呼叫。长舟泊岸前，他已昏死河畔。

大帝在达雅克的长屋休养期间，喝了三个多月米酒，吃了三个多月野猪肉，蓄了茂盛的银发和须髯，扛着步枪和正宗刀回到猪芭村。他在加拿大山脚下一座无主高脚屋宿了一夜，听说邱茂兴夫妇走私鸦片，在一个暗黑无月的晚上，以黑巾覆脸，驻守猪芭河畔伏击邱茂兴的十吨货船，打死邱太太，将邱茂兴逐出货船，趁着涨潮将载满鸦片膏的货船泊靠上游。

"三个月了，"大帝突然说，"没有人看见过爱蜜莉？"

亚凤低头不语，继续用树枝猛抠鸡眼。

四

为了转手就可以牟取暴利的一元一块鸦片膏，一百多个有鸦片瘾或没鸦片瘾的猪芭男人加入了猎猪大队，八十多人分配到一支走私的猎枪和一批子弹，队伍来不及组合，第二天半夜一小群野猪闯入猪芭村，捣毁部分重建的畜舍和农田，在高脚屋盐木柱子上留下腥膻的尿臊味。第二天大帝将队伍分成四个小队，由亚凤、邱老头、前林万春伐木工工头和自己领军，入夜后戍守村子四个据点。夜阑时分，两批猪群先后以锥形阵逡巡完半个村子后扬长而去。猪群销声匿迹十二天后，更多带着帕朗刀的猪芭人加入了猎猪大队，鸦片膏迅疾售罄，但猪芭人已见识到野猪破坏力，入夜后携带刀枪驻守临时搭建的瞭望台或自家阳台上。第十三天子夜，一批难以估计的猪群淹没了猪芭村，直到破晓时分才被猪芭人击退。野猪前两次夜袭中，朱大帝像一头老狮子凝视猪群在村子里横冲直撞，没有开过一枪。猪群第三次大举来击时，他叼着烟，腰挂帕朗刀、正宗刀和弹盒，手拿猎枪，和一批手持猎枪的猪芭人站在瞭望台上，环视咆哮奔突的猪群，抬头遥望星光参差的夜空，不发一语。

　　那是一个阴湿寒冷的夜晚，夜色汩汩静静地流着，天穹的浓荫覆盖着猪芭村，星星的明眸和隐晦赫红的鳄眼相互辉映，茹素的秀朗的萤火虫光芒和荤膻的火爆的野猪之眼流窜，高脚屋的锌铁皮屋顶不时有枭蛇鏖战，茅草丛飘泊着磷火。那天晚上，一艘沉没南海的日本超级战舰从海底浮起，乘风破浪冲上猪芭海滩，直驱猪芭街头，泊靠猪芭菜市场，船舷摞下数十道绳梯，一批荷枪实弹的水兵下了战舰，在广场上列成纵队，踏着整齐的步伐朝猪芭中华中学前南方派遣军总司令部前进。他们的战盔插着水草，机枪枪管长满蚌壳，背囊伸缩着章鱼和水母触角，下巴累着珊瑚礁，穿着和服的南洋姐在骑楼下对他们挥手欢呼，军靴的巨大轰响淹没了猪嚎和猪蹄声，抵达猪芭中华中学校门前，一批声势浩大的猪群将他们冲散了，破晓时分，队伍登上绳梯，天穹闪电不断，海上升起滔天巨浪，将战舰卷入了南海。

　　瞭望台上居高临下射击的猎猪大队占尽优势，而瞭望台和高脚屋坚如磐石的盐木支柱无惧野猪獠牙前仆后继的冲撞。没有加入猎猪大队的猪芭人在阳台阶梯上铺了钉毡或筑了一道栅栏，拿着磨亮的帕朗刀、镰刀、钉耙和削尖的木桩守在阳台上，肉搏少数冲上阳台的野猪。人猪战役延续三个多小时后，惊慌受困的猪群泅入猪芭河被鳄群围剿时，猎猪大队和猪芭人开始欢呼叫嚣，宣告猪群溃败之象。

　　大帝的猎枪枪管冰凉如猪芭河水，犹未击出一弹。他向猎猪大队喊话，为节省子弹，勿再盲目射击，命令大伙走下瞭望台以帕朗刀击杀猪群。大帝第一个步下瞭望台，跨过猪尸，切断哀号的猪脖子。猎猪大队和猪芭人也走下阳台，手电筒的光芒切割着被猪嚎和猪蹄声撕裂、广阔无际的黑夜。一批又一批黯隐天穹的乌云，被东北风蜗移到猪芭村上空，原来狐媚地眨闪的星星寥落了，雨丝起初悄悄而克扣地落下，逐渐密集，飘然如风中的马鬃。一批又一批畜棚崩塌了，鸡吠此起彼落。一颗榴槤在大帝身前落下，砸在一只死猪肚皮上。大帝迅疾走过榴槤树，在二狗一猪的鏖战中穿过一排椰子树，站在一座弃井前。井水不平静，映照出一个苍髯皓首的陌生身影，大帝想起二十年前井底埋首哭泣的女子。一个黑影站在一叠柴垛前，举枪对准他的胸口。

大帝大喝一声："你干什么？"

黑影全身一颤，枪口朝上，悻悻然说："老朱，是你！我以为你是一只猪呢！"大帝啐了一口唾沫，看见举枪者一脸鼻涕泪水，频打冷战，正是波罗蜜树下打赤膊喝咖啡的赵老大，破口大骂："冚家铲！"

"我毙了十多头猪！"赵老大惨淡地笑着，"老朱，我两天没吃鸦片了！"

大帝用帕朗刀刀鞘轻轻敲了一下对方脑袋："看见猪王了吗？"

"猪王——猪王——"赵老大打了一个雄伟的喷嚏，"噢，噢，刚才，我以为你就是猪王……"

一只墨黑色的大猪冲破了井栏，落入井中。一群男子捻亮手电筒，围观落水猪。

天穹亮起一簇无声的闪电，像一群公羊的狞笑。

"是一只母猪。"

"笑得像个日本婆娘。"

大帝绕过弃井，走向一座被猪蹄跐踏和猪牙刨掘过的树薯园。

"老朱，我——我两天没——没吃鸦片了!"赵老大叫得气若游丝。

大帝绕过一座水塘，停在一堵铁篱笆前，从篱笆眼看见几只野猪正在邱老头的高脚屋盐木柱子上磨蹭、喷尿，发出勺刮米缸的磣牙声，炊柴、畚箕、锄铲散乱一地，野猪的巨大冲撞使门窗铆榫发出吱吱咿咿的呜咽。篱笆柱子挂着一个长鼻红脸的天狗塑胶面具，凶狠地凝视着大帝。那是以弹弓击袭高脚屋的孩子被邱老头逮住后的扣押物。大帝犹豫了一下，伸手扯下面具戴在脸上，推开篱笆门，对着高脚屋下的猪只开了两枪，两只野猪应声仆倒，其余窜向屋后的菜园。大帝走上阶梯，看见那只红面番鸭立在阳台栏杆上，歪着脖子瞪着大帝。猩红色肉疣密布的鸭头显得无惧而傲慢。大帝用帕朗刀鞘捶了一下墨绿狎昵的脖子，鸭子撑开强壮的双翅，像一个蒙着红巾的黑袍怪客飞向水塘。大帝站在阳台上抽了半根烟后，伸手敲了两下大门。屋内阒静无声。大帝又敲了两下。

"谁啊?"门后传来邱妍玲的声音，充满奴愁气息。

大帝嗅到了手卷烟上的唾液味。他不发一语，又用力敲了两下大门。从墙缝中大帝看见邱妍玲依旧穿着白色对襟短衫和宽筒长裤，屁股后面翘着两根长辫，手里捧着一个火舌高揭的煤油灯朝大门徐徐走来。

"谁啊?"她的声音从门缝中幽幽传来，哀怨中有一丝恐惧，"爸爸?"

大帝身后刮起一阵冷风，红面番鸭突然飞回阳台，栖泊栏杆上，发出沙哑的笑声。

"死鸭子！"邱妍玲小声的咒骂着，"又是你！"

大门打开了，邱妍玲一手抄着扫帚，一手高举煤油灯，照亮了一个长鼻子的妖怪面具。

大帝吹熄了邱妍玲手上的煤油灯，用枪托重击她的胸口。邱妍玲嗯哼了一声，四仰八叉躺在地上。大帝反手关上大门，扣上门闩，扔了猎枪，鞍在邱妍玲双腿上，剥下她的长裤。又有一群野猪在盐木柱子上蹭痒喷尿，发出勺刮米缸的碜牙声。邱妍玲伸手揭下对方的面具，但黑暗中看不清对方的五官。门外响起两声枪响，门闩被拦腰打断，大门被踹开了，一个长发披肩的影子和一只黑狗站在门外。

"朱老头——"

大帝觉得那个声音非常熟悉。他回转身子，跪踞地上仰望着门外的影子。

"爱蜜莉——"

一声枪响，大帝腰部一阵疼痛。他迅疾站起来，瞄了一眼墙角的猎枪。又是一声枪响，他的腿部又是一阵疼痛。大帝转身冲向厨房，踹开后门，纵入菜园，沿着池畔奔向一座胡椒园，穿过胡椒园后，扶着一棵榴梿树喘气。一只野猪正在树下用蹄角踩开榴梿壳，准备啃吃开壳后的榴梿果。一声枪响，野猪倒卧血泊中，厉声怆呼。又是一声枪响，击中大帝胸口。大帝搀扶着榴梿树干，慢慢倒下，看见赵老大跟跄靠近。

"老赵，冚家铲，你干什么？"大帝背靠着榴槤树坐下，嘴里喷出一团血雾。

"老朱——是你——"赵老头吓得两手一摊，冒着硝烟的猎枪掉到地上，"我——我以为是野猪呢——老朱，我两天没吃鸦片了——"

赵老头身后陆续出现几个手持猎枪或帕朗刀的猪芭人。他们打开手电筒，照亮了树下奄奄一息的朱大帝，看见爱蜜莉和黑狗从树后走出来。爱蜜莉抽出腰上的长刀，砍下朱大帝的头颅，解下大帝腰上的正宗刀。她的动作迅疾突然，猪芭人没有反应过来，她已经拎着大帝的头颅和长刀，和黑狗遁入茫茫无垠的黑夜。

五

翌年，一九四六年八月的一个黄昏，一艘长舟泊靠猪芭河畔，船艉的摇桨中年人放下船桨，拿起一支入鞘长刀和一袋帆布包袱。船舱妇人抱着一个褓褓中的婴儿，在男人搀扶下上了栈桥。婴儿脸色红润，呼呼酣睡。二人沿途问路，走向猪芭村十排店铺，停在半年前关亚凤筹款买下的扁鼻周的杂货铺前。

关亚凤坐在杂货店前的长凳上和几个小孩扎纸风筝。天气酷热，亚凤和小孩浑身流窜着汗丛，走廊上斜晖惨淡，树荫花影零落，一颗红日浮在南海上，天穹蜷伏着秾艳的云彩，在西南风中小猫小狗地逐耍。一辆破烂的三轮车追日似的掠过街道，惊动路旁的麻雀和斑鸠，它们仓皇地尖声鸣叫，像爆破后的弹片消失在遍地升腾的燠热地气中。傍着杂货铺的露天咖啡座拥挤着一群劳动过后的工人，牛饮啤酒和阿华田，聒噪得像蛤蟆。妇人包裹婴儿的粉红色碎花布兜被余晖烘染得像一团火，捆扎布兜的白色系带从妇人胸口垂下，一只忧郁的苍蝇绕着它飞旋。

"你是关亚凤？"搦着长刀的中年男人停在亚凤身前。

亚凤正用小帕朗刀剖开一根竹子。他抬头看了一眼中年男子，点了点头。

婴儿从襁褓中伸出一颗小拳头，哭声不迭。从襁褓的扭曲和蚕蠕中，婴儿好像被一个小妖精欺凌着，企图鹊巢鸠占。妇人礼貌地微笑着，眼神劳碌地在亚凤和婴儿身上迂回驻足。在婴儿凄凉的哭声中，男人像老友邂逅，用非常急切但亲昵的口吻对着亚凤喋喋不休。妇人频频点头，附和和印证男人的一字一句，包括他突然吐出的一口愤怒的黄痰，那股愤怒的情绪迅速感染到妇人脸上，让她的神情显得狰狞而不自然。妇人五官变化多端，男人表情僵硬。

夫妇在猪芭河上游十英里外务农捕鱼，今天薄晓时分，高脚屋外突然出现一个抱着婴儿的陌生女子和一只黑狗。女子以三十元为酬劳，请托他们将一个婴儿和一把长刀交给猪芭村耕云杂货店老板关亚凤。神秘女子交代完事情后即和黑狗离去。

男人说完后，从婴儿身上夹出一张对折的白纸递给亚凤。

"请看。"男人脸上终于露出了笑容。

亚凤接过那张枯皱的白纸后，已从外表看出那是他受伤后爱蜜莉从他身上拿走的劝降单。他打开劝降单，再一次看见在阳光白云中叉腰昂首、眉头轻蹙、被油墨复制得天花乱坠的爱蜜莉。他翻到劝降单背面，出现一行歪歪曲曲的汉字：

亚凤，这是你的孩子。爱蜜莉

男子同时将入鞘长刀——吉野的正宗刀——双手捧上，同时将帆布包袱放在亚凤脚下。亚凤刚接下长刀，妇人即粗暴地将婴儿塞到他怀里，让他不得不放下长刀，慌张而笨拙地搂住婴儿。

夫妇好像卸下了重担，头也不回地迅疾离去。

关亚凤和爱蜜莉的孩子惊动了猪芭村。耕云杂货店隔壁的面馆老板娘在面馆柜台后的卧房檐梁挂了一个摇袋，暂时安置了婴儿，第二天亚凤租了一艘装上马达的长舟，直奔猪芭河上游，见到了那对托婴的夫妇，但夫妇对爱蜜莉的去向和住处一无所知。亚凤连续五天驾着长舟溯回猪芭河上游，沿途打听爱蜜莉下落。被鬼子敉成平地的朱大帝秘密基地已经长出蓊郁的灌木丛，鹿湖依旧徜徉着素食或肉食兽，埋葬了鬼子、达雅克人、猪芭大人和小孩的箭毒树下幽静如鬼域，孩子和萧先生、锺老怪、鳖王秦等人的坟茔尽是荒烟蔓草，难以辨认。

第五天回程时天色已晚，一颗琥珀色的圆月倒映在水波潾潾的猪芭河上，好似斑斓虎纹。亚凤的长舟回到猪芭村后，看见何芸的弟弟白孩伫立栈桥上，掮着一根吹箭枪、腰挂一筒吹箭和帕朗刀。白孩严肃而忧悒，目光和吹箭枪上的刺刀一样寒气逼人，在逐渐昏朦的霞色中，他的皮肤显得比往常苍白刺眼。硝烟似的色泽从他消瘦的身躯汩汩溢出。

不等亚凤的长舟拢岸，白孩已向亚凤走去。

"你在找爱蜜莉？"白孩拄着吹箭枪，看着亚凤把缆绳系在缆桩上，口气一贯的冷漠淡泊。

亚凤点点头，跳上栈桥。

"很巧，"白孩说，"我三天前见到了她。"

"她在什么地方？"

"猪芭河最上游，加里曼丹边境。"

"我明天去找她！"

"别浪费时间了，"白孩蹙了蹙眉头。在他像达雅克人缺乏表情的脸蛋上，那是一个很激烈的动作，"她手里拿着朱大帝烟熏过的头颅，走遍了婆罗洲的长屋寻找小林二郎的头颅，想用朱大帝的头颅交换小林二郎的头颅。"

亚凤也蹙了一下眉头，沉默了。

"我忍不住问，"惜口如金的白孩好像不习惯多说话，眉头蹙得更深了，"为什么用朱老头的头颅交换一个鬼子头颅？"

亚凤将视线从白孩脸上挪开，看着渲染着月色的虎纹斑斓的猪芭河水。

"爱蜜莉说，全猪芭村只有你一个人知道。要我问你呢。"

六

亚凤走向猪芭村买了两包炒粿条和一包海南鸡饭折回高脚屋时，白孩亦步亦趋地跟着他，好像担心他会隐没夜色中。他和白孩坐在阳台的长桌上，摊开海南鸡饭，将一包炒粿条放在白孩身前，狼吞虎咽地吃完一包炒粿条。吃完后，泡了一壶红茶，斟满两个铁杯子，点燃一根洋烟，慢条斯理地抽着。白孩喝了半杯红茶，凝望着黑魆魆的猪芭村一阵后，才开始吃炒粿条。他五只纤细刚硬的手指紧紧地夹住两根竹筷子，吃得缓慢而仔细，半小时后才吃完炒粿条，开始吃那一包亚凤没有动过筷的海南鸡饭，这一次他吃得快多了，不到两分钟就吃了个精光。喝完半杯红茶后，又斟了一杯，一气喝完。亚凤递了一根烟给他，他谢绝了，再度凝望着黑魆魆的猪芭夜。月亮和星星被乌云裹住了，猪芭河畔飞舞着萤火虫，猪芭河水飘荡着猩红的鳄眼，数百栋高脚屋的门窗闪烁着煤油灯和煤气灯的光芒，猪芭街头自行车的车头灯忽强忽弱，南海上蛰伏着几艘巨大幽黑的油轮，汹涌的涛声和猪芭河的潺潺流水交织，整个猪芭村像漂浮泽国上。沉没的日本战舰去年出现猪芭街头后，一批来不及登舰的鬼子水兵入夜后徘徊猪芭码头和街衢，等待战舰再度泊岸，他们插在战盔上的水草早已枯槁，背囊散发着章鱼和水母尸臭，蚌壳掩埋了枪口，下巴上的珊瑚礁长出了各种颜色的珊瑚藻，有的已经钙化，有的被雨水冲泡过后还在滋长。在"日本语教师养成所"学习过日语的猪芭鸦片佬，兴许没有食饱鸦片吧，曾经和这批鬼子有过短暂交谈，甚至叫得出鬼子的名字。飞天人头从莽丛飞出，穿梭猪芭街头，见鬼子即凌空扑下，在猪芭大人和小孩目击下吸食着鬼子血液，啃嚼着鬼子内脏，撕裂了鬼子生殖器。猪芭人凝视着它们像夜枭又像人类的五官，既陌生又似曾相识。

亚凤在阳台上抽了五根洋烟后，看见一个鬼子水兵站在阳台下，用滴漏着盐沙的五指搔着下巴的珊瑚藻。亚凤向他扔出一根点燃的洋烟，他接住了，叼在嘴里用力地吸了一口。

"白孩，"他想叫白孩的名字，但对他的名字毫无印象，"你食鸦片吗？"

白孩摇摇头。

亚凤走到屋内吸了一块鸦片膏，躺在阳台的竹躺椅上，十分钟后呼呼睡去。半夜醒来，白孩已离去。第二天一早准备到猪芭村购买食物用品、溯回猪芭河头寻找爱蜜莉，刚要出门，赫然看见杂货铺隔壁代他照顾婴儿的面摊老板娘推开了篱笆门。

"孩子不见了！"

老板娘一早醒来，檐梁下的摇袋空荡荡，撬开的门闩留下了入侵的痕迹。婴儿的失踪和婴儿的出现一样惊扰了猪芭村，猪芭人倾巢而出，翻天覆地搜寻了一天无果，入夜后，白孩擎着吹箭枪出现在亚凤高脚屋阳台外。他一出现，亚凤心里就有数。"白孩，"亚凤坐在阳台的长桌旁抽着烟，看着白孩无声无息地上了阳台，坐在对面的木椅上，"你把孩子怎么了？"

"孩子没事，"白孩将吹箭枪和腰上的帕朗刀卸下放在阳台上，声音轻柔而湿寒，他狰狞的肋骨和锁骨散发着蓝色的光芒，像围篱上一群莹亮的蕈菇，"告诉我发生了什么事吧。"

村人白天寻找婴儿时，两家养猪户发生争吵，他们报复性地捣毁对方的猪圈，让三百多头大猪满街游窜。猪芭人圈养的猪只多是捕获的长须猪，野性犹存，一旦出栏，有如纵虎入山。三百多头野猪对农田和畜棚造成了巨大破坏，猪芭人不得不掏出猎枪和帕朗刀，赴死前的猪嚎引起猪群更癫狂的反抗和疯性，入夜后人猪仍在鏖战。那天晚上天穹清澈无云，裸露的圆盘状月亮显得有点羞涩，照亮得猪芭村如同白昼。经过一个白天纠缠，猪芭人失去耐性，见猪即扣扳机，被霰弹射伤的猪芭人比被獠牙戳伤的猪芭人多，猪芭人早已忘记亚凤儿子失了踪，对着阳台上的亚凤和白孩呼嚷：亚凤，白孩，猪芭村快要被老杨和老张的猪铲平了！亚凤回到客厅吸了一膏鸦片，泡了一大壶咖啡放在阳台的长桌上，抽着洋烟，喝着咖啡，间或瞟白孩一眼。孩子的弹弓对着猪只射出无数石弹，大部分失准，打中了畜棚和高脚屋，有的莫名其妙落在锌铁皮屋顶上。一只怀孕的母猪登上亚凤高脚屋阳台，对着羊水饱满似胎盘的月亮嘎嘎叫嚣，晃着摩擦到地板的八个纵向排列的奶头钻到长桌下，像一只被主人恩宠的家犬，嗅着亚凤和白孩的脚趾，像一个寻求庇护的败将。亚凤看见昨天向他讨烟的鬼子水兵再度出现阳台外，背囊渗出了血水，下巴的珊瑚藻挂着斑斓的小丑鱼尸体。亚凤把一支点燃的洋烟扔向鬼子，鬼子接过了，用力吸了一口，吐出一团骨骼淋漓长满发光器的深海鲅鳚烟雾。窜逃的猪群和携枪带刀的猪芭人掠过阳台外，鬼子像浮游生物飘然离去。一个脖子下悬垂着内脏的飞天人头朝鬼子飞去，她的五官明艳动人，姿态风华绝代，像惠晴，像牛油妈，又像何芸。

猪群被屠杀和擒拿得差不多了，猪芭人开始围捕更多失散的鸡鸭鹅羊，争夺和纠纷不断。长桌下的母猪嗯嗯哼哼地呻吟着，不知道受了什么重伤。一朵黯红的云彩网住了圆盘状的害羞的月亮，大地暗下来了，猪芭人的手电筒和煤气灯光谱肥了一圈，西南风狂飙，像古代中国新郎掀开新娘的红布帕，吹散了黯红的云彩，大地又亮了，手电筒和煤气灯的光谱又瘦了一圈。狗和夜枭的叫声逐渐取代了猪群和鸡鸭鹅羊的叫声，猪芭村的宁静和安详复活了，受伤的和淌血的夜晚也缓慢地康复着。

亚凤已抽完一包洋烟，他和白孩已喝完一壶咖啡。亚凤回到厨房又泡了一壶咖啡。

"白孩，"天气酷热，亚凤额头星布汗水，饱满地折射着月色的孕吐，"你想知道什么？"

白孩把视线从猪芭河收回，凝视亚凤不语。亚凤觉得自己问了一个愚蠢的问题。

亚凤努力回忆着八个多月前的清晨，爱蜜莉从榄仁树下背着受了重伤的亚凤走回猪芭村时，途中爱蜜莉的絮絮不休。鲜血从他腹部不停地淌下，洇红了他的下半身和爱蜜莉的下半身。山崎的快刀造成的伤势比起野猪和大蜥蜴造成的伤势有天壤之别，爱蜜莉从亚凤逐渐冰冷的身躯和痛苦呻吟感觉到这一点，她步伐迅疾，途中只休憩了一次，黑狗自始至终不鸣一声地跟在后面，全身散发微弱的绿光，好似鬼磷。亚凤巨大的呼吸声和呻吟几乎淹没了她的话语，也数次打断她的自白。她一边说着话，一边不忘替亚凤打气。亚凤，撑着，猪芭村快到了。亚凤，你醒着吧？听见我了吗？听见就嗯一声，掐我一下。亚凤，别睡着了，你睡着了，就醒不来了，永远醒不来了。她甚至感受到了亚凤滴在她肩膀上的泪水，当她把一切告知亚凤后。即使在一次短暂的休憩中，她仍然驮着亚凤。亚凤的血液熨热了她的背部，它们沿着她的脊沟流下，落入她的股沟，和她的膣孔分泌物搅和成奇异而不太圣洁的爱情流质。亚凤虽然陷入半昏迷，但仍清晰地呼吸着爱蜜莉的鸡屎味和混杂着自己、野猪和爱蜜莉的尿骚味。他的尿液是在山崎划向腹部时沚出来的，如果不是勾裆的短裤挡着，一定沚到山崎脸上。他的两脚夹紧了爱蜜莉的腰部，两手搂紧她的脖子，下巴勾住了她的肩膀，腹部传来的激烈疼痛让他咬紧牙根。爱蜜莉数度停下脚步，确认他还清醒着，她回头呼唤他时，唇齿间弥漫着"洗发果"的甜美汁液。他的伤口似乎因为贴在爱蜜莉背上而减缓了血液的溢流速度，想到这一点，他的四肢夹得更紧了。爱蜜莉，你累了吧？累了放我下来，我撑得住的，离猪芭村还有一段路。爱蜜莉，我醒着，我死不了的，放我下来，你休息一下。爱蜜莉……他嗫嚅了半天，吐出了一批毫无意义的嗯嗯哼哼。渐渐地，他的嗯嗯哼哼也虚弱了，抵达猪芭村之前，他的嗯哼只是回应爱蜜莉的疑惑，让她知道自己仍清醒着。爱蜜莉吐出的一字一句，像耳语又像梦呓，像山谷的回音又像烈风的呼啸，像大番鹊的布雏之音又像苍鹰的索命叫嗥，像大海的惊涛又像小河的涓涓细流，像婴儿的啜泣，像鬼语啾啾，像一群豨突的野猪，像一队掠食的小蚂蚁啃断了又接驳了亚凤被罂粟碱和吗啡淹涝的脑神经。猪芭村"筹赈祖国难民委员会"名单是爱蜜莉泄露给宪兵队的，孩子匿藏马婆婆家中、朱大帝在猪芭河上游的秘密基地、白孩一家人的避难地点、扁鼻周和鳖王秦在爱蜜莉家中度过一夜、朱大帝和孩子在箭毒树下的行迹，也是她向山崎和吉野密告的。那天晚上，她和黑狗潜伏箭毒树外，听见了朱大帝杀害小林二郎的过程。她和黑狗带着山崎、吉野等人伏击朱大帝等人，剿杀落单的锤老怪和两个伐木工后，遇见白孩和伊班人，激战后，她和山崎逃散。她是小林二郎和南洋姐花畑奈美的女儿。二十二年前，小林二郎花了巨款替花畑奈美赎身，迁居内陆生下爱蜜莉，花畑奈美死于霍乱，小林将爱蜜莉交由内陆传教的邹神父扶养，回到猪芭村贩卖杂货。卢沟桥事变后，猪芭人对东瀛人的歧视，让骑自行车也担心碾到蟛蚁的邹神父隐瞒着爱蜜莉的身世。鬼子入村后，潜伏猪芭村的针灸专家龟田、牙医渡边、摄影家铃木、摊贩大信田和小林二郎相继离去，爱蜜莉是唯一留下的情资人员，而父亲小林二郎的离奇死亡，更激化和深邃了她的意志。

亚凤说完后才有勇气看了一眼白孩。白孩脑大下巴小的瓮型脸微微地垂着，像一朵即将凋萎的蘑菇。他张口嘴巴吐了一口气，舌头星布着白色舌苔。他黑色的眼眸漫溢着一层泪光，跳跃着光泽斑斓的微细的浮游生物。他一向凌乱油腻的黑发被推发剪铲平了，耳壳显得很肥大。母猪继续在长桌下嗯嗯哼哼呻吟，一个肉嘟嘟而潮湿的东西摩擦着亚凤脚掌。亚凤低头看了一眼桌子下。桌子下罩了一片长方形的月荫，闪烁着像壁虎垂直型眼眸的朦胧光泽，好像一个扎了铁篱笆的畜笼。母猪屁股朝着他的脚板，正在痛苦而缓慢地临盆，三只血肉模糊的小猪散乱桌子下。亚凤将视线挪回桌上时，看见白孩右手颤动了一下。白孩眼角下淌着两行泪光，泄露了他的抚泪之举。

白孩眼睑眯合了三秒钟，睁开眼睛后，徐徐而平静地说："你知道爱蜜莉的身份快一年了……"

白孩慢慢站了起来，将吹箭枪扛在肩上。

"我们全家人在内陆避难时，姐姐一直挂念着你。"

白孩走下阳台，走向猪芭河上游，消遁月色中。

第二天一早，白孩将亚凤孩子归还了面摊老板娘。

多事的薄暮时分又逼近了。那天是周末，亚凤提早一小时歇业，探望了在摇袋中熟睡的孩子后，回到老家漱洗用餐又抽完一块鸦片膏，坐在阳台上吸着洋烟。他已经把食物用品准备妥当，打算明天一早航向上游。一根洋烟抽了一半，突然觉得大腿和背部一阵刺痛。他看见右腿插着一支细箭，反手往背上抓，捻住一支大小相同的细箭。他慢慢地站直了，但很快又曲弯着膝盖跪下，仆卧阳台上。他眼皮沉重，意识模糊，蒙眬看见白孩握着吹箭枪走上阳台阶梯。

"看在姐姐份上，"白孩依旧蹙着眉头，严肃而忧愁，"饶你一命。"

亚凤全身瘫软，四肢无力。

"箭上的毒不会致命，你死不了的。"白孩抽出腰上的帕朗刀，剁去亚凤双臂。亚凤发出像小猫溺水的哭号，"我已经通知了医院。"

白孩将帕朗刀入鞘，走入屋内拿走挂在墙上的村正刀："我去找爱蜜莉了。"

白孩扛着闪烁着刺刀光芒的吹箭枪走下阶梯，捏着铁制蟋蟀，的的哒哒，的的哒哒，像幽灵消遁夜色浓郁的猪芭河畔。

亚凤的哭号停止了，身体像一块急流中的浮木抽搐着。他看见马婆婆背着大镰刀走在猪芭河畔，身后跟随着一群戴着妖怪面具和手拿发条玩具的男男女女的猪芭小孩；小林二郎扛着吊挂十八种杂货的竹竿，吹奏着复音口琴，孤独地消遁莽丛中。失去听力前，他听见莽丛的喧哗激辩，像一群妖怪的嗫嚅咆哮；失去视觉前，他看见常青乔木的树冠彻底遮掩了恶月之华，像天狗食月。

寻找爱蜜莉

一

爱蜜莉蹲踞床头，凝睇着窗外的黝黯，等待破晓。一线天光栖泊老迈的莽丛树梢时，她迅疾下床，卸下门闩，趿住夹脚拖，蹦跳到屋外，好像要告诉全村，那一线纯净如婴儿血脉的天光是她唤醒的。她哼着一首歌颂天父的圣歌，坐在猪芭河畔一艘舢板船艏上，看着一潭流霞从天穹倾倒下来。她噘着嘴唇，吹奏出各种鸟类的鸣啭，尔后，四野八方的鸟音逐渐繁凑，好像鸟类听到她的呼唤后，全都惊醒过来了。邹神父告诉过她各种鸟禽的名字，然而人类给鸟类取名字是愚笨的，她不屑记住，但她记得每一种鸟类的独特叫声。鸟类的鸣音就是它们的乳名、本名、学名、艺名、别号、绰号、谥号。

kee-kee-kee-kee-kee

yeep-yip-yip-yip

chit-chit-chit-tee

croo-wuck, croo-wuck, croo-wuck

boob-boob-boob-boob-boob

村子升起烟爨了，清奇的鸟啭夹杂着村嚣。

爱蜜莉看见邹神父穿着神父袍走出木板屋，蜗步龟移、揩眼扪须，走向三十码外的天主教堂。教堂是十多年前一个著名英国博物学家的工作室，外貌如一般民宅，屋顶竖了一支大得不成比例的十字架。博物学家雇了二十多名脚夫、苦力和向导，白天猎杀红毛猩猩、长臂猿、蜜熊、吠鹿和云豹，晚上在屋子里点燃煤气灯腌制标本。告解室是博物学家的寝室，长方形的讲道台是博物学家解剖禽兽的手术台，前者尿屎味冲鼻，后者弥漫血腥味。

村人和两座长屋的达雅克人四野八方走向教堂，像露珠聚焦荷叶的腹地。邹神父两脚踏在教堂大门门槛上，一手扶着门框，扯开嗓子：

"爱——蜜——莉！爱——蜜——莉！"

两个达雅克少年和乌亚玛走出教堂，跟着邹神父喊：

"爱——蜜——莉！爱——蜜——莉！"

爱蜜莉跳下舢板，沿猪芭河畔走入莽丛。她不喜欢晨祷。她穿过熟悉的夹脊小径，绕过一簇又一簇矮木丛，停在一棵古老高大的木奶果前。木奶果岩石般的枝干"老树开花"，结满一串串毛球似的粉红色小花，累着紫红色像葡萄的果实。爱蜜莉捡起枯枝，打下几颗果实，囫囵吞下，洇红了嘴唇和十指。她奔驰了百多步，停在一棵婆罗洲樟木下，仰望树梢，直到一颗种子飞旋着叶片像直升机螺旋桨坠到脚下。

click-hrooo, click-hrooo, click-hrooo

　　一只美丽的绿色野鸠尾随着她，叫声悠长，深耕在每个丛林角落，宛若充满母性关怀的牛哞。最后，她有点乏了，躺在一棵箭毒树板根上，打算躺到乌亚玛"逮"到她。箭毒树分权的树干长出两个雄伟蓊郁的树冠，在天光熏染下像两座绿潭，飘浮着黄花和紫果，倒映着躺在板根上的爱蜜莉。爱蜜莉感觉身上长出一簇簇花果枝叶，被横亘在高空上。她合上双眼，呼吸着充满花香草息的空气，聆听鸟鸣风声。她看见箭毒树四周一片荒芜硗确，堆积如山的人兽骨骸淹没了板根，一只大鸟飞过树篷时抽搐着坠落树下，墨绿色的树汁滴在她的手腕上引发一股腐蚀骨肉的火焰。

　　爱蜜莉喊了一声，从板根一跃而起，站在两块巨大板根的凹槽间。箭毒树的两座树冠孤立空中，但似乎被太阳晒干了，不再像绿潭，像两片荒芜的草原。太阳好像吞吃了地球，胀得无边无际，光芒消化着高山大泽。爱蜜莉环视四野，上下凝睇着箭毒树的陌生脸孔。村庄附近有十多棵箭毒树，残留达雅克人割树取汁的刻槽。这棵箭毒树没有刻槽，乌亚玛也没有"逮"到她，这表示她可能第一次看见这棵箭毒树，也可能迷路了。

她绕着箭毒树走了三圈，从西南风、太阳、猪芭河的水声、季节性的野草飘香，寻找自己丛林中的定位。她从身上抽出乌亚玛送她的小刀，在箭毒树上刻了一个小小的十字槽，分辨着鱼狗和水鸟的鸣声，往河流的方向走去。

二

邹神父用了很多诡计阻挠她冶游，其中之一就是灌输她丛林的凶险丑陋。神父不厌其烦描述的蟒蛇、鳄鱼、大蜥蜴、马来熊、云豹、野猪、蚂蟥和毒虫，并不令她惊悚畏惧，但鲜少对别人提起的箭毒树和泥潭的传说，却对她的冶游兴致形成了不可抑制的燎原效果。

围绕村子四周的十多棵箭毒树啊，神父以传教士嚣浮的、潜伏着激流暗潮的语气说，每隔一段时日，可能一年半载，可能三到五年，可能十到二十年，端看气候、氛围和流年运势，箭毒树就会溢散出毒雾瘴气，恶臭呛鼻，方圆三百码内草木枯萎，河流干涸，飞禽走兽暴毙，滴落的树汁可以让獠牙暴突的雄猪狂奔数十英里气竭死亡，根荄下冒出人兽尸骸，一只头上长了叉角、叫声如母鸡、绿眼龙须的巨蟒盘踞骨冢，吐信如磷火，绞食被驱逐到箭毒树下、违反戒律或犯了死罪的达雅克人。

在喜湿耐涝、矮小的乔木和灌木丛中，散布着大小不一的泥潭，有的密布苔藓、苔草、芦苇、猪笼草，有的寸草不生，覆盖着厚实的落叶和枯枝，泥潭底层蛰伏着一只泥怪，等着吞吃陷入泥潭的人兽。如果等无猎物，神父以传教士嚣浮的、潜伏着激流暗潮的语气说，泥怪就会披着湿臭腥腐的泥壤，像一只巨大的蛤蟆从泥潭跃出，四处猎食呢。

爱蜜莉六岁听了箭毒树和泥潭传说后，浪迹丛林四年，寻找叫声如母鸡的巨蟒和像蛤蟆的泥怪。她站在箭毒树板根上频频吸气，舔舐树身流出的汁液，咀嚼伸手可及的叶子和嫩枝，甚至用随身携带的小刀挖掘根茎。她彳亍丛林，突然感觉前方地表微微颤动时，就会捡几块石头扔出去，或用一根枯枝戳打地表，刺探虚实。她没有见过溢散毒气的箭毒树，也没有遭遇腐烂的泥怪，直到十岁那年。

雨季初歇的二月早晨，长屋里一只放养的长须猪咬伤两个达雅克小孩、用獠牙几乎戳死一个老妇后，魔怔嚎叫，消遁莽林。爱蜜莉坐在长舟上，看着几个男子扛着猎枪和帕朗刀搜寻发狂之猪，一群妇女小孩进入教堂晨祷，她在邹神父呼唤她之前，在乌亚玛"逮"到她之前下了长舟奔向丛林。鸟啭清灵，巨树嗫嚅，涛声盈耳，满潮的猪芭河河水像从天穹泻下。她傍着一棵野榴梿树小憩，醒来时日头高挂，一只獠牙暴突、须毛偾张的长须猪伫立五码外，像一只战不旋踵的斗鸡。她马上认出来了，正是被追杀的着魔之猪。

她立即站起来，两手各抄着一片榴梿壳扔出去。第一片打中猪蹄，第二片打中额楣上高耸的肉瘤。雄猪嘤嘤叫了两声，一个转身，纵入莽林。她不疾不徐追踪着雄猪。雄猪有伤，奔跑缓慢，带着一点慵懒，在慵懒的隙缝里，又有一点狡黠。雄猪曲蜷的小尾巴在奔跑中像从树梢坠落的无花果种子飞旋着直升机螺旋桨似的叶片，屁股凌空撅起，后蹄不着地，颇不真实。雄猪频频回眸瞟她，每瞟一眼后刹蹄不动，巨大的身躯横亘夹脊小径中，嚄嚄叫嚣，测试着爱蜜莉的胆量。爱蜜莉和雄猪保持着十码距离，但雄猪不断地煞蹄让爱蜜莉几乎可以伸手触及飞旋的小尾巴。爱蜜莉害怕，犹豫着步伐，回复到十码距离。雄猪更频繁地煞蹄回顾，两人的距离又缩短了，像在玩一种追逐的游戏。爱蜜莉被雄猪亲切狎昵的眼神和嚄嚄呼唤的严父之声迷惑，几欲伸手拍拍猪屁股，说：乖，回家吧。洇染着鲜血的獠牙让爱蜜莉一次又一次放松了脚劲。

丛林黝黯，阳光在小树杂草散乱的野地撒下几万只眼睛，眨亮爱蜜莉和雄猪的路径，一种陌生的鸟啭让爱蜜莉觉得进入了异域。她抬头望天，树篷一成不变，但纵横的枝桠遥不可及像架在天穹上，而缥缈的烟霭压得很低，钻入了被汗水打湿的头皮，头发好像被热气蒸发了，步伐十分虚浮。

左侧出现一大丛茂密的桃金娘，盘桓着一株猪笼草，吊挂着十多支炭红色的捕虫瓶，分权的枝桠是达雅克小孩制作弹弓的最佳材料。右侧滋蔓着一簇低矮阴郁的山猪枷，窜出一只墨绿色大蜥蜴。桃金娘和山猪枷环着一大片寸草不生的黑土，散布着落叶、枯枝、草屑和藓苔。雄猪踏入黑土时，飞旋的尾巴消失了，不着地的后蹄也消失了，下半身突然淹没黑土中。

爱蜜莉在黑土前刹住脚步。雄猪惊恐持续的尖叫唤醒了幽静的丛林，天穹一瞬间游窜着野鸟和蝙蝠，野地眨闪的小眼睛熄灭了。

黑土荡漾如池水。雄猪的激烈挣扎让前蹄也迅疾陷入黑土中，撕肝裂胆的嚎声模糊了五官，巨大的猪脑袋好像揉成了一团毛球。

雄猪消失泥潭的速度忽快忽慢，好像蟒蛇食猴。被鲜血染红的两支獠牙矗立黑土上，像两股跳跃着死亡舞蹈的火焰，最后也悉数熄灭。

爱蜜莉号啕大哭。

目睹泥怪吞吃雄猪后，爱蜜莉生了一场大病。达雅克人找了一个人瑞巫医和两个年轻巫师，连续施法祛魔十天，爱蜜莉骷白的脸庞终于恢复了血色。

她梦见自己用双手攫住雄猪前蹄，用尽全身力气拯救泥潭中的雄猪。雄猪用火焰似的獠牙勾住她的手腕，将她拖入了泥潭中。

她不敢说出雄猪的遭遇。她觉得自己害死了着魔之猪。

病愈后，好朋友乌亚玛送了她一份礼物：一只全身墨黑的两岁婆罗洲猎犬。邹神父为这只土狗取名保罗，希望天主像治愈使徒保罗的盲疾一样，开启丛林中迷途的爱蜜莉视野。

三

达雅克美少女乌亚玛比爱蜜莉大三岁，浓眉会动的，像两只曲曲扭扭的小鲇鱼。眼眸黑白显著，唇齿也是红白分明，发长齐腰，经年累月戴着翻檐的藤帽，脖子上挂一条琉璃珠项链，腰挂入鞘的桧木刀柄帕朗刀，手臂和手腕套着十多只金黄色的藤环。十五岁时，她带着一群婆罗洲猎犬击杀一只大野猪，琉璃珠项链加挂了两颗野猪獠牙，刀柄头上也竖着一蓬野猪鬃毛。爱蜜莉目睹泥怪吞吃雄猪后在丛林里失踪了一天，乌亚玛带着两只猎犬，在一棵刻着十字槽的箭毒树板根上找到了昏睡中的爱蜜莉。病愈一个月后，爱蜜莉终于对乌亚玛说出了泥潭遭遇。

"傻子啊，"乌亚玛发出爽朗的笑声，像一群翠鸟的集体欢呼，"泥潭，就是丛林里的沼泽，像沙漠流沙。哪有什么泥怪？也没有长角的蟒蛇。神父吓唬你的。"

爱蜜莉用崇敬的眼神看着乌亚玛。从小她就用这种眼神仰望比她高一个头的乌亚玛。

"迷路的小爱蜜莉！"乌亚玛两手托着爱蜜莉脸颊。她告诫爱蜜莉时，脸上绽放着真诚和稚气的花卉，"也许有吧。先祖说，泥怪和长角的蟒蛇只吃坏人。那只猪弄伤了两个小孩，差点杀了每天喂食它的丝尼雅。爱蜜莉，你还记得泥潭在哪里吗？"

爱蜜莉歪着小脑袋，看着乌亚玛美丽高雅的脸庞。乌亚玛的脸庞鲜红灿烂像太阳，嘴唇像木奶果紫红饱满的果实，脸颊像猪笼草瓶剔透晶润，风起时茂密的长发遮蔽了辽阔的天穹，天籁般的声音更像鸟啭，她的整体形象，囊括了爱蜜莉对鸟的想象：水鸟的羞涩、杜鹃的美艳、夜莺的神秘、老鹰的雄姿英发。爱蜜莉撒了一个小谎："不记得了，乌亚玛，我不记得了。"

乌亚玛蹲下身子，亲吻了一下爱蜜莉的额头："好妹妹，哪一天你记起来了，再告诉我好了。"

爱蜜莉梦见自己站在泥潭旁，烟霾像展翅大鸟盘纡泥潭上，山猪枷和桃金娘栖息着喧哗的鹤鹭鸭雁，树荫下簇拥着蜘蛛、水鼩、麝鼠、麂和大蛇。散乱着墨绿色挺水植物的泥潭噗噗隆隆冒着水泡，状如蟾蜍的大泥怪从泥潭跃出，冲散了泥潭上的烟霾，张嘴吐出恶臭的泥巴，捕食四处逃窜的鸟禽，突然扑向爱蜜莉。爱蜜莉拔腿奔逃，经过一棵又一棵像城墙的婆罗洲铁木、戍守着蟒蛇的箭毒树，一口气奔回傍着教堂的小木屋，瑟缩床上听着屋外的泥怪嗯嗯哐哐嚎叫。许多个有月或无月、落雨或无雨、干旱或潮湿、寂静或喧哗的夜晚，泥怪的嚎叫让她无法入眠。

六个月后，泥潭的嚎叫沉寂了，她再度鼓起勇气回到泥潭。泥潭四周的山猪枷和桃金娘茂盛蓊郁，猪笼草捕虫瓶肥硕，墨黑的土壤依旧寸草不生，布满了落叶、枯枝、草屑和藓苔，枯枝上伫立着一只孤独的翠鸟，祥和宁静，像教堂里的圣坛。

爱蜜莉频繁造访泥潭已是三年后。

一个雷雨过后、水鸟喧嚣的下午，十三岁的爱蜜莉带着五岁的保罗漫步河畔，一位达雅克青年从上游驾长舟像箭矢泊靠河岸，吹起一声漂亮清脆的嗯哨。他上身赤裸，肌肉扎实，挂野猪獠牙串成的项链，围一条在屁股后面绾一个大结像雄鸡尾羽的棉布腰巾，腰挂入鞘的帕朗刀，长发飘逸，赤褐色的皮肤像没有黑斑的虎皮。他两手叉腰，两脚踩着船艄，浓眉微蹙，嘴角下有一块肉凸凸的像花萼的笑靥。他沉稳地站在窄狭的长舟上，使长舟泊靠后水波不兴，像一片落叶。

乌亚玛从长屋走廊飞奔而出，跃上长舟，青年划动长桨，溯流而上。乌亚玛朝爱蜜莉挥挥手，甜美的笑容刺痛了爱蜜莉。专心划桨的青年看了一眼爱蜜莉，好像她是栖息根荄上的其中一只苍鹭。长舟消失了，爱蜜莉心田泛起的浪纹绵绵不息。两天后青年再度出现，彳亍岸上的乌亚玛跃上长舟，青年操着长桨航向上游。爱蜜莉站在一棵龙脑香科大树后，热烈的鸟啭终止了，她只听见青年和乌亚玛的笑声。她看见青年放下船桨，弯腰搂住乌亚玛，俊美又剽悍的五官贴在乌亚玛脸庞上，鸟啭再度尖锐地搔刮着她的耳蜗，她分不清水鸟、隼鹰、翠鸟、啄木鸟和犀鸟了。

第二天长舟突然向龙脑香科树后的爱蜜莉直奔过来。

"爱蜜莉！"乌亚玛跃上河畔的巨型根荄，牵住爱蜜莉的手，"跟我们去上游玩吧！"

她和黑狗坐船艄，乌亚玛和裴德坐船舷，在一片欢欣嚣闹的鸟声中，长舟缓缓驶向上游。裴德，乌亚玛伏击野猪渡河时认识的十八岁达雅克青年，像一个凯旋而归的勇士坐在乌亚玛后面，肌腱虬曲的双手间或划桨，间或搭在乌亚玛肩膀上；乌黑的长发像英雄的披风飘扬河面；串着数十颗野猪獠牙的项链夸耀着猎人的丰勋；高亢激越的歌声像小刀剜着爱蜜莉像箭毒树一样孤寂郁傲的胸膛，流溢出可以烧烤成毒液的嫉妒的鲜血。爱蜜莉不欲回顾却又忍不住频频回顾，想从裴德眼神里寻找一丝对自己的关怀和怜悯，但裴德眼眸里只有乌亚玛，爱蜜莉只是碍眼的烟霾。她忘了那天发生了什么事、去了什么地方，只记得裴德将乌亚玛和她送回长屋时，她像被黑狗导游、被鸟啭牵引的孤魂，漫游丛林，直至黑夜。

七天后，她划着舢板尾随长舟。从长舟传来的嚣浮的欢笑和桨声、被激流暗礁壮大的潮骚驱散了两岸的鸟啭猿啼、泛滥了她眼眶里的泪花。泊岸后，她让黑狗隐密地牵引着，乌亚玛和裴德的发情味道让黑狗很快找到了他们。在幽黯潮湿的浓荫中，在刺耳欢腾的鸟啭中，在婆罗洲铁木的庇护下，乌亚玛缠满藤环的手臂陷入了裴德的虎色皮肤，两具赤裸的肉身在巨大的板根凹槽中像两只猛虎翻滚咆哮。

她继续漫步丛林，但已失去冶游兴致，像一只没有手足的孤魂，任由黑狗导游、鸟啭牵引着。她周旋十多棵箭毒树下，仰望箭毒树树梢，妄想两朵叉散的树冠滴下蚀肉腐骨的汁液；她坐在板根上，等待长角的蟒蛇吞吃、如山的骸骨掩埋自己；她躺在板根的凹槽里，让使人发狂谵妄的毒气浸袭她的肉身。她痴望着冒着水泡和蒸发着沼气的泥潭，对着泥潭投下巨大的石块，等待愤怒饥饿的泥怪出潭觅食。她差点连自己也投下去了。天黑后，她躺在床上听着屋外泥怪污浊的呼叫和蟒蛇像母鸡的尖啼。

一个多月后，她对容光焕发的乌亚玛说："乌亚玛，我想起泥潭在那里了。"

"哦，泥潭，那个吞吃了大猪的泥潭？"

"是啊，"爱蜜莉说，"乌亚玛，我带你去。我只带你一个人去。"

那是一个吵杂热闹的清晨，有一百种野鸟欢唱。晨祷后，爱蜜莉带着乌亚玛进入丛林，迂回漫游三个多小时后，看见了泥潭上像大鸟展翅的烟霾、掩偃着桃金娘和山猪枷的阴郁的沼气。在十多种水鸟和蛙类的叫声中，夹杂着一只长臂猿遥传自千山万岭的幽泣。

爱蜜莉闭上眼睛也知道那一片厚葬着落叶、枯枝和苔藓的寸草不生的黑土的距离。

她停下脚步，蹙着眉头。

"迷路的小爱蜜莉，"乌亚玛摸了摸爱蜜莉被汗水打湿的头发，"你又迷路了吗？"

"没有，我没有迷路，"爱蜜莉抬头仰望乌亚玛，用她一贯崇敬的眼神，"泥潭不远了。我有点怕。我怕泥怪会跳出来呢。"

"傻瓜！"乌亚玛甜美的笑容让爱蜜莉想起了裴德。爱蜜莉脑海扑跳着一只被嫉妒的血池滋肥的泥怪，"我走在前面好了。泥潭到了，你要告诉我哦。"

乌亚玛踩着落叶枯枝小树，嘎嘎喳喳，像那头受伤的雄猪向泥潭走去。阳光透过树篷洒下的几万只小眼睛，突然都将散漫的目光集中在乌亚玛身上。丛林黝黯，只有乌亚玛走过的路径和即将走去的路径簇着一道烂漫的光环，好像许多发亮的权杻一路架着乌亚玛走向泥潭。泥潭上大鹏展翅的烟霭盘桓乌亚玛头上，她的头发也像烟霭向泥潭凌空飞去。桃金娘被数千株猪笼草遮蔽着，炭红色的捕虫瓶咀嚼着青蛙的腿和蜥蜴的头。低矮的山猪枷伫立着一只豖雄，发出像猫的叫声。寸草不生的黑土没有水泡也没有沼气，只有落叶枯枝苔藓，但乌亚玛双脚陷入泥潭时，沼气像毒蕈吐孢噗噗冒了出来，枯叶和木屑纷飞，大鹏展翅的烟霭断了翅。

乌亚玛的尖叫声让爱蜜莉心惊胆裂，她在泥潭前煞步后，退了两步。

乌亚玛的双腿、臀部和腰部迅疾消失了，像一个只有上半身的残疾之士漂浮黑土上。

"爱蜜莉！"乌亚玛恐慌的呼叫着，"爱蜜莉！"

爱蜜莉又后退两步。

乌亚玛停止挣扎了，但上半身依旧慢慢地陷下去。她努力回头瞟着爱蜜莉："爱蜜莉！"

爱蜜莉想起雄猪回头时亲切狎昵的眼神和嘎嘎呼唤的严父之

声。她转过身子，头也不回地快速奔跑。

"爱蜜莉！——爱蜜莉！——爱蜜莉！——"

纷杂喧哗的鸟啭掩盖了乌亚玛的呼叫。

爱蜜莉奔跑着，绕过一棵又一棵箭毒树、婆罗洲铁木、木奶果，穿过数不尽的夹脊小径和矮木丛，被一座又一座水洼和草坑绊倒，被无数的藤蔓和羊齿植物割伤，但她依旧奔跑。

乌亚玛的呼叫早已消失了，但每一种鸟类都以自己独特的嗓音和频率呼叫着爱蜜莉。

chir-rup, chir-rup,chir-rup

chitter-chitter-chitter

kok-kok-oo

tay-tay-tay-tay-tay

chee-e-e-e-e-e-e

pi-li-li-li-li-li-li-li

ho-ho-ho-ho-ho-ho

图书在版编目（CIP）数据

野猪渡河 / 张贵兴著 . -- 成都 : 四川人民出版社，
2021.1
ISBN 978-7-220-11985-9

Ⅰ . ①野… Ⅱ . ①张… Ⅲ . ①长篇小说－中国－当代
Ⅳ . ① I247.5

中国版本图书馆 CIP 数据核字 (2020) 第 164010 号

四 川 省 版 权 局
著作权合同登记号
图进字 : 21–2020–343

野猪渡河

著　　者	张贵兴
选题策划	后浪出版公司
出版统筹	吴兴元
编辑统筹	朱　岳　梅天明
责任编辑	唐　婧
特约编辑	王介平
封面设计	蔡南昇
装帧制造	墨白空间
营销推广	ONEBOOK

出版发行	四川人民出版社（成都槐树街 2 号）
网　　址	http://www.scpph.com
E – mail	scrmcbs@sina.com
印　　刷	北京天宇万达印刷有限公司
成品尺寸	143mm × 210mm
印　　张	13
字　　数	284 千
版　　次	2021 年 1 月第 1 版
印　　次	2021 年 1 月第 1 次
书　　号	978-7-220-11985-9
定　　价	58.00 元